HELMUT SCHARNER

Mostschlinge

WEIL SIE ZU VIEL WUSSTEN Waidhofen an der Ybbs, April 2014. Juliana hegt Rachegedanken gegen ihren ehemaligen Arbeitgeber Sportschuhhersteller Schuster. Sie erhebt schwere Vorwürfe und will damit an die Öffentlichkeit. Julianas Pläne werden jedoch durchkreuzt, als ihre Mitbewohnerin, die ebenfalls für die Schuster Schuhe GmbH arbeitet, erdrosselt im lokalen Fitnessstudio aufgefunden wird. Wegen ähnlicher Morde in Portugal, Wien und Waidhofen geht Kommissar Brandner zunächst von einem Serienmörder aus. Alles deutet auf den vorbestraften Mechaniker Bernd Slawitschek hin. Juliana hingegen verdächtigt Schuster und seinen chinesischen Unternehmenspartner Chan. Durch zwielichtige Methoden tritt der Schuhhersteller als Hauptsponsor für die Mannschaft aus Ghana bei der nächsten Fußballweltmeisterschaft auf. Musste Julianas Mitbewohnerin sterben, weil sie zu viel wusste? Brandner sieht sich plötzlich mit einem Netz aus Intrigen und Bestechungen im Profi-Fußball konfrontiert, das dem Fall eine völlig neue Wendung beschert.

Helmut Scharner, geboren 1975 in Niederösterreich, ist derzeit als Sales Manager für den größten österreichischen Stahlkonzern tätig. Dabei zählt unter anderem auch die Schuhindustrie zu seinem Kundenkreis. Seine beruflichen und privaten Reisen führten ihn bisher in über 50 Länder. Mit seiner Familie lebt er im niederösterreichischen Mostviertel, bewacht werden sie von der stets kampfbereiten Schmusekatze Hexi. In Helmut Scharners ersten beiden Kriminalromanen »Mostviertler« und »Mostschlinge« steht ein österreichischer Sportschuhhersteller im Brennpunkt. Derzeit schreibt er am abschließenden dritten Teil der »Mostviertler«-Krimiserie. Helmut Scharner ist Mitglied der Autorenvereinigungen Das Syndikat und der österreichischen Krimiautoren.

Bisherige Veröffentlichungen im Gmeiner-Verlag:
Mostviertler (2016)

HELMUT SCHARNER

Mostschlinge

Kriminalroman

GMEINER SPANNUNG

Personen und Handlung sind frei erfunden.
Ähnlichkeiten mit lebenden oder toten Personen
sind rein zufällig und nicht beabsichtigt.

Besuchen Sie uns im Internet:
www.gmeiner-verlag.de

Im Ehnried 5, 88605 Meßkirch
Telefon 07575/2095-0
info@gmeiner-verlag.de

1. Auflage 2017

Lektorat: Claudia Senghaas, Kirchardt
Herstellung: Mirjam Hecht
Umschlaggestaltung: U.O.R.G. Lutz Eberle, Stuttgart
unter Verwendung eines Fotos von: © dinkaspell / shutterstock.com
Druck: CPI books GmbH, Leck
Printed in Germany
ISBN 978-3-8392-2046-7

Allen gewidmet, denen das Schicksal übel mitspielt

KAPITEL 1

Wien, Donnerstag, 3. April 2014

Hans Mayer hastete die Treppen hoch und schloss die Eingangstür auf, kurz danach hatte er die Bestätigung: *Ihr* Küchenfenster an der gegenüberliegenden Straßenseite war hell erleuchtet.

Selbst im Dunkeln stehend, sah er durch sein Schlafzimmerfenster hinaus in die Nacht. Sie hatte Besuch, das konnte er mit freiem Auge erkennen. Seitlich neben ihm befand sich das Stativ mit dem Fernrohr. Wie jede Nacht schloss er sein linkes Auge, um mit dem anderen durch das Vergrößerungsglas zu schauen. Sogar die Fenster musste sie geputzt haben. Keine Fingerabdrücke oder Flecken auf der Scheibe störten seine Sicht.

Ihr Gast saß am Küchentisch. Hans schwenkte das Fernrohr leicht nach links. Zuerst fiel ihm die weiße Serviette mit den rot aufgedruckten Rentieren auf. Diese steckte im Hemdkragen des Mannes, wenige Zentimeter darüber hüpfte dessen Adamsapfel mehrmals auf und ab und zog so Hans' Blick auf sich. Erst danach registrierte er den kahlen Kopf und den blonden Vollbart des Brillenträgers. Der legte nun Messer und Gabel neben den Teller und bekleckerte dabei das Tischtuch. Sie hatte also ihr berühmtes Rindsgulasch für ihren Verehrer gekocht. Die rotbraunen Flecken würde sie nur schwer wieder aus dem weißen Stoff herausbekommen.

Und sie hatte die Fenster geputzt. Hans konnte es nicht fassen.

Der Glatzkopf griff sich nun den Löffel und schaufelte das restliche Gulasch in seinen Mund. Am Oberlippenbart glaubte Hans sogar aus dieser Entfernung die Spuren der Flüssigkeit zu erkennen. Das Schmatzen hallte in seinen Ohren wider, natürlich wusste er, dass ihm seine Sinne dabei einen Streich spielten.

Nur der auf und ab hüpfende Adamsapfel war real. Und natürlich der fremde Mann in ihrer Wohnung. Dieser legte den Löffel beiseite, griff sich das Glas Rotwein und führte es an seine Lippen. Der Adamsapfel hüpfte zweimal auf und ab.

Aus der Ferne konnte Hans die verschmierten Ränder des Weinglases nicht erkennen, aber er malte sie sich umso genauer in Gedanken aus.

Endlich sah er auch Theresia. Natürlich hatte sie nicht nur gekocht und die Fenster geputzt. Nein, sie trug auch ein dunkelrotes, eng anliegendes Kleid, das Hans noch nie an ihr gesehen hatte. Auch einen Friseurbesuch konnte er nicht ausschließen. Ihre goldbraunen, lockigen Haare umrahmten perfekt das Gesicht. Sie war aufgestanden, ging an dem weiterhin sitzenden Mann vorbei und verschwand aus Hans' Blickfeld, nur um Sekunden später wieder aufzutauchen und ihrem Gast eine Semmel zum Gulasch zu reichen. Danach setzte sie sich wahrscheinlich gegenüber ihres Gastes an den Küchentisch, ihren Platz hatte Hans auch zuvor schon nicht einsehen können.

Der Glatzkopf machte sich nun an der Kaisersemmel zu schaffen. Eine Ecke nach der anderen brach er ab, tunkte sie in das Gulasch und stopfte sie in seinen Mund. Gleichzeitig versuchte er, mit der Gastgeberin Konversation zu betreiben. Sein Mund war eindeutig mit Essen überfüllt, trotzdem redete der Mann, während er kaute, auf Theresia ein.

Wild gestikulierend unterstützte er seine Worte, die wahrscheinlich sonst für sie kaum verständlich gewesen wären.

Gleich würde Theresia ihren Gast hinausbitten. So ein Benehmen war eindeutig unter dem Niveau seiner Schwester. Hans freute sich schon darauf, zu sehen, wie ihr Verehrer eine Abfuhr bekam. Sprechen mit vollem Mund, das konnte nicht gut gehen.

Theresia trat wieder in sein Blickfeld und servierte die Teller samt dem Besteck ab. Danach schenkte sie ihrem Gast noch Rotwein ein. Der sagte etwas. Sie lächelte, nickte kurz, ging zum Küchenfenster und zog den Vorhang zu.

Ungläubig wanderte Hans' Blick nach unten in Richtung Eingangstür, minutenlang starrte er sie an – nun ohne das Fernrohr. Nichts rührte sich.

KAPITEL 2

Sonntag, 6. April 2014

Rache, monatelang trieb der Gedanke an Vergeltung Juliana nun schon vorwärts. Aber er blockierte sie auch und verhinderte einen Neuanfang.

»Ich muss weg aus Waidhofen, das ist mir klar geworden.«

Julianas auf Lautsprecher geschaltetes Smartphone lag vor ihr auf dem Terrassentisch. Jetzt sah sie nur das Lichtermeer der Häuser, die entlang der Küste erbaut waren. Weiter entfernt dümpelten vereinzelt einige Schiffe. Am Tag hatte sie noch das blaue Meer bewundert. Die gar nicht so ausgebrannte braune Erde Andalusiens in Kombination mit Meditation und Yoga hatten ihr endlich die Augen geöffnet.

»Muss ich mir eine neue Mitbewohnerin suchen?«

Monika klang etwas außer Atem, ansonsten war sie deutlich zu verstehen.

»Ja«, bestätigte Juliana.

»Und das musst du mir am Telefon erzählen?«

»Ich konnte nicht länger warten.«

Der Kellner fragte Juliana in spanischer Sprache, ob sie noch einen Wunsch hätte. Sie schüttelte nur den Kopf. Er entfernte sich. Monika sagte nichts mehr.

»Nach allem, was mir in Waidhofen passiert ist. Die geplatzte Verlobung. Die Kündigung. Die Morde. Ich muss da einfach weg«, erklärte Juliana.

»Aber es ist auch deine Heimat!«

Juliana war gerührt, ihre Mitbewohnerin wollte sie offenbar nicht verlieren.

»Auch wenn ich wegziehe, werden wir uns noch sehen.«

»Ich kann dich also nicht umstimmen?«

»Nein.«

»Du fliegst aber morgen zurück, dabei bleibt es doch?«

»Ja, sicher.«

»Wenn du heimkommst, bin ich noch im Büro. Wir sehen uns am Abend und reden dann nochmals in Ruhe.«

Monika muss arbeiten. Sie muss ins Büro. Sie muss zu ihnen! Der Wunsch nach Rache war zurück. Juliana versuchte ihn zu verdrängen, wusste, sie musste damit ein für alle Mal abschließen.

»Gut, wir sehen uns also am Abend. Du kannst mich aber nicht umstimmen.«

»Ich versuche es trotzdem. Jetzt muss ich aber wieder trainieren. Bis morgen!«

Juliana beendete das Gespräch. Noch vor einem Jahr hatte sie Monika nur flüchtig gekannt. Innerhalb weniger Monate war sie aber zu ihrer besten Freundin aufgestiegen. Monika hatte ihr in der schweren Zeit geholfen. Doch nun musste Juliana weiterziehen, sie musste ihre neue beste Freundin zurücklassen. Monika würde sie auch in Zukunft an ihre Niederlage erinnern. Unvermeidbar wäre der Gedanke an Vergeltung. Solange sie Monika nicht aus ihrem Leben eliminierte, würden ihr auch Yoga und Meditation nicht helfen.

KAPITEL 3

Montag, 7. April
Waidhofen an der Ybbs, Niederösterreich

Juliana befüllte die Waschmaschine mit ihrer Buntwäsche. In Andalusien hatte sie meist kräftige Farben bevorzugt.

Gelb, Rot, Orange, aber auch Violett und Grün. Keine Schattierung des Regenbogens war vor ihr sicher gewesen. Obwohl das Geld zur Neige ging, hatte sie doch in Malaga und auch in Granada die eine oder andere Shoppingtour unternommen.

Das Waschpulver war in dem dafür vorgesehenem Fach, sie stellte den Drehknopf auf »Super 15« und drückte »Start«. Nur für die Bettwäsche, Handtücher und natürlich ihre Unterwäsche verwendete sie noch das lange Kochwaschprogramm, sonst wählte sie immer die kürzeste Alternative aus. In Wahrheit dauerte dieses Programm aber nicht die versprochenen 15 sondern doch an die 18 Minuten.

In einigen Stunden würde Monika nach Hause kommen. Drei Wochen hatten sie sich nicht gesehen. Juliana blickte sich um: Es war eine schöne Wohnung, die sie gemeinsam nutzten. Hellgraue Fliesen mit Fußbodenheizung im Vorraum und Bad, die restlichen Böden waren mit Parkett aus Buche ausgestattet, vor allem war die Wohnung aber durchflutet von Sonnenstrahlen. *Und das schon um diese Jahreszeit.*

Juliana seufzte. In ihrer alten Wohnung im Ortsteil Vogelsang wäre sie auch im Sommer nur als Nachtschattengewächs erblüht. Hier aber, Auf der Zell, war das Leben lebenswert – wäre da nicht die allgegenwärtige Vergangenheit.

Ich darf mich von Monika nicht umstimmen lassen. Ich muss hier weg.

Der Klingelton riss sie aus ihren Gedanken. Er ließ sie hochschrecken. Zu lange hatte sie ihn schon nicht mehr gehört. Wer konnte mitten am Tag etwas von einer der beiden Frauen wollen? Zu einer Zeit, zu der sie normalerweise nicht in ihrer Wohnung anzutreffen waren.

Juliana betätigte die Gegensprechanlage.

»Bundeskriminalamt, dürfen wir kurz hereinkommen?«

Sekunden später saßen Kommissar Brandner und Postenkommandant Reitbauer in der Wohnküche am Esstisch. Sie bekam weiche Knie und musste sich ebenso setzen.

Monika ist tot Ermordet!

Hörte das nie mehr auf? Konnte man sie nicht einfach in Ruhe lassen?

Jetzt saß ihr der vertraute Kommissar gegenüber, der sie erst vor einem Jahr zu einem anderen Mordfall befragt hatte. Damals hatten sie Sex und Arbeit mit dem Opfer verbunden. Mit Monika war es etwas anderes. Diese war ihre Mitbewohnerin gewesen. Vor allem war sie aber ihre Freundin. Monika war ihr deutlich mehr ans Herz gewachsen, als es Jakob Schuster je geschafft hatte.

»Sie sind also heute erst aus Spanien zurückgekehrt.«

Juliana schluckte.

»Mein Flug ist um 11 Uhr in Wien gelandet. Gegen 13 Uhr war ich dann zu Hause. Sie können das gerne überprüfen.«

Kommissar Brandner nickte, der deutlich jüngere und uniformierte Polizist Reitbauer notierte die Flugdaten. Auch er wirkte mitgenommen.

Natürlich, auch Sepp Reitbauer hat Monika gekannt, erinnerte sich Juliana.

»Hatte Frau Steiner irgendwelche Feinde? Hatte sie einen Freund, einen Geliebten? Können Sie sich vorstellen, wer sie umgebracht hat?«

Juliana schüttelte den Kopf. So viele Fragen und auf keine hatte sie eine Antwort.

»Gestern war noch alles in Ordnung. Wir haben telefoniert. Sie war im Fitnessstudio.« Juliana stockte. »Mein

Gott! Kurz nach dem Telefonat mit mir muss es passiert sein.«

Ihre Hand landete automatisch vor ihrem Mund.

»Hat sie irgendetwas, irgendjemanden erwähnt?«

Wieder schüttelte Juliana den Kopf, gleichzeitig gab sie ihren Mund frei.

»Wir haben nur über mich geredet und über ihre Arbeit.«

Da war es wieder, dieses Gefühl, das sie meiden wollte, vermeiden musste, in Zukunft nicht mehr fühlen durfte. Aber immerhin wusste sie jetzt, was sie den beiden Beamten zu sagen hatte. Es musste einfach heraus, sie konnte nicht anders.

»Wenn Sie einen Verdächtigen suchen, dann fahren Sie zu Schuster Schuhe, dort gibt es sicher genügend Personen, die dazu fähig wären.«

Sie sah Brandners geweitete Augen und nickte dem Kommissar bestätigend zu.

»Ja, Monika hat für die Schusters und Chan gearbeitet. Was für ein Zufall. Denken Sie das nicht auch gerade, Herr Kommissar?«

Brandner erhob sich. Der jüngere Kollege tat es ihm gleich.

»Falls Ihnen noch etwas einfällt.«

»Dann melde ich mich. Kümmern Sie sich um die Schusters und vor allem um Chan, dann finden Sie ihren Mörder.«

Juliana begleitete die beiden zur Eingangstür. Dort angekommen, drehte sich Brandner nochmals zu ihr um.

»Noch eine Frage, treffen Sie …«

»Zu Hans Mayer habe ich keinen Kontakt mehr, falls Sie danach fragen wollten«, unterbrach ihn Juliana sofort.

»Aber Sie wissen, wo er ist.«

»In Wien.«

»Genau, falls Sie ihn doch einmal sprechen, sagen Sie Herrn Mayer, dass ich ein Auge auf ihn habe.«

Juliana antwortete nicht darauf, sie verfolgte nur noch, wie Brandner und Reitbauer sich entfernten, die Stufen nach unten nahmen und das Wohngebäude verließen. Dann schloss sie die Eingangstür und versperrte sie noch von innen mit ihrem Schlüssel.

KAPITEL 4

Postenkommandant Reitbauer ging direkt zum Auto, Kommissar Brandner blieb noch einige Sekunden im Innenhof der Wohnanlage stehen. Er schaute sich um. Grüne Flächen, eine Schaukel, ein Sandkasten, Unterstellplätze für Fahrräder und eine Sitzgarnitur für die Erwachsenen, um die Kinder beim Spielen zu beaufsichtigen. Alles in allem eine idyllische Umgebung.

Wahrscheinlich beobachtete ihn Juliana Haidinger von einem der Fenster aus und stellte sich die Frage, weswegen er nicht sofort verschwand. Es gab tatsächlich keinen Grund für ihn, zuzuwarten, also folgte auch Brandner dem schmalen, asphaltierten Weg, der zwischen den Gebäuden hindurchführte, bis er beim Parkplatz ankam.

Der erst vor Kurzem zum Postenkommandanten beförderte Reitbauer wartete schon beim silbernen Audi Quattro des Kommissars. Mit der rechten Hand zog er an der Türschnalle, bekam sie aber nicht auf.

»Wir fahren zur Schuhfabrik.«

»Sie meinen zum Büro der Schusters. Schuhe werden dort schon lange nicht mehr produziert«, korrigierte Reitbauer den Kommissar.

»Egal, Sie wissen, wohin ich will.«

Brandner drückte auf den Knopf der Fernbedienung, die Geräusche der Entriegelung waren zu hören, die Blinker leuchteten zweimal auf. Reitbauer öffnete die Tür und setzte sich auf den Beifahrersitz. Brandner nahm auf dem Fahrersitz Platz.

»Erst einmal nach links, dann Richtung Ybbsitz.« Nach einigen Sekunden fügte Reitbauer hinzu, »ich hoffe, es ist noch jemand da.«

»Es ist kurz vor vier. Die werden schon noch arbeiten.«

Schon bald ließen sie Waidhofens Ortstafel hinter sich, passierten die Fabrik des Möbelherstellers Bene, danach das Autohaus Lietz, sie durchfuhren den Kreisverkehr und nahmen die Ausfahrt Richtung Ybbsitz. Kurz darauf bog Brandner nach links ab und verließ dabei die Bundesstraße, indem er den Schildern mit der Aufschrift »Schuster Schuhe GmbH« folgte.

»Eindrucksvoll.«

»Ja, die Schusters haben erst vor einigen Jahren den Bürokomplex neu gebaut.«

»Viel Glas, würde sich auch in Wien nahtlos einreihen.«

Die Ermittlungen vor einem Jahr hatten Brandner nicht

zum Firmengelände der Schusters geführt. Er musste sich daher erst orientierten, rasch fand er aber den Gästeparkplatz.

Die beiden Männer stiegen aus.

»Sie haben extra darauf geachtet, dass die alten Produktionshallen vom Parkplatz und Eingang aus kaum zu sehen sind.« Brandner nickte. »Guter Architekt, kommen Sie, mal sehen, ob jemand da ist, den ich kenne.«

Die beiden gingen die letzten Meter nebeneinander, Reitbauer hielt seinem höhergestellten Kollegen die Glastür auf.

»Österreich wünscht Kevin-Prince Boateng und dem gesamten Team aus Ghana alles Gute!« Der Spieler schüttelte dem etwas blass wirkenden Eugen Schuster die Hand. Das Werbeplakat für die Fußballweltmeisterschaften in Brasilien fiel dem Kommissar zuerst auf, erst danach sah er die Empfangsdame. Nachdem sich die beiden Beamten vorgestellt hatten, machte die ältere Frau ein betroffenes Gesicht. »Was für eine Tragödie. Monika war doch so eine Liebe. Immer freundlich, und sie hat mir immer einen guten Morgen gewünscht. Das machen nicht alle«, fügte sie als Nachsatz hinzu.

»Ist Herr Chan heute im Haus?«

Brandners Frage konnte die Dame beantworten, ohne irgendwelche Listen oder den Computer zu konsultieren. »Herr Chan kommt nur mehr zu den Aufsichtsratssitzungen und zu ganz speziellen Anlässen nach Österreich. Aber seine Tochter Jennifer und Herr Eugen Schuster sind im Büro.«

»Wenn Sie uns bitte anmelden würden. Ich denke, ich brauche nicht extra hinzuzufügen, worum es geht.«

»Nein, Monika Steiners Eltern haben uns angerufen. Das ganze Büro weiß mittlerweile Bescheid.«

So viel zum Überraschungsbesuch, dachte Brandner und sah Reitbauer an. Der zuckte mit den Achseln.

»Was hätten wir tun sollen? Natürlich sind wir zuerst zu ihren Eltern.«

Die Befragung der engsten Familienmitglieder war bereits durch die Kollegen vom Landeskriminalamt erfolgt, bevor Brandner den Fall offiziell zugeteilt bekommen hatte, und er dann im Mostviertel eingetroffen war. Aber auch darum musste er sich noch einmal kümmern. Er wollte schon möglichst bald selbst mit Familie Steiner sprechen. Immerhin musste er nun nicht mehr die schlechten Nachrichten überbringen. Das hasste er ohnehin. Wie wahrscheinlich auch jeder meiner Kollegen, stellte er fest.

Die Empfangsdame telefonierte, währenddessen sah sich Brandner weiter um. Links neben dem Eingang gab es eine Sitzecke für Gäste, dahinter waren die aktuellen Modelle der meist blau-gelb gehaltenen Sportschuhe auf einer Stellage ausgestellt. Ein weiteres Plakat mit Eugen Schusters Kopf und seinem Statement »Unsere Schuhe sind fair hergestellt« befand sich rechts davon an der Wand. Neben dem jungen Schuster grinsten dem Kommissar mehrere asiatische Köpfe entgegen, zusätzlich war das Fair-Deal-Gütesiegel unterhalb des Schriftzugs der Schuster Schuhe GmbH abgedruckt worden.

Die Dame an der Rezeption legte den Hörer auf. Brandner und Reitbauer sahen sie erwartungsvoll an.

»Nehmen Sie bitte den Aufzug. Herr Schuster erwartet Sie oben.«

Eugen Schuster trug ein dunkles Sakko zur schwarzen Hose, darunter ein blau-weiß kariertes Hemd. Keine Krawatte. Und er war gereift. Er wirkte nun auf Brandner wie ein erfolgreicher Unternehmer. Nicht mehr nur wie ein

Sohn. Man wächst mit der Aufgabe, stellte der Kommissar wieder einmal fest, als er dem jüngsten Mitglied der Unternehmerfamilie die Hand schüttelte.

»Herr Brandner, was für ein Schock für uns alle.«

Eugen Schusters Gesicht zeigte Anteilnahme. Auf den Kommissar wirkte sie echt. Schon vor einem Jahr hatte Eugen Schuster keinerlei Spiele gespielt. Er war authentisch und glaubwürdig rübergekommen. Diese Eigenschaften dürfte er sich erhalten haben, trotz seiner neuen Funktion im Unternehmen, mutmaßte Brandner.

»Herr Reitbauer.«

Der Kommissar trat zur Seite und sah, wie Eugen Schuster nun den jungen Polizisten begrüßte, gleichzeitig analysierte Brandner weiter: Chan hielt sich nicht in Österreich auf. Aber was hatte der Chinese damals gesagt? Er, Chan, würde sich nie selbst die Hände schmutzig machen. Ganz unverfroren hatte Chan den Kommissar vor einem Jahr darauf hingewiesen. Schon damals hatte Brandner geahnt, dass er dem Chinesen und jetzigen Miteigentümer der Schuster Schuhe GmbH irgendwann einmal wieder gegenüberstehen würde. Noch war es aber nicht so weit, und sollte es sich im Mordfall Monika Steiner um denselben Frauenmörder handeln, der schon zwei andere junge Damen in Wien erdrosselt hatte, konnte er Chan als Täter praktisch ausschließen.

»Bitte kommen Sie mit. Wir begeben uns am besten gleich in den Besprechungsraum.«

Brandner und Reitbauer folgten Eugen Schuster durch den Gang, mehrere Türen führten offenbar in voneinander getrennte Büros, diejenige am Ende des Ganges öffnete der Unternehmer und brachte die Beamten in das Besprechungszimmer. Wasser in einer Karaffe und mehrere Gläser standen auf dem großen Tisch. Ein Blick durch eines der Fenster ließ den Kommissar die schon bekannte hügelig-bergige Umgebung des Mostviertels erkennen, zusätzlich sah er nun auch die alten Fabrikhallen, die hinter dem neuen Bürogebäude versteckt lagen.

»Nehmen Sie doch Platz.«

Brandner setzte sich, Reitbauer tat es ihm gleich. Das Firmenoberhaupt schenkte den beiden jeweils ein Glas Wasser ein. »Wir können gar nicht genug Flüssigkeit zu uns nehmen.«

»Danke, soweit ich gelesen habe, sind Sie mit Ihrer fair produzierten Schuhkollektion sehr erfolgreich«, begann der Kommissar das Gespräch.

Eugen Schuster ließ sich gegenüber von Brandner und Reitbauer nieder. »Ja, so tragisch das letzte Jahr auch für unsere Familie verlaufen ist, durch den Tod meines Vaters und meines Cousins, umso besser hat sich andererseits unser Geschäft entwickelt.« Schuster schüttelte den Kopf. »Aber deswegen sind Sie sicher nicht hier.«

Ein leises Klopfen an der Tür war zu hören. Die schlanke Asiatin trat ein, ohne ein »Herein« abzuwarten. Brandner, Reitbauer und auch Schuster standen auf. Das Klopfgeräusch bewertete Brandner noch als schüchtern und zurückhaltend. Ihr Händedruck, ihre Haltung, ihr Blick und ihre Worte strotzten aber vor Selbstsicherheit.

»Jennifer Chan, guten Tag, bitte entschuldigen Sie mein Deutsch.«

Die Asiatin hatte schulterlange, schwarze Haare, und sie trug ein dunkles Kleid. Wäre ihr hellroter Lippenstift nicht gewesen, Brandner hätte darauf spekuliert, dass sie sich extra für den traurigen Anlass ihres Besuches umgezogen hatte.

»Frau Chan, ich hatte letztes Jahr schon die Gelegenheit, Ihren Vater kennenzulernen. Ein sehr eindrucksvoller Mann. Niemand hat mir allerdings erzählt, dass seine Tochter sogar Deutsch spricht«, stellte Brandner zu Jennifer gewandt fest. Diese setzte sich, die drei Männer folgten ihrem Beispiel.

»Jennifer ist ein wahres Sprachtalent. Vor einem knappen Jahr verstand sie nur einige einfache Sätze und konnte erst wenige Wörter selbst aussprechen. Dann absolvierte sie einen Intensivkurs. Seit einigen Monaten will sie nur mehr in deutscher Sprache angesprochen werden. Ich wünschte, ich hätte die Fähigkeit, wie Jennifer, so schnell eine Fremdsprache zu erlernen.«

»Ich lebe jetzt in Österreich. Da ist es doch selbstverständlich, dass ich die Sprache gelernt habe«, erklärte Jennifer und schenkte Eugen Schuster danach ein Lächeln. Brandner hatte das Gefühl, echte Zuneigung im Gesicht der Chinesin zu erkennen.

Interessante Konstellation.

»Herr Brandner, Sie sind aber sicher nicht gekommen, um über meinen Vater oder über meine Deutschkenntnisse zu sprechen.«

»Nein«, bestätigte Brandner. »Wir sind wegen dem Mord an Frau Steiner hier.«

»Herr Schuster und ich haben erst vor wenigen Stunden davon erfahren.«

Jennifer Chan griff nach der Karaffe und schenkte sich auch ein Glas Wasser ein, dabei fuhr sie fort: »Wir sind noch immer ganz geschockt.«

Sie nahm einen Schluck, Eugen Schuster fügte hinzu: »Frau Steiner hat für uns im Sales Office gearbeitet, hauptsächlich war sie mit Auftragsabwicklung beschäftigt. Angebote legen, Aufträge buchen, Preislisten warten, Lieferzeiten bekanntgeben, das waren ihre Aufgaben. Sie hatte dabei hauptsächlich mit unseren Zwischenhändlern zu tun.«

Brandner nickte, nahm ebenfalls einen Schluck Wasser und lehnte sich danach wieder zurück.

»Hatten Sie auch privat näheren Kontakt zum Opfer?«

»Nein, du Jennifer?«

Auch die Asiatin verneinte. »Sie wissen ja, wie das ist. Mit dem Chef oder der Chefin will niemand so gerne seine Freizeit verbringen.«

Reitbauers Telefon meldete sich, er nahm das Gespräch an und verließ das Besprechungszimmer.

»Am besten unterhalten wir uns einfach mit Frau Steiners direkten Kollegen, damit würde ich am liebsten gleich beginnen«, sagte Brandner.

»Ich, ich denke, das wird …«, begann Eugen Schuster zaghaft.

»Natürlich handelt es sich um eine Ausnahmesituation, aber während der Arbeitszeit sollten wir das trotzdem vermeiden«, unterbrach ihn Jennifer Chan. »Ohnehin sind schon alle stark verunsichert. Da verstehen Sie doch, dass wir nicht auch noch stundenlang die Polizei bei uns im Büro haben wollen. Keiner könnte sich mehr auf die Arbeit konzentrieren«, fügte sie hinzu.

So viel zur Kooperation mit der Polizei, ich könnte sie zwingen …

»Du siehst das doch auch so, oder etwa nicht?«, fragte Jennifer Chan Eugen Schuster.

»Schon, aber wir sollten Herrn Brandner auch unterstützen.«

»Befragungen und Vernehmungen werden normal bei

der Polizei durchgeführt und nicht irgendwo anders. Ich denke, das ist auch in Österreich so, oder etwa nicht?«

Die Chinesin schaute Brandner an und wartete offenbar auf seine Bestätigung.

Die ist ja aggressiv! Aber sie hat recht, mir bleibt nichts anderes übrig, als ihr zuzustimmen.

»Sie können uns aber sicher eine Liste mit sämtlichen Namen und Daten von Frau Steiners Kollegen zukommen lassen. Wir werden diese dann einzeln auf der Polizeidienststelle befragen«, sagte Brandner daher.

»Das wird sich einrichten lassen«, antwortete Schuster.

Brandner sah, wie Jennifer Chan ihren Mund öffnete, doch bevor sie etwas sagen konnte, kam Reitbauer zurück in den Raum. »Wir haben einen Treffer. Einer der Gäste vom Schlosshotel.«

Brandners Blick traf den des Polizisten.

Reitbauer verstummte sofort.

Die beiden Beamten verabschiedeten sich von Jennifer Chan, danach brachte sie Eugen Schuster zum Aufzug. »Herr Schuster, bitte schicken Sie uns so bald wie möglich die Liste mit den Namen Ihrer Angestellten.«

»Mache ich.«

»Danke. Ist eigentlich Ihr Onkel noch im Betrieb aktiv tätig?«, fragte Brandner.

»Nein, Onkel Samuel hat sich nun wieder zurückgezogen. Er ist nur mehr – wie auch Jennifers Vater – im Aufsichtsrat tätig. Wir hatten großes Glück und haben mit Herrn Schwarz einen ausgezeichneten technischen Leiter eingestellt, ein richtiger Spezialist auf seinem Gebiet. Daher kann sich Onkel Samuel wieder auf die Jagd konzentrieren.«

»Ich verstehe Ihren Onkel nur zu gut. Manchmal hätte ich auch gute Lust, mich auf eine Almhütte zurückzuziehen.«

Als sich die Aufzugstür schloss, konnte Brandner noch immer die Erleichterung in Eugen Schusters Gesicht ablesen, die sich dort umgehend eingestellt hatte, nachdem Reitbauer den Verdächtigen erwähnt hatte. *Kein Wunder, Schuster Schuhe können sich keinen weiteren Skandal leisten. Die Geschäfte laufen zwar gut, aber man setzt auf das positive Image, der fair produzierten Sportschuhe. Die Morde vom letzten Jahr sind noch allen in Erinnerung. Eine weitere negative Schlagzeile macht den Erfolg mit einem Schlag zunichte. Keine Überraschung also, dass mich die Chinesin nicht hierhaben will. Aber gleich so zu reagieren! Vielleicht hat Juliana Haidinger ja doch recht, und der Mord hat etwas mit der Arbeitsstelle des Opfers zu tun … jetzt hat aber der neue Verdächtige oberste Priorität, eventuell ist der Fall schon bald geklärt, und ich kann mir weitere Spekulationen sparen.*

KAPITEL 5

Die Sonne verabschiedete sich gerade, draußen wurde es dunkel, trotzdem herrschte auf der Polizeidienststelle

Waidhofens Hochbetrieb. Brandner las sich die Akte des Verdächtigen durch, die seine Kollegen schon fein säuberlich ausgedruckt und in einem dünnen Folder pflichtbewusst eingeheftet hatten.

Bernd Slawitschek, der Name irritierte Brandner.

»Herr Reitbauer, Slawitschek, stimmt die Schreibweise?«

Der Postenkommandant drehte sich um und trat mit seinem frisch gebrühten Kaffee in der Hand an den Tisch. Brandner drehte den Akt um 180 Grad, sodass ihn Reitbauer lesen konnte.

»Ja, stimmt.« Reitbauer lächelte erstmals an diesem Tag und fügte hinzu: »Typischer österreichischer Name, Slawitschek, oder nicht?«

Brandner ersparte sich eine Entgegnung, stattdessen befahl er Reitbauer, ihm zu folgen.

Bernd Slawitschek saß aufrecht auf seinem Stuhl, er trug ein rot-blaues Poloshirt, seine beiden Hände lagen auf der ansonsten leeren Tischplatte. Dem Verdächtigen hatte man bisher keine Erfrischung angeboten, und auch der Kommissar dachte nicht daran, für eine angenehme Atmosphäre zu sorgen. Reitbauer blieb an der Wand stehen, Brandner setzte sich gegenüber des Verdächtigen. *Sieht älter aus als 39. Dreitagebart. Dunkle, kurz geschnittene Haare. Muskulöse Arme. Er ist Mechaniker, das sieht man.*

Braune Augen. Gehetzte Augen.

Der Kommissar schaute nach hinten und nickte Reitbauer zu. Der trat vor, schaltete das Diktiergerät ein und legte es auf die Tischplatte, dabei sah er Slawitschek mit starrem Blick an, dann trat er wieder zurück und lehnte sich lässig an die Wand. Brandner nannte seinen Namen und Dienstgrad, danach fragte er nach dem Namen des Verdächtigen.

»Bernd Slawitschek.«

»Sie wissen, weswegen Sie hier sind?«

»Ich bin freiwillig mitgekommen.«

»Stimmt, das haben mir die Kollegen berichtet.«

»Ich kann also jederzeit gehen.«

»Wenn Sie nicht kooperieren, macht Sie das verdächtig.«

Slawitschek ballte seine Hände zu zwei Fäusten, seine Augen funkelten den Kommissar an. »Verdächtig bin ich doch ohnehin schon. Glauben Sie, ich habe die Blicke Ihrer Kollegen nicht bemerkt? Und erst ihre Worte. Für die bin ich schuldig. Die würden mich am liebsten gleich ans Kreuz nageln.«

»Und, waren Sie es? Haben Sie Monika Steiner ermordet?«

Slawitschek ließ sich in seinen Sessel zurückfallen. »Nein!« Er richtete sich wieder auf. »Ich war nur zur falschen Zeit am falschen Ort.«

Brandner hörte ihm weiter zu.

»Die Sache mit Rosamunde ist ewig her … 20 Jahre. Ich habe eine Familie. Niemals würde ich jemanden umbringen. Auch damals war alles nur ein Spiel. Rosamunde wollte es. Sie hat mich geradezu angebettelt.«

»Schwachsinn!«, unterbrach ihn Brandner. »Hören Sie damit auf, Sie sind damals verurteilt worden, Sie brauchen diese Tat nicht mehr zu leugnen.«

»Rosamunde hat es aber gewollt, Sie wollte von mir gewürgt werden, aber auch damals hat mir niemand geglaubt.«

Dass ich nicht lache, sie hat es gewollt! Absurd. Das ist doch krank! Eine viel zu kurze Haftstrafe hat er dafür erhalten.

»Wieso hätte ich damals sonst die Rettung gerufen?

Rosamunde ist nichts passiert, nur ich bin im Gefängnis gelandet. Seit ich entlassen wurde, habe ich mir nichts zuschulden kommen lassen. Ich habe eine Frau und zwei Kinder.«

Das stimmt, aber vielleicht hast du ja dazugelernt. Bist jetzt schlauer, rufst nicht mehr die Rettung, sondern bringst deine Opfer gleich ganz um.

Slawitschek schüttelte seinen Kopf. »Den Schwarzen Peter lasse ich mir nicht unterjubeln. Das können Sie mir glauben. Einen Mord lasse ich mir nicht anhängen.«

Brandner beugte sich nach vorne. »Herr Slawitschek, erzählen Sie mir einfach, was gestern genau passiert ist.«

Der Kommissar erfuhr von Slawitschek, was er ohnehin schon wusste, was er jedoch vom Verdächtigen selbst geschildert bekommen wollte: Bernd Slawitschek sollte in Zukunft nicht nur in der Werkstätte Autos reparieren, sondern er würde auch den Kundendienst übernehmen. Deshalb hatte ihn sein Chef zu dem Seminar angemeldet, das im Veranstaltungszentrum des Schlosshotels in Waidhofen stattfand. Slawitschek war pflichtbewusst am Vorabend vor Seminarbeginn angereist, hatte eingecheckt, das Zimmer bezogen und danach den Saunabereich des Hotels benutzt. Und genau da lag für Slawitschek das Problem. »Herr Brandner, ich habe Ihren Kollegen schon bestätigt, ja, ich war in der Sauna, aber ich habe das Fitnessstudio nicht betreten.« Slawitschek machte eine Pause. Dann fügte er hinzu: »Sie werden garantiert nichts finden. Keine Fingerabdrücke, keine DNA. Rein gar nichts.«

»Trotzdem, Sie waren in der Nähe des Tatorts, Sie sind vorbestraft! Sie haben ihr damaliges Opfer stranguliert! Ich weiß nicht, ob man Sie schon informiert hat, Frau Steiner wurde erdrosselt.«

Brandner war sich nicht sicher, ob Slawitscheks überraschter Blick echt oder aufgesetzt war.

»Ich war es nicht. Mehr kann ich dazu nicht sagen«, beteuerte Slawitschek. »Wenn Sie mich weiter hier festhalten, dann will ich mit einem Anwalt sprechen.«

Natürlich, jetzt ist es so weit, und ich habe absolut nichts in der Hand, noch habe ich keine Ergebnisse. Nichts von der Spurensicherung, kein Bericht von der Gerichtsmedizin. Brandner atmete aus, schaute auf die Uhr, dann blickte er dem Verdächtigen wieder in die Augen. »Das wird nicht nötig sein. Sie sind verdächtig, aber nicht verhaftet. Noch nicht. Informieren Sie bitte Postenkommandant Reitbauer, wo und wie wir Sie morgen und die Tage danach erreichen können.«

Reitbauer trat näher und sah Brandner an. Der zuckte mit den Achseln, er hatte einfach keine Beweise. Die Erleichterung stand Slawitschek noch deutlicher ins Gesicht geschrieben als Eugen Schuster, als der von dem Verdächtigen gehört hatte.

»Verlassen Sie aber nicht das Land«, fügte Brandner hinzu.

Sowohl der Kommissar als auch sein Verdächtiger erhoben sich. Slawitschek streckte Brandner seine rechte Hand entgegen. Brandner zögerte, ergriff sie dann aber doch.

»Auf Wiedersehen.«

»Ich werde nach Hause fahren, nach Wien. Das Seminar weiter zu besuchen, macht keinen Sinn.«

»In Ordnung.« Brandner wandte sich an Reitbauer. »Lassen Sie sich von Herrn Slawitschek noch zur Sicherheit die genaue Adresse und alle Telefonnummern geben. Ich muss gehen. Wir sehen uns morgen in der Früh.«

Das von Reitbauer gemurmelte »Sie können mich aber

nicht zwingen, ihm auch die Hand zu schütteln«, hörte der Kommissar schon gar nicht mehr, als er zur Tür hinaus verschwand.

KAPITEL 6

Ich werde mir den Tatort ansehen, muss überprüfen, wie leicht man von der Sauna ins Fitnessstudio kommt – und ich brauche ein Zimmer für die Nacht.

Der Kommissar setzte sich in seinen Audi Quattro. Der Weg zum Schlosshotel sollte ihn vor keine großen Herausforderungen stellen. Brandner musste nur vom Kinoparkplatz wieder zum ersten Tunnel gelangen, was er auch erfolgreich schaffte, er fuhr hindurch, dann nahm er bei den drei kurz nacheinander angeordneten Kreisverkehren jeweils die Ausfahrt Richtung Amstetten, danach die Abzweigung nach rechts Richtung Windhag/St. Leonhard. Er fuhr am Parkbad vorbei, das natürlich noch geschlossen war, bog rechts ab und folgte dann den Hinweisschildern, die ihn zur Parkgarage des Hotels führten. Er nahm die Einfahrt links ins Parkhaus, das Hotel selbst war noch an die 30 Meter entfernt und auf einer kleinen Anhöhe gelegen.

Brandner hievte seinen Koffer aus dem Kofferraum und zog ihn die letzten Meter auf Rollen den kleinen Hügel hinauf. Gegenüber, am anderen Ybbsufer, sah er die Altstadt mit dem bekannten Rothschildschloss. Der gläserne Kubus auf dem höchsten Turm der »Stadt der Türme« – als die sich Waidhofen in Fremdenverkehrsbroschüren bezeichnete – erstrahlte im hellen Blauton.

Das Hotel lag direkt vor Brandner. Im Zentrum des Baus diente ein Turm mit Zwiebeldach als Blickfang. In dessen Erdgeschoss befand sich auch die Eingangstür. Rechts sah Brandner einen frei stehenden Neubau mit viel Glas, der offenbar als Veranstaltungs- und Seminarzentrum genutzt wurde. Davor, das sagte ihm ein Hinweisschild, führten im Freien betonierte Stiegen hinunter zur Wellnessoase und zum Studio »Energy Fitness«. Es musste auch einen Verbindungsgang im Innern zwischen dem Hotelbau und dem unter dem Veranstaltungszentrum gelegenen Sauna- und Fitnessbereich geben. So hatte Reitbauer es Brandner erklärt.

Der Kommissar nahm den Eingang ins Hotel und stand schon bald einer netten jungen Dame an der Rezeption gegenüber. Glücklicherweise bekam er ein Zimmer. Sofort erkundigte er sich nach dem Saunabereich. Zuvorkommend erklärte sie ihm, wie er dorthin kommen würde: Er musste nur eine Etage tiefer und dann den Hinweisschildern folgen. Es war ganz einfach.

Brandner brachte zuerst mithilfe des Aufzugs seinen Koffer und die Aktentasche auf sein Zimmer im ersten Stock. Ohne weitere Zeit zu verlieren, wollte er den Raum wieder verlassen, da fiel ihm ein, dass er seiner Frau Eva noch gar nicht Bescheid gegeben hatte. Auch wenn er es ihr vor der Abfahrt nach Waidhofen schon angekündigt hatte, so musste er ihr doch noch einmal bestätigen, dass er nicht nach Hause kommen würde.

»Du hast meine Nummer gewählt, ich bin aber gerade mit Wichtigerem beschäftigt. Wenn du berechtigte Hoffnung hast, von mir zurückgerufen zu werden, hinterlasse mir eine Nachricht, ansonsten erspare uns beiden deine Demütigung und leg einfach auf.«

Sie hatte die Mobilbox neu besprochen. Fast hätte Brandner verabsäumt, auf das Tonband zu sprechen. Aber er hatte berechtigte Hoffnung, zurückgerufen zu werden, und daher informierte er sie, dass er in Waidhofen übernachten würde und nicht wusste, ob er am nächsten oder erst am übernächsten Tag zurückkehren würde. Dann legte er auf.

Sie hat die Nachricht neu aufgenommen. Die Sätze waren die einer überdrehten, ausgeflippten jungen Frau. Das passte nicht mehr zu Eva. Das war sie zwar einmal gewesen – genau in diese Eva hatte er sich damals verliebt – aber jetzt war sie die Mutter seiner Kinder und seine Gattin. Außerdem war sie nicht erreichbar. Das passte auch nicht zu ihr. Musste er sich Sorgen machen? Er war versucht, seine Schwiegermutter anzurufen. Falls sich Eva ohne ihn amüsierte, würde ihre Mutter aller Voraussicht nach auf die beiden kleinen Mädchen aufpassen. Brandner schüttelte den Kopf und verwarf den Gedanken sofort wieder. Er würde nicht seine Schwiegermutter anrufen. Er sah schon Gespenster, wo keine waren. Mit seiner Ehe war alles in Ordnung.

Brandner griff sich die Schlüsselkarte und verließ den Raum, um seinen ursprünglichen Plan umzusetzen. Der Aufzug brachte ihn wieder bis direkt vor die Rezeption, von dort nahm er die Stiege in das Untergeschoss. Links abzweigend, sah er hinter einer Glasfront die Hotelbar. Von dort hatte man wiederum einen schönen Ausblick durch Glasfenster auf die gegenüberliegende Ybbsseite. Nur wenige Hotelgäste nutzten an diesem Abend die Angebote der Bar. Er ging weiter, rechts waren die Toiletten für die Barbesucher angeordnet, dann brauchte er erstmals wieder den Zimmerschlüssel, um die nächste Tür zu passieren. Vom danach weiterverlaufenden Haupttrakt zweigten kürzere Gänge ab. Auch die Zimmer hier unten wurden für Hotelgäste genutzt.

Brandner folgte dem Haupttrakt, jetzt musste er sich bereits unter dem Veranstaltungszentrum befinden. Dann zweigte wieder ein Gang nach rechts ab, ein Hinweisschild kennzeichnete den Weg Richtung »Wellnessoase« und »Fitnesscenter«. Einmal noch blockierte ihm eine Tür den Zugang, die er wieder mit seinem Schlüssel öffnete. Dahinter befand sich ein größerer Eingangsbereich, den eine Sitzgarnitur mit einem schwarzen Lederbezug dominierte. Wasser und Tee standen auf einem Tischchen bereit, mehrere unbenutzte Gläser warteten darauf, mit der Flüssigkeit gefüllt zu werden. Links neben der Eingangstür sah Brandner einen weißen, geflochtenen Korb, in dem die Gäste ihre verwendeten Handtücher entsorgen sollten. Den Eingangsbereich verlängerte ein weiterer schmaler Gang. Zwei Türen an der rechten Seite führten in das Saunazentrum. Dazwischen lag die Umkleidekabine. »Ausschließlich für Hotelgäste« war dort auf einem weißen Schild vermerkt. Bisher war Brandner noch niemandem begegnet. Links führte eine Tür zum Solarium, eine weitere zum »Hypoxi«, und dann gab es noch einen Raum für Massagen. Brandner schaute in die Umkleidekabine. Nur das Gewand von zwei Gästen hing an den Kleiderhaken. Der Kommissar schloss die Tür und wandte sich der am anderen Ende des Ganges zu. Diese war von der Polizei gesichert worden. Ohne jegliches Problem löste Brandner die Klebestreifen, er brauchte dann nur mehr den Griff nach unten zu drücken und die Tür gegen einen leichten Federwiderstand aufstoßen. Auch nach dem Mord war sie also nicht abgesperrt worden. *Für Slawitschek war es ein Leichtes, von der Sauna ins Studio zu gelangen.*

Im Fitnessstudio war es finster, nur von draußen drang etwas Licht von den Laternen herein. Brandner tastete nach einem Schalter, er wurde neben der Tür fündig, sodass der Raum schon bald erleuchtet war.

Ein Empfangstresen mit Espressomaschine. Wasserbehälter für Erfrischungen. »Sportsfood« im verglasten Kühlschrank. In einer speziellen Vorrichtung steckten sechs Flaschen mit Mineralstoffgetränken, die Auswahl reichte von Lemon-Cactus bis zu Schwarzer Johannisbeere. In deren Nähe sah Brandner auch zwei Flaschen Desinfektionsmittel und Reinigungspapier. Ein großes Poster an der Wand zeigte eine junge Frau auf einem Felsen stehend, die gerade mit dem rechten Fuß einen karateverdächtigen Stoß ausführte. Der dabei beworbene Powerbar trainierte angeblich die Abwehrkräfte. *Ob die Kräfte auch dafür reichen, den Frauenmörder abzuwehren und in die Flucht zu schlagen? Reine Geschäftemacherei.* Brandner sah sich weiter um. Dieser Teil des Studios war offensichtlich für das Herztraining und zur Fettverbrennung gedacht, es befanden sich Ergometer, Laufbänder und Stepper darin. Drei Flachbildschirme sorgten für Abwechslung, die hintere Wand war verspiegelt und ließ den Raum daher fast doppelt so groß wirken. Seitlich verlief die Glasfront. Außen konnte Brandner nicht viel erkennen. Er nahm die Stufen nach unten. Dort befanden sich die Geräte zum Muskelaufbau. Die Hotelgäste konnten sich kaum beschweren. Es handelte sich tatsächlich um ein komplett ausgestattetes Fitnessstudio und nicht wie in vielen anderen Hotels nur um eine Einrichtung mit einem Laufband, einem Ergometer und einigen Hanteln. Unten war die Luft stickig, es war offenbar länger nicht gelüftet worden.

Am hinteren Ende des Raums war eine der beiden Türen nochmals extra gesichert worden. Ein Schild mit »Damen. Für Wertsachen wird keine Haftung übernommen«, erklärte, was sich dahinter befand. Neben der Tür hing ein Kalender mit einem jungen Mann in Lederhose, dessen nackter Oberkörper zwar trainiert war, aber immerhin nicht ganz so muskulös wirkte wie der eines professionellen Bodybuilders. Mit Arnold Schwarzenegger in jungen Jahren kann er es nicht aufnehmen, wahrscheinlich soll er aber die männlichen Kunden des Studios nicht zu schlecht aussehen lassen, schloss Brandner. Er löste die zusätzliche Sicherung und betrat die Damenumkleidekabine. Eine Holzbank, mehrere Kästen, ein Spiegel und der obligatorische Fön beim Wandspiegel. Die Toilette, ein Waschbecken, dann der Zugang zur Dusche. Der Vorhang war noch immer zur Seite geschoben. Die weiße Bodenmarkierung auf dunkelgrauen Fliesen veranschaulichte, wie Monika Steiners Leichnam dort gelegen hatte. Mehrere Minuten blieb Brandner stehen und ließ das Bild auf sich wirken, dabei rief er sich die Fotos mit der am Boden liegenden Monika Steiner in Erinnerung. Sie war vollkommen bekleidet gewesen, hatte noch ihr Trainingsgewand getragen. Aller Wahrscheinlichkeit nach war sie nicht in der Dusche ermordet worden, sondern entweder in der Umkleidekabine oder sogar noch draußen an einem der Geräte. Der Täter musste die drahtige Frau dann in die Dusche geschleift haben, und zwar nicht, um sich an ihr zu vergehen, davon hatten sie keine Anzeichen gefunden, sondern um den Leichnam möglichst lange unentdeckt zu wissen. So musste es gewesen sein. Brandner verstand die Beweggründe des Täters, er konnte sich vorstellen, wieso der den Leichnam seines Opfers in der Dusche versteckt hatte. Weswegen es aber überhaupt zur Tat gekommen war, wusste Brandner nach wie vor nicht. Hier tappte er vollkommen im Dunkeln. Er hatte kaum Ansätze.

Obwohl, so ganz stimmte das nicht. Immerhin hatte er einen Vorbestraften, der sich in der Nähe des Tatortes aufgehalten hatte. Außerdem verdächtigte Juliana Haidinger die Arbeitgeber der Toten. So ganz ausschließen wollte er diese Option auch nicht. Immerhin traute er vor allem Chan alles zu. Brandner musste sich aber eingestehen, dass er noch nicht einmal nahe daran war, ein Motiv für einen Mord zu finden.

Ich stehe aber erst ganz am Anfang der Ermittlungen. Vielleicht handelt es sich ja doch um einen Serienmörder. Diese Möglichkeit ist ja auch der Grund, weswegen das Bundeskriminalamt ermittelt. Zwei Frauen wurden in Wien ermordet. Auf ähnliche Weise. Eva ist in Wien. Ich erreiche sie nicht.

Brandner spürte, wie sich sein Puls beschleunigte. Er holte sein Handy hervor. *Kein Empfang. Ich muss aufs Zimmer. Dort funktioniert es. Möglichst schnell Eva anrufen. Ihr darf nichts passiert sein!* Brandner verließ die Umkleidekabine, er nahm die Stufen nach oben und verklebte rasch wieder die Verbindungstür zwischen Hotel und Fitnessstudio. Es war weit und breit niemand zu sehen. Er lief nun den langen Gang zurück. *Eva darf nichts passiert sein. Über eine Million Frauen in Wien. Eva kann gar nichts passiert sein! Sie hat ihre Mobilbox wie eine junge Frau besprochen, aber das ist sie nicht mehr. Sie passt nicht ins Beuteschema. Über eine Million Frauen.* Langsam beruhigte sich Brandner, er reduzierte sein Tempo, er lief nicht mehr, sondern schritt nur mehr schnell voran. Auch in der Bar waren die Lichter schon ausgegangen. Er nahm die Stufen nach oben.

An der Rezeption checkte gerade Slawitschek aus. Brandner war versucht, seinen Verdächtigen anzusprechen, ihm zu sagen, dass er jetzt wusste, wie einfach es für Slawitschek gewesen sein musste, vom Saunabereich ins Fitnessstudio zu gelangen. Aber was würde das bringen? Alles war vorerst bereits gesagt worden, Slawitschek hatte nie abgestritten, dass er ins Studio hätte kommen können.

Brandner musste sich unbedingt vergewissern, dass seine Eva in Sicherheit war. Also sprach er seinen Verdächtigen nicht an. Wenn er Eva wieder nicht erreichen konnte, dann würde er seine Schwiegermutter anrufen. Er drückte den Taster neben dem Aufzug. Die Tür öffnete sich, Brandner trat ein, ohne dass sein Verdächtiger seine Anwesenheit bemerkt hatte. Während Brandner mit dem Aufzug nach oben fuhr, summte und vibrierte es in seiner Jackentasche. Er nahm sein Handy heraus. »Zwei Anrufe in Abwesenheit«. Eva hatte versucht, ihn zu erreichen. Die Aufzugtür ging auf, er tippte auf »Anrufen« und stieg aus, dann wartete er im Gang stehend darauf, dass die Verbindung aufgebaut wurde. Es klingelte nicht. Statt des Läutens ertönte wieder die nun schon bekannte Ansage seiner Frau: »Du hast meine Nummer gewählt …«

»Ja, ich weiß, du bist gerade mit etwas Besserem beschäftigt.«

Brandner legte auf und wählte die Nummer seiner Mobilbox.

Eine neue Nachricht.

Voller Erstaunen stellte er fest, dass seine Eva mit einem ihrer Kollegen im Theater gewesen war. »… wie ich es dir gestern gesagt habe. Jetzt bin ich müde und gehe schlafen.«

Sie ist müde und liegt im Bett.

Gott sei Dank, alles ist in Ordnung!

Hoffentlich liegt sie auch allein im Bett. Und schläft.

Den Namen des Mannes hatte er noch nie gehört. Der Kollege musste neu sein. Noch nie gehört, war vielleicht nicht ganz richtig. Der Name eines Arbeitskollegen seiner Eva war Brandner einfach noch nie so wichtig erschienen, als dass er ihn sich hätte merken wollen. Auch jetzt beim Abhören der Mobilbox hatte er nicht gut genug aufgepasst. Sollte er sich die Nachricht noch einmal zu Gemüte führen, um sich den Namen von Evas Verehrer einzuprägen? Brandner beschloss, darauf zu verzichten. Stattdessen würde er seiner Eva in Zukunft aufmerksamer zuhören. Das war schließlich seine Stärke im Beruf. Dort entging ihm nicht die geringste Kleinigkeit! Irgendwie wurde er das Gefühl nicht los, dass sich, wenn er nicht achtsamer war, ernsthafte Schwierigkeiten in seinem Privatleben anbahnten. Oder waren sie schon da?

Nichts da, mit meiner Ehe ist alles in Ordnung!

Er musste sich nur wieder etwas mehr bemühen, so war das nun einmal. Richtige Probleme hingegen hatte er mit seinem Fall. Ein Frauenmörder lief frei herum. Leben oder Tod hingen von seinem schnellen Erfolg ab. Diese Erkenntnis schnürte ihm kurz die Luft ab. Sein Hals war trocken und kratzte. Er betrat sein Zimmer und ging sofort zur Minibar. Die Flasche Rotwein stand oben auf der Ablagefläche neben zwei Weingläsern und wartete darauf, von ihm entkorkt zu werden. Eine lange Nacht stand ihm bevor. Also öffnete er den Zweigelt aus dem Burgenland und schenkte sich eines der Gläser halbvoll ein. Dann roch er nach den Beeren, dabei schwenkte er das Glas leicht. Kurz danach spürte er, wie sich der angenehm samtene Geschmack in seinem Mund ausbreitete.

Mit meiner Ehe ist alles in Ordnung.

Er nahm einen zweiten Schluck und stellte dann sein Glas auf das Nachtkästchen neben dem Bett. Danach holte er die beiden dünnen Ordner aus seiner Aktentasche. Er schlug den ersten auf, die starren, grünen Augen einer jungen Frau mit blonden kurzen Haaren blickten ihm entgegen. Als er den zweiten Ordner öffnete, sahen ihn ebenso starre Augen an, diesmal waren sowohl Augen- als auch Haarfarbe braun. Beide Frauen waren jung gewesen. Nach Brandners Vorstellung waren Damen im Alter von Ende 20 nun einmal jung. Und beide waren attraktiv gewesen. Es gab Fotos in den Akten aus der Zeit, als sie noch das Leben genossen hatten. Der Tod war grausam gewesen, ihre Gesichter auf den Fotos der Gerichtsmedizin hatten nichts mehr von der unbekümmerten Leichtigkeit und Schönheit an sich, von der die Fotos aus ihrem früheren Leben erzählten.

Beide Frauen waren mit einem dünnen seilartigen Kunststoff stranguliert worden. Auch Monika Steiner dürfte auf dieselbe Weise erdrosselt worden sein. Das Seil hatte sich tief in den Hals der Opfer eingegraben und musste ihnen sofort den Atem abgeschnürt haben. Beide Gesichter waren schmerzverzerrt. Schöne Leichen sahen anders aus, aber die bekam Brandner in seinem Beruf ohnehin selten zu sehen.

KAPITEL 7

Wie immer graute Brandner vor der Aufgabe, aber es musste sein. Es führte einfach kein Weg daran vorbei, selbst mit Monika Steiners engsten Angehörigen zu reden.

Immerhin brauchte er ihnen die schlechte Nachricht nicht mehr zu überbringen. Aus Erfahrung wusste er aber, dass es diese Tatsache kaum leichter machen würde. Auch der Sonnenschein, der blaue Himmel und die herrliche Aussicht, die er ohne das bevorstehende Gespräch vielleicht sogar hätte genießen können, verbesserten seine Stimmung nicht.

Sepp Reitbauer lotste ihn die schmale, asphaltierte Straße den Arzberg hinauf. Ein Bauernhaus nach dem anderen passierten sie. Noch grasten keine Kühe im Freien, noch blühte keiner der Obstbäume, deren Früchte zur Herstellung des Mostes später im Jahr verwendet würden. Aufgrund der warmen Temperaturen wuchs auf den Wiesen aber bereits saftig grünes Gras. Der Schnee hatte sich von der Sonnenseite des Mostviertels bereits vor Wochen verabschiedet, er hatte sich in diesem Winter überhaupt nur ganz selten gezeigt.

»Hier ist es, hier ist der Hof der Steiners.«

Brandner registrierte, noch während er einparkte, das alte Bauernhaus, den modernen Anbau, die große Garage für die Landmaschinen, und, etwas abseits gelegen, das Wirtschaftsgebäude, das die Stallungen für die Tiere und den Raum für das Futter beinhalten musste.

»Alle halten hier Kühe, entweder Mutterkuh- oder Milchkuhprinzip«, erklärte Sepp Reitbauer seinem Kollegen aus der Großstadt, während beide ausstiegen. Tief unten im Tal erkannte Brandner die Bundesstraße, die zwischen Waidhofen und Ybbsitz verlief, und natürlich den Fluss – die Ybbs. Links, hinter einem Hügel verborgen, mussten das Büro und die leer stehenden Hallen der Schuster Schuhe GmbH zu finden sein. Die Arbeitsstätte des Opfers.

»Kommen Sie, Herr Brandner, hier entlang, man wartet sicher schon auf uns.«

Die Beamten hatten sich für 10 Uhr morgens angekündigt. Es war schon eine halbe Stunde später. Ohne anzuläuten, trat Sepp Reitbauer ein. Brandner folgte dem ortskundigen Polizisten. Sie fanden sich in einem dunklen Flur wieder. Reitbauer klopfte an der nächstgelegenen linken Holztür an und trat auch hier ein, ohne eine Antwort abzuwarten. Wieder folgte ihm Brandner und sah sich einer Gruppe von schwarz gekleideten Personen gegenüber, die alle an einem großen Küchentisch mit dunkler Holzplatte saßen. Ein Mann mit wettergegerbtem Gesicht, den Brandner zwischen 50 und 60 Jahre alt schätzte, stand auf und hieß sie willkommen.

»I bin da Moni ia Foda. Sitzt eich nida.«

Er gab Brandner und Reitbauer nacheinander die Hand.

»Mia kinnans no oiwi nad glaum.«

Sepp Reitbauer sah das fragende Gesicht des Kommissars.

»Fraunz, Herr Brandner ist aus Wien, könnt ihr daher bitte versuchen, in Schriftsprache zu sprechen?«

Franz Steiner, Monikas Vater, nickte. »Entschuldigung, Herr Kommissar. Das hätte ich mir auch selbst denken können, dass Sie unseren Dialekt nicht verstehen«, bemühte er sich, für den Wiener nun verständlich zu sprechen. Dabei reduzierte er auch deutlich seine Sprachgeschwindigkeit.

»Unsere Monika hat ja auch immer nach der Schrift gesprochen. Sie hat sich das so angeeignet, damit sie im Beruf vorankommt.« Er stützte sich mit den Ellenbogen auf der Tischplatte ab, die Stirn landete in seiner Handfläche. »Sie war auch für den deutschen Markt zuständig.«

Brandner bemerkte, wie der Vater damit kämpfte, die Tränen zurückzuhalten. »Sepp, du weißt das ja sicher auch. Sie war so stolz darauf, den größten Markt für die Schusters zu betreuen.«

Sepp nickte. »Das stimmt.«

Brandner schaute Reitbauer überrascht an. *Reitbauer hat das Opfer gekannt! Wieso hat er das bisher nicht erwähnt?* Der Kommissar beschloss, vorerst nicht nachzuhaken. Das gehörte nicht hier vor der Familie der Ermordeten geklärt. Aber er würde dem nachgehen müssen.

Nacheinander stellten sich alle Familienmitglieder vor: Monika Steiners Mutter brachte kaum ein Wort heraus. Die Großmutter erzählte von ihrer Kleinen, als sie noch mit Puppen gespielt hatte. Natürlich hatte die Oma damals immer auf die kleine Monika achtgegeben. Der Großvater paffte seine Pfeife und schien in Gedanken woanders zu sein. Außerdem waren noch Monikas Schwester, deren Mann und ihre drei kleinen Kinder da.

»Monika war immer die Sportliche von uns, und sie war auch die Belesenere«, stellte die Schwester fest. »Wer hat das nur getan? Mitten in Waidhofen, mitten in unserer Heimat, meine kleine Schwester!«

Der Kommissar nickte, genau die Antwort auf diese Frage wollte, ja, musste er herausfinden.

»Hatte Ihre Schwester einen Freund?«

Er sah in die Runde. Schweigen. Dann antwortete die Schwester: »Nicht dass ich wüsste. Sie war ungebunden, hat sich amüsiert, wollte sich noch nicht festlegen.« Sie schien jedes Wort genau abzuwägen, ihr Blick streifte kurz Reitbauer, dann ergänzte sie: »Monika hat gern mit Männern geflirtet, aber es war nichts Ernstes in Sicht. Zumindest soweit ich das abschätzen kann.«

»Können Sie uns bitte eine Liste mit den Namen ihrer Verehrer und Freunde erstellen. Auch wenn Sie sagen, es war nichts Ernstes, so will ich doch mit allen reden, die mit ihr gelegentlich in Kontakt waren, auch mit den Freundinnen.«

»Werden wir«, bestätigte Monikas Vater. Seine Tochter sah wieder Sepp Reitbauer an. Der erwiderte ihren Blick nicht, sondern schaute auf die Tischplatte. Für Brandner war die Reaktion des jungen Postenkommandanten daher umso verdächtiger.

»Hat Monika eigentlich je etwas Auffälliges über ihre Arbeitgeber bei Schuster Schuhe gesagt?«, wollte Brandner noch wissen.

Sowohl Schwester als auch Vater verneinten.

»Wie war das Verhältnis von Monika zu ihrer Mitbewohnerin, Juliana Haidinger?«

»Nun, jetzt, wo Sie fragen, Herr Kommissar«, begann die Schwester zögernd, »also, Ihre Frage von vorhin … wegen den Schusters. Monika hat schon erwähnt, dass Juliana mit den Schusters und vor allem mit diesem Chinesen Probleme hatte.« Sie zuckte mit den Achseln. »Es hat sich für mich jedenfalls so angehört. Monika hat sicher mehr darüber gewusst, aber sie hat mir keine Einzelheiten erzählt. Juliana war eine sehr gute Freundin von Monika«, schloss sie ihre Erklärungen ab.

Brandner versuchte sich vorzustellen, was Juliana Haidinger ihrer Mitbewohnerin über die Schusters und vor allem Chan erzählt hatte. Er musste auch mit ihr nochmals reden. Juliana hatte zwar Chan und die Schusters verdächtigt, aber keine näheren Erklärungen dazu abgegeben.

Brandner bat die Familie, noch über mögliche Feinde und ungewöhnliche Vorkommnisse innerhalb der letzten Tage und Wochen nachzudenken. Jedes noch so kleine Detail könnte helfen, Monikas Mörder zu überführen.

Schließlich drückten Kommissar Brandner und Postenkommandant Reitbauer der Familie nochmals ihre Anteilnahme aus. Dann brachte Monikas Vater die beiden zur Haustür.

»Finden Sie den Täter, Herr Kommissar.«

»Wir tun unser Bestes, bringen Sie uns bitte möglichst bald die Liste mit Monikas Verehrern und mit ihren Freunden.«

»Die Aufstellung wird spätestens morgen bei Ihnen auf dem Revier sein.«

»Danke, und ich werde die Gerichtsmedizin anhalten, möglichst bald den Leichnam Ihrer Tochter freizugeben, damit Sie sich von ihr verabschieden können.«

Steiner brachte keinen Ton mehr hervor. Brandner und Reitbauer schüttelten dem Trauernden die Hand und waren froh, dass er nicht noch während ihrer Anwesenheit in Tränen ausgebrach. Der Zusammenbruch stand unmittelbar bevor. Noch war der Vater aber nach außen hin stark. Seine Augen, sein Gesicht und vor allem die zittrigen Hände verrieten Brandner aber, wie es wirklich in ihm aussah.

Der Kommissar startete seinen Audi und stellte sich die Frage, was in Sepp Reitbauer vor sich ging. Wie konnte er von seinem jungen Kollegen die Wahrheit erfahren? Wie gut hatte der Postenkommandant Monika Steiner gekannt? Und vor allem, wie nahe war Sepp Reitbauer dem Opfer tatsächlich gestanden?

Schon bald musste Brandner auch Antworten auf diese Fragen bekommen.

KAPITEL 8

Zum Essen waren sie nicht geblieben. Brandner hatte seine Prinzipien. Auch wenn es in diesem Fall lächerlich war, aber er wollte nicht als beeinflussbar oder gar als bestechlich gelten, vor allem hatte er aber nicht mehr Zeit als unbedingt notwendig mit der trauernden Familie verbringen wollen. Die Stimmung schlug sich dabei einfach zu schnell auf seinen Magen. Reitbauer würde sich zu Hause eine Kleinigkeit in der Mikrowelle zubereiten, und Brandner war daher allein in der Innenstadt Waidhofens auf der Suche nach einem Restaurant. Ohnehin musste er über das Gehörte nachdenken. Speziell in

Bezug auf Reitbauer. Dabei konnte er den Postenkommandanten nicht gebrauchen.

Brandner ignorierte das Chinarestaurant und den Italiener, er passierte das Optikergeschäft und den Fleischer, dann fielen ihm die Blumen auf, die vor dem Zugang zu einem Hof in Töpfen und Kistchen fein säuberlich angeordnet auf dem Gehsteig standen. Das Schaufenster neben dem Hofzugang zeigte Damenbekleidung einer Boutique der gehobenen Preisklasse. Ein Schild an der Hausmauer verriet ihm, dass sich im Innenhof ein Friseur und ein Blumengeschäft verbargen.

Blumen-Resi.

Brandner fasste einen Entschluss. Der Zugang zum Hof war mit hellgrauen, handflächengroßen Steinen gepflastert. Im alten Arkadenhof sah er sich einer riesigen Auswahl an Blumen gegenüber.

Ein richtig romantisches Plätzchen.

Liebe Eva, ich liebe dich! Dein Leo

Liebste Eva, ich liebe dich wie am ersten Tag!

Auf ewig, dein Leo

So, oder so ähnlich sollte die Karte lauten, die er ihr ins Büro schicken würde. Links befand sich die Eingangstür zum Blumengeschäft. Es gäbe sicher einen Partnerbetrieb in Wien, der die Auslieferung übernehmen würde, wenn er die Bestellung hier aufgab. Für rote Rosen hatte er sich schon entschieden, obwohl das nicht gerade ihre Lieblingsblumen waren. Er wollte Eindruck schinden. Den Verehrern zeigen, dass er Evas Mann war.

Ich will mein Revier markieren.

Brandner zog seine Hand von der Türschnalle zurück und schüttelte den Kopf über sich selbst. Rasch trat er den Rückzug an. Statt seiner Eva einen Strauß Rosen ins

Büro zu schicken, würde er sich erst einmal stärken und danach den Fall lösen. Genau das würde auch seine wahrscheinlich nur imaginären Probleme mit Eva besser beheben als ein Strauß Rosen.

Blumen-Resi.

Automatisch fiel ihm dazu Theresia ein – der Name von Hans Mayers Schwester.

Hans Mayer, der Ex-Verlobte von Juliana Haidinger.

Ihm traute er auch einen Mord zu. Er durfte nicht auf Hans Mayer vergessen. Brandner bog nach links ab, ging einige Meter, bevor er die Straße überquerte und rechts den leichten Anstieg hinaufschritt. Links vor ihm an der Kreuzung bewunderte er kurz den alten Stadtturm mit der Aufschrift über die Bürger, Bauern und Schmiede, die gegen die Türken vor Jahrhunderten erfolgreich eine Schlacht geschlagen hatten.

Oben angekommen, nahm er die Abzweigung nach rechts, neben dem Damenbekleidungsgeschäft sah er die Karte des Restaurants, das man ihm empfohlen hatte. Leberknödelsuppe und Kalbsschnitzel standen auf der Menükarte des »Atriums«. Nicht gerade originell, aber es würde gehen. Während er den Arkadenhof durch einen schönen, in weiß getünchten Durchgang betrat, überlegte er weiter. Langsam wurde die Liste der Verdächtigen länger: *Slawitschek, Mayer, Chan.* Seinen Kollegen Sepp Reitbauer zählte er nicht dazu. *Noch nicht.* Auch wenn es ihn nach wie vor irritierte, dass ihm der nicht erzählt hatte, dass er die Tote doch besser gekannt hatte. Hier in Waidhofen kennt doch jeder jeden, hatte ihm der junge Polizist erklärt. Trotzdem hätte er Brandner informieren müssen. Und Brandner musste dem nachgehen. Daran führte kein Weg vorbei.

Im Gegensatz zu Blumen-Resis Arkadenhof war dieser nach oben offen und lag komplett im Freien. Es war einer der ersten warmen Frühlingstage in diesem Jahr. Die sechs Tische im Hof waren daher schon für Gäste gedeckt. Brandner sah Jennifer Chan und Eugen Schuster in der Sonne sitzen. Ein Mann mittleren Alters mit dunkelbraunen Haaren, der einen konservativen, schwarzen Anzug trug, saß bei ihnen am Tisch.

Wahrscheinlich ein Kunde. Brandner grüßte die beiden mit einem »Mahlzeit« und wollte schon an ihnen vorbei ins Restaurant.

»Herr Brandner«, hielt ihn der Ruf der Chinesin zurück.

»Darf ich Ihnen unseren technischen Leiter, Herrn Schwarz, vorstellen.«

»Angenehm«, sagte der Mann mit dem schwarzen Anzug mit tiefer Stimme, während er aufstand. Alle drei drückten Brandner nacheinander die Hand. Schwarz war um einige Zentimeter kleiner als Brandner und auch Schuster.

»Was kann ich für Sie tun?«, fragte der Kommissar danach.

»Ich … ich wollte nur nachfragen, ob Sie den Täter schon überführt haben. Es hat sich gestern für mich so angehört, als hätten Sie einen Verdächtigen festgenommen«, sagte Jennifer Chan. Alle drei Augenpaare richteten sich auf den Kommissar. Deutlich erkannte er die Hoffnung auf ein erlösendes Ja in den Gesichtern der drei Manager.

Brandner schüttelte bedauernd den Kopf. »Es gibt einen Verdächtigen, aber der Fall ist noch nicht gelöst.«

»Ich verstehe. Uns wäre nur allen leichter, wenn wir den Täter hinter Gittern wüssten«, sagte Eugen Schuster. Schwarz und Jennifer Chan nickten zustimmend.

»Wir tun alles, was in unserer Macht steht, den Mörder möglichst rasch zu überführen.«

»Da bin ich mir sicher«, bestätigte Jennifer Chan.

»Wegen der Liste unserer Angestellten und Arbeiter, das dauert leider noch etwas«, fügte sie hinzu und zog dabei ihre Mundwinkel nach unten. Brandner sah zu Eugen Schuster. Der öffnete beide Arme und zeigte ihm entschuldigend die leeren Handflächen. »Unsere Personalabteilung hat Zweifel, ob wir diese wegen des Datenschutzes so einfach herausgeben dürfen.«

Das ist wieder einmal typisch! Brandner nickte, um Verständnis zu zeigen. »Ich verstehe, ich möchte aber unbedingt möglichst schnell mit Monika Steiners engsten Mitarbeitern reden.«

»Warum bitten wir den Kommissar nicht zu uns ins Büro?«, fragte Schwarz seine Kollegen.

»Das wollte ich eigentlich vermeiden«, erwiderte Jennifer Chan.

»Ich kann natürlich auch einen richterlichen Beschluss anfordern, aber das wollte ich uns ersparen«, erhöhte Brandner den Druck.

»Wir sollten den Kommissar, soweit es uns möglich ist, bei seinen Ermittlungen unterstützen«, sagte Schuster.

»Es ist auch in unserem Sinn, wenn der Fall bald gelöst ist«, pflichtete Schwarz Schuster bei.

Die drei Männer sahen die Chinesin erwartungsvoll an. Jennifer Chan blickte kurz zu Boden, dann erwiderte sie nacheinander Schusters und Schwarz' Blicke. Beide nickten ihr zu, schließlich seufzte die Asiatin.

»Also gut«, sagte sie resigniert zu Brandner. »Wenn Sie wieder zu uns ins Büro kommen, stellen wir Ihnen die engsten Mitarbeiter von Frau Steiner vor. Sie können diese dann in einem unserer Besprechungszimmer befragen.«

Das war ja eine schwere Geburt, aber immerhin.

»Danke, das wird fürs Erste reichen.«

Brandner schüttelte ihre Hand. »Ich gebe Ihnen Bescheid, voraussichtlich komme ich morgen Vormittag mit meinem Kollegen zu Ihnen.«

Dann habe ich hoffentlich auch schon die Ergebnisse der Spurensicherung vorliegen. Vielleicht ist das mühsame Prozedere gar nicht mehr notwendig. Vielleicht können wir ja Slawitschek mit DNA-Spuren überführen, und der Fall ist gelöst.

Draußen war nur mehr ein Tisch im Schatten frei, dort wollte der Kommissar nicht Platz nehmen, dafür war es ihm nun doch noch zu frisch. Also verabschiedete er sich von den dreien und begab sich ins Restaurant.

Brandner ließ sich das Menü schmecken. Er saß an einem der kleinen Holztische im Erdgeschoss des Altbaus. Immer wieder beobachtete er fasziniert die junge Kellnerin, wie diese geschickt und leichtfüßig die steile Wendeltreppe nach oben in den ersten Stock des Restaurants hinaufstöckelte und dabei das Tablett mit dem Essen gekonnt und sicher balancierte. Unter ihren feinen Strümpfen zeichneten sich deutlich sichtbar an den Waden der schlanken Frau ihre Muskeln und Sehnen ab. Sie passt wahrscheinlich genau ins Beuteschema meines Mörders, ging es Brandner durch den Kopf. Sofort versuchte er, nicht mehr daran zu denken, dass die junge Kellnerin schon bald zur Zielscheibe des Frauenmörders werden könnte.

Zum Abschluss trank er sein Glas Apfelsaft aus, verzichtete dann auf den angepriesenen Kaffee und bezahlte die Rechnung bei der leichtfüßigen Bedienung. Als er in den Hof hinaustrat, sah er, dass Jennifer Chan, Schuster und dieser Schwarz schon gegangen waren. Die letzten im Freien verbliebenen Gäste beglichen gerade die Rechnung. Es wurde kälter. Der Kommissar verließ den Hof wieder durch den Durchgang und machte sich zu Fuß auf den Weg zur Polizeistation. In wenigen Minuten sollte er dort eintreffen. Vorher musste er aber noch mit seiner Eva telefonieren.

»Hallo, Schatz.«

»Hallo, Leo.«

»Wie geht es dir?«

»Alles in Ordnung.«

»War das Theater gut?«

»Ja, sicher, du Leo, ich habe nicht viel Zeit, muss in eine Besprechung. Wann kommst du nach Hause?«

Wann kommst du heim? Nicht viel Zeit. Brandner blieb stehen und blickte in die Auslage der »Gewußt wie«-Drogerie. Sämtliche Salben und Tabletten aus biologischen Bestandteilen, die angeblich gegen Gelenksschmerzen halfen, lachten ihn an. Sofort spürte er ein leichtes Ziehen im linken Knie.

»Bist du noch dran?«, hörte er Evas Stimme. Das Ziehen verlagerte sich nach oben in Richtung Bauchgegend.

»Ja, ich bin noch da. Ich schätze morgen, ja, morgen Abend sollte es sich ausgehen.«

»Gut, dann richte ich den Mädchen das aus. Hab dich lieb.«

»Ich dich auch.«

Brandner blieb noch einige Sekunden stehen. Auch zur Beruhigung der Nerven und gegen eine Winterdepression wurden biologische Produkte angepriesen.

Beruhigung der Nerven … komisches Gespräch mit Eva … sie war einfach in Eile … alles in Ordnung, sagte er sich selbst vor. Einmal atmete er bewusst aus, danach betrat er nicht die Drogerie. Schon vorher hatte er sich entschieden, noch keines der Produkte mit Melisse oder Kamille zu kaufen. Bevor er darauf zurückgriff, würde er es am Abend wieder mit einem Glas Rotwein versuchen. Allerdings durften es diesmal nicht mehrere Gläser werden.

Und am nächsten Tag musste er sich unbedingt daheim sehen lassen, obwohl er im Fall Monika Steiner noch viel zu tun hatte. Sämtliche Bekannte und Arbeitskollegen des Opfers musste er möglichst bald befragen, um sich einen besseren Überblick zu verschaffen. Notfalls würde er eben die zwei Stunden nach Wien fahren, Eva und die Kleinen sehen, mit ihnen am folgenden Morgen gemeinsam frühstücken, das Ritual fehlte ihm ohnehin schon, und danach würde er wieder die zwei Stunden nach Waidhofen zurückfahren. Er musste nur sicherstellen, morgen zeitgerecht aus Waidhofen wegzukommen. Wenn er erst gegen 20 Uhr oder gar noch später in Wien eintraf, konnte er sich den Weg nämlich gleich ersparen.

Brandner setzte sich wieder in Bewegung, er ging die Fußgängerzone weiter hoch, bog noch einmal nach links ab, nahm den Durchgang, in dem sich eine Bäckerei und die »Milchbar« befanden, und schon sah er auf der gegenüberliegenden Straßenseite die Polizeiautos. Seine Orientierung funktionierte also noch. Brandner nutzte, wie vorgeschrieben, den Zebrastreifen und betrat dann den Polizeiposten. Dort herrschte eine geschäftige Atmosphäre. Der Kommissar zog sich vorerst in das hintere Zimmer zurück, in dem er am Vortag schon Slawitschek vernommen hatte. Das würde sein Raum für diese Ermittlungen in Waidhofen werden. Er musste einfach fallweise ungestört sein, musste seine Gedanken ordnen, musste nachdenken können. Auch wenn ihn Reitbauer noch kurz störte, so war er dann doch wieder allein mit seinen Gedanken.

Immerhin, bei »Energy Fitness« war der Inhaber nicht so stark auf Datenschutz bedacht wie das Personalbüro der Schuster Schuhe GmbH, stellte Brandner schon bald fest. *Und beim Schlosshotel auch nicht.* Die Hoteliers waren die Ersten gewesen, sie hatten sogar unaufgefordert die Liste mit sämtlichen Hotelgästen und Angestellten, die Zugang zum Sauna- und Fitnessbereich gehabt hatten, übermittelt. Sonst wären seine Kollegen und damit auch Brandner selbst gar nicht so schnell auf Slawitschek als Verdächtigen gestoßen.

Nun lag vor dem Kommissar die Aufstellung vom Fitnessstudio auf dem Tisch. Jedem Namen war eine Mitgliedsnummer zugeteilt, es schien niemand zu fehlen. Wobei, das konnte er nicht wirklich beurteilen, korrigierte Brandner seine Annahme sofort wieder. Aber welchen Grund hätte der Besitzer des Studios, ihm irgendwelche Namen vorzuenthalten? Vor wenigen Minuten erst war die Liste an Sepp Reitbauer per Mail geschickt worden, und der hatte sie auch sogleich pflichtbewusst ausgedruckt und zu Brandner gebracht. Mit solchen Informationen durfte er den Kommissar jederzeit stören.

Brandner blätterte die Liste durch und staunte nicht schlecht: Mitgliedsnummer 0084 war dem Namen Sepp Reitbauer zugeordnet. Der letzte Besuch des Postenkommandanten im Studio war mit Samstag 9.30 Uhr festgehalten. *Nur ein Tag vor dem Mord.*

Der Kommissar war versucht, sofort aufzustehen und seinen Kollegen zur Rechenschaft zu ziehen. Aber er zwang sich, erst einmal ruhig durchzuatmen. Danach nahm er einen ersten Schluck vom schwarzen Kaffee, der vor ihm in einer dunkelblauen Tasse auf dem Tisch stand. Vorsorglich verzog er schon sein Gesicht, bevor sich der vermeintlich bittere Geschmack in seinem Mund ausbreitete. Doch er wurde eines besseren belehrt. Sein Gesicht entspannte sich sofort, sein Mund bildete fast ein Lächeln. Auch in Waidhofen hatten offenbar die modernen Espressomaschinen Einzug gehalten. Den Kaffee hatte ihm Reitbauer unmittelbar nach seinem Eintreffen angeboten und gemeinsam mit der Liste serviert. *Eindeutiger Pluspunkt für den Postenkommandanten.* Aber wieso hatte ihn der nicht sofort informiert, dass auch er, Reitbauer selbst, Mitglied im selben Studio war, in dem Monika Steiner ermordet worden war? Brandner kritzelte Reitbauers Namen auf seinen Notizblock unter Slawitscheks und malte daneben einige Fragezeichen.

Immerhin hat Reitbauer seinen Namen nicht von der Liste gelöscht. Das hätte er durchaus machen können. Mir wäre nichts aufgefallen. Allerdings wissen wahrscheinlich auch die anderen Polizisten Bescheid … Stattdessen hat er mir den Kaffee gebracht, um mich gnädig zu stimmen.

Auch mehrere andere Namen, die auf der Liste standen, kamen Brandner bekannt vor. Er markierte Martin Müller und Andreas Michl mit dem gelben Leuchtstift. *Sind das nicht auch Polizisten? Kollegen von Reitbauer?*

Es gab auch einen Peter Schwarz.

Der technische Direktor von den Schusters heißt doch Schwarz. Auch diesen Namen markierte er auf der Liste.

Eugen Schuster hatte die Mitgliedsnummer 0143. *Interessant, auch der Chef der Firma trainiert also im selben Studio wie das Opfer. Das wird ja immer besser. Auch Eugen Schuster hat mir davon nichts erzählt. Sollte ich mich in ihm getäuscht haben?* Brandner kritzelte Eugen Schusters Namen unter Sepp Reitbauers auf seinen Zettel. Auch neben Eugen Schusters Namen fügte er einige Fragezeichen hinzu, denn so richtig glauben wollte er nicht, dass der junge Firmenchef etwas mit dem Mord an Monika Steiner zu tun hatte. Seine Anteilnahme hatte einfach zu echt auf Brandner gewirkt.

Auch Sepp Reitbauer als Täter konnte und wollte er sich nicht vorstellen. *Aber ich darf ihn nicht von vornherein außer Acht lassen.* Brandner las weiter und staunte nicht schlecht:

Auch Jennifer Chans Name steht auf der Liste. Aber, wieso auch nicht? Die schlanke Chinesin wirkt sportlich. Eine Frau als Mörderin? Bisher habe ich das nicht in Betracht gezogen, aber bei den in Wien ermordeten Frauen hat es keine Anzeichen von sexueller Gewalt gegeben, und auch bei Monika Steiner deutet bisher nichts darauf hin. Natürlich muss ich noch den Bericht der Gerichtsmedizin abwarten.

Unter Eugen Schusters Namen schrieb Brandner nun auch noch »Jennifer Chan« und wiederum darunter noch »Vater von Jennifer«. Mehrere Sekunden betrachtete er den Zettel. Ganz unten am Blattende mit einem großen Abstand zu den anderen Namen schrieb Brandner schließlich noch »Hans Mayer« auf den Zettel. Nochmals betrachtete er seine Handnotizen, dann schüttelte er den Kopf, riss den Zettel vom Block ab, zerriss ihn in kleine Stücke und beförderte diese in den Papierkübel, der in der Ecke neben der Eingangstür platziert war. Danach öffnete er die Tür und steckte den Kopf hinaus.

»Herr Reitbauer, kommen Sie bitte zu mir.«

Brandner setzte sich wieder an seinen Tisch, dabei hörte er, wie ein Sessel zurückgeschoben wurde. Kurz darauf kam der junge Postenkommandant zu ihm.

»Ich muss mit Ihnen reden«, sagte Brandner und stand nun doch wieder auf.

»Der Obduktionsbericht ist da.« Reitbauer reichte dem Kommissar mehrere Seiten Papier. Einen Augenblick lang schauten die beiden sich unschlüssig an.

»Das Gespräch kann warten«, stellte Brandner dann fest. »Rufen Sie bitte erst einmal Jennifer Chan an, und sagen Sie ihr, dass wir morgen gegen 9 Uhr bei ihr im Büro vorbeikommen werden, um die Kollegen von Monika Steiner zu befragen. Bitten Sie sowohl Jennifer als auch Herrn Eugen Schuster, uns ebenfalls noch mal für Fragen zur Verfügung zu stehen. Und auch mit dem technischen Leiter, diesem Schwarz, will ich sprechen.«

Reitbauer nickte und machte sich sofort an die Arbeit. Brandner setzte sich wieder und begann die erste Seite des Obduktionsberichtes zu lesen.

KAPITEL 9

Dienstagabend

Ich muss dich sehen ... bald ... gehen wir doch ins Kino, hatte sie gesagt. Das bist du mir schuldig ... nach allem, was war, bestand sie darauf. Dagegen konnte Hans Mayer bisher keinen passenden Einwand finden.

Es stimmte, nach allem, was zwischen Juliana und Hans vorgefallen war, hatte sie jede Menge Gründe, auf ein Treffen zu bestehen.

Nur, wieso jetzt und wieso ausgerechnet dieser Film? Die Bücherdiebin.

Er hatte recherchiert, das Buch zum Film war ein Bestseller, und es hatte viele Preise eingeheimst, aber mussten sie ausgerechnet einen Film über den zweiten Weltkrieg ansehen? Einen Film basierend auf einem Roman, in dem ein kleines Mädchen und der Tod höchstpersönlich die Hauptrollen spielten?

Gut, der Tod hatte in ihrem früheren gemeinsamen Leben auch eine Rolle gespielt, aber Juliana war nun wahrlich kein kleines Mädchen mehr.

Hans betätigte den Taster neben der Aufschrift »Juliana Haidinger/Monika Steiner«. War sie etwa lesbisch geworden? Über Monika Steiners sexuelle Vorlieben konnte er nichts sagen, dazu kannten sie sich nicht gut genug. Juliana allerdings hatte den Sex mit ihm genossen. *Also maximal bi.* Das Summen war zu hören. Er trat ein und nahm die Stufen bis in den zweiten Stock der Wohnanlage. Sie stand vor der geöffneten Wohnungstür. Hans hatte mehr erwartet. Seine Ex-Verlobte trug ihr hellblaues »Hard-Rock-Café«-Shirt aus Barcelona und dunkelblaue Jeans. Sie hatte sich nicht für ihn in Schale geworfen. Ihr Gesicht war aber brauner als gewohnt, die Haare schienen heller zu sein.

»Komm herein.«

Keine Umarmung, kein Wangenkuss.

Er folgte ihr. Im Eingangsbereich waren die unzähligen hochhackigen Schuhe der Blickfang, aber es befanden sich auch Laufschuhe, Walkingschuhe, Trekkingschuhe, Tennisschuhe, Radfahrschuhe und jede Menge andere für ihn undefinierbare Sportschuhe darunter. Ihr früherer gemeinsamer Arbeitgeber hätte seine Freude an den vielen Sportschuhen gehabt. Bis vor einem Jahr hatte Hans, neben den von ihr bevorzugten Stöckelschuhen, nur noch Walkingschuhe an ihren Füßen gesehen. Als er ihr in die Kombination aus Wohnzimmer und Küche folgte, fragte er sich, ob sie auch schlanker wirkte als zuletzt. *Vielleicht treibt sie auch selbst Sport, eventuell wegen ihrer Geliebten?*

In der Wohnküche dominierte das Bücheregal den Raum.

»Setz dich bitte, wir haben noch Zeit.«

Hans gehorchte und nahm auf der rot überzogenen Couch Platz. Er erkannte keines der Möbelstücke. Offenbar hatte Juliana kaum Teile aus ihrer alten Wohnung mitgenommen, nur die Bücher waren mit ihr gemeinsam übersiedelt.

»Kann ich dir ein Glas Wein anbieten?«

»Bitte, aber nur wenn du auch einen trinkst.«

Sie drehte sich um und nahm eine der Flaschen aus dem Weinständer, dann ging sie zu den Küchenkästen und holte Gläser und Flaschenöffner hervor. Sie stand mit dem Rücken zu ihm. Bisher hatte sie nicht gelächelt. Todernst war ihr Blick gewesen. Was wollte sie also von ihm? Irgendwie wurde Hans das Gefühl nicht los, dass sie ihn nicht wegen ihrer wiederentflammten Gefühlen zum Kinobesuch eingeladen hatte.

Hoffentlich hat es nichts mehr mit damals zu tun.

Sie kam zurück zur Couch, reichte ihm sein Glas Rotwein und setzte sich ihm gegenüber in den Couchsessel, dann stießen sie an.

»Du fragst dich jetzt sicher, wieso ich dich angerufen habe.«

»Weil du eine Begleitung für die ›Bücherdiebin‹ brauchst und mit mir reden willst.«

Sie blickte zu Boden.

»Du hättest einfach diese Monika Steiner fragen können. Die wohnt doch auch hier. Sie wäre sicher gerne mitgekommen.«

Juliana schluckte, sie sah ihn an, eine Träne löste sich und rann über ihre linke Wange. »Monika ist tot.«

Die rechte Hand hielt sie vor den Mund, so als wollte sie den kurzen Satz wieder unausgesprochen machen.

Hans blickte sie verständnislos an. Damit war er überfordert. »Was ist passiert?«

»Sie … sie wurde ermordet. Kommissar Brandner war gestern bei mir.«

Hans nickte, dann erkannte er, dass ihre Aussage keinen Sinn machte. »Brandner? Wieso ermittelt das Bundeskriminalamt?«

»Weiß ich auch nicht, aber er hat nach dir gefragt.«

»Nach mir?«

»Ja, du hast doch Monika nichts angetan, sag mir, dass du es nicht getan hast!«

Nun wurde es ihm endlich klar. Trotzdem schaute er sie weiterhin verständnislos an. Wie konnte sie nur daran denken, dass er diese Monika ermordet hatte! Er hatte diese Frau kaum gekannt, und er würde niemals jemanden grundlos ermorden. Das musste Juliana doch wissen.

»Du brauchst nichts mehr zu sagen. Jetzt weiß ich, dass du es nicht warst.«

Schon immer hatte sie in ihm lesen können wie in einem offenen Buch. Er hatte ihr auch vor einem Jahr nichts verheimlichen können, und sie hatte ihn nicht an die Polizei verraten.

»Trinken wir aus, wir müssen los.«

Er schüttelte den Kopf. »Daraus wird nichts, ich gehe besser.« Abrupt erhob er sich, auch Juliana stand auf.

»Geh nicht.« Eine Hand legte sie auf seine Schulter, aber er schüttelte sie ab. »Ich denke, es hat etwas mit Chan zu tun!«, rief sie ihm nach, als er aus der Wohnung stürmte.

Erst als Hans in seinem Auto saß, atmete er aus. Julianas Verdacht gegen Chan entbehrte jeder Grundlage, aber Kommissar Brandner hatte nach ihm – Hans – gefragt! Er musste vorsichtig sein. *Aber ich tue nichts Unrechtes.* Wer sollte etwas dagegen haben, wenn er auf Resi aufpasste? Am allerwenigsten Theresia selbst; diese musste doch froh darüber sein.

Erzählen würde er es ihr trotzdem nicht.

KAPITEL 10

Mittwochabend

Leopold Brandner fühlte sich geschlaucht, er machte sich nichts vor: Es war ein durch und durch ermüdender und vor allem erfolgloser Tag gewesen. So viel hatte er sich davon erwartet, mit Monika Steiners Kollegen zu sprechen. Vor allem, nachdem es ihm Jennifer Chan nicht leicht gemacht hatte, überhaupt mit ihnen zu reden.

Radio Ö3 spielte gerade »Wrecking Ball« von Miley Cyrus. Er fühlte sich auch gerade, als hätte ihn eine Abrissbirne erwischt. Immerhin hatte er aber jetzt die junge Göre in Gedanken vor sich, wie sie im Video zu »Wrecking Ball« nackt auf der großen Abrissbirne hockte und ihre Nachricht hinausposaunte. Seine Älteste interessierte sich seit einigen Monaten für Popmusik, daher führte nun auch für Eva und ihn kein Weg mehr an den aktuellsten Musikströmungen vorbei. Gott sei Dank hasste die Kleine Justin Bieber. Miley Cyrus konnte immerhin singen, und als Brandner selbst noch einige Jahre weniger auf dem Buckel gehabt hatte, aber doch schon viele mehr als seine Tochter jetzt, hatte er sich auch nicht an den aufreizenden und obszönen Posen der damals halb nackten Queen of Pop gestört. Brandner dachte an »Like a Virgin« oder »Justify my Love« von Madonna und musste lächeln. So viel hatte sich trotz der Jahre, die dazwischenlagen, gar nicht geändert. Also würde er nun auch nicht die junge Rebellin Miley kritisieren, die tat nichts, was nicht schon unzählige andere junge Mädchen vor ihr getan hatten. Es gab ganz andere Probleme auf der Welt.

Kritik üben musste er aber an Sepp Reitbauer. Der Name des Postenkommandanten schien nämlich nicht nur auf der Mitgliedsliste des Fitnessstudios auf, nein, er war auch von Monika Steiners Schwester auf deren Aufstellung von Freunden und Bekannten ziemlich weit oben vermerkt worden.

Brandner bremste seinen Audi ein. Endlich erreichte er die Stadteinfahrt Wiens. Schon bald wäre er zu Hause bei Eva und den beiden Mädchen. Er blickte auf die Zeitangabe neben dem Tachometer. *19.30 Uhr. Fast zu spät.* Die jüngste musste bald zu Bett. Brandner war einfach zu spät weggekommen, umso ärgerlicher war es, keine Ergebnisse vorliegen zu haben.

Der Obduktionsbericht: Monika Steiner war stranguliert worden. Todesursache war Erstickung, also wenig überraschend. Ansonsten war Monika eine topfitte, junge Frau gewesen. Keinerlei Drogenkonsum in der Vergangenheit. Kein Alkohol im Blut und auch kein Sperma in der Vagina. Immerhin hatte die Gerichtsmedizin am Hals einige Kunststofffasern gefunden, die sich vom Mordinstrument aufgrund des starken Drucks in Kombination mit der Reibung gelöst haben dürften. Die Fasern waren nun bei den Kriminaltechnikern im Labor zur Analyse. Bisher waren die Techniker zu keinerlei Aussage zu bewegen gewesen. Sogar seinen bevorzugten Kollegen hatte er dort angerufen und den jungen Theodor Sauer gebeten, die Untersuchung mit höchster Priorität zu behandeln. Sie arbeiteten daran … auch die Ergebnisse der Spurensicherung vom Tatort würden bald vorliegen, hatte Sauer versprochen. Etwas musste sich Brandner aber noch gedulden.

Eine rote Ampel stoppte ihn. Er wäre bei Dunkelgelb noch über die Kreuzung gefahren, aber der blaue VW-Passat vor ihm, mit Kennzeichen Linz-Land, war pflichtbewusst stehengeblieben.

Monika Steiners Kollegen hatten zwar gerne Auskunft gegeben. Allzu viel hatten die Befragungen allerdings nicht gebracht: Sie hatten das Bild nur noch besser abgerundet. Die Tote war eine lebenslustige, sportliche, beliebte, junge Frau gewesen. Man konnte mit ihr Pferde stehlen. Einige der weiblichen Kolleginnen hatten angedeutet, sie hätte es den Männern eventuell zu leicht gemacht. Keine wusste aber etwas von einem festen Freund oder auch nur einer Affäre, die das Opfer in den letzten Wochen oder Monaten vor ihrem Tod eventuell hatte. *So viel zur Gerüchteküche.*

Brandner hupte den VW-Fahrer an. Die Ampel stand auf Grün. Endlich bewegte auch der Vordermann sein Auto.

Und Eugen Schuster: Natürlich hatte Brandner den Firmenchef mit seiner Mitgliedschaft im Fitnessstudio konfrontiert.

»Ich wusste nicht, dass ich Ihnen das hätte sagen müssen. Tut mir leid, aber ich dachte, sie wüssten es sowieso schon«, war Eugen Schusters Antwort gewesen. *Er hat meinem Blick standgehalten, war in keiner Weise verunsichert.*

»Trotzdem komisch, dass er mich nicht selbst gleich beim ersten Treffen informiert hat«, sagte sich Brandner laut vor.

Aber auch viele andere Kollegen von Monika Steiner inklusive Peter Schwarz und Jennifer Chan sind Mitglieder im Studio. Auch diese beiden haben nicht verstanden, wieso sie mich darüber von sich aus informieren hätten sollen. Vielleicht sehe ich das wirklich zu eng. Schwarz habe ich vorher erst einmal kurz getroffen. Der hat mit Sicherheit recht, er konnte mir das kaum erzählen.

Reitbauers Strategie allerdings, sein doch engeres Verhältnis zu Monika Steiner herunterzuspielen, ist sicher nicht in Ordnung, da brauche ich mir nichts vorzumachen, führte Brandner seinen Gedanken zu Ende. Währenddessen parkte er vor dem Einfamilienhaus ein, das sie seit mehreren Jahren ihr gemeinsames Heim nannten. Im Wohnzimmer und der Küche brannte Licht. Er atmete zweimal durch, stieg dann aus, holte seinen Koffer vom Kofferraum und zog ihn bis zur Eingangstür. Eva öffnete ihm, sie hatte ihn also schon gehört.

»Endlich.«

Ein Schmatz auf die Lippen.

»Komm rein, es gibt Tomatencremesuppe. Einen Teller voll haben wir dir übrig gelassen.«

Brandner folgte ihr. Er ließ den Koffer im Vorzimmer stehen. Eva hatte sich noch nicht umgezogen. Noch immer trug sie ihren dunkelblauen Rock zur weißen Bluse, eine Kombination, die sie gerne im Büro verwendete. Wie meist lief sie aber barfuß durch das Haus. Die dunkelbraunen Haare wurden von einer Spange im Zaum gehalten.

»Papa!« Ebenso barfüßig wie die Mama kam ihm seine jüngste Tochter, Selina, entgegen. Ihre Augen strahlten.

Evas Kuss, die Aussicht auf die Suppe und nun das Leuchten in Selinas Augen. Leopold Brandner spürte, wie die Energie wieder in seinen Körper zurückkehrte. Er hob Selina hoch, stöhnte dabei kurz auf, sie war doch schon fast zu schwer für ihn, kurz spürte er sein Knie, derselbe Schmerz wie schon am Vortag vor der Drogerie, nur intensiver, breitete sich aus. Er ignorierte ihn, küsste

Selina rasch auf beide Wangen und stellte sie wieder auf ihre Füße. Seine Jüngste lief mit wehenden Locken sofort voraus in die Küche, er folgte ihr.

»Hallo, Isabella.«

»Hi.« Seine älteste Tochter saß am Küchentisch. Ihr Suppenteller war bereits halb geleert. In der einen Hand hielt sie den Löffel, in der anderen ihr Smartphone. Sie war nur leicht geschminkt, wirkte dadurch aber trotzdem älter, als sie war. Er hatte mit Eva vor Monaten diskutiert, ab wann sich seine Töchter seiner Meinung nach erst schminken sollten. Natürlich hatte er dabei nichts mitzureden gehabt. Und selbstverständlich wollte er seiner Tochter nicht im Weg stehen. Er konnte sich noch vage daran erinnern, wie wichtig es in diesem Alter war, »in« zu sein. Im Trend zu liegen, war für Kinder deutlich mehr von Bedeutung als für Erwachsene. Brandner konnte immer wieder verfolgen, was gestandene Menschen alles taten, um im Trend, beliebt oder gar populär zu sein. Daher hatte er sich damit abgefunden, dass sich seine Tochter schminkte. Irgendwann würde sie auch einen Freund haben.

Einen jungen Burschen.

Brandner graute jetzt schon davor.

Besser als ein alter Knacker.

Er liebte seine Töchter, aber mit Jungs wäre vieles leichter für ihn. In Brandners Sakkotasche vibrierte es.

Ich habe Ihnen den Bericht zum Fall Monika Steiner per E-Mail geschickt. Guten Abend, Theodor Sauer.

Eva schöpfte die Tomatencremesuppe in den Teller und stellte ihn vor Leopold Brandners Stammplatz auf den Küchentisch.

»Was willst du trinken?«

Brandner beförderte sein Handy wieder in die Sakkotasche.

»Lass nur, ich hole mir selbst ein Glas Wasser.«

»Selina, sag gute Nacht zu Papa.«

Einmal hob er die Kleine noch hoch. Ein leichtes Stechen im Rücken erinnerte ihn an die lange Autofahrt und daran, dass er wahrlich nicht in bester Verfassung war.

Das Knie und der Rücken! Er küsste Selina noch einmal auf die Wange und stellte sie wieder auf ihre kleinen Füße. Eva führte die jüngste danach ins Bad, um sie anschließend ins Bett zu bringen. Brandner hingegen füllte sich ein Glas mit Wasser, nahm einige Schlucke und setzte sich dann gegenüber von Isabella. Das Glas stellte er neben seinem Suppenteller ab.

»Alles in Ordnung mit dir?«, fragte er.

»Ja, sicher, was soll schon sein?«

Noch immer war seine Tochter mit ihrem Smartphone beschäftigt, hatte ihn nicht einmal angesehen. Gedankenverloren führte sie den Suppenlöffel an ihren Mund. Brandner nahm nun auch seinen Löffel und tauchte ihn in die Suppe. Bald darauf breitete sich Tomatengeschmack und angenehme Wärme in seinem Mund aus. Er betrachtete seine Tochter, wie sie mit dem Zeigefinger ihrer Hand den Touchscreen des Handys bearbeitete. Isabella ignorierte ihn, aber er liebte sie. Bedingungslos. Wollte sich nicht einmal im Traum vorstellen, sie zu verlieren.

Ein Frauenmörder läuft frei herum.

Er begann, die Suppe schneller zu löffeln. Schon bald hatte er den Teller geleert. Isabellas hingegen war noch immer halb voll.

Der Mörder läuft frei herum. Der Untersuchungsbericht ist fertig. Jede Minute zählt. Jede Sekunde kann ein weiteres Leben kosten.

Eva kam gerade in die Küche zurück, als Brandner aufstand. Isabellas Blick löste sich vom Handy. Zuerst sah er die fragenden Augen seiner Tochter. Dann Evas.

»Es tut mir leid, ich muss noch ins Büro. Der Bericht der Spurensicherung wurde gerade geschickt.«

Eva nickte. In ihren Augen las er aber die Enttäuschung.

»Typisch«, stellte Isabella fest. Ihr Finger strich schon wieder über den Touchscreen des Smartphone.

»Wir sehen uns morgen zum Frühstück.«

40 Minuten später saß Brandner in seinem Büro. Natürlich war er nicht der Einzige, mehrere seiner Kollegen arbeiteten auch bis spät in die Nacht hinein.

Die haben wahrscheinlich alle schon keine Frauen mehr, nahm Brandner an, und ich bin vielleicht schon bald der nächste im Klub.

Er klickte die E-Mail von Theodor Sauer an und öffnete den mitgeschickten Bericht.

KAPITEL 11

Bereits die zweite Nacht in Folge ließ er Resi ungeschützt in Wien zurück. Hans konnte sich gar nicht mehr daran erinnern, wann das zum letzten Mal passiert war. Es war schon vorgekommen, aber nur selten. Seine Arbeit im Einkauf für die »Baugart« konnte er meist in seinem Büro in Wien erledigen. Nur manchmal musste er zu den Lieferanten, und noch seltener waren die so weit von Wien entfernt, dass er auswärts übernachtete.

Hans war beunruhigt. Immerhin hatte Resi erst vor wenigen Tagen den Glatzkopf, der mit vollem Mund zu reden pflegte, zu sich in die Wohnung eingeladen gehabt. Und sie hatte die Vorhänge zugezogen. Hans wollte damals sofort seinen Beobachterposten verlassen und zu ihr hinüberstürmen, aber er hatte sich doch beherrscht. Erst nach 20 Minuten hatte Hans es gar nicht mehr ausgehalten, daher hatte er sich seine Schuhe und eine leichte Jacke angezogen, aber gerade als er die Straße überqueren wollte, um bei Resi anzuläuten, war auch der Glatzkopf ins Freie getreten.

Also war nichts von Bedeutung zwischen seiner Schwester und dem fremden Mann vorgefallen. Aber was, wenn sie ihn nochmals in ihre Wohnung einlud? Was, wenn sie den Glatzkopf am heutigen Abend wieder bekochte? Hans war nicht da. Hans konnte sie nicht beschützen, und er wusste auch nicht, wer der Mann war, denn er war ihm nicht gefolgt, sondern war einfach wieder in seine Wohnung zurückgekehrt.

Am heutigen Abend konnte er aber einfach nicht anders. Nach dem Gespräch mit Juliana am Dienstagabend, hatte er sich dazu entschieden, Hans musste einfach zum Kartenspielen nach Ybbsitz fahren. In der Jausenstation Oismüller würde er aller Voraussicht nach seinen Jugendfreund und Klassenkameraden Sepp Reitbauer antreffen. Und der musste ihm dann mehr über den Fall Monika Steiner erzählen. Hans konnte nicht nachvollziehen, wieso der ermittelnde Brandner gerade ihn als Verdächtigen erwähnt hatte.

Seit Monaten war Hans schon nicht mehr zur wöchentlichen Spielerunde erschienen. Er lebte jetzt in Wien, da war es nicht so einfach, schnell einmal nach Ybbsitz ins Mostviertel zu fahren, um einige Bummerl zu spielen und vielleicht auch noch das eine oder andere Glas Bier zu trinken. Das Biertrinken war gar nicht mehr möglich. Hans gestand sich aber ein, dass das nicht die ausschlaggebenden Gründe waren, warum er das Zusammensein mit seinen Jugendfreunden vermied. Der Hauptgrund hieß einfach Resi. Auf sie musste er aufpassen. Ja, und dann war da noch seine Mutter, die Mehrfachmörderin, die hinter Gittern saß, und die alle seine Freunde kannten. Über die Morde oder gar die Mörderin selbst wurde einfach nicht gesprochen. Die paarmal, die er seit ihrer Überführung vor einem Jahr doch wieder beim Wochenteilen dabei gewesen war, hatten seine Freunde das Thema einfach nicht angesprochen. Sie hatten es gemieden, negiert, so als sei es einfach nicht passiert.

Keine Morde. Keine Mörderin. Kein Sohn einer Mörderin. So einfach war das. Zu Beginn war Hans seinen Freunden dankbar gewesen, doch dann hatte er irgendwie gespürt, dass wahre Freunde sehr wohl nach einiger Zeit nachgehakt und ihm ihre Unterstützung angeboten hätten. Das war aber nicht passiert. Sie hatten ihn geduldet, mehr nicht. Und hätten sie nachgefragt, hätte er ihnen auch nicht die ganze Wahrheit erzählen können.

Nur mit Sepp Reitbauer war es etwas anderes. Auch mit ihm hatte er seit jener Zeit kein tiefergehendes Gespräch geführt. Aber davor war ihm Sepp beigestanden, und zwar als Hans es am wenigsten erwartet hatte. Ohne Sepp würde auch Hans im Gefängnis sitzen. Ein Grund mehr für ihn, sich nochmals mit dem neu ernannten Postenkommandanten zu unterhalten.

»Zu den laufenden Ermittlungen darf ich nichts erzählen«, hörte Hans Sepp Reitbauer gerade sagen, als er die Gaststube der Jausenstation betrat. »Das versteht ihr sicher«, fügte der Postenkommandant hinzu. Aber alle Augen richteten sich ohnehin schon auf den Neuankömmling. Das »Hallo« seiner Freunde war groß und laut. Die Männerrunde war offenbar schon bei dem Thema, das Hans wieder einmal nach Ybbsitz geführt hatte. Das Kartenspiel ruhte. Die doppeldeutschen Schnapskarten wurden nicht durchgemischt und ausgeteilt.

Hans bestellte beim Wirt einen Radler und stieß mit seinen Freunden an. Die Truppe war bunt gemischt, da sie sich seit der Volksschule kannten, war der berufliche Werdegang sehr unterschiedlich gewesen. Vom Polizisten über den Bautechniker bis hin zum Tischler, Schlosser und Elektriker waren sämtliche Berufsgruppen vertreten. Einzig Martin Helm hatte als Verkäufer für Industriemesser einen ähnlichen Beruf gewählt wie Hans. Im Moment unterschied die Anwesenden ihr beruflicher Hintergrund aber ohnehin nicht, alle wollten sie einfach nur mehr über den Mord in Waidhofen wissen. Sepp Reitbauer erzählte aber nur von Monika Steiners Beschäftigung bei der Schuster Schuhe GmbH in der Auftragsabwicklung. Außerdem natürlich davon, dass man sie im Fitnessstudio ermordet aufgefunden hatte. Mehr Informationen rückte der Polizist nicht heraus. Auch Hans wurde mit Fragen geradezu bombardiert. Immerhin hatte ja er bis vor einem Jahr auch bei den Schusters gearbeitet.

Hatte er das Opfer gekannt? Ja.

Gut? Nein.

Hatte er seit seinem Abgang bei den Schusters noch Kontakt zu Monika gehabt? Nein.

Nach einer Stunde war das Thema dann doch erschöpft. Mehr würde die Runde von Hans und Sepp nicht erfahren. Alle waren sich aber einig: Es war ein Schock. Mitten in ihrer nächsten Umgebung, mitten in ihrer Idylle, war eine junge Frau ermordet worden, und die Polizei tappte noch im Dunkeln. Natürlich erwähnte niemand die Morde vor einem Jahr. Die Idylle war schon damals gestört, wenn nicht sogar gänzlich zerstört worden. Hans spürte, dass es dem einen oder anderen auf der Zunge brannte, den Vergleich herzustellen, aber jeder hatte genug Taktgefühl, damit zu warten. Sie würden noch genug Gelegenheit haben, auch darüber zu reden, wenn Hans sie nicht mehr mit seiner Anwesenheit beehrte.

Dieser neue Mordfall war aber einfach etwas anderes. Damals, vor einem Jahr, war mit Waltraud Mayer die Mörderin rasch überführt gewesen, und zwar bevor die einheimische Bevölkerung überhaupt realisiert hatte, dass jemand ermordet worden war. Nun war ein Mörder mitten unter ihnen, der frei herumlief. Auch wenn man sie mit bloßem Auge nicht erkennen konnte, so war die Unsicherheit doch spürbar.

Ganz langsam begann der Wirt, die Karten wieder durchzumischen. Aus dem CD-Rekorder erklang Helene

Fischers klare Stimme. Ein erstes Bummerl wurde gespielt. Die Normalität drängte sich wieder in den Vordergrund. Der Wirt musste nur rascher das Bier nachschenken als sonst, auch die Luft war noch mehr von Zigarettenrauch durchzogen als üblich. Die Stimmen klangen schriller und lauter. Die Spielzüge wurden noch häufiger von unnötigen Kommentaren begleitet.

Endlich verließ Sepp seinen Barhocker und setzte sich in Richtung Toiletten in Bewegung. Einen Schluck von seinem Radler nahm Hans noch, dann folgte er seinem Jugendfreund.

»Schon tragisch, das mit Monika«, stellte Hans fest, als sie nebeneinander an den Pissoirs standen. »Du hast sie ja auch gekannt«, fügte er hinzu, nachdem er den Reißverschluss seiner Jeans aufgezogen hatte.

»Nur flüchtig«, bestätigte Sepp, »sie hat zuletzt mit Juliana zusammengewohnt. Das hat bei Brandner einige Fragen aufgeworfen.« Sepp wandte sich ab und ging zum Waschbecken.

»Stimmt es, dass sich Brandner nach mir erkundigt hat?«

»Ja, er hat Juliana nach dir gefragt, und dann hat er noch angedeutet, dass er ein Auge auf dich hat.«

Auch Hans begab sich zum Waschbecken. Sepp trat zur Seite und hielt seine nassen Hände unter den Heißlufttrockner. Der begann zu brummen. »Brandner hat wegen damals noch einen Verdacht. Nur du und Juliana wissen, dass ich vor der Hausdurchsuchung noch bei dir war«, stellte Sepp fest.

»So wird es auch bleiben. Juliana verrät mich sicher nicht«, sagte Hans.

»Hoffentlich.«

»Und wegen Monika, sag schon, wie laufen die Ermittlungen wirklich? Habt ihr nicht doch schon einen Verdächtigen?«

Hans drehte das Wasser ab. Sepp machte ihm Platz, nun hielt Hans seine Hände in die heiße Luft und rieb sie aneinander, dabei sah er Sepp fragend an.

»Lange wird es ohnehin kein Geheimnis mehr bleiben. Wir haben einen Hauptverdächtigen. Slawitschek heißt er, ist vorbestraft und hat im Schlosshotel an dem Abend übernachtet. Bisher haben wir nicht genügend Beweise, daher mussten wir ihn wieder laufen lassen. Brandner hofft auf die Ergebnisse der Spurensicherung.«

Hans nickte. »Juliana denkt, der Mord hat etwas mit Schuster Schuhe und Chan zu tun. Dann täuscht sie sich also.«

Jetzt war es Sepp, der nickte. »Ich tippe auf diesen Slawitschek.« Er öffnete die Tür, damit war das Gespräch beendet. Beide gingen hintereinander wieder in die Gaststube. Dort wurde mittlerweile bereits an mehreren Tischen Bummerl gespielt. Auch Sepp und Hans nahmen sich einen Stapel der doppeldeutschen Schnapskarten. Sepps Informationen beruhigten Hans etwas. Zwar hatte Brandner tatsächlich nach ihm gefragt, und es stimmte auch, dass er Hans offenbar noch immer verdächtigte, etwas mit den Morden an den Schusters zu tun zu haben, aber wenn Monika Steiners Mörder schon in absehbarer Zeit gefasst war, würde der Kommissar auch Hans bald wieder vergessen. Er brauchte sich also nicht allzu große Sorgen zu machen, wieder ins Visier des Ermittlers zu geraten. Und was sollte der schon ausrichten? Der Fall Schuster war abgeschlossen. Seine Mutter hatte beide Morde gestanden, und sie war rechtskräftig dafür verurteilt worden. Alle Beweise, die Hans belasten hätten können, hatte er vernichtet.

Als Hans seinem Gegenüber in die Augen schaute, erinnerte er sich wieder an das Bummerl, das die beiden vor vielen Jahren während des Schulskikurses gespielt hatten. Hans hatte es gewonnen, und dann war der Anruf seiner Mutter erfolgt, der sein Leben ein für alle Mal verändert hatte.

Hans teilte die Karten aus und schlug das Trumpf auf. *Der Herzkönig.* Sofort waren seine Gedanken bei Resi. Auf sie sollte er aufpassen. Gleich neben dem Fernrohr auf dem Fensterbrett lag seit einem guten halben Jahr dieselbe Karte. Der Herzkönig erinnerte ihn seither täglich an seine Aufgabe.

Das Bummerl mit Sepp musste er noch fertig spielen, dann würde er bezahlen und wieder nach Wien zurückfahren. Der Glatzkopf nistete sich wieder in Hans' Gehirn ein. Was wollte Resi nur von diesem Kerl? Sie würde ihn doch nicht noch einmal einladen? Ihn bekochen. An einem Abend, an dem er nicht auf sie aufpassen konnte!

»67«, stellte Sepp trocken fest und riss damit Hans nur vorübergehend aus seinen Gedanken. Das erste Spiel war schon vorbei, ohne dass er auch nur irgendetwas davon mitbekommen hatte. Das Bummerl würde er verlieren, da brauchte er sich nichts vorzumachen.

KAPITEL 12

Donnerstag

Der blaue Himmel übertraf sämtliche Blautöne, die er jemals auf griechischen Postkarten gesehen hatte. Die Vögel zwitscherten die Melodie der Liebe, und die Kirschblüten versuchten der Schönheit seiner Begleiterin gerecht zu werden, scheiterten aber kläglich. Nur wenige Meter entfernt grasten Kühe auf der saftigen Weide, vereinzelt bimmelte eine der Glocken. Der Ton passte sich wie von selbst an das Vogelgezwitscher an. Eine Sinfonie, wie von Mozart selbst komponiert, entstand.

Sie lag in seinen Armen, er schwebte im siebten Himmel. Seine Angebetete duftete besser als die Wiesenblumen und Kirschblüten zusammen. Am Stamm des Baumes hatten sie bereits ein großes Herz und ihrer beider Namen eingeritzt. Auf ewig würden sie verbunden bleiben und noch darüber hinaus. Das spürten, ja, das wussten sie beide.

Im reinweißen Kleid sah er sie vor sich, das Diadem leuchtete in ihren Haaren, er lüftete den Schleier, Gott höchstpersönlich musste ihr dieses engelsgleiche Gesicht verpasst haben. Trotzdem versprachen ihm ihre Lippen so viel. Nicht nur die Worte »Ich liebe dich!«, die sie hervorbrachten, sondern auch die schön geschwungene Form und der leichte Glanz ließen ihn von mehr träumen.

Und tatsächlich, sie küsste ihn. Auch ihre Lippen schmeckten süß, fast so wie die Kirschen, die der ihnen Schatten spendende Baum in wenigen Monaten tragen würde. Ein gelber Schmetterling tanzte um sie herum. Er schien ganz fasziniert von ihrer jungen und reinen Liebe.

Ihr Kuss wurde fordernder, ihre Zunge landete in seinem Mund, und er wollte es ja auch.

Eigentlich.

Der Schmetterling verflüchtigte sich. Am Himmel zogen graue Gewitterwolken auf. Ihre Hand wanderte zielstrebig nach unten, ihre Finger öffneten seinen Knopf und Reißverschluss. Sie fand, was sie gesucht hatte.

Überrascht schaute sie ihn an, rutschte tiefer. Die Vögel zwitscherten nicht mehr, der Gestank von Kuhmist drang an seine Nase. Eine Fliege brummte um seinen Kopf. Nach einer schier unendlichen Minute gab sie auf. Ihr Blick drückte Enttäuschung, dann Verachtung aus. Es donnerte.

Er schlug die Augen auf, sein Herz hämmerte in seiner Brust, stoßweise zog er die Luft ein. Erste Sonnenstrahlen erhellten bereits durch die Vorhänge hindurch sein Schlafzimmer. Sein Nachthemd klebte am Körper. Langsam beruhigte er sich.

Der Traum hatte noch jedes Mal eine vernichtende Wirkung auf ihn gehabt. Auch wenn er in seiner Art reine Illusion war.

So ist es in Wahrheit nicht gewesen, nicht so wie im Traum, sagte er sich wieder einmal vor. Diese Tatsache machte es ihm aber nicht leichter. Es änderte nichts für ihn. Er kannte auch die Realität, und die war ohnedies härter als jeder Traum gewesen. *In Wahrheit war es noch schlimmer. Immerhin bin ich noch rechtzeitig aufgewacht, um nicht ihre grausamen Worte zu hören. Die Worte, die mich fast vernichtet haben. Die Sätze, die sie nicht für sich behalten konnte.*

Der Traum war also zurück. Nur wenige Nächte hatte er ihn ruhen lassen. Nun war er zurück, zwang ihn, bald wieder zu handeln. Noch war es aber nicht so weit. Noch musste er nicht unbedingt aktiv werden. Noch hatte seine Angebetete die vernichtenden Worte im Traum nicht ausgesprochen. Aber sie würde es tun, er wusste nur nicht, wann sie den grausamen Satz wieder hinausposaunen würde. Eines war ihm aber klar – Monika Steiner hatte ihm nur für einige Nächte eine Verschnaufpause beschert.

Bald, ja schon sehr bald, muss ich wieder handeln.

KAPITEL 13

Das darf doch nicht wahr sein. Brandner wollte es nicht glauben. Es war 7 Uhr früh, und er saß mit Eva, Selina und Isabella beim gemeinsamen Frühstück. Alle vier aßen Marmeladebrote. Er bevorzugte Marille, Eva und die Mädchen Erdbeere. Brandners Handy steckte noch in seiner Jackentasche. Er hatte es nicht ausgeschaltet, und jetzt meldete es sich bereits. Der Klingelton ertönte laut im Vorraum und war daher auch in der Küche noch deutlich zu hören. Drei Augenpaare sahen ihn vorwurfsvoll an.

»Keine Sorge, ich gehe nicht ran.«

Endlich verstummte das Handy, der Anrufer konnte nun der Mobilbox sein Anliegen anvertrauen. Der Tag begann gerade, und Leopold Brandner sollte eigentlich das Frühstück mit seiner Familie genießen. Gegen 2 Uhr früh war er erst zu Bett gegangen, und auch dann hatte er nicht sofort einschlafen können. Immerhin hatte er Evas tiefen Schlaf nicht gestört, als er sich hin und her wälzte.

Ein Frauenmörder lief frei herum und die Spurensicherung vom Tatort Monika Steiners hatte nur einen kleinen Anhaltspunkt geliefert. Der Bericht war zwar lange und sehr ausführlich, in der Umkleidekabine hatten die Techniker nämlich viele Fingerabdrücke sichergestellt, aber die waren aller Voraussicht nach nur von den Mitgliedern des Studios, die sich dort in den Stunden und Tagen vor dem Mord umgezogen hatten. Wahrscheinlich waren auch Abdrücke vom Personal darunter. Es gab jedenfalls keine Überschneidung mit der Verbrecherkartei. Auch keinerlei Fingerabdrücke oder DNA von Slawitschek wurden in Tatortnähe gefunden. Am Trainingsgewand des Opfers gab es keinerlei Auffälligkeiten. Von Interesse waren noch die Finger und der Hals des Opfers gewesen. Monika Steiner hatte eindeutig versucht, reflexartig die Finger zwischen Hals und Tatwaffe zu bekommen. Es war ihr aber kaum gelungen. Allerdings waren kleine Teilchen der seilartigen Tatwaffe am Hals als Rückstand zurückgeblieben. Nylon und Polyester, es dürfte sich um Schnürsenkel handeln, also um ein Schuhband. Das war die Feststellung der Techniker gewesen. Aber die analysierte Kunststoffmischung war nichts Besonderes. Sie kam bei vielen Schnürsenkeln von Outdoor-Schuhen zur Anwendung. Die Farbe des Bandes hatten sie auch feststellen können: Blau. Das schränkte es schon etwas mehr ein. *Immerhin, eine interessante Erkenntnis hat die Untersuchung gebracht – ein blaues Schuhband als Tatwaffe. Zur tödlichen Schlinge umfunktioniert. Und auch bei Monika Steiner fand man keinerlei Anzeichen eines sexuellen Übergriffs. Insgesamt handelt es sich also um drei ähnliche Morde, die wahrscheinlich alle vom selben Täter verübt wurden.*

Wieder meldete sich Brandners Handy aus dem Vorraum. Wieder sahen ihn drei Augenpaare an.

»Ich gehe nicht ran.« Er biss wieder in sein Marillen-Marmeladebrot.

»Nun geh schon, es ist okay.«

»Ja, geh ran«, stimmte Selina der Mama zu. Nur Isabella verdrehte die Augen, als er aufstand.

Zwei verpasste Anrufe. Beide von Kappl. Brandner wählte die Mobilbox und hörte die Nachricht ab.

Er hätte es sich denken können, es war nur eine Frage der Zeit. Und wie immer konnte man nicht vorhersagen, welche der Zeitungen die Nase vorne haben würde, stellte er fest. Diesmal war es die Kronenzeitung.

Slawitschek, ihn hätte man heraushalten müssen. Da hat also jemand geredet. Natürlich schreiben sie von der Unschuldsvermutung, aber sein Name ist offenbar gefallen. Und es geht ein Frauenmörder um. Auch das haben sie geschrieben. Möglichst bald musste er den Artikel selbst lesen. Die anderen Zeitungen würden nachziehen, und die gleichen Informationen in leicht abgeänderter Version bringen.

Der Druck wird also größer, aber Kappl rufe ich trotzdem erst später an.

Brandner setzte sich wieder an den Tisch und ignorierte die fragenden Blicke der drei weiblichen Familienmitglieder.

»Isabella, was steht heute in der Schule an?«, fragte er seine Älteste. Die verdrehte wieder die Augen, antwortete ihm dann aber doch.

KAPITEL 14

»Hombre«, so hieß das neue Geschäft für gehobene Männerbekleidung in Waidhofen. Natürlich beschäftigten die Inhaber vorwiegend junge, modisch gekleidete Verkäuferinnen.

Er entschied sich für eine schwarze Hugo-Boss-Jeans. Wie immer waren seine Beine etwas zu kurz, der Bund mit Größe 36 passte perfekt, nur die Hosenlänge musste gekürzt werden. Die Verkäuferin ging vor ihm in die Hocke. Während sie das Ende des rechten Hosenbeins einschlug und mit drei Nadeln fixierte, musterte er ihren schwarz glänzenden, glatten Haarschopf. Ihre Haare waren lang und verteilten sich über die Schultern. Kurz sah sie zu ihm auf, grüne, eng beieinanderliegende Augen musterten ihn. Nicht nur die Augen, auch ihre Bewegungen erinnerten ihn an eine geschmeidige Katze. Ihren Mund konnte er kaum sehen. Die Verkäuferin wusste aber sicher, wie sie ihre Lippen und vor allem ihre Zunge richtig einsetzte. Sie bräuchte nur den Reißverschluss und Knopf seiner Jeans zu öffnen, dann könnte sie ihm die Hosen hinunterziehen, und er würde ihren Kopf mit beiden Händen umfassen und ihn unnachgiebig an sich pressen.

Ich müsste nur rechtzeitig eine Pille schlucken und alles wäre perfekt.

Er könnte ihr seinen Schwanz in den Mund stecken, bis hinunter in den Rachen würde er ihn ihr schieben.

Bis zum Brechreiz.

Ganz einfach könnte er ihren Hals mit seinen Händen umklammern.

Und zusammendrücken.

»Fertig.« Sie richtete sich auf. »Sie können die Jeans wieder ausziehen. Die Näherin kümmert sich dann darum. Morgen am Abend ist sie abholbereit.«

Einmal noch sah sie ihm in die Augen, dann drehte sie sich um und ging zur Kassa. Sein Blick folgte ihr: Die eng anliegenden Jeans setzten ihre schlanken langen Beine und den festen Po richtig in Szene. Das schwarze Top ließ auch keinen Zweifel daran, dass sie kein Gramm zu viel Körperfett angehäuft hatte.

Sie hat den Körper einer Sportlerin. Trotzdem habe ich sie noch nie im Fitnessstudio angetroffen. Die Verkäuferin war genau sein Typ. Nur um einige Jahre zu jung, aber das störte ihn nicht.

Endlich hatte er sein neues Zielobjekt ausgewählt. Der Traum würde verschwinden, ihn einige Zeit nicht mehr heimsuchen. Wenigstens darauf war Verlass. Sobald er ein Objekt der Begierde im Visier hatte, verflüchtigte sich auch der Traum.

Er begab sich in die Umkleidekabine, entledigte sich seiner Neuerwerbung und zog sich wieder seine Anzugshose an. Einigermaßen attraktiv sah er aus, das hatte er zuvor im Spiegel festgestellt: Sportlich, aber nicht muskulös, seine Haare waren auf eine seriös wirkende Länge getrimmt, und seine Armbanduhr musste ihr gezeigt haben, dass er Geld hatte.

»Wie wollen Sie zahlen?«

»Mit Kreditkarte, Visa.«

»130 Euro, bitte.«

Er steckte die Visakarte in den Schlitz.

»Wie spät ist es?« Während er die Frage stellte, blickte er demonstrativ auf seine Tag Heuer. Das Zifferblatt mit den römischen Zahlen und das schwarze Lederarmband blitzten vom dunkelblauen Ärmel seines Hemdes hervor.

»Ah, schon bald 12 Uhr.« Er tippte den Code ein und drückte auf »Bestätigung«. »Dann haben Sie auch bald Mittagspause, ich habe sie mir diesmal schon einige Minuten früher genommen«, merkte er währenddessen an.

»Ja, stimmt.« Sie lächelte ihn an und reichte ihm den Beleg.

Kein Verlobungsring. Kein Ehering.

»Wie gesagt, morgen können Sie die Jeans abholen, bringen Sie aber sicherheitshalber die Rechnung mit.«

»Mache ich, aber Sie werden mich hoffentlich auch morgen bedienen, oder etwa nicht?«

»Ich werde für Sie da sein. Vielleicht kaufen Sie mir ja noch mal etwas ab. Ich habe noch viele schöne Dinge im Angebot.« Ihr Lächeln wurde breiter, und sie reichte ihm die Hand. »Dann bis morgen.«

Er drehte sich um und steuerte zielstrebig die Tür an.

Sie weiß, wie man Kunden gewinnt. Sie weiß, was Männer wollen. Morgen schreite ich zur Tat.

KAPITEL 15

Auch auf der Polizeidienststelle in Waidhofen war die aktuelle Ausgabe der Kronenzeitung sehr populär. Mehrere Exemplare lagen wahllos verstreut auf den Schreibtischen herum. »Ein Frauenmörder geht um!«, war die Headline des Covers. Auf Seite 5 widmete sich das Blatt den Details. Die ersten beiden toten Frauen wurden nur kurz erwähnt, der Hauptteil des Artikels galt aber Monika S., die man in einem Fitnessstudio in Waidhofen an der Ybbs am Montagmorgen ermordet aufgefunden hatte.

Brandner fand die Headline nicht so schlimm. Viel bedenklicher waren die Informationen, die der Artikel preisgab. Und genau das hatte Direktor Kappl am Vormittag kritisiert. Irgendjemand musste ausplaudert haben.

In seiner Waidhofener Kammer trank Brandner wieder den sehr guten Kaffee, den ihm Sepp Reitbauer auch an diesem Nachmittag persönlich serviert hatte. Viel bewegt hatte der Kommissar an diesem Tag noch nicht, gestand er sich ein. Nach dem Frühstück mit seinen drei Damen war er nochmals ins Hauptquartier gefahren und hatte sich dort mit Kappl beraten. *Beraten, so würde es jemand anderer wahrscheinlich nicht nennen. Kappl hat mich eher kritisiert. Und er hat Druck ausgeübt. Auch er bekommt jetzt von allen Seiten Anrufe wegen des Falles. Ja, aber was hätte ich machen sollen? Die Kriminaltechniker und die Gerichtsmedizin einmal ausgenommen, arbeite ich mit lauter Amateuren zusammen. Die Kollegen vom LKA haben wir zurückgepfiffen. Um Spannungen zu vermei-*

den, sind sie komplett aus dem Fall ausgestiegen, haben dem BKA, also mir, die ganze Arbeit überlassen.

Unzählige Personen haben von Slawitschek gewusst. Die Hotelleitung, die Angestellten dort, alle Polizisten in Waidhofen, dann war da noch Sepp Reitbauers Äußerung über den Verdächtigen, als wir in der Schuhfabrik, pardon, dem Büro der Schuhhersteller, waren.

Nur eines wusste Brandner mit Sicherheit, er selbst hatte keine Namen durchsickern lassen. Es gab aber zu viele mögliche undichte Stellen, als dass er sie für die Zukunft gesichert stopfen konnte. Auch einer der Techniker in Wien könnte geredet haben.

»Slawitschek, ist er der Würger von Wien und Waidhofen?«

Die Frage stand fett geschrieben auf Seite 5. Und sie hatten sogar ein – wenn auch schlechtes – Foto von seinem Verdächtigen Nummer eins abgedruckt. Es befand sich gleich neben dem Foto, das die versperrte Eingangstür ins Fitnessstudio zeigte. Dazu brachten sie Details von dem viele Jahre zurückliegenden Fall, für den Slawitschek damals verurteilt worden war. Der Journalist strich gekonnt die Parallelen zu den jetzigen Morden heraus. Slawitschek habe seine Freundin so stark gewürgt, dass diese ins Krankenhaus musste und ihn angezeigt hatte. *Ist er jetzt einen Schritt weitergegangen? Hat er nun dafür gesorgt, dass keines seiner Opfer mehr gegen ihn aussagen kann?* Die Fragen, die der Autor des Artikels stellte, wogen schwer. Die meisten Leser würden sie mit einem Ja beantworten und sich vor allem auch die Frage stellen, wie man so jemanden wie diesen Slawitschek wieder so einfach auf die redliche Gesellschaft Österreichs hatte loslassen können. Kaum einer der Leser würde den Satz mit der Unschuldsvermutung registrieren, die selbstverständlich auch für Slawitschek galt. Den Satz hatte der Verfasser des Artikels so gekonnt eingebaut, er war sogar Brandner beim ersten Mal Durchlesen gar nicht aufgefallen, aber natürlich stand er da und schützte so die »Krone« und den Autor vor eventuellen rechtlichen Konsequenzen des sehr einseitigen und gegen Slawitschek hetzenden Artikels.

Verdammt, das hat mir gerade noch gefehlt. Brandner legte die »Krone« beiseite und nahm einen Schluck von Reitbauers Kaffee. *Nichtsdestotrotz muss ich mich auch mit dem Postenkommandanten auseinandersetzen.* Die Tasse stellte er wieder auf die Tischplatte, dann stand Brandner auf und öffnete die Tür zum Hauptraum der Polizeidienststelle.

»Herr Reitbauer, kommen Sie bitte kurz.«

»Kann es nicht noch etwas warten? Ich rufe gerade die restlichen Mitglieder des Studios an und fixiere die Zeiten für die einzelnen Befragungen. Einige sind gar nicht so einfach zu erreichen.«

»Damit können Sie auch später weitermachen.« Brandner sah, wie ungern sich der Postenkommandant von seinem Schreibtisch trennte, aber dem jungen Karrierepolizisten blieb nichts anderes übrig, als dem Kommissar in dessen Kammer zu folgen.

»Schließen Sie bitte die Tür, und setzen Sie sich.« Reitbauer nahm gegenüber von Brandner Platz. Auf dem Tisch lagen mehrere Ordner und die Zeitung. Der Kommissar nahm noch einmal einen Schluck vom Kaffee und genoss es fast, wie ihn der Jungspund unsicher musterte.

»Ein Genuss, Ihr Kaffee«, begann Brandner das Gespräch, dann zeigte er demonstrativ auf die Kronenzeitung. »Sie wissen nicht zufällig, wer da geplaudert hat?

Vor allem das mit Slawitschek hätte nicht nach außen dringen dürfen.«

Reitbauer hob unschuldig beide Hände von der Tischplatte und schüttelte den Kopf. »Ich habe keine Ahnung. Es wussten so viele Personen davon. Für meine Kollegen lege ich aber meine Hand ins Feuer, von ihnen hat sicher keiner mit der Presse gesprochen.«

»Lehnen Sie sich nicht zu weit aus dem Fenster«, unterbrach ihn Brandner. »Ich würde mich, was das betrifft, für kaum einen meiner Kollegen in Wien derart verbürgen. Schließlich haben wir dort das Prinzip, eine Hand wäscht die andere. Da kann schon einmal ein Kollege Informationen preisgeben, und im Gegenzug bekommt er dann auch in Zukunft einen guten Tipp von dem Journalisten, den er mit Informationen füttert.«

Reitbauer wiegte den Kopf. »Das kann schon sein. Aber wir hier in Waidhofen haben doch keinen Kontakt zur Kronenzeitung. Das ist ein landesweit erscheinendes Blatt, vergessen Sie das nicht«, hielt Reitbauer dagegen.

»Also gut, darüber wollte ich ursprünglich auch gar nicht mit Ihnen reden.« Brandner nahm sich nun die zwei obersten dünnen Ordner zur Hand. Nacheinander schlug er sie auf. Vorsorglich hatte er schon die jeweilige Zeile mit Leuchtstift gelb markiert. Er drehte beide Mappen um, auch der Postenkommandant musste so seinen eigenen Namen lesen können.

»Herr Reitbauer, ich weiß, Sie wollen nicht darüber reden, aber Sie müssen mir sagen, wie eng Ihr Verhältnis zu Monika Steiner in Wahrheit gewesen ist.«

Reitbauers Blick war starr auf die Wand hinter Brandner gerichtet. Wenn überhaupt, so hatte er nur einen flüchtigen Blick auf die beiden Namenslisten geworfen, die

Brandner vor ihm aufgeschlagen hatte. Es war aber auch gar nicht nötig, Reitbauer arbeitete mit Hochdruck an dem Fall, er kannte die Listen, wusste die Namen.

»Herr Reitbauer, ich glaube nicht an Zufälle. Das kann ich mir einfach nicht leisten. Ihr Name scheint auf der Liste des Studios auf, gut, da stehen auch noch andere Kollegen von Ihnen, aber Ihr Name steht auch auf der Freundesliste, die uns die Familie Steiner selbst übermittelt hat, und er steht dort ganz weit oben.«

Brandner wartete, noch immer starrte Reitbauer einen Punkt hinter dem Kommissar an. Der nahm wieder einen Schluck vom Kaffee. Danach klappte er die beiden Ordner zu. »Also, wenn Sie nicht mit mir reden, muss ich Sie von dem Fall abziehen.«

Mit den Achseln zuckend erklärte er weiter: »Und Sie wissen, ich habe hier auf Ihrem Posten die Zentrale für die Ermittlungen eingerichtet, hier können Sie also nicht bleiben. Ich verweise Sie nur ungern von Ihrer Dienststelle, aber Ihr Vorgesetzter wird das sicher verstehen, wenn ich ihm erst einmal die Umstände erklärt habe.«

Reitbauers Mund öffnete sich leicht. Seine Augen waren nun nicht mehr starr auf die Wand, sondern auf den Kommissar gerichtet. Der konnte förmlich sehen, wie es im Innern des Postenkommandanten arbeitete. Schließlich schloss Reitbauer den Mund, sein Blick senkte sich, für eine Sekunde sah er auf seine zu Fäusten geballten Hände. Dann ließ er sich nach hinten in seinen Stuhl sinken, die Schultern sackten nach unten, die Hände legte er flach auf die Tischplatte. Langsam und mit leiser Stimme begann Reitbauer zu erzählen.

Als er fertig war, saß er ganz ruhig da und wartete auf Brandners Reaktion. Nur einige Schweißperlen auf der Stirn Reitbauers zeugten davon, wie schwer ihm die Erklärung gefallen war. Und sie hatte lange gedauert, über zwei Stunden waren vergangen, der Kommissar hatte ihn immer wieder mit Fragen unterbrochen.

Brandner ließ sich das Gehörte nun nochmals durch den Kopf gehen: Sepp Reitbauer konnte gar nicht mehr so genau sagen, wie lange er Monika Steiner schon kannte. Aber es musste bis in ihrer beider Jugendzeit zurückgehen. Sepp erinnerte sich, die noch ganz junge Monika auf vielen Wald- und Wiesenfesten gesehen zu haben. Damals hatte sie sehr oft Tracht getragen, da sie der örtlichen Volkstanzgruppe angehört hatte. Und er, Sepp, hatte auch mit ihr getanzt, aber nicht im Rahmen der Tanzgruppe, sondern auf den Feuerwehrfesten, den Volkstanzfesten, den Landjugendfesten, den Musikfesten, Zeltfesten, Parkfesten, Badfesten, Rotkreuzfesten und den Erntedankbällen. Er war zwar kein guter Tänzer, aber mit Monika hatte er sich immerzu im Kreis drehen können, ohne vor Schwindelgefühlen ins Wanken zu geraten.

Zu der Zeit, das musste jetzt schon fast ein Jahrzehnt her sein, hatte er auch Monikas Eltern kennengelernt. Gemeinsam mit Freunden war er einfach zu Monikas Elternhaus gefahren. Auf einen Tee. Einen Bauerntee. So ein Tee mit viel Schnaps und Zucker wurde einem in keinem Bauernhaus der Umgebung verwehrt, wenn dort junge Mädchen im heiratsfähigen Alter wohnten.

Als Sepp dann aber bei der Polizei anheuerte, und Monika einen Freund aus Ybbsitz erhörte, verloren sich die beiden für längere Zeit aus den Augen. Oder besser gesagt, wenn sie sich auf einem der Feste sahen, wurden keine Worte mehr miteinander gewechselt, und schon gar nicht forderte Sepp Monika zum Tanzen auf.

Doch dann, erst vor Kurzem, tanzte Sepp wieder einmal mit ihr. Sie erinnerten sich an ihre Jugendtage. Es war am Faschingsdienstag in Ybbsitz, dem Höhepunkt des Narrentreibens im Mostviertel. Natürlich ließ sich der Nachmittag nicht ganz mit der Qualität des Villacher Faschings vergleichen, aber so weit entfernt davon war er nicht. Monika war als Krankenschwester verkleidet gewesen, Sepp als Doktor. Es war Zufall, oder Schicksal, aber ihre Verkleidung hatte sie wieder zueinandergeführt. Er selbst war an diesem Tag nüchtern geblieben, da er später abends noch Dienst hatte. Sepp hatte sie gebeten, mit ihm auszugehen. Eine Verabredung, um zu erkunden, ob sich mehr zwischen ihnen ergeben könnte. Ob mehr möglich wäre. Obwohl Monika einiges an Alkohol konsumiert hatte, sagte sie ihm nicht gleich zu, sondern bat um Bedenkzeit. Auch wenn sie den Ruf einer lebenslustigen Frau hatte, so war Monika Steiner doch keinesfalls leicht zu haben gewesen, hatte Reitbauer seiner Erklärung hinzugefügt.

Der Postenkommandant hatte daraufhin beschlossen, die Fastenzeit einfach abzuwarten und Monika bei einem der Feste nach Ostern, die sie nach wie vor so gerne besucht hatte, wieder anzusprechen. Natürlich hatte er sie auch manchmal im Fitnessstudio angetroffen, dort war die Sportfanatikerin aber so auf ihren Trainingsplan fixiert gewesen, dass es für Sepp zu nichts geführt hätte, mit ihr über seine neuerlich aufkeimenden Gefühle zu reden.

Monika musste ihrer Schwester von seinen Avancen erzählt haben, sonst wäre sein Name sicher nicht so weit oben auf der Liste gelandet, hatte Reitbauer dem Kommissar abschließend nochmals erklärt.

Sepp Reitbauer sah Brandner noch immer fragend an. War er nun raus aus den Ermittlungen, wurde er nun der Dienststelle verwiesen, war er gar einer der Hauptverdächtigen? All das sagte der Blick aus, mit dem er Brandner bedachte. Der war sich der prekären Lage durchaus bewusst, in welcher der Postenkommandant steckte. Reitbauer hatte das Mordopfer vor Kurzem um eine Verabredung gebeten, hatte sich Hoffnungen gemacht, und das spätere Opfer hatte abgelehnt. *Nicht endgültig, aber sie hat um Bedenkzeit gebeten. Was, wenn sie Sepp Reitbauer die negative Nachricht an jenem Abend im Studio mitgeteilt hat? Was, wenn der die Ablehnung nicht verkraftet hat?*

So muss es aber nicht gewesen sein.

Brandner dachte nach … in Wahrheit glaubte er nicht, dass der Postenkommandant etwas mit dem Mord zu tun hatte. Er konnte es sich einfach nicht vorstellen.

Auch ich hätte es wahrscheinlich nicht an die große Glocke gehängt, wäre ich in seiner Situation gewesen. Wieso auch, wenn ich nichts mit dem Mord zu tun hatte? Außerdem sehe ich keine Verbindung zu den anderen beiden Opfern.

Der Kommissar wollte die vielversprechende Karriere des jungen Polizisten nicht bremsen oder gar zerstören, also verließ er sich auf sein Gefühl. »Okay, Sie sind weiter bei den Ermittlungen dabei. Herr Reitbauer, in Zukunft aber bitte keine Geheimnisse mehr.«

Hoffentlich zerstöre ich durch diese Entscheidung nicht meine eigene Karriere.

Brandner erkannte deutlich, wie Reitbauer förmlich ein Stein vom Herzen fiel und sah dies als Bestätigung für sein Vertrauen.

»Danke!«

Mehr konnte der junge Polizist in dem Augenblick offenbar nicht zur Konversation beitragen.

»Gut, dann wäre das ja geklärt. Sie haben doch die Telefonnummer von Slawitschek notiert«, wechselte Brandner das Thema.

Kurz darauf tippte der Kommissar die Festnetznummer des Stars der aktuellen Kronenzeitung in sein Handy ein. Was genau er sagen würde, wusste er zwar noch nicht, aber Brandner wurde das Gefühl nicht los, mit dem Verdächtigen sprechen zu müssen. Irgendwie war er Slawitschek das schuldig. Indirekt fühlte sich Brandner doch für den Artikel in der Zeitung mitverantwortlich. Er wollte zumindest hören, wie Slawitschek damit zurechtkam. Auch falls Slawitschek nicht der Mörder war, so würden trotzdem die negativen, belastenden Schlagzeilen auf ewig im Netz nachzulesen sein.

Wie soll man damit zurechtkommen? Was sage ich also? Ich kann einen Termin für eine nochmalige Befragung nächste Woche vereinbaren, und dabei frage ich ihn, ob alles in Ordnung ist. Was für eine blöde Frage – für Slawitschek ist nichts in Ordnung. Die Polizei und die Presse haben es auf ihn abgesehen.

»Ja, hallo?« Eine weibliche Stimme.

»Frau Slawitschek?«

»Ja?« Sie klang eingeschüchtert.

»Mein Name ist Brandner, Bundeskriminalamt.«

»Mein Mann ist nicht da.«

»Können Sie mir vielleicht sagen, wie ich ihn erreiche?«

»Probieren Sie doch seine Handynummer.« Ein Klacken in der Leitung, die Verbindung war unterbrochen. Der Kommissar drückte auf Wahlwiederholung. Das regelmäßige Tüten des Besetztzeichens war deutlich zu hören, entweder sie telefonierte oder sie hatte den Hörer neben das Telefon gelegt, um nicht wieder belästigt zu werden. Brandner tippte die zweite Nummer, die ihm Reitbauer gegeben hatte, in sein Handy ein. Statt des Klingeltons wurde er sofort an Slawitscheks Mobilbox weitergeleitet.

»Hinterlassen Sie eine Nachricht.« Brandner bat in kurzen Worten um Rückruf und legte auf. *Slawitschek muss sich für uns verfügbar halten, das haben wir so vereinbart. Als wir ihn laufen ließen, hat er dem zugestimmt. Aber hätte sich die Kronenzeitung auf mich als Täter eingeschossen, würde ich auch für einige Zeit untertauchen. Also hat es wahrscheinlich nichts weiter zu bedeuten, wenn ich ihn heute nicht erreiche …*

KAPITEL 16

Freitag

Schon fast 13 Uhr. Hans Mayer marschierte wie so oft in letzter Zeit gehetzt die Pramergasse entlang. Diesmal nahm er aber nicht die Eingangstür, die zu seiner Wohnung führte, sondern er blieb vor dem Wohnhaus gegenüber stehen.

Pramergasse 21. An diesem Tag standen für ihn zwei Familientreffen auf dem Plan. Er musste nicht nach Resis Namen suchen, oft schon hatte er wie jetzt den Taster gedrückt. Sekunden später ertönte das Summen, er stieß die schwere Eingangstür auf und nahm die Stufen nach oben. Seine Schwester wartete unter dem Türrahmen auf ihn.

Die hellbraunen Haare trug sie offen, die Kochschürze schützte Bluse und Hose vor unvorhergesehenen Zwischenfällen am Herd. Resis Lächeln wirkte auf Hans ansteckend. Vielleicht würde er sich doch entspannen können.

Ich muss aber höllisch aufpassen, darf mich nicht verplappern, schoss es ihm sogleich durch den Kopf, als er ihr das übliche brüderliche Küsschen auf die Wange gab. Auch für ihn hatte sie Parfum aufgetragen, oder die Haare mit einem duftenden Shampoo frisch gewaschen.

Vielleicht auch beides zugleich.

»Gut siehst du aus«, stellte er fest.

Fast zu gut für meinen Geschmack, wie soll ich dich da vor den Männern beschützen?

»Danke, komm doch herein.« Hans folgte ihr in die Wohnung. Resi musterte ihn, während er die Schuhe auszog. »Du siehst allerdings blass aus, und schmäler.« Seine Schwester bemutterte ihn, darauf konnte Hans gerne verzichten. Gerade wegen seiner Mutter musste er ja auf Resi achtgeben. *Mutter bemuttert mich nicht, also brauchst du, Resi, das auch nicht zu tun,* geisterte es durch Hans' Gehirn, als er den für zwei Personen gedeckten Tisch sah. Sekunden bevor Resi es ihm verriet, hatte er schon gerochen, was sie für ihn gekocht hatte.

Es wird doch kein Gulasch vom Besuch des Glatzkopfes übrig geblieben sein? Nein, das ist zu lange her. Auch wenn Gulasch durch das Aufwärmen an Geschmack gewinnt, eine Woche ist dann doch zu viel Zeit. Mir ist es ja recht, aber Resi isst jetzt schon zum zweiten Mal Gulasch.

Er hatte schon fast die Hälfte seines Tellers mit dem seiner Erkenntnis nach frischen Gulasch verzehrt, schluckte nochmals bewusst die Fleischbrocken hinunter und hatte dann seinen Mund frei von jeglichem Essen. »Und, was hast du die letzten Tage so gemacht? Ist irgendetwas Interessantes vorgefallen?«, fragte er Resi möglichst unschuldig.

»Nein, gar nichts Besonderes, ich hatte zwei Aufführungen, heute und morgen habe ich auch noch jeweils Abendvorstellung. Du weißt ja, wie das ist, da komme ich zu sonst nicht viel.«

Hans nickte, hatte aber das Gesicht des Glatzkopfes vor Augen. Der war vor Kurzem genau auf dem gleichen Sessel gesessen, hatte Resis nicht zu unrecht legendäres Gulasch konsumiert und zugleich auf sie mit einer Vehemenz eingeredet, die Hans sogar einzelne Fleischbrocken in dessen Mund hatte erkennen lassen.

»Was machst du heute noch?«, riss ihn Resi aus den Gedanken.

»Nicht viel, ich muss noch etwas für die Arbeit vorbereiten«, log Hans. Den Besuch bei Mutter erwähnte er besser nicht, denn dann wäre Resis Stimmung rasch auf dem Tiefpunkt. Das Strahlen in ihren Augen würde erlöschen. Das hatte er schon einmal erlebt, und er hatte kein Bedürfnis nach einer Wiederholung. Auch Hans selbst war nicht gerade darauf erpicht, ihrer beider Mutter im Gefängnis zu besuchen.

Aber wer, wenn nicht ich? Wer würde es sonst tun?, fragte er sich.

Resi war nur einmal zu ihrer Mutter ins Gefängnis gekommen. Seither nie wieder. Sowohl seine Mutter als auch Resi hatten ihm bisher nicht erzählt, was während Resis Besuch vorgefallen war. Aber seine Schwester hatte seither nie mehr mit ihm über ihre Mutter gesprochen. Das einzige Mal, als er danach einen gemeinsamen Besuch vorgeschlagen hatte, war die Stimmung so schnell gekippt, Resis Reaktion war so eindeutig, so extrem ausgefallen, dass Hans seither ihr gegenüber die Mutter nicht mehr erwähnt hatte. Auch an diesem Tag würde er daher nicht damit anfangen, ihr von seinem beabsichtigten Ausflug ins Gefängnis zu erzählen.

Er hatte seiner Schwester also, was seine weiteren Absichten an diesem Tag betraf, nicht die Wahrheit erzählt, aber Resi hatte ihn sogar angelogen!

Nichts Besonderes, nichts Besonderes ist vergangene Woche vorgefallen, dass ich nicht lache! Der Glatzkopf ist also nichts Besonderes.

»Hast du mit Sepp wegen dem Mord an der jungen Frau in Waidhofen geredet?«

Resi liest also auch die Kronenzeitung.

»Nein, ich bin noch nicht dazu gekommen. Sepp hat sicher viel zu tun.« Jetzt war Hans eindeutig mit dem Lügen in Führung gegangen. Mit Resi wollte er nicht über den Mord reden. Die Tote war die Mitbewohnerin seiner Ex-Verlobten. Resi würde einfach zu viele Fragen stellen. Die Antworten würden sie zu Juliana und dann unweigerlich zu den Ereignissen vor einem Jahr führen. Sie würden doch noch bei den Taten ihrer Mutter landen. Nun hatten es die beiden Geschwister so lange vermieden, darüber zu reden, Hans stand nicht der Sinn danach, ausgerechnet an diesem Tag damit zu beginnen. Sollte Resi doch weiter ihren Traum von der Bühnenkarriere leben. Sein Traum war vor langer Zeit schon zerplatzt. Er erfüllte jetzt nur mehr seine – von ihm nicht gewollte – Lebensaufgabe.

»Hast du eigentlich schon Rollenangebote nach deinem jetzigen Engagement in Aussicht?«

Nun strahlten Resis Augen wieder. »Es ist noch zu früh, ›Catch me if you can‹ läuft ja noch, aber es könnte sein, dass ich bald eine Hauptrolle spiele. Mehr will ich noch nicht sagen.«

Hans hätte sich fast am Gulasch verschluckt. Eine zu erfolgreiche Schwester konnte er nicht gebrauchen. All die Männer würden sich nur umso mehr um sie bemühen. All die rücksichtslosen Draufgänger, für die sie nur eine weitere Trophäe in ihrer Sammlung wäre, würden Resi dann gerne erobern, und wäre es nur für eine kurze und vor allem schamlose Nacht, um sie danach wieder fallen zu lassen.

Mutter hat schon recht, ich muss auf meine kleine Schwester achtgeben.

KAPITEL 17

Freitag

Der Standard, die Presse, die Oberösterreichischen Nachrichten und der Kurier griffen den Artikel der Kronenzeitung vom Vortag auf. Die seriöseren Tageszeitungen produzierten zwar mehr Wörter, die Texte waren aber weniger angriffig. Der Verdächtige wurde von ihnen nur als S. bezeichnet. Brandner studierte sämtliche Artikel, die den Mord an Monika Steiner behandelten, er ließ keine der Zeitungen aus. Die Leserschaft würde die Artikel trotz der weniger aggressiven Schreibweise gut einzuschätzen wissen: S. schien der gesuchte Frauenmörder zu sein, und die Polizei ließ ihn auf freiem Fuß.

Die Kronenzeitung und auch die Zeitung Österreich wurden da schon deutlicher: Für Slawitschek galt natürlich weiterhin die Unschuldsvermutung, das erwähnten beide Blätter, aber sie erwähnten seine Haftstrafe, die Details zur Aussage seiner damaligen Lebensgefährtin, die sich ihres Lebens gefürchtet hatte, und es wurde erklärt, wie leicht es für Slawitschek gewesen war, vom Hotel unbemerkt in das angrenzende Fitnessstudio zu gelangen. Auch Fotos vom Innern des Hotels mit der versiegelten Tür und einem Lageplan ergänzten die Texte. Sowohl die Kronenzeitung als auch das Blatt Österreich druckten den vollkommenen Namen des Verdächtigen, und auch ein besseres Foto von Slawitschek hatten sie aufgetrieben. Alles in allem war klar – wenn man der Krone oder dem Blatt Österreich vertraute, dann war Slawitschek mit fast hundertprozentiger Sicherheit der Frauenmörder.

Die Befragungen der Mitglieder vom Fitnessstudio, die Reitbauer am Vortag für Freitagvormittag organisiert hatte, brachten rein gar nichts. Brandner hielt es schließlich nicht mehr aus. Nach mehreren erfolglosen Anrufen und drei hinterlassenen Nachrichten auf Slawitscheks Mobilbox, setzte sich Brandner in seinen Audi und verließ Waidhofen.

Eineinhalb Stunden später erreichte er die Stadteinfahrt Wiens. Das Navigationssystem leitete ihn zur Autowerkstätte, die Slawitschek beschäftigte. Es war eine jener Werkstätten, die sich auf Service, Ölwechsel, Räderwechsel und Autozubehörverkauf – von Waschmittel über Duftbäume bis hin zu Leichtmetallfelgen – spezialisiert hatten. Autos wurden keine verkauft.

Brandner betrat den Shop, durchquerte ihn und zeigte dem Mann hinter dem Tresen, der mit dem Schild »Kundendienst« versehen war, seine Marke.

»Slawitschek ist nicht da, den habe ich höchstpersönlich beurlaubt«, erklärte der Mann im grauen Arbeitsmantel, den ein Stiernacken auszeichnete, Brandner. »Einen Psychopathen kann ich hier nicht gebrauchen.«

»Aber …« Brandner hielt inne. Der unnachgiebige Gesichtsausdruck seines Gegenübers zeigte ihm, jegliche Argumentation wäre sinnlos.

Der Stiernacken fühlte sich aber doch bemüßigt, hinzuzufügen: »Das ist meine Werkstatt, ich habe sehr hart gearbeitet, seit einem Jahr schreiben wir schwarze Zahlen, das lasse ich mir nicht kaputtmachen. Was glauben Sie, was hier los ist, wenn die Presse davon Wind bekommt, dass der Frauenmörder hier arbeitet?«

»Aber es ist doch gar nichts bewiesen.«

Der Stiernacken zuckte mit den Achseln. Er hatte seinen Mitarbeiter zwar nach Waidhofen zur Schulung geschickt, um ihn zu fördern. Jetzt hatte er ihn aber offenbar hinausbefördert.

»Wissen Sie vielleicht, wo ich Herrn Slawitschek finden kann?«

Kopfschütteln. »Versuchen Sie es doch bei ihm zu Hause.«

Auch ohne den Hinweis des Werkstättenbesitzers wäre Brandners nächstes Ziel die Wohnadresse Slawitscheks gewesen. Der Kommissar musste nicht allzu weit fahren. Die junge Familie wohnte in Hütteldorf. Slawitschek war also mit Sicherheit ein Anhänger der Grün-Weißen, deren Stadion sich gleich in der Nähe befand. Hütteldorf war praktisch das Synonym für Rapid Wien. Kein anderer Fußballklub Österreichs hatte es geschafft, so stark mit einem Stadtteil in Verbindung gebracht zu werden, wie die Grün-Weißen.

Brandner folgte den Anweisungen der weiblichen Stimme aus dem Navigationssystem. Er bog nach links ab, mehrere Wohnbauten befanden sich an beiden Straßenseiten. Es gab durchaus trostlosere Gegenden, aber auch schönere.

»Sie haben Ihr Ziel erreicht.« Ein gelbes dreistöckiges Haus, das sicher schon mehrere Jahrzehnte auf dem Buckel hatte, befand sich auf der linken Straßenseite. Das musste es sein. Gegenüber war ein kleiner Kinderspielplatz. Eine Frau beaufsichtigte dort ihr kleines Mädchen, das auf der Schaukel saß und zaghaft hin und her wippte. Brandner parkte sich ein und betätigte bald darauf die Klingel neben der Aufschrift »Slawitschek«.

Diesmal überbrachte er zwar keine schlechten Nachrichten, trotzdem zog es in Brandners Magengegend ähnlich stark, als müsste er den Eltern eines Mordopfers wieder einmal die erschütternde Nachricht vom Tod eines ihrer Kinder mitteilen. Daher breitete sich auch fast ein Gefühl von Erleichterung in Brandner aus, als nach mehrmaligem Anläuten keinerlei Reaktion erfolgte. Außerdem wunderte er sich, keine Journalistenmeute vor Slawitscheks Adresse anzutreffen. Er sah sich um. Schräg gegenüber befand sich ein Kaffeehaus, ein kleines Auto mit einem Aufkleber parkte dort. Den Text konnte er nicht lesen, aber das Auto hatte alle Anzeichen, einem Paparazzo zu gehören. Einer war auch mehr als ausreichend, um die Zeitungen mit Fotos zu versorgen. Wahrscheinlich beobachtete er den Eingang vom Kaffeehaus aus.

Brandner sah zum Kinderspielplatz. Die junge Mutter gab dem Mädchen jetzt leichte Stöße, sodass es etwas höher nach oben schaukelte als zuvor. Noch immer wirkte das Unterfangen sehr zaghaft, fast schon ängstlich. Der Kommissar ging auf die beiden zu. Die Mutter sah ihn kommen, schaute zum Kaffeehaus und schien zu überlegen, wohin sie noch schnell verschwinden könnte. Doch es war zu spät. »Frau Slawitschek!«

»Ja?« Nur ganz kurz hatte die Frau gezögert.

»Brandner, Bundeskriminalamt, wir haben telefoniert.«

Die Mutter stoppte die Schaukel der Tochter. »Tut mir leid, dass ich einfach aufgelegt habe, aber«, verschämt blickte sie auf ihre Füße, »aber es war mir alles zu viel.«

Brandner nickte ihr zu, am Telefon hatte sie noch resoluter geklungen. Mutter und Tochter passten gut zusammen. Beide hatten dunkelblonde Haare. Die Kleine würde einmal den Burschen die Köpfe verdrehen, wenn sie sich annähernd so entwickelte wie ihre Mutter. »Ich verstehe, es muss im Moment sehr schwer für Sie sein.« Frau Slawitschek nickte stumm, aber sie gab ihrer Tochter wieder einen leichten Schubs, das Mädchen hatte den Kommissar zuvor mit großen fragenden Augen gemustert.

Zwischen zwei und drei Jahre alt, sie wirkt ängstlich, verunsichert.

»Ich muss nochmals mit Ihrem Mann reden, ist er zu Hause?«

»Mein Mann arbeitet um diese Zeit noch.«

»Ich komme gerade von der Werkstätte, dort ist er nicht.«

Die Mutter musste Brandners fragenden Blick ertragen.

»Er, er ist nicht mehr bei uns. Seit dem Zeitungsartikel, es ist besser für die Kleinen, wenn er nicht da ist.« Sie schluckte. »Das haben wir gemeinsam entschieden.«

Brandner fühlte wieder das Ziehen in der Magengegend. Die Untersuchungen verliefen gar nicht gut. Zu allem Übel konnte er jetzt auch noch seinen Hauptverdächtigen nicht finden. Für eine Fahndung reichten aber die Beweise nicht aus.

»Sagen Sie bitte Ihrem Mann, dass ich ihn unbedingt sprechen muss.« Er gab ihr seine Karte. »Je länger er sich nicht meldet, umso verdächtiger macht er sich.«

»Ich verstehe, er hat sich aber auch seit fast zwei Tagen nicht mehr bei mir gemeldet.« Brandner sah, wie die blauen Augen der Frau feucht glänzten.

»Haben Sie eine Idee, wo er sein könnte? Eventuell bei einem Freund?«

Sie schüttelte den Kopf. Auch wenn sie es wüsste, würde die Frau ihren Mann wahrscheinlich nicht verraten. Schließlich las sie seinen Namen auf der Visitenkarte.

»Herr Brandner.«

Die Frau schluckte nochmals, blickte ihm dann aber direkt in die Augen. »Sagen Sie mir bitte, ob er es getan hat?«

Sie flüsterte die Frage, sodass ihre Tochter die Worte nicht hören konnte.

»Hat mein Mann die drei Frauen umgebracht?«

Er wollte schon antworten, wollte die Ehefrau beruhigen, aus den Augenwinkeln sah er aber eine Bewegung, er drehte sich um, und tatsächlich, im Schatten des Kaffeehaus-Eingangs stand ein Mann mit Kamera.

Klein, schäbig und ungepflegt.

Er musste schon mehrere Fotos von ihm mit der jungen Frau und dem Mädchen geschossen haben.

Verdammt!

»Ich weiß es nicht!«

Mehr sagte er nicht zu Frau Slawitschek. Statt weitere Erklärungen abzugeben, wandte sich Brandner im Laufschritt dem Paparazzo zu, der die Kamera verschwinden ließ und sich offenbar am liebsten in Luft aufgelöst hätte.

KAPITEL 18

Als Hans auf dem Parkplatz vor dem Gefängnis einparkte, hatte er ein genauso ungutes Gefühl wie zuvor, als er an Resis Tür geklingelt hatte. Aber letztendlich würde auch das zweite Familientreffen an diesem Tag vorübergehen. Die Prozedur mit der Anmeldung, die nur oberflächliche Durchsuchung nach Waffen und Drogen, all das kannte er schon zur Genüge. Schon nach den ersten Monaten, in denen sich Waltraud Mayer sehr gut in den Gefängnisalltag integriert hatte, waren ihre Haftbedingungen gelockert worden. Ihr Sohn durfte sie mittlerweile ohne jegliche Einschränkungen während des Besuches berühren. Sie war nicht als unzurechnungsfähig eingestuft worden, trotz des Urteils lebenslänglich durfte sie durchaus darauf hoffen, irgendwann einmal freizukommen. Der Begriff »lebenslänglich« wurde in Österreichs Haftanstalten nicht wörtlich genommen. In wenigen Jahren schon würde Waltraud Mayer zumindest einige Stunden Freigang pro Monat bekommen. Bis dahin dauerte es aber noch. Gerade deswegen war Hans umso überraschter, wie vital seine Mutter an diesem Tag wirkte. Mittlerweile kam sie ihm jugendlicher und frischer vor als vor ihrer Verhaftung. Es hatte den Anschein, als täte ihr die Haft gut.

Wenn es so etwas wie Gefängnisuniform gab, dann mussten die Insassen diese während der Angehörigenbesuche nicht tragen. Die Jeans und die weinrote Bluse passten seiner Mutter gut. Und er wusste nun auch, was den Unterschied in ihrem Erscheinungsbild ausmachte: Sie hatte sich die Haare kastanienbraun gefärbt. Früher, als sein Vater noch am Leben gewesen war, hatte sie alle paar Monate die Haarfarbe geändert. Seine Mutter hatte es geliebt, sich immer wieder neu zu erfinden, ihrem Mann immer wieder eine noch schönere, eine noch aufregendere Ehefrau zu präsentieren. Und ihr hatte es auch geschmeichelt, wie Hans' Schulkollegen sie angehimmelt hatten. So war es gewesen, da machte sich Hans nichts vor.

Seit sein Vater allerdings tot war, hatte sie sich nur noch sehr selten die Haare gefärbt. Graue Strähnen durchzogen meist ihren braunen Haarschopf. Jetzt war aber kein einziges silbergraues Haar mehr zu sehen. Würde er es nicht besser wissen, Hans hätte darauf gewettet, ein neuer Mann sei im Spiel. Jahrelang hatte er darauf gehofft, jetzt konnte er es aber ausschließen. Im Frauengefängnis würde seine Mutter keinen Mann finden.

Immerhin, sie hat sich die Haare gefärbt. Der Lebensmut ist zurück. Vielleicht hört sie nun auf, mich zu zwingen, auf Resi aufzupassen.

»Wie geht es ihr? Du passt doch noch auf Resi auf? Hast ein wachsames Auge auf deine Schwester. Du bist das Familienoberhaupt, vergiss das nicht!«

Hans verkrampfte sich innerlich. Er wusste gar nicht mehr, wieso er sich das antat. Seine Mutter hatte die Fragen gleich auf ihn losgelassen, nachdem sie sich zur Begrüßung umarmt hatten. Noch bevor sie sich auf den Stuhl ihm gegenüber gesetzt hatte, zerstörte sie seine Hoffnungen, mit der Überwachung Resis aufhören zu können. Immer wieder war es dasselbe. Auch jetzt, wo sie äußerlich doch deutlich entspannter und frischer wirkte, beschäftigte sie noch immer dasselbe Thema. Hans wusste schon, welche Sätze noch folgen würden.

Natürlich könnte er tun, was er wollte. Er bräuchte nicht auf Resi aufzupassen, nur weil es seine Mutter von ihm verlangte. Seine Mutter saß im Gefängnis, sie konnte nichts, aber auch rein gar nichts unternehmen. Hans würde es sich aber nie verzeihen, wenn seiner kleinen Schwester tatsächlich etwas zustoßen würde, und er es verhindern hätte können, wenn er dort gewesen wäre und auf sie achtgegeben hätte … wie es seine Mutter wünschte.

Waltraud Mayer begann nun mit ihren schon üblichen Anschuldigungen gegen die Familie Schuster. Hans nickte regelmäßig, manchmal, wenn sie danach verlangte, stimmte er ihr auch mit einem kurzen »Ja« zu. In Gedanken verabschiedete er sich aber bereits wieder von ihr und war schon auf dem Weg hinaus aus dem Gefängnis, in dem er, obwohl er jederzeit gehen konnte, sich doch auch eingesperrt fühlte. *Kein Wunder, meine Mutter übt Druck auf mich aus, das allein fühlt sich schon an, als wäre ich in Ketten gelegt.*

»Du solltest dir eine Waffe besorgen. Eine Pistole.« Er reagierte nicht. Sie wiederholte daher ihre Worte, sie waren zwar noch immer geflüstert, diesmal fasste sie ihren Sohn aber an den Armen. »Du musst dir eine Waffe besorgen, damit du Resi beschützen kannst!«

Die Worte seiner Mutter drangen zu Hans durch. Er schüttelte aber den Kopf. Was für eine Idee hatte sie sich da wieder in den Kopf gesetzt! *Ich werde mir sicher keine Pistole besorgen, gerade jetzt nicht, wo mich dieser Brandner wieder ins Visier genommen hat. Da wäre ich schön blöd. Außerdem droht Resi doch von nirgends Gefahr. Mit dem Glatzkopf werde ich zur Not auch so fertig …*

KAPITEL 19

Nachdem der Fotograf sein Bild vom wütenden Kommissar erfolgreich geschossen und auch noch sein Recht zu fotografieren verteidigt hatte, wäre Brandner am liebsten nach Hause zu seiner Eva und seinen beiden Töchtern gefahren. Auch mit seiner Frau hatte er ja noch immer einige offene Fragen zu klären. Evas Theaterbesuch gemeinsam mit einem ihm fremden Mann beschäftigte Brandner trotz des aufreibenden Mordfalles noch immer. Doch er entschied sich dagegen.

Slawitschek hatte er nirgends gefunden, jetzt stand Brandner in der Pramergasse vor Hans Mayers Wohnung, und er läutete Sturm. Wieder meldete sich niemand, und auch diesmal konnte sich der Kommissar nur schwer damit abfinden. Die Fahrt durch halb Wien war ermüdend und er brauchte unbedingt ein Erfolgserlebnis, bevor er sich auf den Rückweg begab und zu seiner Familie heimkehrte. Zumindest einen kleinen Funken Hoffnung benötigte er. Einen Fortschritt, irgendetwas, das ihn daran glauben ließ, er käme mit der Klärung des Falles voran. Es musste kein großer Durchbruch sein, aber Stillstand konnte er einfach nicht gebrauchen, und er konnte und wollte ihn auch nicht akzeptieren. Im Geiste sah er schon, wie ihn die Augen der nächsten jungen Frau, die irgendwo tot aufgefunden wurde, anklagend anstarrten. Einmal noch drückte Brandner den Taster, und er hörte wieder das Geräusch der Klingel durch das Wohnhaus bis hinaus zu ihm ins Freie. Der Lärm in der Wohnung war sicher nicht lange auszuhalten. Sein Finger blieb auf dem Taster. Er zwang sich, nicht auf die Uhr zu sehen.

Klingeln. Klingeln.

»Suchen Sie mich, Herr Kommissar?«

Brandner hatte die Schritte nicht gehört. Er nahm den Finger vom Taster und drehte sich um. Vor ihm auf dem Gehsteig stand Hans Mayer nur einen Meter von ihm entfernt und sah ihn fragend an.

»Ja.«

Brandner streckte ihm automatisch seine rechte Hand entgegen. Hans Mayer ergriff sie und drückte sie fest. Er trug legere Kleidung und hatte sich seit ihrer letzten

Begegnung kaum verändert. Nur sein Gesichtsausdruck wirkt noch ernster und nachdenklicher, stellte Brandner fest. Nach der Begrüßung folgte der Kommissar dem jungen Mann nach oben in dessen Wohnung.

»Ziehen Sie bitte auch die Schuhe aus. Die Böden sind sehr empfindlich.«

Hans entledigte sich flink seiner eigenen grauen Freizeitschuhe im Vorraum der Wohnung. Sie waren nicht von den Schusters. Der Kommissar brauchte etwas länger. Er ging in die Hocke und beschäftigte sich damit, seine Schnürbänder zu öffnen. Statt sie zu entwirren, hatte er sie unabsichtlich zu einem festen Knoten verflochten.

Hans stellte sein Paar neben den schwarzen und braunen Lederhalbschuhen ab, die am Fußboden an der Wand standen. Darüber hingen Mäntel und Jacken an Kleiderhaken. Eine der vom Vorraum abzweigenden Türen war halb geöffnet. Brandner sah im Halbdunkeln das Bettgestell und an einer Wand gegenüber den Kleiderkasten. Endlich löste sich der Knoten. Als er sich aufrichtete, wanderte sein Blick wieder zur offenen Schlafzimmertür. Hans versperrte dem Kommissar sofort die Sicht. »Hätte ich von Ihrem Besuch gewusst, hätte ich aufgeräumt, bitte entschuldigen Sie die Unordnung.«

Während er die Worte sprach, schloss Hans endgültig die Tür.

»Kommen Sie doch mit in die Küche.«

Einige Sekunden brauchte Brandner, bis er das Gesehene verarbeitet hatte. *Wieso braucht Hans Mayer in seiner Wohnung ein Fernrohr?*

»Kann ich Ihnen etwas anbieten?«

Brandner bat um ein Glas Wasser, er wollte Zeit gewinnen.

»Sie sind wegen dem Mord an Monika Steiner hier, stimmt's?« Hans stellte das volle Glas vor Brandner auf den Tisch. Der betrachtete fasziniert die kunstvoll bemalte Straußeneihälfte, die an der Wand gegenüber befestigt war, und dessen drei Uhrzeiger ihm mitteilten, dass die Zeit viel zu schnell vergangen war. *Schon nach 18 Uhr, ich muss zu Eva und den Kindern.*

»Ja, genau«, antwortete er deshalb verspätet. Trotz seiner Gedanken zwang er sich zur Geduld. Er nahm einen weiteren Schluck, und tatsächlich begann Hans, wie vom Kommissar erhofft, zu reden.

»Ich habe Monika Steiner kaum gekannt. Seit ich von den Schusters weg bin, habe ich sie nicht mehr gesehen.«

Brandner stellte das Wasserglas langsam wieder auf die Tischplatte. »Aber Frau Steiner hat mit Ihrer Verlobten, Juliana Haidinger, zusammengewohnt.«

»Mit meiner Ex-Verlobten.«

Brandner nickte. »Ja, schon gut, Frau Haidinger hat mir gesagt, Sie beide hätten sich getrennt.«

Hans setzte sich gegenüber an den Tisch. »Und wieso kommen Sie dann überhaupt zu mir, Herr Brandner?«

Unmerklich wiegte der Kommissar den Kopf. »Herr Mayer, Sie müssen zugeben, Sie würden es in meiner Situation sicher genauso machen. Frau Steiner und Frau Haidinger haben zusammengewohnt. Herr Mayer, Sie sind, wie Sie gerade selbst gesagt haben, der Ex-Verlobte von Frau Haidinger. Vielleicht gaben Sie ja Frau Steiner die Schuld für das Scheitern Ihrer Beziehung, vielleicht wollten Sie ja wieder mit Frau Haidinger zusammenkommen, und Frau Steiner war Ihnen dabei einfach im Weg.«

»Das ist doch lächerlich.«

Hans stand auf, der Sessel kippte dabei leicht nach hinten, landete aber wieder auf allen vier Holzbeinen.

»Sie wissen genau, wieso wir Schluss gemacht haben. Es waren die Morde meiner Mutter. Die waren schuld. Ich musste weg aus Waidhofen, weg aus dem Mostviertel. Wir hatten einfach keine Zukunft mehr.« Er begann in der Küche hin und her zu marschieren, mehrmals schüttelte er den Kopf. »Hätte ich wieder mit Juliana zusammenkommen wollen, was ich nicht habe, Monika Steiner wäre mir nicht im Weg gestanden.«

Hans sah Brandner an. Der trank wieder von seinem Wasserglas und stellte es danach betont langsam auf die Tischplatte. Kurz dachte er an das Fernrohr in Hans' Schlafzimmer. Monika Steiner hatte aber in Waidhofen gewohnt, weit weg von Wien und war auch dort ermordet worden. Für seinen Fall schien das Fernrohr nicht von Bedeutung zu sein. Er räusperte sich und stellte Hans die Frage, wegen der er extra in die Pramergasse gefahren war. Vielleicht konnte er ja immerhin bald einen seiner Verdächtigen ausschließen.

»Herr Mayer, sagen Sie mir doch bitte, wo Sie den Abend und die Nacht von Sonntag auf Montag verbracht haben.«

»Hier.« Hans setzte sich wieder. »Und es gibt keinen einzigen Zeugen dafür.«

KAPITEL 20

Samstag

Der Kronenzeitung verdankte Brandner bereits den zweiten Anruf Kappls am frühen Morgen. Zwei Anrufe seines Chefs vor Arbeitsbeginn innerhalb einer Woche waren zwar bei Weitem kein Rekord, aber das Wochenende gehörte doch normalerweise seiner Familie. Nicht so an diesem Samstag.

Leopold Brandners Angehörige konnten das Familienoberhaupt aber auf Seite 5 der Krone bewundern – gleich neben dem barbusigen Modell. Brandner saß mit seinen drei Frauen beim Frühstück, als er von Kappl in die Zentrale zitiert wurde. Diesmal war Isabella hellwach, sofort tippte sie mehrmals mit dem Finger auf ihr Smartphone ein, und nur wenige Augenblicke später sah sich ihr Vater selbst auf dem Display seinem wütenden Gesicht gegenüber.

»Cool, den Link poste ich gleich auf Facebook.«

Bevor Brandner seine Tochter aufhalten konnte, war es auch schon passiert.

Eva und Selina bekamen jeweils einen Abschiedskuss, danach begab sich Brandner ins Bundeskriminalamt.

Immerhin bewirkte die mediale Aufmerksamkeit, dass sich ein immer größeres Team darum bemühte, die Fakten der drei vermeintlich zusammenhängenden Mordfälle auszuwerten. Direktor Kappl sagte Brandner jegliche Unterstützung zu, die er nur haben wollte. Die Untersuchungen und Befragungen vor Ort überließ Kappl weiterhin Brandner als leitendem Kommissar.

»Sie haben mein vollstes Vertrauen.«

Und du brauchst jemanden, den du früher oder später als Sündenbock hinstellen kannst, wenn wir weiter im Dunkeln tappen, schlussfolgerte Brandner. Mit seinem Aufritt vor dem Fotografen und dem daraus resultierenden Foto in der Presse war er geradezu prädestiniert, noch mehr in die Schusslinie zu geraten.

Nach Slawitschek, könnte ich bald das nächste Opfer der Presse werden …

Im Kriminalamt suchten die Analysten nach Zusammenhängen, welche die ermordeten Frauen eventuell miteinander verbanden. »Irgendwo, irgendwann gab es einen Schnittpunkt zwischen den drei Frauen. Es muss sich um ein und denselben Täter handeln. Zu viel spricht einfach dafür«, stellte Kappl fest. Außerdem arbeitete die Abteilung eng mit Interpol zusammen. In Österreich wussten die Ermittler von mindestens drei Morden desselben Täters. Der Mörder könnte aber auch bereits in anderen Ländern Europas zugeschlagen haben, oder gar in anderen Erdteilen. Sämtliche erfasste Morde mussten auf Parallelen verglichen werden. Die internen Ermittler konzentrierten sich zuerst auf die umliegenden Länder und würden dann den Radius Stück für Stück erweitern. Und natürlich überarbeiteten sie das Täterprofil, und sie fügten dabei weitere mögliche Facetten hinzu.

Brandner hielt einerseits selbst nicht allzu viel von den Profilern, andererseits konnten deren Ansätze doch interessant sein. Meistens waren sie aber einfach. Er selbst hatte zwar nicht Psychologie oder etwas Ähnliches studiert, aber auch Brandner hatte den Täter im Verdacht, eine Abneigung gegen Frauen zu haben. Dazu brauchte er kein entsprechendes Studium, der Großteil der Bevölkerung, die diesen Fall in den Medien verfolgte, war sicher schon zum gleichen Ergebnis gelangt. Der Mörder war ein Machtmensch, er wollte über Leben und Tod bestimmen. Wahrscheinlich hatte er in der Kindheit oder als Jugendlicher ein Trauma erlebt, und dabei hatte eine Frau, eventuell sogar seine Mutter, eine wichtige Rolle gespielt. Daher projizierte der Täter seinen Hass jetzt auf Frauen. Er schnürte ihnen sprichwörtlich die Luft zum Atmen ab. Vielleicht gaben Frauen ihm indirekt das Gefühl, ihn zu ersticken.

Es schien sich um kein rein sexuelles Motiv zu handeln. Der Täter war kein Vergewaltiger. Laut den Profilern handelte es sich aller Voraussicht nach um einen weißen Mann, zwischen 20 und 50 Jahren. Er war gut organisiert, genau, fast penibel, und wahrscheinlich wirkte er eher introvertiert. Er könnte aber durchaus erfolgreich im Beruf sein. *Ja, das ist gut möglich, und das schränkt die Zahl der Verdächtigen erheblich ein. Es bleibt nur eine Handvoll übrig. Mit diesem Profil ist der Fall so gut wie gelöst.* Als Brandner die Zentrale endlich verlassen konnte, schüttelte er den Kopf. *Und dafür bezahlen wir den Spezialisten eine Menge Geld. Im Endeffekt bleibt alles an mir hängen. Die Befragungen sind der Schlüssel. Solange der Täter keinen Fehler begeht, können wir nur auf die Befragungen im Umfeld der Opfer hoffen. Der Täter ist mit hoher Wahrscheinlichkeit darunter. Wir haben einfach keine relevanten Spuren. Wenn sich der Täter nicht verrät, können wir nur auf den nächsten Tatort, auf das nächste Opfer zählen. So bitter es wäre, noch eine junge Frau zu finden … ich kann nur hoffen, er begeht dann einen Fehler, und sei er noch so klein, ich werde den Fehler sicher bemerken und nutzen, um ihn zu überführen.*

Er setzte sich in seinen Audi, wieder gab er Waidhofen als Ziel in das Navi ein. Nur um zu sehen, wie lange er voraussichtlich brauchen würde. In Waidhofen saßen schon jetzt die nächsten Personen auf Reitbauers Polizeidienststelle und warteten darauf, endlich befragt zu werden. Brandner war spät dran, sie mussten sich noch fast zwei Stunden gedulden.

Einer der Wartenden war vielleicht der Täter. Brandner wollte jede Befragung selbst vornehmen. Er musste einfach jedem der Befragten persönlich gegenübertreten.

KAPITEL 21

Dienstag, 15. April

Alle sind sie gekommen, alle außer Chan und Lee. Juliana nahm den Tannenzweig, ahmte ein Kreuzzeichen nach und spritzte dabei das Weihwasser auf Monikas Sarg. Die Nelken lagen schon im Grab. Sehen konnte keiner der Trauernden das Gesicht der Toten, da der Holzsarg ohne Sichtfenster ausgeführt war. Die Angehörigen wollten sich den Anblick des schmerzverzerrten Gesichts ersparen, und wahrscheinlich hatte auch die Obduktion noch zusätzlich zur Verunstaltung ihrer Freundin beigetragen.

Staub zu Staub. Juliana nahm die kleine Schaufel und beförderte, wie all die anderen vor ihr, die Erde auf Monikas Sarg.

Erst jetzt ist es Realität. Monika ist Geschichte, tot, bald wieder Staub. Viel zu früh von uns gegangen.

»Mein Beileid, mein Beileid.«

Juliana schüttelte nacheinander der Mutter, dem Vater, der Schwester, dem Schwager, den Neffen, dem Großvater, der Großmutter die Hand.

Lauter gebrochene Augen, hoffnungslos, verlorener Glaube, vertanes Leben. Wie zur Verhöhnung der engsten Verwandten schien die Sonne auf sie herab, der Frühling meldete sich gerade jetzt lautstark zu Wort, die Temperatur erinnerte sogar schon an den Sommer, und das zu einem Zeitpunkt, als allen Anwesenden nach Herbst und Winter zumute war. Juliana sah in einiger Entfernung Samuel Schuster, Eugen Schuster, Valerie Schuster und auch Wilma Schuster bei der Gruppe von Monikas Arbeitskollegen stehen, die vollständig erschienen waren. Alle sahen sie betroffen, ja, sogar mitgenommen aus. *Nur Chan und Lee haben es nicht für nötig gehalten, vorbeizukommen und ihr Beileid auszudrücken.* Etwas im Abseits standen die Polizisten in Uniform, Juliana sah auch Sepp Reitbauer und Kommissar Brandner, der einen dunklen Anzug trug. Auch sie stellten sich nun an, um Monika die letzte Ehre zu erweisen.

Hans hatte Juliana am Vortag angerufen. Auch er war nicht zur Beerdigung erschienen. *Aber es ist besser so.* Julianas Blick wanderte wieder zu den Schusters, sie alle waren vollständig anwesend, und sie hätten es wohl kaum verkraftet, den Sohn der Mörderin anzutreffen. Es war ziemlich genau ein Jahr her, dass sie Jakob und Josef Schuster begraben hatten.

Chan und Lee fehlen, diese Schweine.

Noch gehe ich nicht. Noch verschwinde ich nicht.

Juliana beschloss doch noch einmal, die Jobanzeigen im Mostviertel zu studieren. Wieder schaute sie zu den Schusters hinüber. Irgendwie wurde Juliana das Gefühl einfach nicht los, der Tod Monikas könnte etwas mit ihrer Arbeitsstelle zu tun haben. Das hatte sie schon ganz zu Beginn dem Kommissar mitgeteilt, und sie hielt das noch immer für möglich. Auch wenn in den Zeitungen etwas ganz anderes stand. Und dann war da noch immer der Wunsch nach Rache an Chan und Lee, vielleicht ergab sich doch noch die Gelegenheit dazu. Neben Eugen Schuster sah sie Chans Tochter Jennifer stehen. Auch sie wirkte betroffen. Aber wer konnte schon im Gesicht einer Asiatin deren Gefühle ablesen?

Wahrscheinlich ist Jennifer Chan genauso schlecht und böse wie ihr Vater. Dieser Teufel.

KAPITEL 22

Mittwoch, 16. April

»Ich habe Karten für ›Gut gegen Nordwind‹. Meine Begleitung hat mir kurzfristig abgesagt, willst du nicht mit mir hingehen?‹, hatte er gefragt. Natascha sagte spontan zu. Sie konnte nicht wissen, dass sie durch ihre Antwort ihr Leben verlängerte. Ob ihre Zusage ihr letztendlich auch das Leben retten würde, konnte er noch nicht sagen. Das würde sich weisen. Aber es sah gut für sie aus. Natascha war spontan, Natascha war unbekümmert, und sie hatte eine kleine Schwäche für ihn, oder auch nur für sein Geld. *Egal*, es zählten nur ihre Antworten, und die sprachen bisher für Natascha.

Die Jeans hatte er nicht abgeholt. Noch immer wartete seine Neuerwerbung im »Hombre« darauf, dass der Käufer vorbeikam, sie mitnahm und bald darauf tragen würde.

Mittagspause machte die Verkäuferin im Kaffeehaus Hartner. Als die schlanke junge Frau das »Hombre« verließ, war er ihr unauffällig gefolgt, und dann hatte er sie einfach gefragt, ob er sie auf einen Kaffee einladen dürfe. Lächelnd hatte sie Ja gesagt. Nur kurz danach, so als würde es ihm gerade in den Sinn kommen, hatte er ihr die Geschichte von seinem Dilemma wegen des Theaterbesuchs zu »Gut gegen Nordwind« und der Absage seiner Begleitung erzählt.

Er hatte ein gutes Gefühl bei Natascha. Wahrscheinlich würde er sie nicht ermorden müssen. Im Kaffeehaus hatte man ihn mit ihr gesehen, man würde sich an ihn erinnern. Das Risiko, aufzufliegen, das Risiko, entdeckt zu werden, würde ihn aber nicht davon abhalten. Seine Prinzipien waren klar: Wies sie ihn ab, stieß sie ihn zurück, dann war sie wertlos für ihn. Dann musste sie sterben.

Kurz vor 18 Uhr betrat er das »Hombre«, nun war es an der Zeit, die Jeans abzuholen. Natascha strahlte ihn an. Diesmal trug sie ein dunkelrotes, eng anliegendes Top. Die kleinen Brüste zeichneten sich darunter ab, es war kaum zu erkennen, ob sie einen BH trug.

Das werde ich schon noch herausfinden.

»Hier, bitte, die Jeans ist schon seit einigen Tagen fertig.« Sie reichte ihm die Tasche mit dem »Hombre«-Schriftzug. Er sah nicht hinein. Die Inhaberin des Geschäfts bediente in einiger Entfernung einen Kunden.

»Ich freue mich schon auf das Theater.«

»Die Jeans werde ich dazu anziehen.« So leise wie möglich fügte er hinzu: »Ich hole dich gegen 17 Uhr ab, wir gehen dann noch vorher essen. Ich hoffe, du magst mongolisch und japanisch. Ich kenne da ein Restaurant, das beides serviert.«

Sie nickte.

»Also bis Samstag.« Er verabschiedete sich, verließ das Geschäft und schloss die Eingangstür wieder hinter sich.

Die Inhaberin der Boutique hatte sein Gespräch mit ihrer Angestellten mit Sicherheit nicht mitbekommen. Aber Natascha würde es weitererzählen. Sie würde es ihren Freundinnen mitteilen. Wenn alles so verlief, wie von ihm geplant, dann sollte Natascha auch sehr detailliert von der Nacht mit ihm berichten.

Mit sämtlichen Einzelheiten. Es wird perfekt.

Und wenn nicht … auch dafür habe ich eine Lösung.

KAPITEL 23

Freitag, 18. April

Der Telefonanruf war für Juliana Haidinger völlig unerwartet erfolgt. Die Bewerbung hatte sie erst einen Tag zuvor abgeschickt, die Personalleiterin der AKBF hatte Juliana aber so bald wie möglich sehen wollen.

Schon einen Tag nach dem Telefongespräch saß Juliana dem Geschäftsführer, Herrn Schweizer, und der Personalleiterin, Frau Schweiger, nun im Besprechungszimmer der AKBF »Austrian Knife and Blade Factory« gegenüber.

»Wir sind ein mittelständisches Unternehmen, aber wir verkaufen unsere Industriemesser weltweit in unterschiedlichsten Marktsegmenten«, erklärte ihr Schweizer. Sie schätzte ihn nur auf an die 30 Jahre alt. Er trug ein schwarzes Sakko, dazu dunkle Jeans. Offenbar wollte er wie ein angenehmer, lässiger Chef rüberkommen.

Die AKBF gründete erstmals eine eigene Marketingabteilung. Juliana hatte sich auf deren Ausschreibung hin beworben, weil sie einen Job benötigte und nun doch noch länger in Waidhofen bleiben wollte.

Mindestens solange, bis der Mord an Monika geklärt ist, ging es ihr durch den Kopf.

Bis Chan und Lee erledigt sind.

Aber so einfach würde es nicht sein, diese Arbeitsstelle in Waidhofen zu ergattern. Sie sprach selbst das Problem an: »Bei Schuster habe ich die Marketingabteilung geleitet, aber ich muss leider einräumen, dass sich die Schuhindustrie sicher gravierend vom Metallgewerbe unterscheidet.«

»Darüber machen Sie sich bitte keine Sorgen, Frau Haidinger«, antwortete ihr Herr Schweizer und fuhr fort: »Wir haben von Ihren sehr kreativen Ansätzen während Ihrer Zeit bei den Schusters gehört. Genau so jemanden benötigen wir jetzt!«

Genau so jemanden wie mich brauchen sie!

»Tatsächlich haben wir nur wegen einer Angelegenheit wirkliche Bedenken«, warf Frau Schweiger ein. Sie sah in ihrem beigen Kostüm eigentlich schon pensionsreif aus.

Zerronnen der Traum! Von einer alten Frau zur Arbeitslosigkeit verdonnert.

»Ja?«, fragte Juliana mit trockenem Mund.

»Das letzte Jahr, nachdem Sie bei den Schusters ausgeschieden sind, hatten Sie nur sehr kurze Anstellungen, und keine einzige davon hat Ihren Fähigkeiten auch nur annähernd entsprochen. Was war da los?«

Ja, was war da los? Wie soll ich diese Frage beantworten?

Juliana hielt nach einem Glas Wasser Ausschau. Die Flüssigkeit würde ihr helfen, gegen den trockenen Mund und gegen den Schwächeanfall anzukämpfen, der sie in Kürze heimsuchen würde.

Bleib stark, sag die Wahrheit, sie kennen die Geschichte ohnehin.

»Die Morde, ich war damals auch auf der Schusteralm. Es war ein traumatisches Erlebnis für mich. Dann wurde mir auch noch gekündigt. Um ganz ehrlich zu sein, bis vor Kurzem habe ich überlegt, ob ich von hier wegziehe. Fort von den Erinnerungen, aber ich bin endgültig zu dem Schluss gekommen, dass ich nicht davonlaufen kann; nicht vor meiner eigenen Erinnerung, nicht vor mir selbst«, sagte Juliana.

Die Personalleiterin schaute den Geschäftsführer an. Schweizer nickte. »Frau Haidinger, danke, Sie waren sehr ehrlich zu uns.« Frau Schweiger öffnete den Folder vor ihr und schob ihn Juliana über den Tisch hinweg zu. »Es würde uns freuen, wenn Sie für uns in Zukunft arbeiten und so bald wie möglich damit anfangen.«

Ganz oben auf dem ersten Blatt stand »Dienstvertrag« geschrieben. Auch der angebotene Bruttomonatslohn sprang Juliana sofort ins Auge.

Ich kann die Wohnung behalten!

Brauche mir keinen Untermieter aufzunehmen, den ich nicht kenne!

»Frau Haidinger, lesen Sie sich bitte den Vertrag in Ruhe durch. Wenn Sie wollen, geben wir Ihnen bis Montag Bedenkzeit.«

Juliana brauchte nur zehn Minuten, dann setzte sie ihre Unterschrift unter den Dienstvertrag. Die ersten sechs Monate waren auf Probe. Für beide Seiten. Danach wäre sie in einem unbefristeten Dienstverhältnis in der sehr gut bezahlten Metallbranche fix beschäftigt. Was konnte sie mehr wollen?

Vielleicht ändert sich jetzt doch alles zum Guten? Vielleicht sollte ich die Sache mit Chan und Lee abhaken, mich auf meine neue Aufgabe konzentrieren?

Abschließend versuchte Julianas neuer Chef, möglichst unaufgefordert schon von vornherein alle Fragen, die seine neue Mitarbeiterin eventuell noch stellen konnte, zu beantworten. Die geplanten internen Schulungen, die Julianas erste Arbeitstage abrunden sollten, wurden ebenfalls angesprochen und mit der Personalleiterin vereinbart.

»Frau Haidinger, dürfen wir Sie zur Feier des Tages noch zum gemeinsamen Mittagessen einladen?«, fragte

Schweizer, als alles besprochen und vereinbart war. Natürlich sagte sie zu.

Juliana fuhr selbst und parkte sich neben dem BMW ihres neuen Chefs ein. Sofort erkannte sie die Firmenautos der Schuster Schuhe GmbH auf dem Parkplatz vor dem Landgasthof Steinmühle. Sie wusste nicht, um welche Fahrer es sich handelte, aber ihr schwante Schlimmes. Als ihr Schweizer die Eingangstür aufhielt, erwartete sie jederzeit, sich den beiden grinsenden Gesichtern der Chinesen gegenüberzusehen. Sie bog in die Gaststube nach rechts ab und ließ Herrn Schweizer und Frau Schweiger dann den Vortritt.

Die Chinesin sah sie links hinten am Tisch zwischen Eugen Schuster und einem weiteren Mann sitzen. Ihr Blick suchte die anderen Tische ab. Von Chan und Lee war nichts zu sehen. Sie atmete erleichtert aus. Der Mann, der bei Jennifer Chan und Eugen Schuster saß, musste der neue technische Leiter ihres ehemaligen Arbeitgebers sein.

Nur wenige Minuten später saß sie Herrn Schweizer und Frau Schweiger gegenüber und genoss ihren italienischen Vorspeisensalatteller. Immer wieder schielte sie zum Tisch der Chinesin hinüber. Jennifer Chan schien Juliana nicht zu erkennen, aber Eugen Schuster trat, als sie auf die Hauptspeise warteten, an ihren Tisch und begrüßte die Dreierrunde. Mit Schweizer war Eugen Schuster offenbar gut Freund. Die beiden vereinbarten, am darauffolgenden Abend miteinander Tennis zu spielen. Danach verabschiedete sich Eugen Schuster, um zu seiner asiatischen Kollegin und dem Mann zurückzukehren. Vorher aber schenkte er Juliana noch ein Lächeln und er zwinkerte ihr dabei aufmunternd zu.

Fast so als wüsste er, fast so … er weiß es. Natürlich! Sie haben ihn angerufen, sich nach mir erkundigt …

KAPITEL 24

Ostersonntag, 20. April
Linz, Oberösterreich

Das kleine Schwarze … Natascha gab dieser Bezeichnung eine ganz spezielle Bedeutung. Das kurze Kleid legte ihre schlanken Beine bis weit hinauf zu den Oberschenkeln frei. Der Winter war lange und kalt gewesen, obwohl nicht viel Schnee gefallen war. Viel Zeit war vergangen, seit Männer Frauenbeine ohne dicke wollene Strümpfe in den Straßen der Stadt gesehen hatten. Die warme Jahreszeit hatte begonnen und Natascha machte allen Männern die Freude, das auch zu zeigen. Die Haut musste sie sich eingekremt haben, und der eine oder andere Solarium-Besuch sorgte für eine gesunde Bräune, fast so, als wäre es mitten im Sommer und mehrere Badetage lägen bereits hinter ihr.

Die Augen der männlichen Besucher im Shogun wurden von ihren Beinen daher geradezu magisch angezogen. Natascha schien es zu genießen. Sie musste es bemerken, es schien unmöglich, dass sie sich ihrer Wirkung auf das männliche Geschlecht nicht bewusst war. Natürlich trug sie schwarze Stöckelschuhe zum Kleid, dazu Perlenohrringe und eine ebensolche Halskette. Die Qualität des Schmucks konnte aber mit ihrer Trägerin nicht mithalten. Aber das machte genauso wenig wie die Tatsache, dass das kleine Schwarze wahrscheinlich bei H&M oder einem anderen Billiglabel eingekauft war. Die Frau, die es trug, war ganz und gar nicht billig.

Gerade platzierte Natascha noch einige Scampi zu den kleinen Lachsstücken und dem Gemüse auf ihrem Teller. »Hier entlang.« Sie folgte ihm zu den Köchen. Für die japanische Teriyaki-Sauce hatte sie sich schon auf seine Empfehlung hin entschieden. Sie gaben ihre mit rohen Köstlichkeiten gefüllten Teller ab, die mit der Nummer ihres Tisches und dem Saucenwunsch markiert waren. Dann hakte sie sich bei ihm ein. Er genoss es, Natascha zu ihrem gemeinsamen Tisch zurückzuführen. Alle konnten sehen, wer der Begleiter der Traumfrau war. Was für ein potenter Kerl, würden die Männer denken. Natürlich war er etwas älter als sie, aber der Unterschied war nicht so groß, um Fragen aufzuwerfen.

Was für ein potenter und reicher Kerl werden die Männer denken, korrigierte er sich. Dabei brauchte er sich nichts vorzumachen, einige würden denken, sie sei nur wegen des Geldes mit ihm zusammen. Wahrscheinlich konnte man auch erkennen, dass sie noch gar nicht richtig zusammen waren. Sie waren kein Paar. Gute Beobachter würden die Anzeichen der ersten Verabredung erkennen.

Wie sie wohl meine Chancen einschätzen? Ob sie darauf wetten würden, dass ich ihr heute noch das kleine Schwarze ausziehen darf? Dass ich ihre kleinen Brüste mit meiner Zunge liebkose, dass ich meine Hände über ihre langen eingeölten Beine wandern lasse. Oder ahnen sie vielleicht, dass sich schon bald eine Schlinge um ihren Hals legen wird und ihr die lebensnotwendige Luft zum Atmen nimmt?

»Der Jasmintee schmeckt herrlich«, unterbrach Natascha seine Gedankengänge.

»Ja, und warte erst einmal ab, wie gut der Tee zu dem Gericht passt.« In einigen Metern Entfernung sah er schon den asiatischen Kellner zielstrebig ihren Tisch anpeilen. Als er die beiden großen Teller servierte, dampfte das Essen noch.

Es ist noch fast so heiß wie Natascha.

Als er den ersten süßlichen Bissen von seinem Kobebeef nahm, stellte er sich vor, wie er in Nataschas Brustwarzen biss. Sie seufzte zufrieden, als sie die ersten Scampi in ihrem Mund zerkaute. Er konnte förmlich sehen, wie ihre Sinne durch das Essen angeregt wurden. Ihre Pupillen vergrößerten sich leicht. Es schien ihm, als wäre sie schon jetzt dem Orgasmus nahe, für den er später sorgen wollte.

Das wird meine Nacht. Die Pillen sind auch schon in meiner Jackentasche … neben dem Schuhband. Wenn das Theater so gut ist, wie beschrieben, kann gar nichts mehr schiefgehen. Natascha gehört heute Nacht mir. So oder so.

Sie saßen in der achten Reihe, eng nebeneinander.

»Gut gegen Nordwind«. Es war eine sehr intime Veranstaltung, in einem kleinen Nebengebäude des Landestheaters. Ihre Oberschenkel berührten sich. Neben Natascha hatte ein junges Pärchen Platz genommen. Er konnte sich nur zu gut ausmalen, wie es dem jungen Mann erging. Auf der Bühne zelebrierten die beiden Hauptdarsteller den Dialog der Geschlechter auf rein literarischer Ebene mittels E-Mail-Verkehr. Der junge Mann neben Natascha stellte sich wahrscheinlich gerade eine andere Art von Verkehr mit seiner Sitznachbarin vor. Allerdings mit der Nachbarin, die nicht seine Freundin war. Wenn das junge Pärchen später den Koitus im verdunkelten Schlafzimmer vollzog, hatte der junge Mann in Gedanken sicher noch immer die hellbraunen, glänzenden Beine Nataschas vor Augen. Und seine Partnerin würde sich über den ungestümen Liebesakt wundern, ihn aber als willkommene Reaktion auf das Theater wahrnehmen. Natürlich musste auch die junge Frau längst Nataschas formvollendete Beine bemerkt haben, aber sie würde sich selbst zu schützen verstehen. Wenn sie keine Masochistin war, würde sie Natascha aus ihren Gedanken ausblenden. *Und wenn sich Natascha selbst schützen will, dann verbringt sie heute die Nacht mit mir.* Er ergriff ihre Hand. Natascha drückte sie sanft, zeigte ihm so, dass sein Annäherungsversuch willkommen war. Minuten später hatte sie seine Hand auf ihren linken Oberschenkel gelegt, gleich dort, wo das Kleid endete. Sie sah konzentriert nach vorne zur Bühne. Dort laberte Emmi Rothner gerade etwas von einem Treffen mit ihrem Leo Leike, das aber ohnehin nicht stattfinden würde. Während sie davon erzählte, wie gut der E-Mail-Verkehr mit Herrn Leike doch gegen die Kopfschmerzen und Unruhe bei Nordwind half, strich sein Zeigefinger über Nataschas glatte Haut an der Innenseite ihres Oberschenkels. Natascha führte seine Hand weiter nach oben. Nun war er sich ganz sicher, er würde heute Nacht das bekommen, was den beiden Hauptfiguren von »Gut gegen Nordwind« nicht bestimmt war. Er würde das bekommen, was Emmi Rothner und Leo Leike verwehrt blieb.

Es war dunkel im Zuschauerraum, aber nicht so finster, als dass ihr junger Sitznachbar die nach oben wandernde Hand nicht auch sehen würde. *Der hat sicher schon einen Steifen, ist schon ganz geil, könnte schon abspritzen. Die Pille, ich brauche die Pille, dann funktioniert es auch bei mir. Nicht zu früh, nicht zu spät, der Zeitpunkt muss passen … sonst brauche ich doch noch das Schuhband.*

Die Vorstellung endete, Natascha klatschte enthusiastisch, ihr Gesicht war leicht gerötet. Er konnte es sehen, sie hatte sich dafür entschieden. Natascha würde mit ihm schlafen. Der Mongole, der auch ein Japaner war, das Theater mit der unerfüllten Liebesgeschichte, sein Auto, sein Auftreten, seine Großzügigkeit, all das zusammen hatte sie überzeugt. Sie würde ihm ihre Gunst schenken, aber sie erwartete sicher auch, dass er sich dabei ebenso geschickt anstellte wie schon den ganzen Abend über. Wenn er seinen Mann nicht stehen konnte, wenn er sie nicht befriedigte, dann würde sie ihn auslachen, genauso wie die anderen Frauen zuvor es getan hatten. Sie würde es ihren Freundinnen erzählen, sie würde ihn fertigmachen.

Natascha ist ein Miststück, wie all die anderen Frauen auch.

Hand in Hand gingen sie am Gehsteig entlang, hatten noch einige Meter, bis sie sein Auto erreichten. Ganz selbstsicher stolzierte Natascha in ihren Stöckelschuhen dahin. Beim Auto angekommen, blieb sie stehen. Es war so weit. Sie blickte ihm kurz in die Augen, trat einen Schritt näher, schloss die Augen, er küsste sie zum ersten Mal. Schon öffnete sie den Mund und kam ihm fordernd mit ihrer Zunge entgegen.

Genauso eine Schlampe wie all die anderen. Genauso egoistisch und rücksichtslos. Genauso fordernd.

Auch er liebkoste sie mit seiner Zunge. In einer Hand hatte er noch den Autoschlüssel. Er drückte den Schalter. Die Blinker leuchteten kurz orange auf, die Entriegelung der Türschlösser war zu hören. Natascha ließ sich davon nicht stören, ließ nicht so einfach von ihm ab.

»Nehmt euch doch ein Zimmer.« Drei junge Burschen gingen an ihnen vorbei. Der Neid ließ sie die Worte aussprechen.

»Wieso eigentlich nicht?«, fragte Natascha, nachdem sie endlich seinen Mund freigab. »Nehmen wir uns doch ein Zimmer.«

Am Ende der Straße sahen sie ein Dreisternehotel. Spontan wollte Natascha schon darauf zulaufen.

Zu schnell! So schnell kann ich nicht.

»Komm doch mit zu mir. Die eine Stunde, bis wir in Waidhofen ankommen, können wir auch noch warten.« Er zog sie an sich, küsste sie noch einmal und überzeugte sie damit. Nach ihrer Zustimmung hielt er ihr die Autotür auf, Nataschas überraschter Blick zeigte ihm, dass dies offenbar noch kein Mann für sie getan hatte. Er schloss die Beifahrertür und umrundete das Auto hintenherum. Dabei holte er die Schachtel mit den Pillen aus seiner Jackentasche, löste eine der Tabletten aus der Aluverpackung und ließ sie in seiner Hosentasche verschwinden. Noch wollte er sie nicht nehmen. Noch war es zu früh. Er wollte nicht mit einem steifen Schwanz durch die Nacht fahren. Was wäre, wenn sie es doch noch langsam angehen wollte? Was aber, wenn sie ihn überredete, an einem der Parkplätze zu stoppen? Was, wenn sie so geil war und es daher nicht mehr abwarten wollte?

Ich muss sie hinhalten.

Zur Not muss doch das Schuhband herhalten.

Er setzte sich ins Auto, schnallte sich an und steckte den Zündschlüssel ins Schloss. Die linke Hand Nataschas landete wie selbstverständlich in seinem Schoß, sie neigte leicht den Kopf und lächelte vielversprechend.

»Nicht, ich muss fahren.«

Er schob ihre Hand zur Seite und legte sie auf ihre Oberschenkel. Ihre Mundwinkel gingen nach unten.

»Du kannst dich aber später gerne ausführlich um ihn kümmern«, merkte er daher an.

»Okay, ich kann es kaum erwarten.«

Was für eine Schlampe.

Er startete, legte den ersten Gang ein, setzte den Blinker und fuhr aus der Parklücke.

Als er auf der Stadtautobahn in Richtung Wien fuhr, landete seine linke Hand wie von selbst in seiner Jackeninnentasche.

Das Schuhband ist noch da.

Er wartete zu. Sie verließen Linz, nach einigen weiteren Minuten konnte er endlich auf über 140 Stundenkilometer beschleunigen. Er passierte die Ausfahrt nach Enns, danach die von Haag, schließlich nahm er die Autobahnabfahrt bei Oed. Die Pille befand sich noch immer in seiner Hosentasche. Natascha hatte sich etwas beruhigt, hatte nicht mehr viel gesagt. Immerhin hatte sie nicht vorgeschlagen, an einer Autobahnhaltestelle zu stoppen und dort zu poppen. Wahrscheinlich würde sie dieses Wort verwenden. Sie war jung, zwar war sie auch eine Schlampe, aber ficken würde sie nicht dazu sagen. Das glaubte er einfach nicht. Er hingegen würde Natascha in dieser Nacht ficken, und sie sollte allen ihren Freundinnen davon erzählen, wie er sie durchgefickt oder auch durchgepoppt hatte. Niemand in Waidhofen sollte Zweifel an seiner Potenz haben. Er würde sie ficken, poppen, bumsen, oder mit ihr Liebe machen. Wie auch immer sie es beschreiben würde, es wäre okay für ihn, solange er seinen Mann stand. Solange er sie zum Stöhnen brachte, solange er sie zum Höhepunkt fickte.

Er griff in seine Hosentasche. Seine Finger fanden die Pille. Er steckte sie sich in den Mund, zweimal musste er kräftig schlucken, dann hatte er sie auch ohne Wasser in seinen Magen befördert. Sie erreichten die Ortseinfahrt Aschbach. »Das war hocherotisch, geradezu elektrisierend, zwischen den beiden«, stellte Natascha nun fest. Er nickte nur, sie hatte also nichts davon bemerkt, dass er die Pille gerade geschluckt hatte. Sollte sie nur reden.

Gut, wenn ihr »Gut gegen Nordwind« gefallen hat. Die kommende Nacht wird gut gegen Albträume. Gut gegen meinen Traum, korrigierte er sich.

»Sich nur zu schreiben, sich nur auf intellektueller Ebene auszutauschen, ohne sich zu sehen, vor allem ohne sich zu berühren, das hat schon was.«

»Ja, doch, mir hat es auch gut gefallen.«

»Ja, es hat doch etwas, diese magische Anziehung, diese Zeit des Kennenlernens, diese Zeit, bevor man sich zum ersten Mal berührt, bevor man zum ersten Mal Sex hat.«

Er schaute konzentriert nach vorne auf die Straße, durchfuhr die Eisenbahnunterführung, blieb danach an der Kreuzung stehen und ließ ein Auto vorbeifahren.

Bevor man zum ersten Mal Sex hat … jetzt überlege es dir ja nicht anders.

Sein Blick landete wieder auf ihren Beinen. Noch hatte die Wirkung der Pille nicht eingesetzt. Sein linker Fuß gab die Kupplung frei, er fuhr auf die Bundesstraße, bog aber gleich wieder rechts ab und verließ dadurch den vielbefahrenen Weg. Schon bald lag die letzte Siedlung des kleinen Ortes hinter ihnen. Die schmale Landstraße führte zwischen Getreidefeldern hindurch, die noch brachlagen. Vereinzelt standen Bäume neben der Straße, die Augen eines Rehs oder auch Hirsches waren im Scheinwerferlicht zu sehen. Reflexartig bremste er und fuhr langsamer weiter. Ein Bauernhof zeichnete sich auf der rechten Straßenseite ab, dann waren weit und breit wieder nur Felder zu sehen. *Bevor man zum ersten Mal Sex hat …* Er musste sich entscheiden. Seine rechte Hand wanderte an ihren Oberschenkeln hoch.

»Es war geschriebene Erotik. Sex im Kopf. Ich stelle mir gerade vor, wie es die beiden doch miteinander treiben.« Natascha legte ihre Hand auf seine, schob sie noch weiter nach oben. Er war wieder einmal beim Saum des Kleides angekommen.

»Aber daraus wurde nichts, er ist einfach abgehauen«, stellte sie fest. Seine Hand leitete sie jetzt mit Nachdruck wieder zurück in Richtung Knie, weiter weg aus der Kampfzone.

Vor ihnen wurde es heller. Es handelte sich um Straßenlaternen und beleuchtete Häuser, die den nächsten Ort, Kematen, ankündigten. Noch hatte er aber die Möglichkeit, an den Straßenrand zu fahren, ihr die Schlinge um den Hals zu legen und zuzuziehen.

Diese Schlampe lässt mich doch nicht ran. Ich sollte es tun, sollte anhalten und sie dann in einem der Felder zurücklassen.

»Es gibt noch eine Fortsetzung«, sagte er, statt anzuhalten. Er nahm seine Hand von ihrem Oberschenkel, schaltete in den zweiten Gang herunter und blendete das Licht ab.

»Oh, vielleicht kommen Emmi und Leo ja doch noch zusammen. Vielleicht auch nur für eine Nacht«, stellte Natascha fest.

Er passierte die Ortseinfahrt Kematen.

Ja, du Schlampe, und vielleicht ficke ich dich auch nur heute Nacht.

Vielleicht nur die eine Nacht.

Sie fuhren an dem Haus vorbei, das schon lange zum Verkauf ausgeschrieben war. Er wusste, in diesem Haus, oder besser gesagt Etablissement, war in der Vergangenheit viel gefickt und gepoppt worden. Auch Natascha musste es wissen. Als »Liebe machen« würden sie es in diesem Fall beide nicht bezeichnen, was in dem ehemaligen Bordell stattgefunden hatte. Ohne ein Wort darüber zu verlieren, fuhr er daran vorbei. Es war still im Auto, erst als sie einige Minuten später die Stadteinfahrt Waidhofens erreichten, sagte Natascha, er solle sie zu ihr nach Hause bringen.

Also wird nichts daraus. Die Pille, reinste Verschwendung.

Die Schlinge. Das Schuhband.

Er parkte sich vor ihrem Wohnblock ein. Kaum mehr ein Fenster war erleuchtet. »Warte.« Noch hatte er nicht gänzlich aufgegeben. Er stieg aus, lief um das Auto herum und öffnete ihr die Beifahrertür. Sie beförderte die Beine heraus, das Kleid rutschte weiter nach oben, er reichte ihr die Hand. »Natascha, der Abend mit dir war sehr schön. Ich habe ihn genossen.« Sie stand nun neben ihm, er schloss die Autotür, sie lehnte sich dagegen.

»Es war wirklich ein schöner Abend«, bestätigte sie ihm.

Wenn die Szene hell erleuchtet wäre, sähe sie aus wie eines dieser Boxenluder.

Ihr Mund war leicht geöffnet. Eine Hand landete auf seiner Hüfte. Er kippte wie automatisch nach vorn, drängte sie gegen seinen Wagen. Sie zog ihn noch fester zu sich, rieb sich an ihn, dann küssten sie sich. Ihre Zunge spielte wieder mit seiner. Noch immer spürte er keinerlei Wirkung der Pille. Natascha nahm ihn schon bald an der Hand und führte ihn in ihre Wohnung.

Dort wartete er in der Wohnküche. Sie lebte, wie eine junge Singlefrau nun einmal hauste. Wohnraum mit Küche, Bad und WC in einem und ein separates Schlafzimmer, das er nun doch noch sehen würde. Jetzt gab sich Natascha aber nicht mehr ganz als die stürmische junge Göre. Sondern, wie die etwas älteren Frauen auch, die er zuletzt beglückte, hatte sich auch Natascha ins Badezimmer verzogen, um sich noch frisch zu machen, bevor es zur Sache ging. Ihm war es nur recht, er brauchte offenbar an diesem Abend etwas länger als sonst.

Aber die Wirkung der Pille wird schon einsetzen. Das war bisher immer so.

Leichte Zweifel nagten an ihm. Er hatte das Glas Wein, das sie ihm eingeschenkt hatte, kaum angerührt. Ein billiger Grüner Veltliner aus dem Supermarkt. Da konnte er leicht darauf verzichten. Der Stoffbezug der Couch, auf der er saß, war schon reichlich abgenutzt.

Wie oft sie es wohl darauf mit einem Jüngeren getrieben hat?

In welchen Stellungen? Wie potent waren die Kerle?

Die Tür ging auf. Natascha trug noch immer das kurze Schwarze. Unter dem Stoff zeichneten sich jetzt aber ihre Brustwarzen viel deutlicher ab. Sie trat näher, ganz nah stand sie bei ihm. Auch ihr blumiges Parfum roch er jetzt stärker, wie selbstverständlich wanderten seine Hände an ihren Oberschenkeln hoch. Er schob das kurze Schwarze einige Zentimeter höher, zögerte an ihrem Po-Ansatz, sie nickte aber, also fuhr er fort. Seine Hände wanderten nach oben, er strich über ihre glatte Haut und knetete das gleichzeitig weiche und feste Fleisch. Sie trug kein Höschen unter dem Kleid. Natascha stand vollkommen entblößt vor ihm, und sie war zur Gänze rasiert. Die Couch war niedrig, er beugte sich leicht nach vorn und begann, sie mit seinem Mund zu liebkosen. Natascha beförderte das rechte Bein neben ihm seitlich auf die Couch und öffnete sich so ganz für seine Lippen.

Das macht sie sicher nicht zum ersten Mal.

Sie schob ihm ihre Hüften weiter entgegen, nahm seinen Hinterkopf in ihre Arme und presste ihn fester gegen ihren Schoß. Schon bald stöhnte sie laut auf. Er saugte und leckte an ihr, schmeckte sie. Mit beiden Händen knetete er ihren Arsch.

Endlich spürte er, wie auch sein Schwanz größer wurde, wie sich das Blut in seinem Penis zu konzentrieren begann, und der nach mehr Platz verlangte. Natascha war kurz davor, zu kommen. Er löste seinen Mund von ihr, blickte nach oben und sah reine Lust in ihren Augen. Rasch stand er auf, entledigte sich seiner Hosen und drückte Natascha in die Couch hinein. Sie ließ sich nicht lange bitten, sofort griff sie nach seinem Schwanz und neckte ihn mit ihrer Zunge. Als sie ihn zum ersten Mal mit ihren Lippen umschloss, war er endlich vollständig steif. Sein Schwanz zeigte steil nach oben, das Blut pulsierte, er wollte nichts anderes mehr, als sie ficken. Wollte mit ihr Liebe machen, sie poppen, bumsen, ficken, sie zum Erbeben bringen. *Und sie soll es all ihren Freundinnen erzählen. Ich muss sie haben, jetzt sofort, auf der Stelle, bevor die Wirkung nachlässt.* Er schob ihren Kopf zurück, Natascha verstand sofort. Sie zog sich das kleine Schwarze über den Kopf und legte dadurch die festen kleinen Brüste für seine Augen frei. Die Brustwarzen zeigten ihm deutlich, wie erregt sie noch immer war. Bis auf die Perlenkette und die Ohrringe war sie vollkommen nackt. Aber sie zauberte von irgendwoher ein Kondom hervor, riss die Verpackung auf und rollte es ihm routiniert über den Schwanz, bevor sie sich langsam auf der Couch ausstreckte und ihre Schenkel für ihn öffnete.

KAPITEL 25

Brandner schaltete sein Smartphone auf lautlos. Der Abend gehörte nur Eva und ihm. Niemand sollte stören. Mit Isabella und Selina hatten sie den Ostersonntag gemeinsam verbracht. Nur Selina war noch immer ganz erpicht darauf gewesen, das Osternest mit den Süßigkeiten und den gefärbten Eiern zu finden. Für Isabella war das zu uncool, auf das »Eierpecken« mit Selina hatte sie aber dann doch nicht verzichten wollen. Jetzt befanden sich Brandners Töchter bei ihrer Oma.

Im Mordfall Monika Steiner kam er seit Tagen nicht voran, und das, obwohl er rund um die Uhr Monika

Steiners Bekannte und Freunde befragt hatte. Kein neuer Verdächtiger hatte sich aufgedrängt. Der Mörder war aber irgendwo da draußen und lief weiterhin frei herum. Das war Brandners Problem – aber nicht an diesem Abend. Direktor Kappl, Postenkommandant Reitbauer, Kriminaltechniker Sauer oder einer der anderen Kollegen, die an dem Fall arbeiteten, würden ihm diesen Abend nicht vermiesen. Seit Tagen hatte sich nichts Neues ergeben, da konnte er auch ruhig einmal einige Stunden für seine Kollegen unerreichbar sein.

Eva sah glücklich aus, sie war dezent geschminkt, die Lachfältchen verschönerten ihr Gesicht. Am Vortag hatte sie noch ihrem Friseur einen Besuch abgestattet. Gott sei Dank hatte er den neuen Braunton ihres Haares bemerkt, der nur um eine Nuance dunkler war als zuvor.

Sie saßen sich im Balotelli, ihrem Lieblingsitaliener, gegenüber. Die Antipasti war verspeist, die erste Flasche Rotwein zur Hälfte konsumiert. Brandner liebte die Lasagne, Eva führte genussvoll jede einzelne der Jakobsmuscheln an ihren Mund. Beim Tiramisu angelangt, hatte der Rotwein Brandners Zunge so weit gelockert, dass er sich zum heiklen Thema des Abends vortastete. »Wir können auch gerne wieder einmal gemeinsam ins Theater oder in ein Musical gehen«, stellte er fest.

»Leo, Leo, du spielst darauf an, dass ich mit Hermann ausgegangen bin, als du in Waidhofen warst.« Sie sah ihm in die Augen und lächelte amüsiert. »Gib doch einfach zu, dass es dich gestört hat. Gib zu, dass du eifersüchtig auf ihn bist«, fügte sie hinzu.

Brandner nahm einen Schluck.

Hermann, was für ein männlicher Name.

»Und, habe ich Grund dazu?«, wollte er wissen.

»Nun, Hermann sieht ganz gut aus, außerdem hat er Zeit für mich, und er begleitet mich gerne ins Theater.«

Brandners Augen wurden größer, er richtete sich auf. »Und was heißt das? Habe ich etwa keine Zeit für dich? Läuft da was mit ihm?«

»Nun hör aber auf, da läuft rein gar nichts. Aber bei uns ist der Wurm drinnen. Du hast keine Zeit. Wir schlafen kaum noch miteinander.«

»Du weißt, an welchem Fall ich gerade arbeite.«

»Sicher, aber wir wollten heute nicht über die Arbeit reden.«

»Du hast doch damit angefangen«, sagte er.

»Ich habe gesagt, wir schlafen kaum noch miteinander.«

Brandner spürte, wie sich Evas Fuß an der Innenseite seiner rechten Wade in Richtung Knie hochtastete.

»Kellner, zahlen, bitte.«

Eva hängte sich am Nachhauseweg bei ihm ein. An einem Fußgängerübergang stand die Ampel auf Rot. Er zog sie an sich und küsste sie. Wie elektrisiert fühlte er sich nach dem Kuss. Es war tatsächlich schon zu lange her. Die Vorfreude wuchs, synchron zueinander beschleunigten beide ihre Schritte. Auch Eva schien es nicht mehr erwarten zu können. Nach 20 Minuten schloss er die Haustür auf und ließ seiner Frau den Vortritt.

»Geh schon mal ins Schlafzimmer, ich komme gleich nach.«

Eva verschwand im Badezimmer. Brandner zog sich sein Sakko aus, dabei spürte er sein Handy in der Innentasche. Er nahm es heraus. Automatisch löste er die Tastensperre, der Touchscreen wurde hell erleuchtet. Drei Anrufe in Abwesenheit von einer unbekannten Nummer wurden angezeigt. Eine Nachricht auf der Mobilbox. Wer konnte das sein, am Ostersonntag am Abend? Brandner zwang sich, die Nachricht nicht abzuhören. Er beförderte das Handy stattdessen wieder zurück in die Sakkotasche. Dort würde er es am nächsten Morgen finden.

20 Minuten später lag er keuchend neben Eva im Bett. Sie war entspannt, ihr Gesicht hatte eine rosige Farbe angenommen. Eva drehte sich zur Seite, er kuschelte sich an ihren Rücken. Seine Gedanken kreisten bereits um die drei Anrufe mit der unbekannten Nummer. Als Eva zuvor zu ihm ins Schlafzimmer gekommen war, hatte er keinen Gedanken mehr an die Anrufe verschwendet. Alles andere als seine Frau war unwichtig gewesen. Trotz der vielen gemeinsamen Jahre raubte ihm ihr Anblick noch den Atem. Noch immer genoss er nichts mehr, als sie zu berühren, sie zu liebkosen und mit ihr zu schlafen.

Mittlerweile war sie eingedöst. Vorsichtig stieg er aus dem Bett, auf Zehenspitzen legte er den Weg zu seinem Sakko zurück und nahm sein Handy aus der Tasche. Von dort schlich er weiter in die Küche, so leise wie möglich schloss er die Tür hinter sich.

KAPITEL 26

Mittwoch, 23. April

Slawitschek hatte sich am Ostersonntag bei Brandner gemeldet, am Ostermontag hatten die beiden dann miteinander telefoniert. Förmlich angefleht hatte Slawitschek den Kommissar, doch selbst mit Rosamunde Markeviec zu reden.

Die Frau wohnte in Wiener Neustadt. Brandner hatte sich vergewissert, er hatte sie vorher angerufen, und nach anfänglichem Zögern stimmte sie zu, mit ihm zu reden. Trotz ihrer Zusage blieb eine gewisse Unsicherheit. Schon am Telefon hatte ihm das leichte Zittern ihrer Stimme verraten, dass sie alles andere als glücklich war, sich mit ihm über die lange zurückliegenden Vorkommnisse zu unterhalten. Aber es musste sein, Brandner wollte Gewissheit, er musste wissen, was damals wirklich zwischen Bernd Slawitschek und Rosamunde Markeviec vorgefallen war.

Die Wohnung war klein. Ein noch kleineres Mädchen krabbelte auf dem Boden herum. Brandner schätzte sie auf ein Jahr, wusste aber nicht, ob es sich um die Tochter oder bereits die Enkelin von Rosamunde Markeviec handelte. Überall lagen Spielsachen herum. Die Kleine verfolgte auf allen Vieren eine grauschwarze Katze, die sich hinter Brandners Füßen versteckte. Die Katze hieß Minka, den Namen der Kleinen hatte er noch nicht erfahren.

»Kaffee oder Tee?«, fragte ihn Frau Markeviec.

»Kaffee, bitte.«

Sie nickte. Brandner beobachtete, wie die Frau eine

alte metallene Espressomaschine, wie sie früher in Italien üblich waren, aus einem der Küchenschränke holte. Rosamunde Markeviec war schmal, fast dürr, sie hatte sich offenbar extra für ihn in Schale geworfen. Ein kurzer Rock legte ihre knochigen Beine frei. Um den Hals hatte sie sich ein blaues Halstuch gebunden. Die braunen Haare waren aber fettig, die hatte sie sicher schon länger nicht mehr gewaschen; geschweige denn hatten sie einen Friseur gesehen. Rosamunde Markeviec füllte den unteren Teil der Espressokanne mit Wasser, gab den Einsatz mit dem Sieb hinein, nahm einen großen Esslöffel aus der Küchenlade und holte die Packung mit dem gemahlenen Kaffee hervor. Brandner roch den angenehmen Duft des Kaffeepulvers schon, bevor die Hälfte der ersten Löffelladung auf der Arbeitsplatte landete. Weitere viermal entleerte die Frau den Löffel in das Sieb, und genauso oft landete aufgrund ihrer zittrigen Hand wieder ein Teil des Inhaltes daneben. Sie verschraubte den oberen Teil des Metallgehäuses mit dem unteren und stellte die Espressomaschine auf das Ceranfeld des E-Herds. Den Drehknopf stellte sie auf Stufe 10. Danach drehte sie sich zu Brandner um. Den noch immer auf der Arbeitsfläche verstreuten Kaffee beachtete sie nicht weiter. Stattdessen kreisten ihre Augen unruhig in der Wohnung umher, während sie zu Brandner an den Tisch herantrat. Jetzt fielen ihm auch die rötlichen Äderchen an ihren Nasenflügeln auf, und die gelblichen Finger.

Raucherin und Alkoholikerin, schlussfolgerte Brandner. Offenbar hatte sie sich an diesem Tag noch kein Gläschen genehmigt. Sie fürchtete wahrscheinlich, vom Kommissar an die Jugendfürsorge verraten zu werden. Das musste es sein. Brandner blickte zu dem Mädchen unter den Tisch.

Ihr schien es gut zu gehen. Die Kleine war unbekümmert und rückte Minka immer näher auf die Pelle. Brandner rutschte einige Zentimeter zur Seite und machte dem Mädchen damit Platz. Diese lächelte vergnügt und griff sich ein Bein der Katze. Minka ergab sich mit einem leisen Knurren in ihr Schicksal. Schon war sie von beiden Kinderhänden fest umschlungen und wurde an den Körper des kleinen Mädchens gedrückt. Nur wenige Sekunden später hörte Brandner die Katze zufrieden schnurren.

»Es ist alles schon so lange her. Ich kann Ihnen nicht mehr viel dazu sagen, steht ohnehin alles im Gerichtsakt.« Rosamunde Markeviec stand unsicher vor Brandner.

Ist schon in Ordnung. Ich trinke meinen Kaffee, dann gehe ich wieder. Vergessen Sie einfach, dass ich hier war. Diese Antwort oder eine ähnlich lautende schien sie von ihm zu erhoffen. Brandner entgegnete nichts, er wartete einfach ab. Erst wenn zuwarten und zureden nicht halfen, würde er Druck auf sie ausüben.

»Wie heißt denn die Kleine?«, fragte er schließlich, als das Schweigen zu ungemütlich und das Brummen der Katze schon fast unerträglich laut durch die Wohnung zu hören war.

»Nina.«

»Schöner Name, gefällt mir.«

Die Espressomaschine begann zu brodeln. Das Wasser und der resultierende Dampf kämpften sich lautstark durch das Sieb und durch das Kaffeepulver nach oben. Das Schnurren der Katze unter dem Tisch verstummte. Frau Markeviec nutzte sofort die Gelegenheit und wendete sich vom Kommissar ab. Sie holte zwei Tassen aus einem der Küchenschränke und stellte noch rasch Milch und Zucker auf die Tischplatte. Dabei war sie so energisch zugange, dass Brandner nicht einmal daran dachte, ihr eine Frage zu stellen. Die Espressomaschine wurde noch einmal lauter als zuvor. Die Gastgeberin schaltete daraufhin die Herdplatte aus und nahm mit aller gebotenen Vorsicht die Kanne am dafür vorgesehenen Griff und goss den Kaffee in die beiden auf der Anrichte stehenden Tassen. Kein Tropfen der schwarzen Flüssigkeit landete auf dem noch dort verstreuten Kaffeepulver. Brandner war erleichtert. Doch er freute sich zu früh. Als sie seine Kaffeetasse vor ihm auf dem Tisch abstellte, schwappte doch noch ein Teil des Inhalts über den Rand.

»Tut mir leid.«

Mit hochrotem Kopf suchte sie nach einer Küchenrolle.

»Ist schon gut.«

Ohne ihn anzusehen, wischte sie den Tisch mit einer mit Blumen verzierten Serviette, die sie in der Eile aufgetrieben hatte, trocken.

»Ist ja nichts passiert«, versuchte Brandner sie nochmals zu beruhigen.

»Ich bin so ungeschickt, einfach zu nichts zu gebrauchen.«

Tränen bildeten sich in ihren Augen.

»Das war schon immer so.«

Schluchzend setzte sie sich ihm gegenüber an den Tisch.

»Auch damals, Bernd konnte nichts dafür.«

Langsam beruhigte sie sich, ihre Worte wurden wieder klarer verständlich. »Ich stehe einfach darauf.«

Brandner sah Frau Markeviec nur fragend an, er sagte nichts. Sie würde schon von selbst weitererzählen. Stattdessen zog sie aber ihr blaues Halstuch nach unten. Mehrere dunkelgraue Würgemale kamen zum Vorschein.

»Es ist einfach viel intensiver. Ich brauche das.«

»Aber wieso, wieso haben Sie Herrn Slawitschek beschuldigt?«

Sie sah zu Boden, streichelte Nina über den Kopf.

»Was hätte ich denn machen sollen? Ich wurde ins Spital eingeliefert. Damals war ich noch so jung und leicht zu beeinflussen. Die Sozialarbeiterin hat gesagt, ich muss Bernd anzeigen, sonst macht er es immer wieder. Ich muss die anderen Frauen vor ihm schützen, hat sie gesagt. Das sei ich mir und ihnen schuldig. Es war so viel leichter, ihr zuzustimmen, als ihr zu erklären, dass ich es genauso hatte haben wollen. Dass es für mich nichts Schöneres gibt, als wenn man mir, während wir es miteinander treiben, die Luft zum Atmen nimmt. Man mir den Hals zudrückt.«

Sie stockte, dann erklärte sie weiter: »Ich habe es auch schon oft mit einem Plastiksack versucht, aber es geht nichts über starke Männerhände, die sich um meinen Hals legen.«

Brandner konnte ihren Gedankengängen und Erklärungen kaum folgen.

Abartig, mehr fiel ihm dazu nicht ein, trotzdem nickte er ihr verständnisvoll zu.

»Aber, als Herr Slawitschek angeklagt wurde, spätestens dann muss Ihnen doch klar gewesen sein, dass ihm wegen Ihrer Aussage eine Haftstrafe droht.«

Weitere Tränen kündigten sich in ihren Augen an, doch diesmal blieb sie stark.

»Ich, ich dachte nicht an eine Verurteilung. Man liest es doch täglich in den Zeitungen. Den Tätern passiert nie etwas. Ich konnte nicht zurück. Es war zu schwierig für mich, meine Aussage wieder zu ändern. Wie wäre ich denn dagestanden? Und immerhin hat er ja auch tatsächlich zugedrückt.«

Auf deinen Wunsch hin! Du Unmensch hast ihm sein Leben versaut. Und im Moment zerstören wir es ihm gerade vollkommen. Brandner überlegte, wie er ihr den Zusammenhang zwischen ihrer damaligen Anschuldigung und den aktuellen Verdächtigungen gegen Bernd Slawitschek erklären sollte. *Wie bringe ich ihr das nur bei? Wie bringe ich ihr bei, dass Slawitschek nur wegen seiner Vorstrafe verdächtigt wird. Wie bringe ich sie dazu, ihre Aussage zu widerrufen und seinen Namen dadurch zumindest ansatzweise wieder reinzuwaschen?*

Er nahm einen Schluck vom Kaffee. Der schmeckte bitter. Als er die Tasse abstellte und gerade mit seiner Überzeugungsarbeit beginnen wollte, meldete sich sein Handy.

Direktor Kappl, wieder einmal.

Brandner nahm das Gespräch an.

KAPITEL 27

Er lag auf dem Rücken. Ganz sanft küsste sie ihn auf den Mund. Ihre Hände strichen über seinen nackten Oberkörper. Mit ihren Fingern öffnete sie seine Gürtelschnalle, danach die Knöpfe seiner Jeans. Auf ihren fragenden

Gesichtsausdruck hin nickte er und hob seine Hüfte an, sie zog ihm seine Hosen bis zu den Knien hinunter.

Ihre Lippen, ihre Zunge und ihre Hände liebkosten ihn. Immer fordernder, immer härter wurden ihre Berührungen. Mehr und mehr verkrampfte er sich. Bald wartete er nur mehr darauf, dass sie von ihm abließ und ihn bemitleidete.

Schließlich schauten ihn ihre Augen enttäuscht an. Ihr Lippenstift war verschmiert, sicher war er auch verteilt über seinen schlaffen Schwanz, Speichel klebte in ihren Mundwinkeln. Die Worte spuckte sie dann förmlich aus, ihre Augen und ihr Gesicht waren nicht mehr wiederzuerkennen, sie spiegelten nur mehr ihre Verachtung wider: »Du Schlappschwanz! Du bist impotent, du bist gar kein richtiger Mann!«

Kein richtiger Mann. Kein ganzer Mann. Kein richtiger Mann!

»Früher wärst du ein Eunuch im Harem des Sultans gewesen, der dort die Kurtisanen bedient. So wenig Gefahr bist du für die Muschi einer Frau!« Sie ließ von ihm ab, erhob sich, rückte ihre Kleider zurecht und sah dann noch einmal auf ihn herab. »Du Schlappschwanz!«

Schlappschwanz, kein richtiger Mann, schon lange hatte er diese Worte nicht mehr gehört. Diesmal war der Traum realer als sonst. Kein postkartenblauer Himmel, keine Sinfonie der Kuhglocken, aber auch keine Fliege, die ihm störend um den Kopf herumbrummte. Nur sein Unbehagen und ihre herzlosen vernichtenden Worte weckten ihn.

Die Umgebung roch nach Chlor und nicht nach Kuhmist. Seine Hose war nass, aber nicht vom Regen, der in seinen früheren Träumen auf ihn hinuntergeprasselt war, sondern vom Wasser des Schwimmbeckens. In Amstettens Hallenbad überschlugen sich die Stimmen der planschenden Kinder fast so laut, wie zuvor ihre verletzenden Worte in seinen Ohren nachgehallt hatten. Er richtete sich in seiner Liege auf.

Selten suchte ihn der Traum außerhalb seines Bettes heim. Nur wenn er mehrere Tage hintereinander auswärts schlief, drohte Gefahr. Er war aber nur kurz eingedöst, und schon hatte ihn der Albtraum in kaum mehr gekannter Wucht in die Vergangenheit zurückbefördert.

Wieso? Wieso hat sie die Worte damals gesagt? Wieso hat sie all ihren Freundinnen davon erzählt?

Er dachte an Natascha. Der Abend und die Nacht mit der Verkäuferin waren gut verlaufen. Die Pille hatte ihre Wirkung entfaltet, er hatte sie befriedigen können.

Danach habe ich sie abserviert. Zu groß ist die Gefahr, dass sie etwas von meinem kleinen Geheimnis mitbekommt. Du bist zu jung, habe ich zu ihr gesagt, wir haben keine gemeinsame Zukunft, versuche es mit einem Mann in deinem Alter, versteh das doch. Ein Telefonat mit ihr, und es war vorbei. Jetzt weint sie sich bei ihren Freundinnen aus, und sie erzählt ihnen hoffentlich auch vom Sex mit mir. Sie berichtet ihnen von den Orgasmen, die sie mit mir erlebt hat. Es waren mehrere … sie hat mir nichts vorgespielt. Wieso hätte sie auch schauspielern sollen?

Der Traum, ich muss mich ablenken, ich brauche eine neue Aufgabe. Ein neues Ziel. Eine neue Frau.

Sein Blick schweifte über das Wasser. Am entfernteren Ende des Beckens warfen sich drei Buben abwechselnd einen Plastikball zu. Ein Mann zog in Brusttechnik seine Bahnen, mehrere Meter vor ihm schwamm eine Frau mit rot-gelber Badehaube. Ihr marineblauer Badeanzug legte den Großteil ihres Rückens frei. Soweit er erkennen konnte, war ihre Haut fast schneeweiß. Seine Augen folgten ihr. Mit kräftigen Armbewegungen und Fußstößen, die sie gut aufeinander abgestimmt ausführte, teilte sie das Wasser. Nach der vierten Länge hatte sie die Distanz zum ihr hinterherschwimmenden Mann fast verdoppelt. Ihre Arme schienen nicht zu ermüden, fast hatte es den Anschein, als würde sie mit jeder Länge, die sie hinter sich brachte, schneller. Der Mann, der sie verfolgt hatte, gab auf und stieg matt aus dem Schwimmbecken.

Nicht so die Frau, unermüdlich tauchte sie bei der Vorwärtsbewegung ihrer Arme den Kopf bis zur Hälfte unter Wasser. Dann wechselte sie sogar auf die schnellere Kraultechnik. Erst nachdem sie weitere acht Längen im Schwimmbecken zurückgelegt hatte, beendete sie ihr Trainingsprogramm. Am anderen Ende des Pools, wo noch immer die Buben Wasserball spielten, stieg sie aus dem Wasser und zog sich sofort ihre Badehaube vom Kopf. Ein dunkelbrauner, zerzauster Haarschopf. Sie kam barfüßig auf ihn zu und passte dabei auf, nicht auszurutschen. Er sah nun, dass ihr Badeanzug auch vorne tief ausgeschnitten war. Ihre Haut glänzte feucht, nur ihr Kopf war leicht gerötet, ansonsten war ihre Hautfarbe blass, aber an Armen und Beinen zeichneten sich ihre Sehnen und Muskeln deutlich ab. Der Badeanzug lag eng an, der flache Bauch zeugte vom regelmäßigen Training der Schwimmerin.

Drei Badeliegen vor ihm blieb sie stehen, nahm sich ihr weißes Handtuch und trocknete sich ab. Aus den Augenwinkeln verfolgte er, wie ihre Hand offenbar in ihre unter der Liege stehende Tasche griff, die er nicht sehen konnte. Deutlich sah er aber den 20-Euro-Schein in ihrer Hand, als sie sich wieder aufrichtete. Sie schlüpfte in ihre Badeschuhe und kam dann näher auf ihn zu. *Komplett durchtrainierter Körper, sie ist in Nataschas Alter, nur deutlich kleiner und hat kürzere Haare. Knackiger Arsch.*

Er starrte ihr nach. Sein neues Objekt der Begierde hatte er soeben ausgewählt. Sekunden später stand er auf und folgte ihr zum Buffet des Hallenbades. Dort würde er sie ansprechen.

Natascha hat sich richtig entschieden. Die Schwimmerin hat es, wie schon all die anderen vor ihr, selbst in ihrer Hand.

KAPITEL 28

Ein braunes und ein blaues Auge sahen Brandner fragend an.

»Einen Radler, bitte«, korrigierte er daher seine Bestellung. Antialkohol schien die Dame mit dem geschwollenen Auge nicht im Angebot zu haben.

»Zwa Obstla, oba dalli!«, rief der Mann vom Nachbartisch.

»Bring i eich glei.« Die Kellnerin drehte sich um und begab sich hinter den Tresen des Beisels.

»Via Wochn hob i nix dringa deafa, ob heit geht's wida.« Der Mann vom Nachbartisch mit dem tiefroten Gesicht legte seiner Sitznachbarin die Hand um die Schulter. Brandner schätzte das Pärchen auf ein Alter von jeweils zirka 50 Jahren. Der Alkoholkonsum und die Zigaretten, die beide vor sich hin pafften, erschwerten ihm die Schätzung. Zukunft hatten die beiden in seinen Augen keine rosige, der Husten der Frau ließ ihn erahnen, wie angegriffen deren Bronchien bereits vom jahrelangen Inhalieren des Zigarettenqualms sein mussten. Der Mann kämpfte mit Herzproblemen, daher das einmonatige Alkoholverbot des Arztes. Das hatte Brandner bereits nach wenigen Sekunden aus den überlaut geführten Gesprächen der beiden herausgehört.

Die Frau mit dem Veilchen stellte die beiden Schnäpse auf dem Tisch des Pärchens ab, danach servierte sie dem Kommissar seinen Radler. Ihr blaues Auge würde in dem Beisel außer ihm wahrscheinlich niemand als Veilchen bezeichnen. So traurig der Anlass auch war, Brandner musste über seinen Gedanken einfach schmunzeln. Die Kneipe, in der er sich befand, lag gegenüber der Haltestation Hütteldorf. Hier regierte Rapid Wien, hier war grün-weiß angesagt, die Veilchen aus Favoriten – Austria Wien – waren die Erzrivalen des Traditionsfußballklubs aus Hütteldorf.

Das braune Auge der Frau sah ihn fragend an.

»Danke«, sagte Brandner schmallippig, als er sich seines Lächelns bewusst wurde, und stellte es ein. Wahrscheinlich befand sich ihr Macker auch im Beisel. Falls sie ihrerseits Brandner anlächelte, würde der Mann im Hintergrund ihr auch noch das heile Auge zu einem Veilchen schlagen. *Vielleicht greift mich der Feigling an, wenn ich der Frau Komplimente mache. Dann kann ich den Schläger verhaften.*

Brandner rief sich zur Ordnung. Er war in der Mordkommission tätig und suchte einen Frauenmörder. Übergriffe innerhalb der Familie fielen nicht in seinen Zuständigkeitsbereich. Damit waren andere Kollegen beschäftigt. Sosehr er auch häusliche Gewalt verabscheute, er konnte hier nichts unternehmen. Die Frau musste den Schläger anzeigen. Das war ihre Sache. Schon gar nicht durfte er ihr irgendwelche Avancen machen, er war schließlich verheiratet und wollte nicht unnötig ins Gerede kommen.

Der Kommissar nahm seinen ersten Schluck vom Radler, währenddessen stellten der Mann und die Frau am Nachbartisch die bereits geleerten Schnapsgläser wieder auf die Tischplatte. Keiner der beiden hatte auch nur ansatzweise das Gesicht verzogen, als sie die hochprozentige Flüssigkeit hinunterschluckten. Umgehend bestellte der Herzkranke die nächste Runde Schnaps. Die Hustende blies schon bald wieder den Zigarettenrauch in Richtung Brandner. *Den Anzug kann ich in die Reinigung bringen, und die Haare muss ich mir waschen.* Brandner war eindeutig für eine Verschärfung des Nichtraucherschutzes. Die Alpenrepublik hatte wieder einmal eine österreichische Lösung gefunden, mit der er nicht zufrieden war. Kleine Kneipen konnten als reine Raucherlokale geführt werden. In genau so einem kleinen Beisel saß er nun und wartete auf seinen ehemaligen Hauptverdächtigen. Sein Hals begann zu kratzen, schon bald würde sich auch bei ihm der Husten einstellen.

Endlich öffnete ein Mann die Eingangstür von außen und trat ein. Fast hätte er Slawitschek nicht wiedererkannt. Der Mechaniker steuerte aber zielstrebig auf Brandners Tisch zu, reichte dem Kommissar die Hand und setzte sich an den kleinen Tisch. Der Bart Slawitscheks wirkte ungepflegt. Es handelte sich um keinen Dreitagesbart mehr, aber auch um keinen gleichmäßig gestutzten Vollbart. Außerdem roch er nach altem Schweiß, so als hätte er schon länger nicht geduscht.

»Haben Sie mit ihr geredet?«

»Ja, ich habe mit Frau Markeviec gesprochen.«

Beide sprachen mit gedämpften Stimmen.

»Und, was hat sie gesagt?«, fragte Slawitschek.

Brandner sah die Hoffnung in seinen Augen. Er ließ ihn nicht lange im Ungewissen.

»Sie hat Ihre Geschichte bestätigt. Widerwillig, aber dann doch. Sie wollte damals von Ihnen gewürgt werden.«

»Gott sei Dank.« Slawitschek sah Brandner erleichtert an.

»Aber Sie wird ihre damalige Aussage nicht widerrufen.«

Das Veilchen näherte sich den beiden. »A Hüsn«, bestellte Slawitschek möglichst schnell.

»Waren Sie schon einmal in Portugal?«, wechselte Brandner das Thema.

Slawitschek beobachtete abwesend die Kellnerin, wie sie hinter dem Tresen sein Bier zapfte, dann sah er Brandners fragenden Blick. »Was?«

»Waren Sie schon einmal in Portugal?«

»Nein, wieso?«

Das Veilchen kam mit dem Bier wieder auf die beiden zu.

»Sie waren also noch nie in Porto, gut, mehr brauchen Sie dazu nicht zu wissen«, sagte Brandner, als die Frau das Bier vor Slawitschek abstellte.

Erst als sie wieder außer Hörweite war, begann Slawitschek das Gespräch wieder: »Ich war noch nie in Portugal, ich habe ganz andere Probleme, als irgendwo im Süden Urlaub zu machen. Die Werkstätte hat mich hinausgeworfen, meine Frau fürchtet sich vor mir, und meine Mädchen kann ich nicht sehen. Ich weiß nicht, was ich machen soll. Bitte helfen Sie mir!«

»Herr Slawitschek, Sie sind für mich nicht mehr der Hauptverdächtige im Mordfall Monika Steiner, aber nur wegen Frau Markeviecs inoffizieller Information kann ich Sie nicht gänzlich von der Liste der Verdächtigen streichen. Sie waren in der Nähe des Tatortes, das ist nun einmal eine Tatsache.«

»Ich war es nicht. Das ist eine Tatsache!«

»Das habe ich schon zu oft gehört.«

Beide nahmen einen Schluck von ihren Getränken. Nach einer kleinen Pause war es wieder Slawitschek, der zu reden begann: »Sie denken doch auch, dass er wieder zuschlagen wird.«

Brandner nickte.

»Genau dann brauche ich ein Alibi, dann bin ich aus dem Schneider.«

»Das würde wirklich helfen«, bestätigte Brandner.

»Dort, wo ich übernachte, bin ich ganz allein.«

»Haben Sie keine Angehörigen, bei denen Sie bleiben können?«

»Nein, Sie wissen ja, meine Frau will mich nicht mehr in ihrer Nähe haben. Wenn man als Frauenmörder abgestempelt ist, bleiben einem keine Freunde. Ich mache da auch niemandem einen Vorwurf. Aber ich habe nachgedacht, können Sie mich nicht in Haft nehmen, bis der nächste Mord geschieht?«

»Was?« Brandner schüttelte den Kopf. »Wie stellen Sie sich das vor? Ich habe Ihnen gerade gesagt, dass Sie für mich nicht mehr zu den Hauptverdächtigen gehören. Kein Richter würde im Moment eine Untersuchungshaft gegen Sie anordnen.«

»Aber ich will, ja, ich muss meinen Namen reinwaschen!«

Brandner sah Slawitschek die Verzweiflung an. Er konnte ihm nicht helfen, doch der Verdächtige gab nicht auf. »Was ist mit einer Fußfessel? Sie brauchen mich ja nicht in Gewahrsam zu nehmen, aber mit einer Fußfessel können Sie immer nachvollziehen, wo ich mich gerade aufhalte. Bitte, Herr Kommissar, ich brauche Ihre Hilfe!«, flehte Slawitschek.

Brandner nickte. »Also gut, hören Sie mir bitte zu. Auch für die Fußfessel brauche ich eine Genehmigung. Mir ist kein Fall bekannt, bei dem das schon in dieser Art präventiv gehandhabt worden wäre. Es wird nicht leicht, aber ich werde es versuchen.«

»Danke!« Slawitschek umrundete spontan den Tisch und umarmte Brandner.

»Ich kann aber nichts versprechen«, murmelte der Kommissar und hoffte, bald wieder frei atmen zu können. In Portugal gibt es sicher keine verrauchten Kneipen, und es werden mich auch keine stinkenden Männer umarmen, kam es ihm in den Sinn.

Während der Befragung von Frau Markeviec von Direktor Kappls Anruf unterbrochen zu werden, hatte ihn damals genervt, aber sein Chef hatte ihn über eine vielversprechende Spur informiert. Insofern hatte er ihm schnell verziehen und die Dringlichkeit des Anrufes verstanden.

Die neue Fährte würde Brandner schon bald nach Portugal führen.

Und Slawitschek war noch nie in Portugal, sagt er zumindest …

KAPITEL 29

Hans traute seinen Augen nicht. Er starrte durch sein Schlafzimmerfenster hinaus in die Nacht. Resis Wohnung war hell erleuchtet. Sie hatte Besuch.

Männerbesuch spät am Abend.

Er schloss sein linkes Auge, beugte sich nach vorn, schwenkte das Fernrohr, bis er ihn deutlich vor sich sah.

Der Glatzkopf ist zurück.

Wieder hatte sie den Mann zum Essen eingeladen, diesmal verzehrte er Spagetti. Hans registrierte die eindeutig vom Basilikum-Pesto grün eingefärbten Nudeln im Teller, der vor dem Glatzkopf auf dem Tisch platziert war. Daneben stand ein Glas Rotwein. Er visierte wieder den Mann an. Die Serviette, die im Kragen des Glatzkopfes steckte, war mit einem gelben Motiv bedruckt, das Hans nicht genauer erkennen konnte. Spagetti mit Basilikum-Pesto, sie hatte also ihr zweites Lieblingsgericht für den Glatzkopf gekocht, ganz einfach und schnell wurde es zubereitet, aber gemeinsam mit dem Rucola-Salat und dem Wein, den sie servierte, war es kaum von einem anderen Gericht zu übertreffen. Für Hans hatte sie dieselbe Variation schon oft gekocht. Sein Magen begann automatisch zu knurren. Er verfolgte, wie der Glatzkopf eine Ladung Nudeln mithilfe eines Löffels als Unterlage um seine Gabel wickelte. Ganz sicher ein Österreicher, ging es Hans durch den Kopf, nein, stimmt nicht, aber sicher kein Italiener. Hans selbst und auch Resi aßen Spagetti immer wie die Erfinder der Speise. Sie benutzten Messer und Gabel. Keinen Löffel. Beim Gedanken, wie die Gabel während der

Drehbewegung den Löffel berührte und dabei das kratzende Geräusch von Metall auf Metall erzeugte, stellten sich sämtliche Härchen an seinen Unterarmen auf, und sein Rücken fühlte sich gleichzeitig heiß und kalt an. Die Gänsehaut, die sich gebildet hatte, verschwand zwar nach wenigen Sekunden wieder, aber immerhin für diese kurze Zeit hatte seine Vorstellungskraft seinen Körper überlistet.

Eine weitere Ladung Spagetti wurde vom Glatzkopf zum Mund geführt. Trotz Unterstützung durch den Löffel hingen einige der Nudeln verdächtig lang von der Gabel herunter. Der Mann öffnete seinen Mund daher zuerst weit, schloss ihn dann aber und saugte die Enden der Nudeln mit seinen Lippen an. Auch dieses Geräusch glaubte Hans förmlich in seinen eigenen Ohren zu hören. Es war so real, als säße er selbst am Tisch seiner Schwester neben dem Glatzkopf. Durch das Fernrohr sah er, dass der Mann die Nudeln gar nicht erst aufwendig zerkaute, sondern sie ganz schnell hinunterschluckte. Der Adamsapfel hüpfte dabei energisch auf und ab.

Während der Glatzkopf die nächste Ladung Spagetti aufwickelte, redete er eifrig auf Resi ein. Deren Reaktion konnte Hans, wie schon beim letzten Besuch des Mannes, nicht erkennen. Aber sie hatte den Verehrer ein zweites Mal eingeladen, also war auch der erste Abend nicht schlecht verlaufen. Hans dachte daran zurück, wie er kurz in Panik verfallen war, als seine Schwester damals den Vorhang zugezogen hatte. Sofort wurde ihm wieder heiß. Das wird heute nicht passieren, redete er sich zu.

Immerhin unterbrach der Glatzkopf seine Ansprache, wenn eine Ladung Spagetti in seinem Mund landete. Erst nach dem Auf- und Abhüpfen des Adamsapfels setzte er seinen Monolog fort. So ununterbrochen, wie die Lippen des Mannes die Worte formten, konnte Resi einfach keine Zeit für eine ausführliche Erwiderung finden. Hans war froh darüber, dass sie kein Gulasch gekocht hatte, sonst würde er wieder die Fleischbrocken im Mund des Glatzkopfes erkennen können. Mit der Gänsehaut, wenn er sich die Berührung von Löffel und Gabel vorstellte, konnte Hans besser umgehen.

Was findet Resi an dem Glatzkopf? Wieso redet er immerzu auf sie ein? Hans wusste nicht, was er davon halten sollte.

Nur für wenige Sekunden sah er auch Resi. Sie hatte sich wieder schön gemacht, das konnte er erkennen. Schminke und Frisur waren perfekt, und das Kleid hatte sie auch schon während des Kochens tragen können, da das Gericht sehr einfach zuzubereiten, und das Risiko gering war, es dabei zu beschmutzen. Ob er das Kleid schon einmal gesehen hatte, oder ob es sich doch um eine Neuerwerbung handelte, konnte Hans nicht mit Sicherheit beurteilen.

Resis erste Handlung, als sie in seinem Blickfeld auftauchte, bestand darin, den Vorhang zuzuziehen. Hans saß danach auf Nadeln. Sein Blick wanderte zur Eingangstür des Wohngebäudes. Dann wieder hinauf zu Resis Wohnung. Schon beim ersten Besuch des Glatzkopfes war dasselbe passiert. Resi befand sich in ihrer Wohnung, und sie war ganz allein mit einem fremden Mann. Der Glatzkopf war bei ihr, und Hans hatte seiner Mutter versprochen, auf seine kleine Schwester achtzugeben. Gegenüber rührte sich nichts. Hans nahm die Karte des Herzkönigs, die immer auf dem Fensterbrett lag, in seine Hand.

Ich bin der Herzkönig. Ich bin das Familienoberhaupt. Ich muss auf meine kleine Schwester aufpassen.

Hans hielt es nicht mehr aus, er musste einfach handeln. So schnell er konnte, schlüpfte er in seine Schuhe, zog sich die beige Übergangsjacke an und verließ seine Wohnung. Zwei Stufen auf einmal nehmend lief er die Stiegen hinunter, bis er im Erdgeschoss ankam. Er stieß die Tür auf, im Laufschritt überquerte er die Straße, erst als er die Klingel neben dem Namen Theresia Mayer betätigte, überlegte er sich, wie er seiner Schwester den späten Überraschungsbesuch erklären sollte.

»Was willst du?«, fragte Resi, nachdem er sich zu erkennen gegeben hatte.

»Ich, ich habe noch Licht gesehen.«

»Ja?«

»Ich kann nicht alleine sein. Ich brauche jemanden zum Reden.« Seine Stimme wurde leiser. »Immerzu denke ich an damals auf der Schusteralm.«

Was sage ich da nur? Wir reden nie über damals, wieso sollten wir das ausgerechnet heute Abend tun?

Der Summerton bestätigte aber, dass seine Erklärung plausibel gewesen war. Hans lief die Stufen nach oben. Resi wartete schon vor ihrer Wohnungstür auf ihn.

»Ich habe Besuch, du kannst reinkommen, aber über Mutter reden wir nicht.« Ihre Miene duldete keinen Widerspruch.

Über Mutter will auch ich nicht reden, auch nicht über die Morde an den Schusters. Ich will wissen, was der Glatzkopf hier macht. »Ist gut, ich musste nur raus, mal unter Leute, wir brauchen nicht darüber zu reden. Versprochen.«

Erst jetzt gab Resi den Weg in ihre Wohnung für Hans frei.

»Werner Lopatka, du kennst ihn sicher vom Fernsehen und Radio.«

Hans stellte sich vor. Die beiden Männer schüttelten sich die Hände. Der Glatzkopf drückte sie nur zaghaft, aber er musterte dabei Hans von Kopf bis Fuß.

»Du hast mir gar nicht gesagt, dass du so einen attraktiven Bruder hast«, stellt Lopatka fest.

Resi antwortete irgendetwas, das Hans nicht mitbekam.

Was geht hier vor? Wieso soll ich ihren Verehrer vom Fernsehen kennen?

Und warum findet er mich attraktiv? So etwas sagt kein Mann. Es sei denn, er ist …

»Gut, dass Sie gekommen sind, wir haben nämlich etwas zu feiern«, riss ihn Lopatka aus seinen Gedanken.

Sie werden sich doch nicht verloben. Sie wird doch nicht schwanger sein. Nicht Resi! Dann war alles umsonst. Wie bringe ich es Mutter nur bei?

»Ich werde die Hauptrolle im diesjährigen Sommermusical in Amstetten spielen.«

Hans sah sie fragend an. Resi strahlte.

»Werner übernimmt auch heuer wieder die Regie.«

Daher sollte ich ihn also kennen, er inszeniert Musicals.

Kein Wunder, dass mir sein Name nichts sagt.

»Ich konnte Ihre Schwester gerade endgültig davon überzeugen, die Alex zu spielen.«

Resis Mundwinkel trotzten weiterhin der Schwerkraft.

Sie findet es gut, in Amstetten zu spielen. Aber was bedeutet ihr Engagement für mich und meinen Beobachtungsposten? Wie beschütze ich sie in Amstetten?

»Sie dürfen ihr ruhig gratulieren.«

Lopatka schubste Hans in Richtung Resi, deren Strahlen nun doch zu erlöschen drohte. Lopatkas Hand an seinem Gesäß zu spüren, irritierte Hans noch mehr als die Nachricht. Dann war es ihm endgültig klar. *Der Glatz-*

kopf ist überhaupt nicht an Resi interessiert, er steht auf Männer. Resi braucht er nur für seine Aufführung.

»Ich gratuliere dir von Herzen.«

Etwas hölzern umarmte er seine Schwester.

Natürlich hatte Resi vorgesorgt, sie holte die gekühlte Flasche Sekt aus dem Kühlschrank.

»Du hast dich aber schon sehr sicher gefühlt«, stellte Hans fest.

»Es ging nur noch darum, zuzusagen. Vorgetanzt und gesungen hat sie schon vor einigen Wochen. Dabei hat sie mich vollkommen überzeugt. Dann hatte Ihre Schwester aber mit einem Mal Bedenken, ob sie in Amstetten auch wirklich auftreten soll.«

»Aber die hat Werner ausgeräumt, jetzt bin ich mir vollkommen sicher.«

Die Gläser klirrten dreimal, als sie anstießen. Der Sekt prickelte noch, Hans trank ihn schnell, er wollte sich nur noch betäuben.

Das ist keine gute Idee. Ein Auftritt im Mostviertel, in unserer Heimat, dort, wo Mutter die Schusters vor einem Jahr ermordet hat. Dort, wo jetzt ein Frauenmörder umgeht. Ich muss mir etwas einfallen lassen.

Im Moment konnte Hans Resis Entscheidung nicht mehr revidieren, das sah er ein. Sie war eine erwachsene Frau und konnte tun und lassen, was sie wollte. Also tat er selbst den restlichen Abend so, als ob er sich für sie freuen würde.

Die beiden Männer verabschiedeten sich dann nach einer guten Stunde zeitgleich.

»Ist auch wirklich wieder alles in Ordnung?«, flüsterte Resi zum Abschied in Hans' Ohr. »Sicher, ich musste nur unter Leute, brauchte Ablenkung, und das ist dir gut gelungen. Danke.« Jetzt setzte er sein strahlendes Lächeln auf und küsste sie auf die andere Wange. Danach drehte er sich um und nahm die Stufen nach unten.

Meine Schwester lebt ihren Traum, und ich lebe nur für sie, bin nur dazu da, sie zu beschützen …

KAPITEL 30

Es war angenehm warm. Die beiden Kommissare wählten einen Platz im Schatten des Restaurants. Fasziniert von der Fülle an weiß getünchten Gebäuden war Brandner noch gar nicht dazu gekommen, dem portugiesischen Kollegen Fragen zu den Mordfällen zu stellen. Das verbietet aber ohnehin die Etikette. Zuerst müssen wir uns kennenlernen, Smalltalk machen, über den Flug und das Wetter reden, philosophierte Brandner. Der Portugiese hatte sich nämlich nach Brandners Flug erkundigt, er hatte wissen wollen, ob alles reibungslos und ohne Turbulenzen abgelaufen war, und ob der Kommissar einen Direktflug von Wien aus bekommen hatte oder umsteigen hatte müssen. Natürlich hatte Brandner umsteigen müssen, und zwar in Madrid, dort hatte Brandner zwei Stunden auf den Abflug nach Porto gewartet, aber es hatte keine Verspätung und alles in allem keine nennenswerten Turbulenzen gegeben. Und jetzt war er ja hier, genau rechtzeitig zum Mittagessen, auch wenn es in Österreich schon wieder lange vorbei wäre, in Portugal war nun die perfekte Zeit, um in aller Gemütlichkeit zu speisen, erklärte ihm der Portugiese. Nach diesen ersten Erkundigungen, was die Befindlichkeit seines Gastes betraf und der Erklärung bezüglich der Essensgepflogenheiten in Portugal, sprach der Kollege dann vom sonnigen Wetter und den angenehmen Temperaturen. Diese würden auch noch in den nächsten Tagen so angenehm bleiben, nicht einmal in den Sommermonaten würde es unangenehm werden, und wie war das denn in Österreich so? War es dort auch so schön warm wie hier bei ihm in Porto?, wollte der Kollege von Brandner wissen. Das Quasseln während der Autofahrt vom Flughafen ins Stadtzentrum Portos war für Brandner kaum auszuhalten gewesen. Der Portugiese hatte in englischer Sprache auf ihn eingeredet. Brandner war froh, kein Portugiesisch zu verstehen, er wollte sich gar nicht erst vorstellen, wie es gewesen wäre, wenn ihn der Einheimische in dessen Muttersprache mit belangloser Information und ebensolchen Fragen zugedröhnt hätte.

Aber kein einziges Wort zu den Mordfällen hatte Brandners Amtskollege bisher fallen lassen. Hugo Reis hieß der portugiesische Kommissar. Genauso fasziniert wie von den weißen Prunkbauten und der schnellen Sprache des Kollegen war Brandner von dessen Namen. Der war ihm einfach viel zu kurz. Der österreichische Kommissar hatte eine lange Kette an Vor-und Familiennamen erwartet, irgendwann einmal hatte er gehört oder auch gelesen, dass solche Namensketten auf der iberischen Halbinsel üblich seien. Aber es hatte sich anscheinend um eine Falschmeldung gehandelt, oder der Kollege wollte seinen Gast nicht mit seinem Endlosnamen überfordern. Nach allem, was Brandner bisher jedoch von Kommissar Hugo Reis mitbekommen hatte, tippte er nicht darauf, dass ihn der verschonen hatte wollen. Vielmehr hätte dieser keine Anekdote über seinen langen Familiennamen ausgelassen, so wenig diese auch zu den laufenden Ermittlungen beigetragen hätte. Während Kommissar Reis die Speisen bestellte, rief sich Brandner zur Ordnung. Nur aufgrund der wenigen Minuten, die er bisher mit dem portugiesischen Kollegen verbracht hatte, wollte er sich noch kein endgültiges Bild von diesem und vor allem nicht von dessen Ermittlungsmethoden machen.

Immerhin, Porto war eine positive Überraschung für Brandner. Die Stadt war noch nie auf Brandners Wunschliste für einen Liebesurlaub mit seiner Frau gestanden. Nun könnte er sich dies aber durchaus vorstellen. Die hügelige, grüne Umgebung und dann dieses schöne Stadtzentrum. Man wurde zwar sehr wohl auch der Industriestadt mit ihren Fabriken in den äußeren Stadtvierteln gewahr, aber das Zentrum war ein Schmuckkästchen. Die Stadt strahlte ein südländisches Flair aus, und trotzdem fühlte es sich anders an als in den Italien- oder Kroatienurlauben, die er schon genossen hatte. Es lag nicht allein an seinem Begleiter, auch mit Eva an seiner Seite wäre es eine neue und sicher sehr angenehme Erfahrung.

Dann, endlich, zu den Meeresfrüchten als Vorspeise und während sie die Hauptspeise aßen, einen Fisch, dessen Namens-Übersetzung in die deutsche Sprache Brandner nicht schaffte, sprachen die beiden Kommissare über die Morde.

Auch in Portos Umgebung waren grausame Frauenmorde verübt worden. Vor 14 Monaten war die bisher letzte Tote aufgefunden worden, erklärte ihm Reis. Seither war es ruhig, keine Morde mehr, es schien fast so, als sei der Mörder weitergezogen oder er war selbst verstorben. Mindestens einmal im halben Jahr hatte er zuvor zugeschlagen. Fünf Frauen waren ihm zum Opfer gefallen, allesamt auf ähnliche Weise ermordet. Allerdings gab es einen feinen Unterschied, berichtete der Portugiese. Die ersten drei Opfer hatten wahrscheinlich nicht lange leiden müssen, auch ihnen war zwar ein Kunststoffband oder dünnes Seil um den Hals geschnürt worden, aber der Täter hatte ihnen letztendlich das Genick gebrochen, noch während er ihnen die Luft abschnürte.

»Man könnte sagen, der Mörder hat dazugelernt. Er hat sich eindeutig weiterentwickelt«, sagte Reis.

»Es könnte sich also tatsächlich um denselben Täter handeln. In Portugal enden die Morde. Bei uns in Österreich beginnen sie«, stellte Brandner fest. Der Täter ist vielleicht wirklich umgezogen, verfolgte er den Gedanken weiter.

»Von mir erhalten Sie natürlich jede mögliche Unterstützung, die Sie brauchen. Wir haben bisher leider nur sehr wenige Anhaltspunkte.«

Brandner wartete, aber von seinem Amtskollegen kam keine weitere Information.

»Gibt es gar keine Zusammenhänge zwischen den Opfern?«, wollte er schließlich wissen.

»Nein, absolut nichts.«

Weswegen bin ich dann hierhergeflogen? So viel Reis zuvor geredet hat, über den Fall verliert er kein überflüssiges Wort.

Die Rechnung beglich schließlich der Portugiese, über die Gastfreundschaft konnte sich Brandner also nicht beschweren. Dann nahm ihn der Kommissar mit in sein Büro, das nicht weit weg vom Restaurant im Stadtzentrum in einem Altbau gelegen war.

Reis hatte die Akten zu den fünf Frauenmorden schon vorbereitet. Natürlich waren sie in portugiesischer Sprache, Brandner sah sich daher zuerst die Fotos und die harten, auch für ihn verständlichen Fakten an. Haarfarbe, Augenfarbe, Hautfarbe und Alter spielten keine Rolle für den Täter. Die Frauen waren zwischen 25 und 45 Jahre alt gewesen. Allesamt wirkten sie schlank und sportlich.

Das ist eventuell der Zusammenhang. Auch die beiden Frauen in Wien waren von schlanker Statur. Monika Steiner wurde sogar im Fitnessstudio ermordet.

»Waren die fünf Frauen in einem Fitnessstudio oder in irgendeinem Sportklub aktiv, oder vielleicht auch nur angemeldet?«

Reis vergewisserte sich, indem er einen seiner Ordner konsultierte.

»Nur zwei, aber nicht im gleichen Studio.«

»Gab es sonst irgendeine Überschneidung?«

»Nein, das haben wir geprüft, sie kannten sich nicht.« Reis kramte in seinen Unterlagen. »Es gab nur zwei Frauen, deren Wege sich eventuell regelmäßig kreuzten. Aber auch sie kannten sich nicht. Das haben wir überprüft.«

Brandner beobachtete, wie Reis weiter in den Akten suchte, eine Seite nach der anderen ließ er durch seine Finger gleiten, immer wieder stoppte er, schüttelte dann aber wieder den Kopf und blätterte weiter. Mit einem Mal schien auch der Portugiese wieder so etwas wie Hoffnung geschöpft zu haben.

»Das Fitnessstudio, ja genau«, hörte Brandner Reis sagen. »Hier ist eine der wenigen Schnittstellen. Filipa, das Opfer Nummer zwei, hat in einem Hotel etwas außerhalb von Porto als Barfrau gearbeitet.« Er zeigte auf die Frau mit den brünetten Locken. »Gegenüber vom Hotel befindet sich ein Fitnessstudio.« Reis hatte nun den nächsten Ordner in der Hand und überflog eine Seite nach der anderen. »Hier ist es. Genau dieselbe Straße, Vanessa, das Opfer Nummer vier war dort im Fitnessstudio Mitglied, und sie trainierte auch sehr regelmäßig.«

Brandner schaute nachdenklich auf das Foto der blonden kurzhaarigen Vanessa. »Auch du warst also in einem Fitnessstudio. Vielleicht hat dich der Wunsch, gesund und fit zu sein, das Leben gekostet«, stellte Brandner in deutscher Sprache fest.

Reis sah ihn fragend an.

»Mein letztes Opfer wurde im Fitnessstudio ermordet, daher meine Frage.«

Reis nickte und schloss beide Ordner wieder. Für ihn schienen die Fälle erledigt zu sein.

»Ich würde gerne zu den fünf Tatorten fahren, auch dorthin, wo die Frauen gewohnt haben, dann noch zum Hotel und ins Fitnessstudio.«

»Das ist nicht Ihr Ernst.«

»Doch«, bekräftigte Brandner sein Ansinnen.

KAPITEL 31

Vor Peter Schwarz lagen die Einzelteile des Laufschuhs Schuster 2014 auf seinem Schreibtisch. Fünf rechte Herrenschuhe der Größe 42 hatte einer seiner Techniker zerlegt. Wie meist dominierten auch bei der aktuellen Version die Farben Blau-Gelb. Das war es aber nicht, was dem technischen Leiter der Schuster Schuhe GmbH Sorgen bereitete. Alle fünf Schuhe stammten aus demselben Werk Chans in China, und alle fünf hatten die gleiche Größe. 42 wurde in großen Stückzahlen produziert. Ein Dutzend verschiedener Stapel lag vor ihm. Jeweils fünf Stück bildeten einen Stapel. Die Teile, die sich im selben Stapel befanden, sollten untereinander identisch und somit austauschbar sein.

Peter Schwarz zog einen der Stapel, der aus Oberteilen bestand, an sich heran. Die Kunststoffteile waren in einer oval-ähnlichen Form ausgeführt und würden dem Fuß des Schuhträgers seitlichen Halt geben. Es handelte sich um einen der großflächigeren Bestandteile des Schusters 2014. Er schob die Enden der fünf Teile auf der rechten Seite des Stapels so übereinander, dass sie eine vertikale, einheitliche Linie bildeten. Sofort bestätigte sich sein Verdacht: Die linke Seite des Stapels ergab keine einheitliche Linie. Mindestens fünf Millimeter divergierten die Längen der einzelnen Teile voneinander. Obwohl sie für dieselbe Schuhgröße verwendet wurden, waren die Teile unterschiedlich groß. Außerdem waren die Schnittkanten an mehreren Stellen unschön ausgefranst, was auf einen nicht einwandfreien Stanzprozess schließen ließ.

Peter Schwarz seufzte. Ihm würde nichts anderes übrig bleiben, als mit Chan zu reden. Schwarz war als technischer Leiter für die Weiterentwicklung und die konstant hohe Qualität der Sportschuhe verantwortlich. Dafür und für nichts anderes wurde er bezahlt. Von konstanter Qualität konnte aber im Moment nicht die Rede sein.

Und das ausgerechnet wenige Wochen vor dem Beginn der Fußballweltmeisterschaften in Brasilien.

Immerhin wusste er bereits, wie man die Qualität des Stanzprozesses verbessern konnte. Der junge Verkäufer Martin Helm von der AKBF, von dem er sich vor wenigen Minuten erst verabschiedet hatte, war sehr hilfreich gewesen. Es hatte sich ausgezahlt, dass er Herrn Schweizer während eines der Mittagessen in der Steinmühle gebeten hatte, doch einmal einen seiner Spezialisten für eine anwendungstechnische Schulung zu ihm zu schicken.

Schwarz schob den Stapel zurück, entsperrte seinen Laptop und klickte das Video an. Nach dem Logo von AKBF erschien eine Schwenkarmstanze im Bild. Der Bediener der Stanzmaschine prüfte zuerst die Ebenheit der grünen Kunststoffstanzplatte. Dabei benutzte er nicht nur seine Augen, er nahm auch seine Hände zu Hilfe und strich über die Oberfläche. Ein lächelnder Smiley wurde eingeblendet. Danach wurde ein kritischer Blick auf die Stanzform gerichtet. Diese sah aus der Ferne wie eine Form zum Kekse Ausstechen aus. Natürlich war sie robuster ausgeführt und komplizierter herzustellen. Das Kernstück bildete das Stanzmesser mit einer Höhe von 32 und einer Dicke von zwei Millimetern. Entscheidend für das Stanzergebnis waren das Profil der Schneide und der Zustand der Stanzplatte. 0,3 Millimeter bei neuer Stanzplatte und bis zu zwei Millimeter bei abgenutzter Stanzplatte musste in die Kunststoffunterlage hineingestanzt werden. Schwarz verfolgte die Demonstration des Prozesses an der Stanzmaschine. Immer wenn die Form in die Platte hineinstanzte, war ein lautes Klicken zu hören. Deswegen lautete der englische Name für Stanzmesser auch »Clicking Die Steel«, hatte ihm der Verkäufer erklärt.

Schon als Schwarz das Video zum ersten Mal gesehen hatte, war für ihn alles klar gewesen. Es schien so einfach.

»Wer soll das schon falsch machen?«, hatte er den Verkäufer gefragt.

»Da täuschen Sie sich aber gewaltig«, hatte der junge Mann erwidert. »Sie würden sich wundern, was wir alles so sehen und erleben, wenn wir die Schuhfabriken in Asien und Lateinamerika besuchen. Und die Markeninhaber, die dann die günstig hergestellten Schuhe geliefert bekommen, wundern sich immer, wieso die Qualität nicht stimmt. Dabei wäre es so einfach: Sie brauchen nur geschultes Personal, gute Qualität der Stanzformen und Stanzplatten, und natürlich müssen Sie die passende Profilform des Stanzmesserstahls für die jeweilige Anwendung auswählen. Unterschiedliche Längen beim Stanzergebnis sind eindeutig ein Zeichen für ein falsches Profil.«

In Chans Fabrik verwendete man beim Stanzen also ein unpassendes Schneiden-Profil. Wahrscheinlich passte das verwendete Stanzmesser zum Stanzen von Leder. Die Kunststoffe für den Laufschuh konnten aber im Gegensatz zum Leder mehrlagig gestanzt werden, und sie waren elastischer, wehrten sich mehr gegen das Durchstanzen. Daher musste das Profil schlanker ausgeführt werden und auch feine Zähne an der Schneide würden helfen. Schwarz nahm eines der Muster, die ihm der Stahlverkäufer dagelassen hatte, in die Hand und strich über die Zähne des Stanzmessers. »Guillotine-Effekt« hatte er den Vorteil dieses mit kleinen Zähnen ausgestatteten Stanzmessers genannt. Durch die Schrägstellung der Schneide hatte auch schon die Guillotine in Frankreich während der französischen Revolution sehr effizient die Köpfe vom Hals der Verurteilten getrennt. Schwarz verstand den Ansatz des Verkäufers, wahrscheinlich hatte er recht, aber Schwarz würde Chan nicht ohne einen wirklichen Beweis gegenübertreten. Er musste also seine alten Kontakte in Pirmasens aktivieren. Im dortigen Schuhtechnologiezentrum hatte er seine Ausbildung genossen, dort in der Nähe befanden sich auch Formenbauer, die ihm einige Testformen mit den empfohlenen Profilen herstellen konnten. Eine Schwenkarmstanze war auch noch immer im Werk der Schusters in Waidhofen funktionsfähig. Er konnte also, wenn er die passenden Formen hatte, selbst die Tests durchführen.

Chan wird bald zur Aufsichtsratssitzung kommen, bis dahin muss ich wissen, was los ist.

Peter Schwarz legte das verzahnte Stanzmesser wieder zur Seite und nahm sich die viel dünnere Ausführung eines der Messer, das ihm der Verkäufer dagelassen hatte, zur Hand. »Die Dicke ist nur einen Millimeter, der Stahl wird nicht verschweißt, sondern in eine Holzplatte eingesetzt. Das Besondere ist die extrem scharfe Schneide, sie ist in Rasierklingenqualität ausgeführt, damit erspart man sich die Zähne«, hatte der Verkäufer erklärt. Schwarz hielt das Messer mit Daumen und Zeigefinger fest und zog es flach über den Unterarm. Tatsächlich schnitt das Messer die dort befindlichen Haare ab und ließ eine glatte Haut zurück.

Rasierklingenqualität, interessant, sie sind dabei erst im Anfangsstadium, noch ist es für die Schuhindustrie nicht erprobt, hat er gesagt …

KAPITEL 32

Nach einigem guten Zureden hatte sich Hugo Reis von Brandner dazu überreden lassen, sämtliche fünf Tatorte, danach noch das Fitnessstudio und das Hotel, in dem Opfer Nummer zwei und vier sich eventuell begegnen hätten können, aufzusuchen. Allerdings erst am Tag nach Brandners Ankunft, den der Portugiese, ganz gastfreundlich, wie er nun einmal war, auch noch für den österreichischen Kollegen frei gehalten hatte.

Brandner war nichts anderes übrig geblieben, als die Zeit bis dahin totzuschlagen. Eine Flasche Portwein in einem der Restaurants der Altstadt hatte ihm dabei geholfen. Er hatte das spezielle Flair der portugiesischen Metropole sogar genießen können, obwohl er den Abend allein verbrachte. Auch mit seiner Eva hatte er nur kurz telefoniert. Ebenso wie seine ältere Tochter Isabella hatte auch seine Frau keine Zeit für ihn gehabt. Wahrscheinlich postete Isabella wieder nur auf Facebook irgendwelche Statusmeldungen. Eva, so hoffte er, war nicht wieder mit ihrem Arbeitskollegen ausgegangen. Sie hatte nur irgendetwas von Stress und viel zu viel zu tun gesagt und ihn rasch abgewimmelt.

Es war bereits Nachmittag und Brandner saß neben Hugo Reis in dessen VW-Golf. Über seinen eigenen Dienstwagen würde sich Brandner nicht bei Kappl beschweren. Zur Not würde er seinen Audi auch einige Jahre länger behalten und nicht auf einem Neuwagen nach vier Jahren bestehen. Wenn er sich das Auto und auch das Büro seines Amtskollegen in Portugal ansah, hatte er keinen Grund, sich benachteiligt zu fühlen. Aber das Leben in Porto scheint angenehmer und ruhiger zu sein, versuchte Brandner auch die Vorteile seines Kollegen im südlicheren Land zu erkennen. Immerhin hatten sie gerade wieder ein zweistündiges Mittagessen hinter sich gebracht, zu dem sich die beiden Kommissare eine ganze Flasche Portwein geteilt hatten. Für Hugo Reis schien das nichts Besonderes, sondern mehr oder weniger Alltag zu sein. Brandner selbst hatte schon ein schlechtes Gewissen, wenn er sich vor Feierabend einen Radler in einem Beisel bestellen musste, um die dortige Bedienung zufriedenzustellen. Nach Feierabend war es etwas anderes, da brauchte er doch das eine oder andere Mal auch mehrere Gläser Rotwein, um den Druck abzubauen, den sein Beruf nun einmal mit sich brachte. Aber er hatte es unter Kontrolle. In Wahrheit, so gestand er sich ein, war er froh darüber, dass Alkohol während des Dienstes in Österreich verpönt war. So lief er nie Gefahr, dass sein Alkoholkonsum ausuferte.

Viel hatte Brandner bisher anhand der ersten vier Fundstellen, die er an diesem Tag rund um Porto besichtigen durfte, nicht an Erkenntnis gewonnen. Die ersten beiden

Frauen waren jeweils in ihren Wohnungen ermordet worden. Sie hatten den Täter daher zumindest so gut gekannt, dass sie ihn in ihr Zuhause gelassen hatten. Keinerlei Einbruchspuren waren zu erkennen gewesen. Diese beiden Frauen hatten noch einen Genickbruch erlitten. Auch die dritte Tote war an Genickbruch gestorben, aber sie war keine Singlefrau gewesen, und sie war außerhalb ihrer Wohnung ermordet worden; allerdings auch nicht weit davon entfernt. Sie hatte Einkaufstaschen getragen und war zu Fuß vom Geschäft zu ihrer Wohnung unterwegs gewesen, als es passiert war.

Die beiden letzten Frauen waren auch außerhalb ihres Zuhauses dem Täter zum Opfer gefallen. Sie waren erstickt. Der Gesichtsausdruck der Toten erinnerte Brandner stark an Monika Steiners letzte Grimasse, die auf den Fotos unter der Dusche und später in der Gerichtsmedizin verewigt worden war.

Das letzte Opfer des Täters, ihr Name war Rita, hatte gut 30 Kilometer außerhalb Portos gewohnt. Die Umgebung war für Brandner vergleichbar mit der grünen Landschaft der Südsteiermark. Neben den Straßen waren immer wieder große Werbeplakate zu sehen, die in portugiesischer Sprache für ihre Produkte Stimmung machten. Hugo Reis bog mit seinem VW-Golf von der Hauptstraße in eine schmalere, kaum befahrene Gasse ein. Mehrere Einfamilienhäuser befanden sich nacheinander entlang der Straße. Brandners Augen blieben wieder einmal an den schlanken Beinen des Modells hängen, deren Füße von zwei hellroten Stöckelschuhen verlängert wurden. »Ana-Calcados«, mehr war nicht auf dem Plakat zu lesen, auf dem sich die Dame verführerisch räkelte. Schöne, elegante Schuhe machten deren Trägerin noch begehrenswerter, das vermittelte das

Plakat geradezu perfekt, erkannte Brandner. Er war versucht, seiner Eva genau dieselben Schuhe zu besorgen. Wenn ich am Abend Zeit habe, und die Geschäfte noch offen sind, werde ich mich umsehen, vielleicht finde ich ja dieses oder ein ähnliches Paar in ihrer Größe, beschloss er.

»Wir sind da«, riss ihn Hugo Reis aus seinen Gedanken. Reis parkte sein Auto in der Zufahrt eines der Einfamilienhäuser. Ein schöner Garten und mehrere Obstbäume umschmeichelten das Anwesen. Brandner konnte die weiß-rosa Blüten nicht zuordnen, aber sie erinnerten ihn an die bevorstehende Baumblütenzeit in der Wachau. Die Marillenbäume verschönerten die Umgebung der Donau dann in einer Form, die fast schon kitschig war.

»Rita lebte mit ihrem Mann hier zusammen. Sie war verheiratet. Das unterscheidet sie von den anderen Opfern. Ihr Mann war an dem Abend nicht daheim. Er hatte mehrere Tage lang geschäftlich in Spanien zu tun. Wir haben es überprüft. Sein Alibi ist hieb- und stichfest«, berichtete Reis. Die beiden stiegen aus, sofort fiel Brandner das »Zu verkaufen«-Schild auf. Obwohl er die Sprache nicht verstand, war es nicht anders zu interpretieren.

»Ritas Auto stand noch in der Auffahrt. Zwischen Garagentor und Auto hat sie ihr Mann am Boden liegend gefunden. Ich kann verstehen, dass er nicht mehr länger hier wohnen will.«

Wenn man darauf achtete, konnte man noch immer die Umrisse von Ritas Körper erkennen, die von der Spurensicherung vor über einem Jahr auf dem Asphalt nachgezeichnet worden waren.

»Sonderbar«, meinte Brandner. »Sie war verheiratet. Das passt so gar nicht ins Bild. Die drei Frauen in Österreich waren allesamt ledig.«

Hugo Reis' Blick war weiterhin auf den Boden gerichtet, aber er nickte. »Stimmt, das ist uns natürlich auch aufgefallen. Der Täter muss jedoch nicht unbedingt gewusst haben, dass Rita vergeben war. Sie trug kein sichtbares Zeichen, keinen Ring oder dergleichen. Und, wie gesagt, ihr Mann war mehrere Tage nicht zu Hause.«

»Sie haben recht, so abwegig ist der Gedanke gar nicht, dass er es nicht gewusst hat«, stimmte Brandner zu.

»Und die beiden hatten auch keine Kinder. Das Haus war das einzige sichtbare Zeichen dafür, dass Rita nicht allein gewohnt hat. Welcher Single würde sich das leisten?«

»Wenn der Täter gewusst oder auch nur geahnt hat, dass sie verheiratet war, so hat es ihn nicht davon abgehalten, sie zu ermorden«, stellte Brandner das Offensichtliche fest.

Er blickte sich noch einmal um. Das Haus und die Umgebung könnten kaum noch schöner sein. Der Garten wurde sicher täglich oder zumindest jeden zweiten Tag gepflegt. Ritas Witwer ließ das Anwesen nicht verwildern. Trotz der schönen Anlage würde es schwer werden, das Haus zu einem vernünftigen Preis zu verkaufen. Der Mord, der dort stattgefunden hatte, schreckte viele potenzielle Käufer sicher zwangsläufig ab.

»Kommen Sie, ich fahre Sie jetzt noch zum Fitnessstudio und zum Hotel, obwohl ich mir nicht vorstellen kann, dass das auch nur irgendeinen Sinn macht. Morgen können wir dann am Vormittag alles in meinem Büro zusammenfassen, und dann bringe ich Sie zum Flughafen.«

Brandner prüfte die Uhrzeit. Es stimmte, es war bereits nach 16 Uhr. Mehr würden sie an diesem Tag nicht mehr ausrichten. Aber er musste sich unbedingt am darauffolgenden Tag mit Hugo Reis austauschen, und vor allem musste er mit ihm vereinbaren, welchen Teil der Akten er in Kopierform übermittelt bekommen würde. Die Aufzeichnungen waren zwar in portugiesischer Sprache geschrieben, aber Direktor Kappl hatte ihm ja schon jegliche Unterstützung zugesagt. Jemand für die Übersetzung würde sich also finden.

Gerade als Brandner die Beifahrertür öffnete, meldete sich sein Smartphone. Brandner war versucht, das Gespräch nicht anzunehmen. Immer öfter in letzter Zeit überkam ihn dieses Gefühl des stillen Widerstands. Hugo Reis sah ihn fragend an.

»Der Chef«, erklärte Brandner, zog dabei ein schmerzverzerrtes Gesicht und nahm das Telefonat an.

»Brandner, Sie müssen sofort zurückkommen. Es ist ein weiterer Mord passiert.«

Sein Pulsschlag erhöhte sich, kurzfristig hörte Brandner nur mehr ein Sausen, dann langsam vernahm er wieder Kappls Worte. Der Direktor informierte ihn darüber, dass die Sekretärin bereits seinen Rückflug umgebucht hatte. Es blieb dem Kommissar nach Beendigung des Telefonats nur noch die Möglichkeit, Hugo Reis gleich um mehrere Gefallen zu bitten. Der erste war, ihn direkt zum Flughafen zu bringen. Der zweite, ihm seine Sachen vom Hotel nachschicken zu lassen, und dann auch noch die Bitte, ihm die wichtigsten Aktenteile einzuscannen und per E-Mail zukommen zu lassen.

Hugo Reis wirkte betroffen. Als er sein Auto durch den Verkehr manövrierte, sagte er kaum ein unnötiges Wort. Eine weitere Frau war gestorben, weil der Portugiese seine fünf Fälle nicht gelöst hatte. Eine weitere Frau mit wahrscheinlich genauso schön geformten Beinen wie das Model, dachte Brandner, als sie wieder eines der Ana-

Calcados-Plakate passierten. Schuhe würde er seiner Eva auch keine aus Porto mitnehmen können. Er musste die Morde lösen, und zwar schnell. Brandner wollte nicht noch einen Anruf wie gerade eben von Kappl erhalten.

KAPITEL 33

Juliana lag flach ausgestreckt auf der Yogamatte. *Einatmen. Ausatmen.* Links und rechts von ihr saugten die Teilnehmerinnen ihrer Yogagruppe die Luft durch die Nase ein und stießen sie dann noch geräuschvoller durch den Mund aus. Juliana hatte ihren Kopf nicht unter Kontrolle, ihr Gehirn war damit unterfordert, sich rein auf das Atmen zu konzentrieren. Immer wieder drehten sich die Gedanken um ihre Arbeit und die gemeinsamen Mittagessen mit Herrn Schweizer. Dreimal hatte sie ihren neuen Chef bereits zum Mittagessen in die Steinmühle begleitet. Schweizer war ihr gegenüber immer sehr zuvorkommend gewesen, meist bezahlte er sogar die Rechnung. Wie schon am Tag ihres Vorstellungsgespräches trafen sie in der Steinmühle bei jeder ihrer Mittagspausen auch auf Eugen Schuster. Immer drehte sich das Gespräch zwischen den beiden Männern um eine gemeinsame sportliche Aktivität. Andere Themen besprachen die beiden nie vor Juliana. Tennis, Mountainbike oder auch eine Wanderung auf den nahe gelegenen Prochenberg, das war alles, was sie mitbekam. Als sich die beiden über die Bergwanderung unterhielten, hatte Juliana schon befürchtet, aufgefordert zu werden, die Männer zu begleiten. Sie war sehr froh, nicht dazu eingeladen worden zu sein, denn etwas schien ganz und gar nicht zusammenzupassen. Entweder Eugen Schuster aß jeden Tag in der Steinmühle zu Mittag, oder die beiden Firmenchefs verabredeten ihr Aufeinandertreffen vorab telefonisch miteinander. Juliana tippte auf Letzteres. Wieso spielten die beiden nicht mit offenen Karten? Schweizer war ihr Chef, er hatte von Juliana nichts zu befürchten, genauso wenig wie ihr früherer Vorgesetzter Eugen Schuster.

Meist kam Eugen mit Jennifer Chan und dem dunkelhaarigen Mann, der die beiden schon am Tag ihrer Einstellung begleitet hatte, in die Steinmühle. Noch hatte sie Schweizer nicht nach dem Namen des Mannes gefragt. Aber es musste sich um den technischen Leiter der Schuster Schuhe GmbH handeln, der vor einem Jahr noch nicht für die Schuhhersteller gearbeitet hatte, als sie dort noch Marketingleiterin gewesen war.

Juliana wartete nur mehr darauf, dass entweder Eugen Schuster oder Herr Schweizer, wie sie ihren Chef immer noch nannte, vorschlagen würden, doch einmal gemeinsam am selben Tisch zu Mittag zu essen. Die beiden Firmenchefs waren ganz offensichtlich eng befreundet, aber Juliana wäre es unangenehm. Vor allem gegenüber der Chinesin hatte sie Vorbehalte. Jennifer Chans Vater hatte sie auf die denkbar unfairste Art bei den Schusters abserviert. Auch wenn Jennifer vielleicht nichts vom unmoralischen Angebot ihres Vaters wusste, auch wenn sie nichts vom Überfall in Südafrika auf Juliana ahnte, so hatte Jennifer Chan auch nichts dagegen gehabt, sie loszuwerden. Mit der Chinesin wollte Juliana daher nie mehr an einem Tisch sitzen, mit Eugen Schuster hingegen schon. Irgendwann würde Jennifer nicht dabei sein, Schweizer und Schuster würden dann nicht mehr länger zögern, mutmaßte Juliana.

Vielleicht haben die beiden Firmenchefs früher, als ich noch nicht für die AKBF gearbeitet habe, schon regelmäßig miteinander zu Mittag gegessen. Eventuell auch letzte Woche, an den Tagen, als ich nicht dabei war? Ja, das ist sogar sehr wahrscheinlich, sie nehmen nur auf die beiden sensiblen Zicken Rücksicht. Nur wenn Jennifer und ich dabei sind, setzen sich die beiden Firmenchefs an getrennte Tische.

»Einatmen … ausatmen … einatmen«, hörte sie die Stimme der Trainerin sagen. Mehrere Minuten lang zwang sich Juliana, ihre Gedanken nur auf das Atmen zu fokussieren, so wie sie es gleich zu Beginn ihrer ersten Yogaeinheit gelernt hatte. Schuster und Schweizer wurden dabei vorübergehend aus ihrem Hirn ausgeschlossen. Sie füllte ihren Bauchraum mit Sauerstoff, auch ihr Brustkorb wurde weiter, dann ließ sie die Luft langsam durch ihren Mund entweichen. Ihr Rücken drückte sich spürbar schwerer in die Yogamatte und passte sich dabei dem Untergrund an.

Während dem Einatmen beide Hände hochheben und hinter dem Kopf zurückführen. Schultern bleiben auf der Matte. Beim Ausatmen die Hände wieder langsam nach vorne bringen und seitlich neben dem Körper ablegen.

Julianas Leben hatte sich in den letzten Wochen normalisiert. Sie hatte wieder eine Beschäftigung, die sie beanspruchte und die ihrer Qualifikation entsprach. Als

Marketingleiterin für einen metallverarbeitenden Betrieb musste sie sich neu orientieren. Die Produkte landeten nicht in einem herkömmlichen Verkaufsgeschäft, wie es bei den Sportschuhen der Schusters der Fall gewesen war. Sämtliche Produkte ihres neuen Arbeitsgebers wurden von deren Kunden weiterverarbeitet. Darunter waren große Konzerne und mittelständische Unternehmen, bis hin zum Kleinstbetrieb. Inseriert und beworben wurden die Produkte in Fachzeitschriften, die einzelnen Messen waren genau auf die Branchen der jeweiligen Industrie maßgeschneidert. Man musste sehr genau im Vorfeld abklären, auf welche Sparte, auf welchen Teilbereich, man sich konzentrieren wollte. Es hing viel davon ab, wofür man sein Werbebudget ausgab, die Gefahr war groß, dass es sonst einfach verpuffte, so als hätte man gar nichts gemacht. Aber Juliana lernte rasch, sie war erst wenige Tage im Einsatz, hatte aber doch schon einige neue Ideen mit Schweizer besprochen. Dessen Kommentare waren immer sehr positiv ausgefallen.

Juliana wurde bewusst, dass ihre Gedanken sich wieder verselbstständigt hatten. Sie öffnete die Augen und schaute zur Yogalehrerin hinüber. Diese zog ihr rechtes Bein an den Bauch heran und hielt es unter dem Knie mit beiden Händen fest. Das linke Bein schwebte ausgestreckt nur wenige Zentimeter über dem Boden. Juliana und die anderen Schülerinnen, die im Kreis rund um den Buddha auf ihren Yogamatten ausgestreckt lagen, taten es der Lehrerin gleich. Wieder atmeten sie ein und aus.

Zweimal pro Woche nahm Juliana an den Yogaeinheiten teil. Das war die zweite große Neuerung in ihrem Leben, neben der Anstellung bei der AKBF. Endlich konnte sie auch in Waidhofen ihre Yogaübungen in angeleiteter Form absolvieren. Danach fühlte sie sich normalerweise deutlich besser, schon fast entspannt. Aber wie meist schaffte sie es auch an diesem Abend nicht, ihre Gedanken unter Kontrolle zu halten. Sie kehrten verlässlich an ihren Arbeitsplatz zurück. Sie dachte an Schweizer, Eugen Schuster und Jennifer Chan. Ihre Gedanken kreisten immerzu um die drei. Das war noch nicht allzu schlimm, aber genau in dem Moment, als sie ihren Körper in den Vierfüßler-Stand und danach zum Kamel hochdrückte, hatte sie Monikas Gesicht vor Augen. Ihr wurde schwindlig. Trotzdem drückte sie die Beine durch und hob den linken Fuß so weit wie möglich nach oben.

Ein- und ausatmen. Juliana zwang sich jetzt mit aller Kraft, sich wieder auf das Wesentliche beim Yoga zu konzentrieren. Die restliche Einheit gelang ihr das tatsächlich. Kein Gedanke landete bei Chan oder Lee. Aber die Trainerin hatte auch nicht die Asana des Kriegers vorexerziert. In der Position der Kriegerin, mit einem gebeugten Knie, den anderen Fuß ausgestreckt und beiden Armen in der Waagerechten, konnte Julianas Gehirn gar nicht mehr anders. Ihre Gedanken waren dann automatisch bei Chan und Lee. Rache war das eine Wort, das eine Gefühl, das dann noch immer dominierte.

Einige Minuten lagen die Frauen mit geschlossenen Augen ruhig auf dem Rücken. Eine rot-schwarz gemusterte Decke wärmte sie. Von links außen hörte Juliana eine der Frauen schnarchen, mehrere Minuten war es sonst vollkommen still. Dann ertönte der Gong.

»Jetzt langsam wieder zurückkommen, streckt euch, räkelt euch. Wenn ihr bereit seid, richtet euch wieder auf, ganz in eurem eigenen Tempo.«

Juliana öffnete die Augen, sie zog nochmals beide Beine eng an ihren Körper und stellte sie dann auf die Matte. Den Oberkörper und die Beine ließ sie zur rechten Seite kippen, unter Zuhilfenahme ihrer beiden Hände setzte sie sich dann auf. Zum Abschluss der Einheit begab sie sich in den Lotussitz.

»Namaste.« Auch die Frauen führten ihre Handflächen vor dem Körper zusammen und taten es der Yogalehrerin gleich.

»Namaste«, klang es durch den Raum. Die Stunde war damit offiziell beendet. Juliana rollte ihre Yogamatte zusammen, faltete die Decke und brachte beides, wie die anderen Kursteilnehmerinnen auch, in das dafür an einer der Wände vorgesehene Regal zurück.

Es war schon fast 22 Uhr abends, daher unterhielt sich Juliana nicht mehr mit den Frauen, sondern sie verabschiedete sich sofort. In der Umkleidekabine schlüpfte sie in ihre Walkingschuhe, sie zog ihre Trainingsjacke an und stieg die Stufen ins Erdgeschoss hinunter. Draußen war die Luft angenehm frisch. Es war schon dunkel, aber sie freute sich auf den gut zehnminütigen Spaziergang zurück zu ihrer Wohnung. Zielstrebig schritt sie voran, sie kam am Herrenmodengeschäft vorbei, ohne es eines Blickes zu würdigen, die hell erleuchtete Auslage für Damendessous lenkte sie kurz danach aber doch ab. Ein schwarzer, durchsichtiger Body stach ihr ins Auge.

»Achtung!« Gerade noch rechtzeitig stoppte sie ihre Schritte und verhinderte einen Zusammenstoß.

»Entschuldigung«, murmelte sie abwesend, wandte ihren Blick peinlich berührt vom Body ab und drängte sich an dem Pärchen vorbei.

»Macht nichts.« Seine Stimme kam ihr bekannt vor. Erst

als sie schon wieder einige Meter zurückgelegt und bei der Stadtapotheke angekommen war, wurde Juliana klar, mit wem sie da fast kollidiert wäre. Bei dem elegant gekleideten Pärchen, das so vertraut miteinander umgegangen war, handelte es sich um niemand anderen als Jennifer Chan und Eugen Schuster.

Was findet er nur an der?

Es regte Juliana auf, die beiden so vertraut miteinander zu sehen. Sie beschleunigte ihre Schritte, bog um das nächste Haus und verließ durch den Torbogen die Altstadt. Die angenehme Luft und den abendlichen Spaziergang konnte sie nicht mehr genießen. In dieser Nacht würde sie Schwierigkeiten haben, einzuschlafen.

Trotz Yogastunde.

KAPITEL 34

Die Namen der bisherigen acht Opfer hatten sich in Brandners Gehirn förmlich eingebrannt. Marisa, Filipa, Mafalda, Vanessa und Rita lauteten die Namen der Frauen aus Portugal. Heidrun und Astrid hießen die beiden ermordeten Frauen in Wien und natürlich Monika aus Waidhofen.

Das neunte Opfer des Frauenmörders hieß Karin, Karin Schindler. Als Brandner in Wien landete, lag Karin schon in der Gerichtsmedizin. Trotz der späten Abendstunde ließ er es sich nicht nehmen, noch einen Blick auf die Tote zu werfen. Von Kappls Briefing am Telefon wusste er bereits, dass die Ermordete vor Kurzem ihren 24. Geburtstag gefeiert hatte. Er zog das Leichentuch zurück. Das elektrische Licht im Raum flackerte unruhig, aber es sorgte auch für eine geradezu schockierend klare Sicht auf das Opfer. Seine Vorahnung sah Brandner sofort bestätigt. Auch dieses Opfer war in ausgezeichneter körperlicher Verfassung gewesen.

Als hätte sie eine Sportart trainiert, die sämtliche im Körper vorhandenen Muskeln fordert.

Brandner nahm den dunklen Streifen zur Kenntnis, der um ihren Hals herumführte. Karin Schindlers Gesicht sah schrecklich, ja gespenstisch aus. Sie hatte gelitten, und sie hatte gegen den Tod angekämpft wie noch keines der Opfer zuvor. Die fünf Finger ihrer rechten Hand zeugten von ihrem Widerstand. Die Fingerkuppen fehlten nämlich. Fein säuberlich waren sie am Gelenk abgetrennt worden. Die Stummel der vier schmäleren Finger erinnerten Brandner an den glatten Schnitt eines Skalpells. Am Daumen allerdings hatte sich der Mörder mehr abgemüht. Der dickste der Finger hatte sich offenbar nicht so einfach durchtrennen lassen. Kein glatter Schnitt war zu sehen, der Täter hatte mindestens dreimal mit dem Messer angesetzt, bevor er dann endlich das Daumenende abtrennen hatte können. Das konnte der Kommissar eindeutig erkennen, als er die Hand anhob und die Enden der Finger genauer inspizierte. Also wahrscheinlich doch kein Skalpell, vielleicht irgendeine andere Art von Messer, folgerte Brandner. Karin Schindler hatte gekämpft, sie hatte es ihrem Mörder nicht leicht gemacht. Die Anzeichen sprachen eindeutig dafür, dass sie ihn verletzt hatte. Kratzer vom Kampf mussten irgendwo am Körper des Täters zu finden sein. Karin Schindler hatte ihren Mörder gekennzeichnet. Jetzt musste der Täter nur mehr auf der Liste seiner Verdächtigen zu finden sein, dann hatte Brandner seinen Mörder gefunden.

Frau Martischnik, die Leiterin der Gerichtsmedizin hatte ihm zuvor geöffnet und ihn zum Leichnam geführt. Als sie sah, wie er die Finger der Toten begutachtete, trat sie näher.

»Wir arbeiten mit Hochdruck an der Auswertung der Daten«, erklärte sie ihm.

»Können Sie schon irgendetwas sagen?«

Brandner bedeckte das Gesicht des Opfers wieder mit dem Leichentuch. Im grellen Licht hielt er den Anblick einfach nicht aus.

»Sie ist erstickt, das war die Todesursache, wurde eindeutig durch Erdrosseln herbeigeführt. Keine Spur eines sexuellen Übergriffes. Todeszeitpunkt war gestern zwischen 21 Uhr und Mitternacht.«

Brandner nickte. Da hatte er gerade seinen Portwein genossen.

»Wir haben Rückstände am Hals gefunden und an den post mortem abgetrennten Fingerspitzen. Das Labor arbeitet daran.«

»Rückstände an den Fingern?«, fragte Brandner.

»Ja, dort, wo sie abgetrennt wurden.«

»Interessant, geben Sie mir bitte Bescheid, sobald Sie die Auswertung haben.«

»Selbstverständlich.«

Für beide war es höchste Zeit, nach Hause zu fahren. Brandner rechnete es Doktor Martischnik hoch an, extra so lange auf ihn gewartet zu haben. Ein mehrfacher Frauenmörder lief frei herum, da durfte einfach keine Zeit vergeudet werden. Das sah auch die Leiterin der Gerichtsmedizin so. Brandner musste den Fall möglichst schnell lösen, und er schöpfte erstmals seit Tagen wirklich Hoffnung. Das neue Opfer lieferte ihm frische Spuren, er war einfach dazu verdammt, sie zu nutzen. Der Druck der Öffentlichkeit würde erneut zunehmen. Zu nahe lag dieser Mord zeitlich dem vorigen, und auch der räumliche Unterschied war nur ganz gering. Der Mord war in Amstetten passiert, keine halbe Stunde Fahrzeit von Waidhofen entfernt. Die Frauen im Mostviertel, die Frauen im Ybbstal, sie würden sich spätestens jetzt nicht mehr sicher fühlen.

Als Brandner zu seinem Auto ging, malte er sich bereits die Schlagzeilen in den Zeitungen für die nächsten Tage aus. Sein Fall würde mit Sicherheit dominieren. Er war schon gespannt, mit welchen reißerischen Aufmachern die Journalisten diesmal aufwarten würden, um noch mehr Zeitungskäufer anzulocken.

KAPITEL 35

Brandner nahm wieder einmal die Autobahnabfahrt Amstetten West. Er folgte der leicht abschüssigen Straße und landete mitten in einer Suppe aus Nebel. Das Navigationssystem lotste ihn durch den Kreisverkehr. Die übergroßen Birnen konnte er kaum erkennen, die als Nachbauten in der Mitte des Kreisverkehrs aufgestellt waren und dort den Anfang des Mostviertels kennzeichneten. Links von ihm versuchte eine Tankstellenreklame, mit den Anzeigen der Spritpreise den Nebelschleier zu durchdringen. Mehrmals musste er abbiegen, bevor er sich im angepeilten Siedlungsgebiet der Stadt befand. Bunte Reihenhäuser säumten die Straße. Gelb, blau, grün und violett, sämtliche Farben waren in kräftigen Tönen aufgetragen worden, daher durchdrangen sie den Nebel. Dürckheimstraße hatte er als Ziel eingegeben. Einmal ließ ihn das Navi noch links abbiegen. Er folgte der leicht abschüssigen Straße. Nach 50 Metern parkte er seinen Audi am Straßenrand.

Grau in Grau, passend zum Nebel, thronten die Reihenhäuser der Dürckheimstraße hangaufwärts an der linken Straßenseite. Auf kräftige Farben hatte man hier keinen Wert gelegt. Die Häuser wirkten neu und waren in Niedrigenergiebauweise errichtet worden. Jedes schien seinen eigenen Garten zu haben. Das konnte Brandner aber nur vermuten, denn der blickdichte Zaun ließ ihn nicht erkennen, was sich dahinter befand. Da half es auch nicht, dass hier der Nebel nicht mehr so dicht war wie nur Minuten zuvor. Der Zaun schützte effizient vor neugierigen Blicken der Passanten oder auch Nachbarn. Insofern erfüllte er seinen Zweck. Man könnte sich dort aber auch leicht wie ein Gefangener im eigenen Haus fühlen, dachte Brandner.

Hier sollte also die junge Karin Schindler gelebt haben? Es schien sich eher um eine Wohngegend für gut situierte Familien zu handeln. *Was hatte die junge Frau hier zu suchen?* Brandner befand sich aber an der richtigen Adresse. Zwei Polizeiautos parkten bereits vor den Wohnhäusern und ebenso viele Uniformierte erwarteten ihn. Sepp Reitbauer stellte Brandner seinen Kollegen vor: »Postenkommandant Rohrwieser.«

Sie schüttelten sich die Hände. Rohrwieser entsprach dem, was sich Brandner von einem Kommandanten erwartete. Seine Stimme war tief, sein Händedruck fest, der Blick ernst und mit Selbstvertrauen versehen. Rohrwieser fehlten sicher nur mehr einige Jahre zur Pensionierung. Er könnte Reitbauers Vater sein, dachte Brandner, als er von Amstettens Postenkommandanten die flachen Stufen nach oben an den Reihenhäusern vorbeigeführt wurde.

»Herr Egger wohnt am oberen Ende der Reihe, daher hatte es der Täter relativ einfach. Er konnte wahrscheinlich hier im Dunkeln hinter dem kleinen Bäumchen in aller Ruhe warten, bis das Opfer von ihrem abendlichen Training zurückgekehrt ist«, erklärte Rohrwieser.

Der Strauch war von einem Absperrband eingezäunt. Brandner duckte sich und trat hinter die Absperrung, um die Markierungen der Spurensicherung genauer sehen zu können. Nur wenige Meter von ihrem Heim entfernt, hatte also der Tod auf Karin gelauert, und er hatte tatsächlich vollkommen unbarmherzig zugeschlagen.

»Sie hatte ihren Rucksack, den sie als Trainingstasche genutzt hat, dabei. Der Badeanzug war noch ganz nass vom Chlorwasser«, informierte Reitbauer den Kommissar.

»Karin Schindler trainierte regelmäßig im Hallenbad. Es liegt ein gutes Stück entfernt, sie musste das gesamte Stadtzentrum durchqueren. Frau Schindler war immer zu Fuß unterwegs, das hat uns Herr Egger schon bestätigt«, sagte Rohrwieser.

»Und dieser Egger, wer ist das?«, wollte Brandner wissen.

»Ihr Lebensgefährte, ich dachte, das wüssten Sie schon«, stellte Rohrwieser fest. »Er ist schließlich Richter, also praktisch auch ein Kollege von uns. Wir drei gegen die Verbrecher, sozusagen.«

Brandner sparte sich einen Kommentar. Stattdessen duckte er sich wieder unter der Absperrung hindurch und ging zur Eingangstür. 7.30 Uhr, das war nicht zu früh. Er betätigte die Klingel, schon bald hörte er Schritte hinter der Tür, ein Schlüssel wurde im Schloss gedreht, und die Tür öffnete sich.

Vor Brandner stand ein Mittvierziger mit weißem Hemd, das den Bauch des Trägers nur mühsam im Zaum hielt. Graumelierte Haare und ein wacher Blick, der von einer Hornbrille umrahmt wurde, erweckten Vertrauen und Respekt.

Brandner stellte sich vor. Ohne Umschweife bat Richter Egger, nachdem sie sich die Hände geschüttelt hatten, den Kommissar und die beiden Polizisten in sein steril eingerichtetes Haus. Eine flauschige Decke auf der Couch des Wohnzimmers, ein rot geblümter Polster und mehrere Buddhas aus Messing waren die einzigen Merkmale, die ansatzweise darauf schließen ließen, dass auch eine Frau hier gewohnt hatte. Kein einziges Foto der beiden sah Brandner herumstehen. Einige moderne, nichtssagende Gemälde verzierten die Wände mehr schlecht als recht.

»Sie fragen sich wahrscheinlich, was Karin mit so einem alten Sack wie mir zu schaffen hatte«, begann Richter Egger. Brandner trank von seinem Espresso, der ihm und auch den beiden Polizisten zuvor vom Hausherrn serviert worden war, und wartete darauf, dass der Richter einfach weitersprach.

»Es war eine Zweckgemeinschaft. Vor drei Jahren wurde ich geschieden. Meine Exfrau hat Gott sei Dank immer gearbeitet, und wir hatten keine Kinder. Ich konnte mir also das neue Reihenhaus ohne Probleme leisten.« Richter Egger hielt inne, seine drei Zuhörer sahen ihn aber weiterhin nur an. Sie sagten kein Wort, fast so, als hätten sie es zuvor abgesprochen.

»Wie ich schon sagte, es war eine Zweckgemeinschaft. Karin studierte, ihre Eltern konnten sie nicht finanziell unterstützen, ich hingegen schon. Sie konnte gratis hier wohnen. Natürlich hätte sie nebenbei arbeiten können, aber der Sport, das Studium und die Arbeit, das wäre sich einfach nicht ausgegangen. Für sie war es mit mir einfacher. Karin wollte am Ironman, oder in ihrem Fall sagt man wohl besser Ironwoman, teilnehmen«, erklärte Egger. »Ja, und ich, ich hatte eine junge Frau um mich. Wir wussten, wir hatten keine gemeinsame Zukunft, aber das war ganz gut so. Das war es, was ich nach der Scheidung wollte, was ich brauchte. Sie hielt mich jung. Karin brachte die Würze in mein Leben zurück.«

Jetzt nickte Brandner. Der Richter hatte taktisch klug sofort die unangenehmen Fragen, die er ohnehin irgendwann einmal gestellt bekommen hätte, beantwortet.

Kein Geplänkel, das war gut.

Danach informierte Egger die Beamten über den zeitlichen Ablauf des Vortages. Mit zittriger Stimme erklärte er, dass er am Abend zuerst ferngesehen hatte. Nicht irgendeine spezielle Sendung hatte er angesehen, sondern er war nur von einem Sender zum anderen hin und her gezappt, ohne fündig zu werden. Nach einiger Zeit war er einfach eingeschlafen, mitten in der Nacht war er aufgewacht und hatte sich in sein Zimmer begeben, ohne nach Karin zu sehen. Sie hatte ihre eigenen beiden Räume. Dort störte er sie nie unangekündigt. Aber sie war ohnehin regelmäßig zu ihm gekommen, sie hatte ihre Pflicht zu erfüllen gewusst.

Entdeckt hatte er Karin schließlich erst, als er am Morgen das Haus auf dem Weg zum Gericht verlassen hatte. Die Studentin schlief meist länger als der Richter. Daher war es nicht ungewöhnlich, dass sie auch zum Frühstück nicht aufgetaucht war. Faul war sie aber nicht gewesen. Karin hätte das Jurastudium mit links geschafft, und auch der Triathlon wäre nur eine kleine Herausforderung für sie gewesen, die sie zwar mit etwas Mühe, aber doch ohne größere Probleme gemeistert hätte.

»Hätte ich sie doch nur gehört, ich hätte ihr sicher helfen können«, spielte Richter Egger am Ende seiner Ausführungen den mitfühlenden und trauernden Liebhaber. Ganz nahm ihm den Brandner nicht ab. Er suchte aber nach einem Serienmörder, und als den konnte sich der Kommissar den Richter nur schwer vorstellen.

Aber als Richter hat er beträchtliches Wissen über die Polizeiarbeit. Der Täter hat bisher keine Fehler gemacht. Vielleicht ist Richter Egger als Verdächtiger doch nicht so abwegig, wie ursprünglich gedacht.

»Waren Sie schon einmal in Portugal?«, fragte Brandner den Richter daher.

»Ja, ich liebe das Land! Ich verbringe dort immer meine Urlaube.«

Die restliche Diskussion brachte nichts mehr zutage. Der Richter nannte nur mehr den jeweiligen Monat und das Jahr zu seinen letzten Portugalreisen. An welchen Tagen er sich genau dort aufgehalten hatte, konnte er nicht sagen. Die drei Ermittler verabschiedeten sich und standen dann wieder dort, wo das Opfer aufgefunden worden war. Brandner und Rohrwieser besahen sich hinter der Absperrung noch einmal die Fundstelle.

»Was für ein Arschloch!«, sagte Sepp Reitbauer mit Inbrunst in der Stimme, hinter der Abgrenzung stehend.

»Nur weil er sich eine junge Geliebte hält, ist er noch kein Arschloch und auch kein Mörder«, verteidigte der ältere Rohrwieser den Richter. Teilweise konnte auch Brandner den ehrenwehrten Richter Egger verstehen, teilweise aber auch wieder nicht.

»Karin Schindler wurde aller Wahrscheinlichkeit nach auch hier ermordet«, stellte Rohrwieser fest.

»Es gibt keine Blutspuren, aber hier wurden einige Ziersteine entfernt.«

»Stimmt, sie bildeten die Abgrenzung zwischen dem Beton und der Erde. Die Finger wurden wahrscheinlich auf den Steinen abgetrennt, aber es gab keine klar sichtbaren Blutspuren. Die Fingerkuppen wurden nach ihrem Tod abgeschnitten und waren natürlich nicht mehr da. Allerdings waren doch einige Rückstände auf den Ziersteinen zu sehen, daher hat sie die Spurensicherung mitgenommen«, erklärte Rohrwieser dem Kommissar.

Einige Rückstände, das konnte viel bedeuten. Rückstände von den abgetrennten Fingern des Opfers, aber auch der Täter konnte eine Spur hinterlassen haben, vielleicht fand sich ja eine DNA oder ein Hinweis auf das verwendete Messer, oder irgendetwas anderes. Brandner wollte möglichst rasch mit Theodor Sauer in Kontakt treten, um der Sache nachzugehen.

Die Finger … Karin hat sich gegen ihren Angreifer

gewehrt. Richter Egger hat ein langärmeliges Hemd getragen … wie wahrscheinlich auch sonst immer.

Brandner war versucht, nochmals beim Richter anzuläuten und ihn zu bitten, ihm Arme und Oberköper zu zeigen. Er entschied sich dann aber doch dagegen.

Lieber würde er ihn vorladen und sehen, wie souverän der Richter außerhalb seiner eigenen vier Wände wirkte.

KAPITEL 36

Der Besuch bei Karin Schindlers Eltern hatte nichts Wesentliches zu den Ermittlungen beigetragen. Das Arbeiterehepaar lebte mehr schlecht als recht in einer Mietwohnung in Amstetten. Er war Hilfsarbeiter, sie füllte als Teilzeitkraft die Regale im Supermarkt auf. Natürlich waren beide nicht gut auf den Richter zu sprechen. Speziell der Vater hatte eindeutig ein Problem damit gehabt, dass sich seine Tochter von Richter Egger aushalten ließ. Aber ihr Vater hatte Karin das Studium nicht einmal ansatzweise finanzieren können. Die beiden Elternteile waren froh, selbst über die Runden zu kommen.

Immerhin hätte es Karin einmal besser gehabt als ihre Eltern. Der Traum von der erfolgreichen Tochter hatte sich jedoch in einen Albtraum verwandelt. Der Serienmörder hatte das Leben einer weiteren Familie zerstört. Die drei Geschwister Karins waren während der Befragung ebenso wie die Eltern fast in einer Schockstarre verharrt. Sie würden eher in die Fußstapfen der Eltern treten, als der studierenden Karin nachzueifern. Das hatte Brandner von dem kurzen Gespräch mit der Familie gelernt. Schwierig war die Unterhaltung gewesen, sie hatte ihn geschlaucht, wie eigentlich bisher jedes Gespräch, das er mit den engsten Angehörigen von kürzlich Ermordeten führen hatte müssen.

Brandner hatte den Hass der Eltern auf den Richter gespürt, der irgendwo im Innern der beiden eingesperrt war und darauf lauerte, freigelassen zu werden. Sie hatten den Liebhaber ihrer Tochter aber in keiner Weise beschuldigt. So weit waren sie nicht gegangen.

Mittlerweile befand sich Kommissar Brandner wieder in seiner kleinen Kammer der Polizeidienststelle in Waidhofen, er war damit beschäftigt, die neun Fotos der Opfer an der Wand nebeneinander zu befestigen. Brandner reihte sie nach Todeszeitpunkt. Unter die Fotos klebte er jeweils einen Zettel mit Namen, Alter, Todestag und dem Fundort der Ermordeten.

Neun hoffnungsfrohe, junge Damen sahen ihn an. Er ersparte sich den Anblick der schmerzverzerrten Gesichter, indem er ältere private Aufnahmen aus den Akten verwendete. Kommissar Reis hatte ihm die grundlegenden Daten und Fotos zu den fünf Opfern aus Portugal schon im Laufe des Vormittags übermittelt. Auf die ausführlicheren und detaillierteren Unterlagen wartete Brandner noch. Sein portugiesischer Kollege hatte in seiner E-Mail auch nicht erwähnt, wann er diese schicken würde.

Es klopfte an der Tür. Rohrwieser steckte den Kopf herein.

»Richter Egger ist hier, wie von Ihnen gewünscht.«

»Danke, bringen Sie ihn doch herein.«

Der ehrenwerte Richter trug nun auch eine Krawatte. Brandner bedankte sich für sein Kommen und bat ihn, Platz zu nehmen. Rohrwieser kam nochmals zur Tür herein, in der einen Hand hielt er eine Tasse mit Kaffee. »Schwarz, ohne Zucker, wie gewünscht, Herr Richter.«

»Danke.«

»Herr Rohrwieser, schicken Sie bitte Herrn Reitbauer herein, und danach lassen Sie uns bitte allein.«

Für den Bruchteil einer Sekunde schien es so, als wolle Rohrwieser etwas dagegen erwidern, doch stattdessen machte er auf dem Absatz kehrt und holte seinen jungen Kollegen. Der stellte sich hinter den Richter und beäugte ihn misstrauisch. Brandner bat Richter Egger nun, die Geschehnisse des Vortages nochmals zu schildern und auch sein Verhältnis zu Karin Schindler erneut darzulegen. Reitbauer trat vor und legte wie schon während der vielen vorangegangenen Befragungen im Fall Monika Steiner das Diktiergerät auf den Tisch, danach stellte er sich wieder hinter den Richter.

Richter Egger machte keinerlei Fehler. Er wiederholte genau, was er am Vormittag den Ermittlern bereits erzählt hatte, langsam schien er aber ungeduldig zu werden. Der Richter hasste es sichtlich, Zeit zu verschwenden. Immer wieder rutschte er auf seinem Sessel hin und her. Den vor ihm stehenden Kaffee hatte er bald ausgetrunken, und ohne ein Glas Wasser musste er bald durstig werden. Seine Stimme hörte sich rau an, mehrmals räusperte er sich, seine Kehle war eindeutig ausgetrocknet, aber er wollte anscheinend keine Schwäche zeigen und bat daher nicht um einen weiteren Kaffee oder auch nur um ein Glas Wasser.

Mit einem Mal stand Brandner energisch auf und zeigte auf das erste Foto an der Wand.

»Erinnern Sie sich? Porto, am 28. September 2009. Ihr Name war Marisa!«

Richter Egger sah ihn wortlos an. Brandner zeigte schon auf das nächste Foto. »Filipa, 5. Mai 2010. Ihr haben Sie noch das Genick gebrochen! Mafalda, 10. Juni 2011, alle in der Nähe Portos ermordet. Schauen Sie sich diese jungen Gesichter an!«

»Ich war es nicht. Wahrscheinlich war ich zu der Zeit nicht einmal in Portugal«, verteidigte sich Richter Egger. Seine Stimme blieb ruhig, er sprach nur unwesentlich lauter als zuvor.

»Aber Sie können uns das im Moment nicht genau sagen, Herr Richter, wann haben Sie nun in Portugal Urlaub gemacht? Das müssen Sie doch wissen!«

»Nicht auswendig, aber ich kann es mit Sicherheit nachvollziehen.«

»Wieso haben Sie die Informationen nicht jetzt parat?«, fragte Brandner.

»Ich wusste nicht, dass ich hier heute auf der Anklagebank sitze. Sonst hätte ich mir meine alten Terminkalender angesehen.«

Brandner nickte, beugte sich nach vorn und stützte sich mit seinen Händen auf der Tischplatte ab. Von oben sah er stehend einige Sekunden auf den Richter hinab, dann setzte er sich.

»Das macht nichts, ich glaube Ihnen«, sagte er schließlich in versöhnlichem Tonfall.

»Sie können uns die Informationen zu Ihren Portugalurlauben gerne morgen nachreichen. Aber Sie wollen sich doch sicher so schnell wie möglich von jedem Verdacht reinwaschen, oder etwa nicht?«, fragte Brandner den Richter.

Egger antwortete nicht sofort, sondern schaute sich ein Foto nach dem anderen an der Wand an. Zum Schluss blieb sein Blick auf Karin Schindlers Abbild fixiert. Es zeigte die junge Frau mit nassen Haaren, sie war ungeschminkt und lachte unbekümmert.

»Sicher, ich habe nichts damit zu tun. Ich verstehe, dass Sie das nähere Umfeld des Opfers durchleuchten. Da gehöre ich nun einmal dazu. Sagen Sie mir, was ich tun kann, um Sie von meiner Unschuld zu überzeugen.«

Brandner sah zu Reitbauer.

»Ziehen Sie Ihr Hemd aus«, beantwortete der junge Polizist die Frage des Richters. Eggers Blick wanderte vom Foto seiner ermordeten Geliebten zu Brandner. Der nickte. Richter Egger lockerte daraufhin seinen Krawattenknoten, dann knöpfte er sein Hemd von oben nach unten auf, zog es aus, danach ließ er sein weißes Unterhemd folgen. Ohne nochmals zu fragen, stand der Richter auf, öffnete seine Gürtelschnalle und zog seine Anzugshose bis zu den Knöcheln hinunter.

»Finden Sie das Schwein, das meine Karin und all die anderen auf dem Gewissen hat.«

Richter Egger zog sich seine Hose wieder hoch, danach schlüpfte er wieder in das Unterhemd.

»Ist Ihnen in den letzten Tagen etwas aufgefallen? Hat Karin irgendetwas erzählt, was nicht normal war?«, wollte Brandner wissen. »Wenn wir davon ausgehen, dass der Täter vor Ihrem Haus auf Karin gewartet hat, dann muss sie ihm schon zuvor aufgefallen sein.«

Richter Egger hörte damit auf, sein Hemd zuzuknöpfen. »Sie muss dem Täter schon zuvor aufgefallen sein … aufgefallen sein, das waren auch genau ihre Worte. Karin ist einem Mann im Hallenbad aufgefallen. Genau das hat sie mir erzählt. Dass mir das nicht schon früher eingefallen ist! Es war vor ungefähr einer Woche, ich war noch wach, als sie vom Training nach Hause kam. Ein Mann hatte sie im Buffet angesprochen und wollte sich mit ihr verabreden. Er muss ziemlich hartnäckig gewesen sein. Sie sagte noch, dass ihr der auch sicher helfen würde, ihr Studium zu finanzieren.«

Egger setzte sich wieder auf seinen Sessel. »Falls ich einmal von ihr genug hätte, dann bräuchte sie sich keine Sorgen zu machen, hat sie gesagt. Es gebe genug Verehrer, die sie gerne unterstützen würden.«

Er schloss die letzten Knöpfe seines Hemdes und richtete sich die Krawatte.

»Ja, so war meine Karin, ich brauche nichts beschönigen, auch wenn sie sich nun nicht mehr wehren kann.«

»Hat sie erzählt, wie ihr Verehrer ausgesehen hat? Vielleicht hat sie sogar einen Namen gesagt, oder irgendein Merkmal erwähnt?«

Egger dachte nach, dann schüttelte er den Kopf. »Aber eventuell ist ja einer Kellnerin oder einem Besucher im Buffet etwas aufgefallen. Karin war doch so oft im Bad, dort kennen sie sicher alle. Wenn der Kerl wirklich so aufdringlich war, kann es sein, dass sich jemand an ihn erinnert.«

Brandner bedankte sich beim Richter für seine Kooperation und bestätigte ihm, dass einer seiner nächsten Wege ihn in Amstettens Schwimmbad führen würde, um der Sache mit dem Verehrer nachzugehen. Den Richter strich Brandner vorerst von seiner Liste der Verdächtigen. Ein rundlicher Bauch, eine behaarte Brust, rote Boxershorts und noch überraschend muskulöse Oberschenkel hatten er und Sepp Reitbauer zu sehen bekommen. Aber keinerlei Kratzspuren waren zum Vorschein gekommen, als sich der Richter vor den beiden entkleidet hatte.

KAPITEL 37

Keine Viertelstunde war vergangen, seit Richter Egger den Raum und kurz danach auch die Polizeidienststelle Waidhofens verlassen hatte. Brandner brauchte Gewissheit, er schnappte sich daher sämtliche Ordner, die Fotos der Tatverdächtigen im Mordfall Monika Steiner enthielten, und verließ ebenso wie der Richter die Dienststelle. Auch ein Passbild, das wie ein Verbrecherfoto aussah, hatte er von Sepp Reitbauer dabei. Der wusste nichts davon und sollte sich darüber auch keine unnötigen Gedanken machen. Daher bat Brandner den Postenkommandanten auch nicht, mit ihm mitzukommen.

Er startete seinen Audi und fuhr Richtung Amstetten. Die Versuchung war groß, die Leuchte mit dem Blaulicht einzuschalten, um schneller voranzukommen.

Es kam Brandner so vor, als seien an diesem Wochentag trotzdem sämtliche Sonntagsfahrer zwischen Waidhofen und Amstetten unterwegs, um ihn einzubremsen. Am schlimmsten waren für Brandner Männer mit Hut, genau so einer fuhr mit seinem Suzuki vor ihm.

Endlich wurde die Bundesstraße zweispurig und er konnte an den Kriechern vorbeiziehen. Mühelos ließ er die Kolonne hinter sich. 115 Stundenkilometer zeigte sein Tacho. Der Kreisverkehr bremste ihn, Mc Donalds, einen Cineplexx und den Erotikladen ließ er rechts liegen, die 70er-Beschränkung konnte er nur kurz ausnutzen, dann war er im Ortsgebiet Amstettens angelangt. Allerdings schaffte er nicht einmal mehr die erlaubten 50 sondern maximal 40 Stundenkilometer. Nervös klopfte er auf das Lenkrad. Obwohl es nicht um Sekunden, ja, nicht einmal um Minuten ging, fiel es ihm schwer, sich zu beruhigen.

Das Navi lotste ihn sicher durch die Stadt. Der Parkplatz vor dem Schwimmbad war fast leer. In nur wenigen Tagen wäre er wieder besser ausgelastet. Die Eröffnung des gleich angrenzenden Freibades wurde schon angekündigt. In den Schatten gestellt wurde diese Ankündigung allerdings vom alles dominierenden Plakat des diesjährigen Sommermusicals. »Flashdance« würde in Kürze in der benachbarten Johann-Pölz-Halle zum Besten gegeben werden.

»Genug vom Sport? Genug vom Fußball? Kultur und Musik in der Pölz-Halle!«, stand auf dem Plakat geschrieben. Dazu waren der Titel und die Füße einer tanzenden Frau in engen Leggins abgebildet.

Interessanter Ansatz, dachte sich Brandner. Vielleicht sollte er seine Eva in die Provinz mitnehmen? Sie wäre überrascht, würde sich aber aller Voraussicht nach darüber freuen. Unsicher war natürlich, ob auch die Qualität des vorgetragenen Stücks hier im Mostviertel ansprechend und mit der Wiens vergleichbar war. Aber das ließe sich herausfinden.

Im Augenblick war Brandner aber mehr daran gelegen, zu erfahren, ob sich jemand im Schwimmbad an den aufdringlichen Gast erinnern konnte, der Karin Schindler vor rund einer Woche dort angesprochen hatte. Die Ordner mit den Fotos ließ er im Auto. Er wollte nicht mit der Tür ins Haus fallen. An der Kassa zeigte er der Dame seinen Ausweis und erklärte ihr sein Anliegen. Sie ließ ihn ohne großes Aufheben passieren. Vorbei an den Umkleidekabinen und Duschen ging er geradeaus in Richtung des Lärms. Der Geräuschpegel wurde immer lauter, er erreichte das Schwimmbecken, dort planschten einige Buben, die für die Lärmkulisse verantwortlich waren und sicher noch nicht zur Schule gingen. Ihre Mütter beaufsichtigten die Jungen von ihren Liegen aus, sie taten aber so, als würden sie in einer Gesundheitszeitschrift lesen. Sonnenlicht erhellte durch die Glasfront den Pool. Eine wie eine Wendeltreppe gedrehte Rutsche lud ein, die Stiegen nach oben zu nehmen, um in den Genuss des nassen Beförderungsmittels zu kommen.

Von der Kassiererin am Eingang wusste Brandner, dass sich das gesuchte Buffet im ersten Stock befand. Also stieg er die Stufen hinauf, allerdings ohne jegliche Absicht, die Rutsche für den Abstieg zu nutzen.

Eine junge Dame räumte gerade das Geschirr von einem der Tische ab. Zwei Mütter hatten Kaffee getrunken. Brandner stellte sich vor.

»Ich bin nur Aushilfe. Erst den zweiten Tag hier«, versuchte ihn die Frau mit dem ausländischen Akzent abzuwimmeln.

Osteuropäerin, wahrscheinlich Russland oder Ukraine, schloss Brandner.

»Sie müssen mit Kati reden, sie immer da.«

Brandner befolgte den Rat der Russin und stellte sich der Dame hinter der Theke vor.

»Ja, ich habe Karin Schindler gekannt. Sie war oft hier, hat regelmäßig trainiert, kaum einer der Männer konnte ihr beim Schwimmen das Wasser reichen. Eine Schande ist das!«, stellte sie fest.

Die Leiterin des Buffets war im besten Alter. Sie trug eine Schürze und kostete hin und wieder auch selbst die angebotenen Speisen. So fit wie Karin Schindler war sie jedenfalls nicht. *Aber das ist eventuell auch sicherer für sie.*

»Karin war jeden zweiten Tag hier. Wegen dem Triathlon hat sie in den letzten Wochen noch intensiver trainiert als zuvor.«

»Ist Ihnen etwas Verdächtiges aufgefallen? Angeblich hat sie hier vor ungefähr einer Woche ein Mann angesprochen. Er muss ziemlich aufdringlich gewesen sein.«

Ihre Stirnfalten traten noch stärker hervor. Sie schüttelte aber schon nach kurzer Zeit den Kopf. »Karin war doch mit dem Richter zusammen. Hier hinter der Theke bekomme ich nicht immer mit, was sich an den Tischen so abspielt. Svetlana ist erst seit gestern hier, sie vertritt Gabi, die normalerweise die Tische bedient und abräumt. Gabi ist nämlich mit ihrem Freund in Namibia auf Urlaub.«

»Und Sie glauben, Ihre Kollegin könnte eher etwas mitbekommen haben?«, fragte Brandner.

»Nun, sagen wir es mal so: Wenn Ihnen jemand weiterhelfen kann, dann die Gabi.« Sie lehnte sich vor, und ihre Stimme wurde leiser. »Im Vertrauen, Herr Kommissar, die Gabi ist immer sehr daran interessiert, was die

Gäste so miteinander reden. Wer mit wem und so. Sie wissen schon.«

Brandner nickte. Solche Frauenzimmer waren gute Beobachter, da bestand gar kein Zweifel. Oft sahen sie aber auch Probleme, wo keine waren, und erschwerten ihrem Umfeld das Leben. In diesem Fall könnte die neugierige Dame aber Goldes wert sein.

»Und wann kommt diese Gabi zurück aus dem Urlaub?«

Die Antwort gefiel ihm gar nicht. Fünf Wochen musste er sich gedulden. »Ich weiß auch nicht, wie sie das angestellt hat. Die Freiluftsaison fängt gerade an, und die gute Gabi bekommt fünf Wochen frei! Wo gibt es denn so was? Ihr Freund wechselt gerade die Arbeit, da wollten sich die beiden ihren Traum vom Afrikaurlaub erfüllen. Aber trotzdem, ich will gar nicht wissen, was die Gabi dem Chef alles für die fünf freien Wochen versprochen hat!«

Während den Erklärungen war Brandner die Idee gekommen, um die Mobilnummer dieser Gabi zu bitten. Er könnte ihr einige der Fotos schicken, auf einem Smartphone könnte sie sich diese auch im Outback von Namibia oder in einem der angrenzenden Länder ansehen und ihn informieren, ob der aufdringliche Mann darunter zu finden, oder ob ihr überhaupt einer aufgefallen war.

Natürlich verwarf er den Gedanken sofort wieder. Der Aufschrei der Presse, wenn die Journalisten davon erfuhren, wäre kaum auszuhalten, und er würde vielleicht sogar damit Datenschutzrichtlinien verletzen. Fast fünf Wochen musste er sich also gedulden. Er hoffte nur, der Täter würde sich solange zurückhalten. Nicht auszudenken, wenn diese Gabi den Mann identifizieren konnte, und nur weil sie auf Urlaub war, noch eine weitere Frau sterben musste.

KAPITEL 38

Der Airbag hatte alles gegeben, das Unmögliche versucht. Genauso wie die Feuerwehr und der Notarzt. Die Fahrertür des schwarzen Ford Focus lehnte an der dicken alten Eiche, die den Wagen abrupt zum Stillstand gebracht hatte.

Zu abrupt für den Fahrer. Auch der Notarzt hatte nichts mehr ausrichten können. Überall im Innern des Autos sah Brandner die Glassplitter verteilt. Der Motor war durch den Aufprall und die Unnachgiebigkeit der Eiche in die Fahrgastzelle gedrückt worden. Zwar hatten sich auch die Sitze nach hinten verschoben, für die Füße des Fahrers war aber trotzdem kaum Platz übrig geblieben. Ein Beifahrer hätte immerhin eine – wenn auch geringe – Chance gehabt, zu überleben.

Vom dunklen Teppich am Boden vor dem Beifahrersitz blitzte etwas hell hervor. Brandner umrundete das Wrack und steckte seinen Kopf durch die Öffnung des zersplitterten Fensters der Beifahrertür. Über den Boden verstreut sah er lose Zeitungsblätter liegen. Brandner zog sich gewohnheitsmäßig seine Handschuhe an und fischte Blatt für Blatt aus dem Innenraum des Autos. Als er fertig war, hielt er die vollständige Kronenzeitung vom Vorabend in seinen Händen. Karin Schindler bildete die Schlagzeile. Im Blattinneren wurde auf mögliche Zusammenhänge zum Mordfall Monika Steiner hingewiesen. Selbstverständlich war auch Slawitschek als Verdächtiger genannt worden. Noch immer galt für ihn natürlich die Unschuldsvermutung, darauf wurde diesmal ausdrücklich hingewiesen.

Brandner hatte noch nicht mit Kappl wegen Slawitscheks Wunsch betreffend einer Fußfessel gesprochen. Zu schnell hatte er nach Portugal reisen müssen. Es wäre keine einfache Angelegenheit geworden, seinen Chef und danach die restlichen für die Freigabe zuständigen Behörden zu überzeugen. Der Amtsschimmel wäre nur langsam angelaufen.

Jetzt konnte sich Brandner die Diskussion mit Kappl ganz ersparen. Ein neues Opfer war ermordet worden. Karin Schindler war tot. Slawitschek konnte noch immer der Täter sein. Keine Datenerfassung zur Fußfessel würde ihnen seinen Aufenthaltsort zum Tatzeitpunkt verraten, da er noch keine solche Fessel getragen hatte.

Aber auch Slawitschek war tot. Gegen einen Baum gerast, zwischen Oed und Mauer, also nicht weit vom Fundort des letzten Opfers entfernt. Nicht weit weg von Amstetten.

Was hatte Slawitschek hier gewollt? Hatte er noch ein letztes Mal zugeschlagen und sich dann das Leben genommen? Der ein oder andere Journalist würde darauf spekulieren und seine Hirngespinste auch veröffentlichen.

Theodor Sauer, der nun wie so viele seiner Kollegen am 1. Mai arbeiten musste, nahm dem Kommissar die wiedervereinten Zeitungsblätter ab. Brandner sah sich um. Die Eiche stand in einer lang gezogenen Rechtskurve. Eine kurze Bremsspur war zu sehen. Der Gummi auf dem Asphalt war nur zwei Meter lang, danach setzten sich die Spuren am Bankett und auf der Wiese fort.

»Er muss noch immer mit über 80 frontal dagegengekracht sein«, stellte der junge Techniker fest.

»Viel zu spät gebremst.«

»Ja, entweder er ist kurz eingeschlafen …«

»Oder es war Selbstmord«, vervollständigte Brandner den Satz seines Kollegen. Er hat gebremst, für die Versicherung ist es kein Selbstmord, so viel ist sicher, dachte er bei sich.

Der Abschleppwagen fuhr vor. Sauer wies ihn ein, dann sahen sie zu, wie das Autowrack auf die Ladefläche gehievt wurde.

Die Unfallstelle war vermessen und mit Fotos alles sorgfältig dokumentiert worden. Theodor Sauer und seine Kollegen würden das Auto noch gründlich untersuchen. Blut- und Leichenspuren würden ihnen mit Sicherheit nicht entgehen, falls diese irgendwo im Ford zu finden waren.

Brandner bezweifelte es aber.

Wieder einmal machte er sich auf den Weg, eine Todesnachricht zu überbringen. Diesmal handelte es sich um kein Mordopfer, das Gefühl einer Mitschuld versuchte er zu verdrängen.

Als er Frau Slawitschek gegenüberstand und in ihre Augen sah, machte es ihm das aber nicht leichter. Ihre kleinen Töchter verstanden nicht, was passiert war. Instinktiv kuschelten sie sich an die Mutter.

»Finden Sie den wahren Täter, waschen Sie seinen Namen rein. Unsere Kinder sollen nicht mit dem Glauben aufwachsen, ihr Vater sei ein Killer.«

»Ich werde mein Bestes geben. Frau Slawitschek«, begann Brandner, zögerte dann aber.

»Ja?«, fragte sie.

»Wissen Sie eventuell, wo Ihr Mann während der letzten Wochen gewohnt hat?«

Die Frau des Toten sah Brandner fragend an. Sie verstand Brandners Anliegen offenbar nicht.

»Sie wollen doch auch, dass wir den Fall aufklären. Es würde helfen, wenn wir wüssten, wo er seine Zeit verbracht hat. Die Spurensicherung könnte dann den Ort untersuchen. Wenn wir nichts Verdächtiges finden, entkräftet das den Verdacht gegen Ihren Mann.«

Frau Slawitschek nannte ihm eine Adresse in Hütteldorf. Ein früherer Knastkollege hatte ihm die Unterkunft besorgt, sodass Bernd Slawitschek dort nicht offiziell gemeldet war. Sie hatte ihren Mann dort nie besucht, aber er hatte ihr die Adresse per SMS geschickt. Wieder und wieder hatte sie überlegt, ob sie ihn aufsuchen sollte, aber immer wieder hatte sie sich dagegen entschieden.

»Darf ich mitkommen?«, fragte die Frau Brandner, nachdem sie ihm die Hintergründe erläutert hatte.

Kurze Zeit später parkte der Kommissar seinen Audi vor dem Wohnhaus ein. Slawitscheks Knastkollege hatte eine Einzimmerwohnung im Dachgeschoss gemietet. Die Vermieterin der Anlage wartete schon mit dem Universalschlüssel auf die beiden. Brandners Kollegen hatten ihm die Nummer besorgt. Nach einer kurzen Aufklärung am Telefon war sie bereit gewesen, den Kommissar sofort in die Wohnung zu lassen. Laut eigenen Angaben hatte die Dame die Wohnung seit ihrem Gespräch noch nicht betreten.

Brandner, Frau Slawitschek und die Vermieterin standen vor der Eingangstür.

»Warten Sie«, hielt Frau Slawitschek die Frau auf, indem sie ihr noch zusätzlich ihre Hand auf den Arm legte.

Dann schaute sie Brandner an. »Was, wenn es Bernd war? Was, wenn wir Beweise für die Morde finden?« Sie blickte zu Boden, gab den Arm der Vermieterin dann frei. »Was aber, wenn er es nicht gewesen ist? Was, wenn wir einen Abschiedsbrief von ihm finden? Das könnte ich mir nicht verzeihen. Ich habe Bernd im Stich gelassen.«

Nun war es Brandner, der ihr eine Hand auf die Schulter legte. Er sagte nichts. Was auch? Dass er sich selbst eine Mitschuld gab? Er hatte nichts unternommen, aber auch wenn er mit Kappl gesprochen hätte, so wäre die Fußfessel zum Mordzeitpunkt mit an Sicherheit grenzender Wahrscheinlichkeit noch nicht am Fuß von Bernd Slawitschek fixiert gewesen. Trotz dieses Wissens fühlte sich Brandner nicht besser.

Der Schlüssel wurde zweimal im Schloss herumgedreht, danach öffnete die Vermieterin vorsichtig die Tür.

KAPITEL 39

Mittwoch, 7. Mai

»Isabella hat heute ihre Schulaufführung, vergiss nicht darauf!«

»Ich weiß, heute um 18 Uhr«, bestätigte Brandner seiner Frau am Telefon.

Wie hätte er auch darauf vergessen können? Eva erinnerte ihn laufend daran. Nur Isabella selbst schien nicht sonderlich daran interessiert zu sein, dass ihr Vater zur

Vorstellung kam. Brandner beendete das Gespräch und stieg in seinen Audi ein. Auch die Befragung von Monika Steiners Kollegen in der Schuster Schuhe GmbH war ergebnislos verlaufen. Alle hatten sie brav ihre Ärmel hochgeschoben und die Oberarme hergezeigt. Einige hatten zum Tatzeitpunkt, als Karin Schindler ermordet worden war, ein Alibi, einige hatten keines. Auch der vorige Tag war ergebnislos verlaufen. Sie hatten mittlerweile fast mit allen Verdächtigen im Mordfall Monika Steiner nochmals gesprochen, und die meisten hatten kein Problem damit gehabt, ihre Hände herzuzeigen. Kaum einer war so weit gegangen wie der Richter, der sich ganz ausgezogen hatte.

Eugen Schuster und dieser Schwarz fehlten ihm noch, die hatte Jennifer Chan entschuldigt, wichtige Termine in Deutschland mit Designern, Händlern und Materialentwicklern, hatte sie zu Brandner gesagt. Aber sie würden sich melden, sobald sie wieder zurück waren.

Bis die zurück sind, erkennt man sicher keine Verletzungen mehr. Ich habe ohnehin schon zu viel Zeit verloren, aber der Unfall von Slawitschek, die vielen Verdächtigen, die Freunde von Karin Schindler mussten befragt werden, und die Wohnung von Slawitschek und auch seiner Frau haben wir komplett untersucht, alles gelesen, was dort irgendwie aufzufinden war. Wir haben nichts gefunden, was darauf schließen lassen würde, dass er der Täter ist. Ich muss also weitersuchen. Der Mörder läuft noch frei herum und sucht sich wahrscheinlich gerade sein nächstes Opfer aus.

Da er zurück nach Wien musste, war Reitbauer selbst mit seinem Polizeiauto zu den Schusters gefahren. Jetzt folgte Brandner dem Postenkommandanten mit seinem

Audi. Sie verließen den Parkplatz der Schusters, an der Kreuzung sah Brandner das Hinweisschild der AKBF, »Austrian Knife and Blade Factory«. Überall im Ybbstal wurde die Eisenstraße beworben, Brandner war beruhigt, dass sich offensichtlich doch einige Betriebe in dem traditionellen Gewerbe gehalten hatten, mit dem das Mostviertel schon vor Hunderten Jahren seinen Aufschwung erlebt hatte.

Nach gut zweieinhalb Stunden befand sich Brandner in seinem Büro in Wien. Theodor Sauer steckte den Kopf zur Tür herein. Brandner gab ihm mit einer Armbewegung die Erlaubnis, in sein Büro einzutreten. Der junge Kriminaltechniker hielt eine Aktenmappe in seiner Hand.

»Metallsplitter aus Kohlenstoffstahl«, informierte er Brandner.

»Und was heißt das?«

»Küchenmesser, Skalpelle, die meisten Dolche und Taschenmesser sind entweder aus rostfreiem Stahl oder haben zumindest einen höheren Chrom- beziehungsweise Nickelanteil. Die Waffe, mit der ihr die Finger abgetrennt wurden, dürfte ein Industriemesser sein. Es war nicht dafür gedacht, mit Fleisch oder Lebensmitteln in Kontakt zu kommen.«

»Interessant.«

Brandner beugte sich vor und griff nach der Akte.

»Ich habe auch schon mit der Gerichtsmedizin gesprochen. An den Fingerkuppen hat man Spuren von Öl gefunden. Wir haben die Daten ausgewertet, die chemische Zusammensetzung passt auf Rostschutz-Öl.«

Brandner schlug die Mappe auf und begann zu blättern.

»Können wir aufgrund des Öls oder des Stahls den Hersteller des Messers genauer einschränken?«

»Nicht exakt, es gibt zu viele Möglichkeiten. Der Stahl dürfte ein normaler CK45 sein. Aufgrund der geringen Menge, die wir sichergestellt haben, ist aber auch das nicht hundertprozentig sicher. Aber in jedem Fall ist es ein sehr gängiges Material. Auch das Öl können wir nicht mit Sicherheit auf einen einzigen Hersteller einschränken. Aber wie gesagt, es deutet alles auf ein Industrie- oder auch ein Maschinenmesser hin.«

Ein interessantes Detail, aber es half Brandner nicht wirklich weiter. Als Sauer gegangen war, blätterte er den Bericht in Ruhe durch. Nach und nach sah Brandner klarer: Der Täter hatte nicht damit gerechnet, dass er dem Opfer die Finger abtrennen würde müssen. Die ersten acht Opfer hatten ihm keine Probleme bereitet.

Er war also nicht darauf vorbereitet, und er hat verwenden müssen, was für ihn verfügbar gewesen ist, ging es Brandner durch den Kopf.

Das war natürlich kein Fleischermesser, auch kein Taschenmesser oder ein Dolch.

Nein, es war irgendeine Art von Messer für den industriellen Gebrauch. Ein Handwerker? Ein Techniker? Jemand, der für ein Messerwerk arbeitet? Was stellt eigentlich diese AKBF genau her? Dem muss ich in den nächsten Tagen nachgehen. Es kann aber auch jemand gewesen sein, der mit solchen Messern arbeitet. Ein Bauer mit einem Messer aus einer seiner Landmaschinen?

Zu viele Möglichkeiten kamen Brandner in den Sinn, aber immerhin brachte ihn die Erkenntnis doch einen Schritt voran.

Wenn auch nur einen kleinen.

Der Täter war auch in Portugal.

Hat er dort gearbeitet?

Und wenn ja, was hat er dort gemacht?

Wie passt dann ein solches Messer ins Bild?

Schon am späten Vormittag hatte Brandner seinem Kollegen in Porto eine Nachricht hinterlassen. Die Fotos, Namen, Tatzeitpunkte und Informationen zu den Tatorten hatte er sehr schnell von Herrn Reis erhalten. Seither herrschte aber Funkstille. Die restlichen Unterlagen, all die Ordner, die mit Informationen gefüllt waren, wollte Brandner auch unbedingt haben. Sie mussten erst übersetzt werden, aber das wäre ihm der Aufwand wert. Was, wenn sich darin der Hinweis befand, der ihm fehlte? Der entscheidende Hinweis, der ihn zum Täter führte, war vielleicht schon von einem fleißigen Polizisten aufgeschrieben worden, nur ihm war er nicht zugänglich.

Noch nicht.

Sollte er Kommissar Reis nochmals anrufen? Brandner sah auf die Uhr. Zu spät, er musste in wenigen Minuten das Büro verlassen, um noch rechtzeitig Isabellas Tanzeinlagen verfolgen zu können. Wie auch immer diese ausfallen würden.

In aller Ruhe blätterte er nochmals den Bericht durch. Außer dem Stahl und Öl gab es keine Überraschungen mehr.

Karin Schindler war wie die anderen Opfer mit einem Kunststoffband erdrosselt worden. Aber sie hatte sich gewehrt, sie hatte den Täter verletzt. Ihr hatte es nicht mehr geholfen, aber es durfte nicht umsonst gewesen sein.

Brandner legte den Ordner zur Seite. Danach stand er auf, trat zum Kleiderständer hinter sich und schlüpfte in die Übergangsjacke. Als er seine Bürotür versperren wollte, läutete sein Telefon.

Der Festnetzanschluss.

Brandner stoppte kurz, dann trat er wieder an den Bürotisch.

Die Nummer, die angezeigt wurde, kannte er.

Endlich ruft Reis zurück.

KAPITEL 40

»Ihr habt keine nennenswerten Fortschritte gemacht?«, fragte Hans. Sepp Reitbauer saß ihm an einem der Tische gegenüber. Die Jausenstation Oismüller war gut besucht. Der Qualm vom Zigarettenrauch zog durch die Gaststube. Helene Fischers moderne Schlagermusik gepaart mit ihrer hohen, fast schrillen Stimme aus dem CD-Rekorder und das Geplapper der Gäste am Tresen sorgten für eine starke Geräuschkulisse. Sepp mischte den Stapel doppeldeutscher Schnapskarten durch.

»Nein, dieser Bernd Slawitschek ist gegen einen Baum gekracht. Also wenn du mich fragst, war das Selbstmord.« Sepp legte den Stapel auf den Tisch und trank einen Schluck von seinem Radler.

»Du denkst, Slawitschek könnte der Frauenmörder gewesen sein?« Hans hob einen Teil des Stapels ab und legte ihn neben den anderen. Dann griff er sich sein Glas mit dem Radler, um nochmals vom süßlichen Getränk zu trinken, bevor das Spiel losging. Sepp legte währenddessen den zuvor unteren Stapel auf den oberen und begann danach, die Karten auszuteilen. Zuerst bekam Hans drei Stück, danach gab sich Sepp selbst die nächsten drei.

»Mir war Slawitschek jedenfalls nicht ganz geheuer. Brandner glaubt aber nicht daran, dass er es war.«

Sepp schlug das Trumpf auf. Der Herzkönig lag in der Mitte des Tisches. »Aber der Herr Kommissar kann sich auch täuschen, wie wir wissen.«

Sepp sah Hans, während er die Worte aussprach, herausfordernd in die Augen und schob ihm zwei weitere Karten zu. Danach gab er sich ebenso zwei und legte den Stapel mit den verbliebenen Karten neben den aufgeschlagenen Herzkönig.

Hans ging nicht auf Sepps Anspielung ein. »Wenn keine weiteren Morde geschehen, könntest du recht haben, dann würde alles auf Slawitschek als Täter hinweisen.«

Nach seiner Feststellung spielte Hans die Pik-10 aus.

»So ist es, wir müssen zwar weiter nach dem Täter suchen, aber die Zeit spielt in diesem Fall auch ausnahmsweise für uns.«

Sepp gab das Pik-Mandl zu. Beide hoben jeweils eine Karte vom Stapel ab.

»Ich mache mir aber ernste Sorgen wegen Resi. Meine Schwester spielt im Sommermusical in Amstetten die Hauptrolle, sie kommt schon bald wieder ins Ybbstal. Ich weiß nicht, wie ich hier auf sie achtgeben kann.«

Hans spielte den Pik-König aus.

»Wo wird sie denn wohnen?«

Sepp gab die Pik-Dame zu. Hans hob eine Karte ab.

»Weiß ich noch nicht. Unser Haus in Ybbsitz ist verkauft. Mir wäre es am liebsten, wenn sie bei jemandem wohnt, den ich kenne. Jemand, auf den ich mich verlassen kann.«

Hans spielte den Eichel-Zehner aus, Sepp hob noch schnell seine fünfte Karte vom Stapel ab, dann dachte er nach.

»Bei mir geht es nicht. Ich habe nicht genug Platz«, sagte Sepp schließlich. »Außerdem wird Resi sicher nicht in einer WG mit einem Mann leben wollen.«

Sepp stach den Zehner mit seinem Herz-As.

Es stimmt, sie wird nicht mit einem Mann zusammenwohnen wollen. Sie wird nicht bei einem meiner Freunde übernachten wollen. Auch ich will das nicht. Aber vielleicht bleibt sie bei einer Frau. Hans sah, wie Sepp eine Karte abhob, und nahm sich auch eine vom Stapel, danach musterten beide ihr Blatt.

»Wie komme ich eigentlich am schnellsten legal an eine Pistole oder einen Revolver?«, wechselte Hans dann abrupt das Thema.

Sepp hielt die nächste Karte schon in seiner Hand, er steckte sie aber wieder zwischen die anderen vier Spielkarten. Hans nahm einen Schluck von seinem Radler, während er auf Sepps Antwort wartete.

KAPITEL 41

An diesem Abend fühlte sich Juliana vollkommen entspannt. Die Yogaeinheit hatte zwar ihren Beitrag dazu geleistet, aber die Nachwirkungen des Alltags noch nicht komplett abgebaut. Erst das Eukalyptus-Kampferbad mit Salzzusatz aus dem Toten Meer schaffte es endgültig, eine angenehme Müdigkeit in ihr aufkommen zu lassen.

Vor dem Bad hatte sie sich die Beine rasiert. Sie trocknete sich ab, nahm das Fläschchen mit dem Öl aus Aprikosenkernen und Rosenfrüchten, das schon bereitstand, und ölte sich ihre Füße ein. Angenehm glatt fühlte sich ihre Haut dabei an. Nach den Beinen folgten der Hals, Brust und schließlich der Bauch. Nur an den Rücken kam sie nicht heran.

Juliana schlüpfte in ihren weißen Bademantel, der noch angenehm frisch gewaschen roch und sich flauschig anfühlte. Während sie ihre noch nassen Haare mit einem weißen Handtuch umwickelte, begab sie sich in die Küche. Dort füllte sie den Wasserkocher auf und goss kurze Zeit später die siedend heiße Flüssigkeit in die Tasse.

Gerade als sie den Pfefferminz-Teebeutel aus der Tasse nehmen wollte, erfüllte das laute Läuten der Klingel die Wohnung. Ungläubig schaute sie auf die Uhr an der Wand.

23 Uhr abends. Das konnte nur schlechte Nachrichten bedeuten. Ihr Puls beschleunigte sich, sie spürte den Herzschlag in ihrem Kopf, die Entspannung verflüchtigte sich sofort.

Juliana betätigte den Taster für die Gegensprechanlage.

»Ja, bitte?«

»Ich bin es, Hans, ich muss mit dir reden.«

Sie war irritiert, betätigte aber ohne lange nachzudenken den Schalter und ließ ihn in die Wohnanlage. Danach öffnete sie die Wohnungstür.

Hans begrüßte Juliana mit einem Wangenkuss. Er roch nach Rauch, wirkte aber nüchtern. Sie bat ihn herein und löste erst, als sie ihn in die Wohnküche führte, das noch immer um ihren Kopf gewickelte Handtuch. Mit beiden Händen fuhr sie sich rasch durch die feuchten Haare und versuchte so, eine halbwegs ansprechende Frisur zustande zu bekommen.

»Ich war beim Oismüller schnapsen«, erklärte er. »Dann habe ich bei dir noch Licht gesehen.«

Von der Straße aus kann man nichts erkennen, man muss schon in den Innenhof, um zu sehen, dass bei mir noch Licht brennt. Erst jetzt sah Juliana seine glänzenden Augen. Begehren, ja, Begierde sprach daraus.

»Es ist schon spät. Ich habe noch gebadet, mir einen Tee gemacht … mich eingeölt.«

Juliana erinnerte sich an ihre gemeinsame Zeit mit Hans. An die ersten Male, als sie noch die Initiative ergriffen hatte. Zu Beginn hatte sie eigentlich immer die Zügel in der Hand gehalten. Aber in der Nacht, als Jakob Schuster ermordet worden war, hatte sich Hans verändert.

»Du bist schön, und du riechst gut.« Seine Stimme klang heiser.

»Hans, da du schon einmal hier bist, könntest du mir einen Gefallen tun.«

Er sah sie fragend an.

»Mir hat schon lange niemand mehr den Rücken eingeölt.«

Sie nahm ihn an der Hand. Es war fast so wie früher. Er folgte ihr gehorsam. Das Fläschchen mit dem Öl holte sie aus dem Badezimmer und führte ihn dann in ihr Schlafzimmer. Juliana ließ seine Hand los, ihr Bademantel landete auf dem Fußboden, sie selbst streckte sich auf dem Bauch liegend auf ihrem Bett aus.

Seine eingeölten Hände wanderten vorsichtig über ihren Rücken, schon bald wurde der Druck aber fester, die Hände wanderten tiefer. Als sie schließlich ihren Po kneteten, hörte sie Hans stoßweise atmen. Sie drehte sich um. Er stand noch immer neben dem Bett, über sie gebeugt. Seine Augen spiegelten seine Erregung wider. Juliana richtete sich auf und öffnete seine Gürtelschnalle.

Eine halbe Stunde später lagen sie nebeneinander im Bett. Hans kuschelte sich an Juliana.

»Ich muss dich etwas fragen.«

»Ja, ich bin gekommen, falls du das meinst.«

»Das ist es nicht«, antwortete Hans.

»Bitte heute nichts Kompliziertes mehr. Ich möchte nur noch schlafen.«

»Keine Sorge, ich wollte nur fragen, ob …«, Hans stockte, »ob ich heute Nacht bei dir schlafen kann. Ich will jetzt nicht mehr nach Wien fahren.«

»Sicher, kein Problem.«

Juliana freute sich, wurde aber das Gefühl nicht los, dass ihr Hans ursprünglich eine andere Frage hatte stellen wollen. Eindeutig hatte er gezögert und seine Frage umformuliert.

Das war ihr in diesem Augenblick aber egal. Der Sex hatte ihr gefehlt. Yoga, Entspannungsbad, Öl auf der Haut und Sex samt Orgasmus, so sah einfach ein perfekter Abend aus. Diese Kombination war für sie einmalig, noch nie in der Art vorgekommen. Sie könnte sich daran gewöhnen. Jetzt würde sie erst einmal schlafen. Am nächsten Morgen konnte Juliana sich noch immer darüber Gedanken machen, was der Austausch von Körperflüssigkeiten mit Hans für sie bedeutete.

Vielleicht bedeutete es gar nichts, und sie hatten sich einfach nur ihren körperlichen Bedürfnissen hingegeben. Juliana würde noch herausfinden, warum Hans an diesem Abend wirklich zu ihr gekommen war.

Alles zu seiner Zeit, dachte sie noch, als sie sanft in seinen Armen liegend entschlummerte.

KAPITEL 42

Hans lag wach, er schlief schon lange nicht mehr. Eigentlich wusste er nicht, ob er überhaupt geschlafen hatte. Aber das machte nichts. Immerhin fühlte er das Leben wieder, erstmals seit langer Zeit fühlte er sich lebendig. Was der Sex mit Juliana in ihm bewirkt hatte, war für Hans selbst sehr überraschend. Erstmals seit einem Jahr hatte er das Gefühl wieder, für zumindest einige Stunden, sein eigenes Leben zu erleben. Einmal nicht seine Schwester zu beschützen, sondern seinen eigenen Bedürfnissen nachzugeben.

Einfach nicht der Vorgabe seiner Mutter zu folgen, fühlte sich gut an. Gleichzeitig bereitete es ihm ein schlechtes Gewissen.

Es dämmerte, und er wusste, es war falsch. Er hatte mit einer gänzlich anderen Absicht an Julianas Tür geläutet, aber er hatte einfach nicht widerstehen können. Er war ein Mann, und er liebte Julianas Körper. Das war schon immer so gewesen. Er hatte nur nicht darauf spekuliert, dass ihn Juliana noch begehren könnte. Nach allem was war, konnte es einfach keine gemeinsame Zukunft für sie beide geben.

Oder vielleicht doch?

Juliana lag nackt neben ihm, sie verströmte eine angenehme Wärme, regelmäßig atmete sie ein und aus. Für sie war es noch immer zu früh am Morgen, um schon aufzustehen.

Sie schlief fest und friedlich.

Bei dem Gedanken an die vergangene Nacht wurde Hans sofort wieder geil. Er war versucht, ihren Rücken zu streicheln, sich von hinten enger an sie zu schmiegen. Juliana seine Erregung spüren zu lassen.

Es hat keinen Sinn.

So leise wie möglich, verließ er ihr Bett. Er sammelte seine Kleidung ein und schlich aus dem Zimmer. Um einen klaren Kopf zu bekommen, duschte er kalt. Mit seiner ursprünglichen Idee war er keinen Schritt vorangekommen. Stattdessen hatte er mit Juliana geschlafen. Das verkomplizierte nur alles, aber er hatte einfach keine Chance gehabt. Juliana hatte es gewollt. Sie war es gewesen, die ihn in ihr Schlafzimmer geführt hatte. Sie war es gewesen, die sich vor ihm ausgezogen hatte. Juliana war es gewesen, die ihm die Hose hinuntergezogen hatte. Er war es gewesen, der auch ihren Hintern mit seinen öligen Fingern geknetet hatte. Er war es gewesen, der sich das Kondom über seinen steifen Schwanz gerollt hatte.

Die kalte Dusche brachte nichts, solange seine Gedanken um die vergangene Nacht kreisten, und er sich dabei Julianas weichen Körper vorstellte, blieb er einfach erregt.

Hans stieg aus der Dusche und trocknete sich provisorisch ab. Im Spiegelbild sah er seine nassen Haare. Vollkommen nackt schlich er auf Zehenspitzen wieder zurück. Als er die Tür öffnete, waren ihre Augen schon auf ihn gerichtet.

»Komm her.«

Mehr brauchte er nicht als Einladung.

Nachdem sie sich nochmals geliebt hatten, lag er wieder neben ihr, sein Atem ging zwar noch schnell, aber er konnte endlich frei denken. Ihr gerötetes Gesicht war ihm zugewandt, sie hatte die Augen geschlossen, sah friedlich und entspannt aus.

Hans beschloss, Juliana die Frage nicht zu stellen, wegen der er sie ursprünglich aufgesucht hatte.

Noch nicht.

Es wäre zu schmerzlich für Juliana, den wahren Hintergrund für sein Kommen zu erfahren. Er musste einen besseren Zeitpunkt abwarten.

Viel Zeit bleibt mir aber nicht mehr.

KAPITEL 43

Gefühlt war es ein frostiger Morgen. Eva hatte ihn vorwurfsvoll angesehen. Isabella hatte beim Frühstück nicht mit ihm gesprochen. Es war nicht ungewöhnlich für Brandner, kein Wort mit seiner ältesten Tochter beim Essen zu wechseln. Normalerweise handelte es sich aber bei Isabella einfach um Desinteresse. Sie hatte Besseres zu tun. Ihr Vater verstand das. Er war auch einmal jung gewesen. Vage konnte er sich sogar noch daran erinnern.

An diesem Morgen hatte ihn seine Tochter aber mit einem geradezu feindseligen Blick gestraft. Dazu hatte sie eigentlich kein Recht, denn Isabella hatte ihren Vater nie gebeten, zur Aufführung zu kommen. Trotzdem war er dort am Vorabend aufgetaucht. Allerdings zu spät. Von Isabellas Tanz hatte er nur mehr die grazile Verbeugung mitbekommen.

Aber was hätte Brandner machen sollen? Endlich hatte ihn Kommissar Reis zurückgerufen. Brandner hatte dem portugiesischen Kollegen nochmals erklärt, dass er die gesamten Akten zu den fünf Frauenmorden rund um Porto gerne als Kopie haben wollte. Reis war es peinlich, diese nur in portugiesischer Sprache zur Verfügung stellen zu können, hatte Brandner während des Telefonats herausgefunden. Daher hatte Reis die Akten erst gar nicht übermittelt. Es hatte gedauert, den Portugiesen zu überzeugen, dass dies für die österreichische Polizei nur eine kleine Herausforderung darstellte, die er mithilfe seiner Kollegen schon lösen würde. Reis hatte ihm zum Schluss dann hoch und heilig versprochen, ihm die Unterlagen umgehend zu mailen.

Ein berufliches Problem war auf dem besten Weg, gelöst zu werden. Ein privates Thema war neu hinzugekommen.

Nur die kleine Selina hatte ihm einen Abschiedskuss gegeben, als er außer Haus gegangen war. Die beiden älteren Damen der Familie Brandner straften ihn mit Liebesentzug, aber sie würden sich auch wieder beruhigen.

Das ist bisher noch immer so gewesen.

Mittlerweile war er schon wieder guten Mutes. Eine Stunde mit seinem Audi auf der Autobahn, ohne in einen Stau zu geraten, dazu abwechslungsreiche Musik aus dem Radio, mit wenig Geplapper der Moderatoren, und vor allem kein einziger Anruf von Direktor Kappl, hatten den Vormittag deutlich besser werden lassen, als der Morgen im Kreise seiner Familie begonnen hatte.

Es gibt noch Hoffnung für diesen Tag.

Maximal 15 Minuten und er wäre in Waidhofen, gerade passierte er das Werk des Zelluloseherstellers, schon bald folgten an der linken Seite die lang gezogenen alten Fabrikhallen. *Die müssen auch etwas mit der Eisenstraße zu tun haben, so alt wie die aussehen, gibt es sie schon lange. Was wohl die AKBF wirklich herstellt? Das wird das Erste, um das ich mich kümmern werde, wenn ich in Waidhofen bin.*

»Ich habe Ihnen den Link zur Website per E-Mail geschickt«, erklärte ihm Reitbauer nur 20 Minuten später, als es sich der Kommissar gerade mit seinem Kaffee in der Kammer mit den Fotos an der Wand bequem machte, soweit das unter den gegebenen Umständen überhaupt möglich war. Brandners provisorischer Arbeitsplatz beinhaltete mittlerweile sogar eine Dockingstation für seinen Laptop, er klickte den Link Reitbauers an.

Ein österreichisches Traditionsunternehmen, noch immer im Familienbesitz, schon über 100 Jahre alt, AKBF bedeutet »Austrian Knife and Blade Factory«. Wenige Jahre zuvor hatte die Firma noch einen deutschen Namen, zwecks internationaler Ausrichtung hatte man ihn aber abgeändert. Nacheinander klickte sich Brandner durch die Produktinformationen der AKBF. Beeindruckt stellte er fest, dass mitten im Mostviertel Maschinenmesser für den weltweiten Markt produziert wurden, Schneidlinien für Verpackungsmaterial, Stanzmesser für … er stockte, konnte nicht glauben, was er sah.

Die Firma stellt Stanzmesser her.

Stanzmesser, um Leder und Kunststoffe in der Schuhindustrie zu stanzen!

Ein Opfer arbeitete für den Schuhhersteller.

Einem Opfer werden die Finger mit einem Messer abgetrennt, das vielleicht bei der Schuhherstellung eingesetzt wird.

Kann das Zufall sein?

Brandner brauchte Gewissheit. Reitbauer musste möglichst schnell Muster dieser Stanzmesser besorgen. Sauer sollte dann analysieren, ob es möglich war, dass genau so ein Stanzmesser zur Abtrennung der Fingerkuppen verwendet worden war.

Vielleicht hat Juliana Haidinger recht, und der Täter hat tatsächlich etwas mit Schuster Schuhe zu tun.

Brandner nahm noch einen Schluck vom Kaffee, dann stand er auf, öffnete wieder die Tür, um Reitbauer anzuweisen, sich um die Stanzmessermuster zu kümmern.

KAPITEL 44

Hans entriegelte die Vorrichtung und nahm das Fernrohr aus der Verankerung. Vorsichtig legte er es auf den dafür im Schaumstoff ausgesparten Platz. Auch das Stativ beförderte er wieder in die Originalverpackung, die er sich für solch einen Fall aufgehoben hatte.

Resi konnte jeden Augenblick eintreffen. Er traf seine Vorbereitungen erst spät. Unter normalen Umständen sah sie nicht in sein Schlafzimmer, daher hatte er ursprünglich das Fernrohr einfach am Fenster seines Zimmers stehenlassen wollen. Erst vor wenigen Minuten hatte er sich dazu entschlossen, es zu verstecken. Falls Resi doch einen Verdacht hegte, könnte sie sonst einfach einen Blick in sein Zimmer werfen, und schon hätte sie ihn ertappt. Resi könnte unter Tags von ihrer Wohnung aus sein Fernrohr schemenhaft hinter dem Vorhang erkannt haben. Seine Schlafzimmertür ließ sich nicht abschließen, daher war es besser, nichts zu riskieren.

Die Originalverpackung des Fernrohrs samt dem Stativ landete in seinem Kasten unter den Kleiderhaken, die seine Hemden und Sakkos trugen. Mit einer dicken blauen Stoffdecke schützte er die Schachtel noch zusätzlich vor neugierigen Blicken. Jetzt war er vollkommen sicher. In seinem Kasten würde Resi nicht herumschnüffeln. Nicht seine Schwester, sie war einfach zu gutgläubig. Er hätte das Fernrohr mit hoher Wahrscheinlichkeit einfach stehenlassen können, hatte nun aber die letzte kleine Unsicherheit beseitigt. Niemand sollte es sehen. Ihm hatte es gereicht, dass Kommissar Brandner während seines überraschenden Besuches einen kurzen Blick darauf erhascht hatte.

Hans ging in die Küche, stellte das Backrohr auf 180 Grad und nahm danach die Tomaten-Käse-Baguettes aus der Verpackung. Er hatte seiner Schwester versprochen, sich ausnahmsweise um das Essen zu kümmern, und daher trafen sie sich diesmal auch in seiner Wohnung. Resi würde kein dreigängiges Menü von ihrem Bruder erwarten. Baguette und als Nachspeise Topfengolatschen sollten sie zufriedenstellen.

Resis optische Veränderung war überraschend. Hans machte erst einmal einen halben Schritt zurück, nachdem er ihr die Tür geöffnet hatte.

Das »Gut siehst du aus«, kam trotzdem automatisch aus seinem Mund. Er hatte den Satz schon vorformuliert und sein Gehirn arbeitete zu langsam, um ihn noch rechtzeitig abzuändern.

»Dunkelbraun, meine neue Haarfarbe, gefällt sie dir?«

Sie küssten sich auf beide Wangen. Für Hans sah ihre Haarfarbe schon eher nach rabenschwarz aus.

»Ich wollte eine gewisse Ähnlichkeit mit Jennifer Beals, der Hauptdarstellerin von ›Flashdance‹, haben«, erklärte Resi.

Vage konnte sich Hans daran erinnern, den Film über die tanzende Schweißerin vor langer Zeit einmal gesehen zu haben. Er bat seine Schwester herein.

»Auch die dunkle Haarfarbe steht dir, sie ist nur etwas ungewohnt«, räumte er ein.

Wie ein Engel sah sie jedenfalls nicht mehr aus, aber vielleicht war das ja auch besser so. Die dunkle Haarfarbe ließ sie weniger unschuldig und angreifbar erscheinen.

Erst als das Geschwisterpaar entspannt beim Kaffee saß, und die beiden ihre Topfengolatschen schon zur Hälfte verzehrt hatten, kam Hans wieder auf ihr Engagement in Amstetten zu sprechen.

»Bald starten also deine Proben für ›Flashdance‹. Die Haare hast du ja schon gefärbt.«

»Genau.«

»Weißt du schon, wo du wohnen wirst?«

»Noch nicht, aber zwischen Amstetten und Wien hin- und zurückpendeln, will ich nicht. Die Zugverbindung ist zwar jetzt besser, aber ich müsste auch noch mit der U-Bahn mitten in der Nacht durch halb Wien fahren.«

»Das solltest du vermeiden«, stimmte ihr Hans zu. »Was das betrifft, hätte ich ohnehin eine Bitte an dich.«

Resi legte ihre Topfengolatsche wieder auf den vor ihr stehenden Teller, statt hineinzubeißen.

»Heraus damit, ich bin gespannt.«

»Nun, ich habe mich wieder einmal mit Juliana getroffen. Vielleicht besteht noch eine Chance für uns, aber ich bin mir nicht sicher, gar nicht sicher, um ehrlich zu sein. Ich weiß nichts mehr von ihr, weiß nicht, ob sie jemanden sieht, ob sie einen Freund hat, und direkt danach fragen will ich sie auch nicht.« Hans hielt inne.

Er sammelte sich, jetzt galt es, Resi zu überzeugen. Er durfte keinen Verdacht erwecken. Seine Argumentation musste für sie logisch klingen.

»Außerdem mache ich mir Sorgen wegen dem Frauenmörder. Er hat in der Nähe schon zweimal zugeschlagen, und er wird es wieder tun. Eines der Opfer war, wie du weißt, Julianas Mitbewohnerin.«

Hans sah ihren fragenden Blick. Ganz logisch war seine Argumentation also nicht, das musste er sich eingestehen.

Das hieß aber nicht, dass Resi den Schwachpunkt auch erkennen würde.

»Mir wäre wohler, wenn Juliana nicht alleine wäre, bis der Täter gefasst ist. Für mich ist es noch zu früh, ihr meine Hilfe anzubieten. Wir sind noch nicht wieder so weit. Aber sie hat noch ein Zimmer in ihrer Wohnung frei. Und es wäre, ehrlich gesagt, auch sicherer, wenn du nicht irgendwo allein in Amstetten oder Waidhofen wohnen würdest.«

Resi biss in die Topfengolatsche. Langsam kaute sie und schluckte die Mehlspeise hinunter. Dann biss sie wieder ab.

»Was sagst du dazu?«

Sie kaute und schluckte auch diesen Bissen hinunter.

»Also, ich weiß nicht. Ich wollte eigentlich in der Nähe der Pölz-Halle mit meinen Ensemblekollegen zusammen wohnen. Mir eventuell mit einer der Tänzerinnen eine kleine Wohnung teilen.«

Er sagte nichts dazu. Sie dachte nach.

»Außerdem, was mache ich in Waidhofen? Dort bin ich die Tochter der Mörderin.«

»Das ist doch jetzt kein Thema mehr. Man fürchtet dort den jetzigen Frauenmörder. Niemand spricht mehr von Mutter«, beschwichtigte Hans seine Schwester.

»Also, ich weiß nicht.«

»Tu mir den Gefallen und denk zumindest darüber nach. Ich wäre dir ewig dankbar. Vielleicht gibt es ja doch noch Hoffnung für meine große Liebe.«

Hans sah die wässrigen Augen Resis. Sie war eine Romantikerin. Als er die Liebe ins Spiel brachte, hatte er gewonnen.

»Also gut, ich rede mit ihr«, sagte Resi auch tatsächlich.

Jetzt muss nur noch Juliana zusagen. Ich habe alles getan, was in meiner Macht steht.

Hans dachte an das »Zu vermieten«-Schild der kleinen Dachgeschosswohnung, die sich gegenüber von Julianas Wohnung befand. Jetzt konnte er die Immobilienmaklerin anrufen. Nicht auszudenken, wenn zwar sein Plan aufginge, er dann aber seinen Beobachtungsposten nicht einnehmen konnte. Er durfte keine unnötige Zeit verlieren, musste möglichen anderen Mietern zuvorkommen, sodass er den Zuschlag für die günstige freie Wohnung bekam.

KAPITEL 45

Eugen Schuster sah einfach viel attraktiver aus als noch vor einem Jahr. Der Sport tat ihm gut. Sein Gang wirkte dynamischer und richtig männlich.

Juliana war ursprünglich auf dem Weg zu ihrer nächsten Yogastunde gewesen. Aber sie konnte nicht anders. Sie musste ihm einfach folgen.

Eugen Schuster war ihr wohlgesonnen, das wusste sie schon seit über einem Jahr. Er hatte ihr damals die letzten Wochen, die sie bei den Schusters gearbeitet hatte, so angenehm wie möglich gestaltet. Außerdem hatte er Juliana ihrem neuen Chef, Herrn Schweizer, empfohlen. Ohne Eugen Schuster hätte Juliana ihren neuen Arbeitsplatz wahrscheinlich gar nicht bekommen.

Sie folgte Eugen mit mehreren Metern Abstand zu Fuß durch Waidhofens Altstadt. Er ging vom Unteren Stadtplatz über den Freisinger Berg hinauf zum Oberen Stadtplatz. Vorbei am Herrenmodengeschäft Pöchhacker, nach der Raiffeisenbank bog er rechts in die Fußgängerzone ein. Die Gasse verlief leicht ansteigend. Juliana blieb ihm auf den Fersen. Sie wusste nicht genau, wieso sie ihm nachging, sie folgte dabei einfach ihrem Instinkt. Links waren die Auslagen der Drogerie und des Uhrengeschäftes hell erleuchtet. Vor dem Steirerhimmel blieb Eugen stehen und schaute auf seine Armbanduhr. Juliana war versucht, ihn anzusprechen. Stattdessen wandte sie sich aber ab und tat so, als begutachte sie die Damenuhren im Schaufenster.

Das Klacken der Stöckelschuhe hörte sie zuerst. Die schlanke Chinesin schritt, ohne Juliana eines Blickes zu würdigen, an ihr vorbei. Eugen küsste Jennifer zur Begrüßung. Juliana sah es ganz deutlich. Seine beiden Hände landeten wie selbstverständlich auf den schmalen Hüften der Chinesin. Er zog sie an sich und küsste Jennifer Chan eindeutig auf den Mund. Juliana starrte das Paar an. Sie konnte sich nicht von dem Anblick losreißen, konnte nicht mehr so tun, als würde es sie interessieren, welche Uhren zum Verkauf in dem Geschäft angeboten würden.

Wieso fällt Eugen auf diese Schlange herein? Wieso sieht er nicht, dass sich Jennifer, nun, da sie seinen toten Cousin nicht haben kann, an den anderen noch verfügbaren Mann der Familie Schuster heranmacht?

Sie will doch nur an die restlichen Anteile der Firma kommen.

Irgendwoher ertönte ein vertrautes Geräusch. Juliana reagierte nicht. Zu tief war sie in ihren Gedanken versunken. Eugen und dann auch Jennifer wendeten den Kopf, beide erkannten Juliana. Verwirrung stand in den Augen Eugen Schusters zu lesen. Triumpf in denen Jennifers.

Das Geräusch wurde lauter. Hastig öffnete Juliana den Verschluss ihrer Handtasche. Doch es war schon wieder still, der Anrufer war auf ihre Mobilbox weitergeleitet worden.

»Guten Abend«, begrüßte Juliana das Schmusepärchen und hielt sich dabei demonstrativ ihr Handy ans Ohr. Auch Eugen sagte »Guten Abend.« Von der Chinesin hörte Juliana kein Wort.

Noch mit dem Handy am Ohr drehte sich Juliana um und ging den Weg zurück, den sie gekommen war. Sie bog nach links ab, erst nach der Raiffeisenbank blieb sie stehen und prüfte, wer sie angerufen hatte.

Theresia Mayer.

Mit Resi hatte sie schon ewig nicht mehr gesprochen. Auch als sie noch mit Hans zusammen war, hatten die beiden Frauen sich nur selten getroffen. Resi war dafür einfach zu selten im Mostviertel. Die Künstlerin verbrachte verständlicherweise seit Jahren den größten Teil ihrer Zeit in Wien. Schließlich trat sie meist in der Hauptstadt auf, und sie wohnte auch dort.

Das hat sicher etwas mit Hans zu tun. Wäre ich doch nicht schwach geworden. Die eine Nacht mit ihm verkompliziert nur alles.

Der Anruf lenkte sie immerhin von Eugen Schuster und Jennifer Chan ab. Das war gut so, gestand sich Juliana ein. Dem Firmenchef der Schusters einfach wie ein Privatdetektiv hinterherzuspionieren! Was hatte sie sich dabei nur gedacht?

Eugen Schuster begeht einen schweren Fehler, wenn er sich mit Jennifer Chan einlässt. Aber ich muss diesen

Gedanken aus meinem Gehirn verbannen. Es geht mich nichts an, was Eugen Schuster aus seinem Leben macht. Es hat mich nicht zu interessieren, mit welchen Frauen er sich einlässt. Und wenn er eine dieser Schaufensterpuppen ausführen würde, müsste es mir egal sein.

Eine der Puppen im Schaufenster war mit einem durchsichtigen dunkelblauen Negligé bekleidet. Die Dame daneben trug einen kirschroten Push-Up-BH und ein dazu passendes knappes Höschen.

Für Hans brauche ich keine Dessous, aber vielleicht für Eugen. Wo denke ich schon wieder hin?

Sie verbannte Eugen Schuster aus ihren Gedanken. Es war an der Zeit, herauszufinden, warum die kleine Schwester angerufen hatte. Ihre Mobilbox hörte sie erst gar nicht ab, stattdessen wählte Juliana die Rückruffunktion aus. Während sie darauf wartete, dass Resi Mayer ans Telefon ging, starrte sie auf die Brustwarzen der Schaufensterpuppe, die sich deutlich unter dem durchsichtigen Stoff abzeichneten.

Ich sollte mir doch ein Negligé besorgen. Für alle Fälle. Egal, wer es mir auszieht, es wird sich lohnen. Der Stoff fühlt sich sicher angenehm weich auf meiner Haut an.

Eigentlich brauche ich keinen Mann, um es zu tragen.

»Juliana, danke für deinen Rückruf. Du fragst dich sicher, weswegen ich mich gemeldet habe.«

Also hat sie es mir nicht mittels ihrer Mobilboxnachricht verraten, erkannte Juliana.

»Ich habe ein Problem«, hörte sie Resi sagen. »Ich werde im Sommermusical in Amstetten die Hauptrolle spielen.«

»Das ist ja fantastisch, gratuliere! Wieso hast du damit ein Problem?«

»Ich habe noch keine Bleibe, und die Proben beginnen in wenigen Tagen.«

Daher weht also der Wind.

»Aber es wird doch kein Problem sein, ein Zimmer in Amstetten zu finden. Die Organisatoren kümmern sich doch sicher darum, oder etwa nicht?«, fragte Juliana.

»Du hast natürlich recht, alles wäre organisiert. Es würde schon gehen.«

Resi machte eine Kunstpause. Juliana wartete auf das Aber, das dann auch kam: »Juliana, um ganz ehrlich zu sein, ich will nicht allein wohnen, aber auch nicht mit jemandem vom Ensemble zusammenziehen. Wir Schauspieler sehen uns schon immer während der Probe, und dann erst die Aufführungen am Abend, das wird so intensiv und fordernd, da will ich danach einfach abschalten und nicht mehr mit einem Kollegen über das Stück reden.«

»Du weißt, dass Monika ermordet wurde.«

»Ja, Hans hat es mir vor einiger Zeit erzählt, es tut mir furchtbar leid, und ich weiß, meine Bitte ist unmöglich, aber ich habe mir gedacht, dass du jetzt vielleicht auch nicht allein wohnen willst.«

Mich hat es eigentlich nicht gestört … aber es stimmt, es wäre gar nicht so schlecht, nicht mehr allein zu sein. Und sollte Hans wieder einmal mitten in der Nacht bei mir anläuten, lade ich ihn nicht so schnell in mein Schlafzimmer ein, wenn seine Schwester nebenan schläft. Wahrscheinlich … sicher ist es aber auch nicht, dass mich die Anwesenheit Resis davon abhält.

»Hans?«, fragte Juliana.

»Hans hat nichts damit zu tun, es war meine Idee.«

Auch durch das Telefon hindurch konnte Juliana Resis Lüge förmlich riechen.

»Ich zahle selbstverständlich Miete«, hörte sie Resi nun sagen.

»Dir ist schon klar, dass du in Monikas früherem Zimmer schlafen würdest«, wandte Juliana ein.

»Ja, ich werde es in Ehren halten.«

Keine Argumentation würde mehr helfen, erkannte Juliana. Nicht einmal das Zimmer der Toten hatte die kleine Schwester von Hans abgeschreckt.

Warum auch?

Ihre Freundin war nicht in ihrem Zimmer, sondern im Fitnessstudio ermordet worden. Mit dem Zimmer war also alles in Ordnung. Keinerlei negative Schwingungen oder gar Geister waren zurückgeblieben.

»Bitte sag Ja«, bedrängte Resi sie.

Juliana suchte nach einer Ausrede, fand aber keine.

»Also gut, aber nur, bis die Aufführungen wieder vorbei sind«, sagte Juliana schließlich.

Sie unterhielten sich noch einige Minuten über die Formalitäten und über das Musical. Auch Juliana kannte den Film aus den Achtzigern und war schon neugierig auf Resis neue Frisur und Haarfarbe.

Als Juliana schließlich das Telefonat mit Resi beendete, war es schon viel zu spät, um noch zur Yogaeinheit zu gehen. Das hatte sie aber ohnehin nicht mehr vorgehabt. Spätestens als sie Eugen Schuster durch Waidhofen verfolgt hatte, war die Entscheidung gegen das Yoga gefallen. Juliana machte sich also auf den Nachhauseweg. Stärker denn je geisterten die Gesichter Eugen Schusters, Jennifer Chans, deren Vater und dessen Assistenten Robert Lee in ihrem Kopf herum. Diesmal gesellten sich auch Hans und Resi in die illustre Runde.

Schon bald würde sie also wieder eine Mitbewohnerin

haben. Dass es sich dabei ausgerechnet um die Schwester ihres Ex-Verlobten handelte, war eine Ironie des Schicksals. Über den Zusammenhang von Resis Beziehung zu Jakob Schuster und dessen Ermordung wollte Juliana sich erst gar nicht den Kopf zerbrechen. Trotzdem, oder auch gerade deswegen, brauchte sie in dieser Nacht Beruhigungstropfen, um einzuschlafen.

KAPITEL 46

Sepp Reitbauer hatte Hans schon einige Hinweise gegeben. Sein Freund und Postenkommandant war aber auch beunruhigt gewesen. Er hatte Hans daher darauf hingewiesen, dass man sämtliche Informationen im Internet finden konnte, er ihm aber selbst nicht weiterhelfen wollte. Und tatsächlich, es war ganz unkompliziert. Mithilfe der Suchportale fand man einfach alles heraus.

In Österreich konnte jeder unbescholtene Bürger eine Waffenbesitzkarte für zwei genehmigungspflichtige Waffen beantragen. Um die Karte zu bekommen, musste er den Waffenführerschein vorweisen und eine Rechtfertigung, oder besser gesagt, eine Begründung angeben, warum er eine Waffe brauchte.

»Ich muss meine Schwester beschützen«, würde zwar

stimmen, aber eventuell nicht so gut ankommen. Obwohl, es geht ein Frauenmörder um, da hätten sie vielleicht doch Verständnis, ging es Hans durch den Kopf.

Auf Wikipedia las er weiter. Natürlich hatten Jäger eine gute Erklärung, wenn die ein Gewehr haben wollten, wurde nicht weiter nachgefragt. Sie brauchten ja eine Waffe, um Rehe und andere niedliche Tiere zu erlegen. Auch Sportschützen hatten überzeugende Argumente. Aber man konnte auch sagen, dass man sein Heim verteidigen wollte.

Auch ich kann angeben, dass ich mein Zuhause schütze.

Wo kann ich den Waffenführerschein machen? Sportschützenvereine boten sich an. Minuten später hatte er mehrere mögliche Kandidaten in Wien gefunden. *Ich werde Sportschütze. Will ich Resi beschützen, muss ich ohnehin lernen, mit der Waffe richtig umzugehen.*

»Meidlinger Schützen 1901« hieß der Verein, den er auswählte. Er vereinbarte rasch einen Termin.

Als er am Abend beim Vereinshaus eintraf, erwartete ihn schon der Obmann. Bierbauch, Schnauzbart und graue Haare zeichneten ihn aus. An der Wand des Gebäudes waren zwei alte Jagdgewehre aufgepinselt. Deren Läufe kreuzten sich in der Mitte. Darüber stand die Zahl 1901.

»Freut mich, dass Sie sich für uns entschieden haben.«

»Sie waren meine erste Wahl.«

»Wenn Sie Mitglied werden, wie Sie am Telefon angekündigt haben, dann kann ich Ihnen den Waffenführerschein gleich heute ausstellen.«

Im Eingangsbereich des Vereinshauses stand ein Kühlschrank. Mehrere ältere Herren saßen auf Bänken und tranken Bier. Der Obmann führte Hans zum Schießstand und erklärte ihm währenddessen die sachgemäße Aufbewahrung einer Waffe. Es klang vernünftig, dass man den Aufbewahrungsort versperren musste. Soweit Hans es verstand, sollte die Munition getrennt von der Waffe aufbewahrt werden. Er bekam den Gehörschutz und das Holster. Danach zeigte ihm der Obmann, wie man mit der Pistole richtig zielte und dabei beide Hände benutzte, um mehr Sicherheit zu gewinnen. Gegenüber, nur wenige Meter entfernt, waren mehrere Zielscheiben angeordnet.

Hans gab den ersten Schuss mit der Smith & Wesson ab. Seine Hand schnellte dabei unkontrolliert nach oben. Hans verfehlte sein Ziel um deutlich mehr als Haaresbreite. Allzu viele Schüsse würde er nicht hintereinander abgeben. Schon jetzt spürte er die Belastung an Arm und Schulter.

»Das wird schon. Es ist noch kein Meister vom Himmel gefallen. Sie wollten ja die Handfeuerwaffe ausprobieren. Mit einem Gewehr wäre es zu Beginn einfacher. Sie hätten schneller ein Erfolgserlebnis.«

Ein Gewehr kann ich aber nicht immer bei mir tragen. Ein Gewehr fällt zu sehr auf. Nein, ich brauche eine Pistole.

Nach weiteren neun Schüssen hatte der Obmann keine Zeit mehr, und auch Hans war froh, die Übungseinheit beenden zu dürfen.

»Sie können nun jederzeit vorbeikommen. Wir bieten auch einen Aufbaukurs an. Beim Kurzwaffensport schießen Sie auf Standscheiben, bewegliche Scheiben, es gibt auch Fun-Schießen auf Flaschen, rollende Kugeln oder auf Comic-Hühner. Das zeige ich Ihnen alles beim nächsten Mal.«

Fun-Schießen, noch macht es mir keinen Spaß, aber solange es seinen Zweck erfüllt … ob das schon alles war, ob ich mit diesen zehn Schuss den Waffenführerschein schon erhalte?

Und tatsächlich, der Obmann enttäuschte Hans nicht. Gemeinsam mit ihm füllte er schnell den Waffenführerschein aus, stempelte ihn ab und unterschrieb zum Schluss. Offiziell war Hans jetzt für den Umgang mit Waffen geschult und ausgebildet.

Der Schnurrbart schob ihm den Führerschein gemeinsam mit mehreren bunten Visitenkarten zu.

»Eine kleine Auswahl. Wenn Sie sich eine Waffe kaufen wollen, erhalten Sie dort eine gute Beratung. Alle arbeiten ganz legal, versteht sich.«

Zu guter Letzt folgte noch der Erlagschein für den Mitgliedsbeitrag, den Hans möglichst bald einzahlen sollte.

»Und vergessen Sie nicht auf die Rückstände vom Schießen. Die Kriminaltechniker können noch lange, nachdem Sie geschossen haben, nachweisen, dass Sie eine Waffe abgefeuert haben.«

»Danke für den Hinweis. Auch ich sehe CSI«, antwortete Hans.

»Genau.« Der Obmann nickte. »Also, wenn Sie hier üben, haben Sie ebenso Rückstände an den Händen.«

Jetzt grinste er.

Fast scheint es so, als ob er denkt, ich habe eine krumme Sache vor. Ich will nur auf Resi aufpassen, sie beschützen. Nichts weiter. Aber es macht keinen Sinn, ihm das zu erklären. Jetzt brauche ich nur noch einen Psychologen, der meine Verlässlichkeit bestätigt, dann kann ich die Waffenbesitzkarte beantragen.

Natürlich muss ich mir dann noch eine Waffe besorgen. Und ich muss üben. Noch treffe ich nicht einmal einen 200-Kilo-Mann aus zwei Metern Entfernung.

Hans verabschiedete sich.

Als Nächstes durchforstete er die Gelben Seiten nach einem passenden Psychologen.

KAPITEL 47

Donnerstag, 15. Mai

»Danke, Sie können ihr Hemd wieder anziehen.«

Eugen Schuster knöpfte sich sein Hemd zu. »Es tut mir leid, wie ich schon gesagt habe, ich war an diesem Abend allein. Aber ich helfe Ihnen, soweit ich kann«, sagte der Firmenchef zu Brandner. Der Kommissar konnte an den Armen keinerlei Kratzspuren erkennen. *Aber es ist auch schon zu lange her. Nach zwei Wochen sieht man nur mehr etwas, wenn es sich um eine schwere Verletzung gehandelt hat.*

»Schicken Sie mir jetzt bitte Herrn Schwarz herein.«

Der technische Leiter der Schuster Schuhe GmbH trat ein. Sofort fixierte sein Blick die Fotos an der Wand.

»So viele! Das ist ja schockierend«, stellte Schwarz fest.

»Bitte setzen Sie sich.«

»Ich muss Sie leider enttäuschen, aber für die Nacht, in der diese Schwimmerin in Amstetten ermordet wurde, habe ich leider kein Alibi.«

»Wo waren Sie?«

»Bei mir zu Hause, ich habe zuerst gekocht und dann ein Buch gelesen.«

»Darf ich Sie bitten, Ihren Oberkörper frei zu machen. Sie wissen wahrscheinlich, dass ich Sie dazu nicht zwingen kann.«

»Ist schon in Ordnung. Ich habe nichts zu verbergen.«

Schwarz stand auf, zog sein Sakko aus und hängte es über die Armlehne, dann löste er den Krawattenknoten und knöpfte sein weißes Hemd auf. Als er es ausgezogen hatte, drehte er sich im Kreis. »Wollen Sie noch mehr sehen, soll ich auch die Hose ausziehen?«

»Nein, das wird nicht nötig sein, Sie können sich wieder anziehen.«

Eine Minute später saß Schwarz dem Kommissar wieder gegenüber. »Kann ich Ihnen sonst irgendwie weiterhelfen?«

»Waren Sie schon einmal in Portugal?«

»Ja, das ist aber schon länger aus.«

»Wann genau?«

»Einige Jahre, wieso?«

Die Blicke von Schwarz wanderten wieder zu den Fotos der toten Frauen. »Sind die anderen Frauen in Portugal ermordet worden? Wo genau? Und wann?«, wollte Schwarz wissen.

Der ist mir zu neugierig. Hoffentlich steckt der das nicht der Presse. Von seinem Platz aus kann er die Anmerkungen unter den Fotos nicht lesen.

»Dazu kann ich nichts sagen, bitte halten Sie sich mit Vermutungen zurück.«

»Keine Angst, von mir erfährt niemand etwas«, lenkte Schwarz ein.

»Gut, danke, dass Sie so rasch vorbeigekommen sind.«

»Das war doch selbstverständlich. Als wir gehört haben, dass wir die Einzigen waren, die Sie nicht im Büro angetroffen und auf Kampfspuren untersucht haben, sind wir gleich hergekommen. Schließlich haben Herr Schuster und ich nichts zu verbergen.«

»Verwenden Sie eigentlich Stanzmesser in Ihrem Betrieb?«

»Hier bei uns nicht, wir produzieren keine Schuhe mehr, aber Herr Chan in seinen Werken mit Sicherheit, wieso?«

»Nur so eine Frage, mir ist das Schild der AKBF aufgefallen.«

Schwarz nickte. »Ja, wie gesagt, hier in Österreich brauchen wir leider keine Stanzmesser mehr. Eine Sportschuhproduktion rechnet sich schon lange nicht mehr. Die ist nur in Asien profitabel.«

KAPITEL 48

Juliana bemerkte es sofort. Die Unbeschwertheit war verschwunden. Auch an Resi waren die tragischen Ereignisse nicht spurlos vorübergegangen. Die eigene Mutter, als Mörderin verurteilt, hinter Gittern zu wissen, ließ das Leben einfach nicht mehr so rosig erscheinen. Die Sonne hatte jedoch auch schon zuvor nicht immer über Resi gestrahlt. Der Tod ihres Vaters vor vielen Jahren hatte sich aber damals noch nicht so deutlich in ihrem Gesicht verewigt. Vor allem auf das Selbstvertrauen der Tochter hatte er sich nicht negativ ausgewirkt. Sie war ihren Weg gegangen. Auch jetzt lebte sie weiterhin ihren Traum. Der hatte sie zu Juliana geführt.

»Hier, das ist … das war«, korrigierte sich Juliana, »Monikas Zimmer.«

Resi trug noch ihre schwarze Trainingshose mit den rosa Längsstreifen und ein rosa T-Shirt. Die Kleidung erinnerte Juliana an ihre frühere Mitbewohnerin, auch Monika hatte sie häufiger mit Trainingsanzug gesehen als in Alltagskleidung. Die nächsten Wochen würden also ähnlich wie früher ablaufen, Resi musste für das Musical proben und würde dann verschwitzt vom Tanz- und Gesangstraining in ihrer beider Wohnung kommen. Monika hatte keine rosafarbige Kleidung getragen, Juliana war sich bewusst, dass das nicht der einzige Unterschied bleiben würde. Sie wohnte jetzt mit einer Künstlerin zusammen. Das war etwas ganz anderes, als sich mit einer sehr sportlichen Bürokauffrau die Wohnung zu teilen.

»Ein Kleiderschrank, ein Bett und das Nachtkästchen, schön!«, kommentierte Resi die spartanische Einrichtung für Juliana fast schon zu positiv.

»Monikas Eltern haben keinen Platz für die Möbel. Die Kleidung und Monikas persönliche Sachen haben sie schon vor einiger Zeit abgeholt. Das Bett habe ich mit Bettwäsche von mir bezogen.«

»Weiß-rosa, passend zu meinem Outfit!«

»Wenn es dir nicht gefällt, kannst du jederzeit deine eigene mitbringen.«

»Mir gefällt rosa, wie du siehst«, stellte Resi fest und drehte sich im Kreis vor Juliana. »Aber ich werde mir sicher auch eine Garnitur meiner eigenen Bettwäsche mitnehmen, um abzuwechseln und natürlich, um Zeit zum Waschen zu haben.«

Resi stellte ihren Koffer neben den Schrank und öffnete eine der Flügeltüren. Er war leer.

»Du willst jetzt auspacken.«

»Ja, und duschen.«

»Gut, lass dir ruhig Zeit, aber komm danach bitte noch einmal kurz zu mir in die Küche.«

Juliana sah Resis neugierigen Blick, sie verriet ihrer neuen Mitbewohnerin aber nichts.

Als Resi 40 Minuten später im dunkelroten Schlafanzug zu Juliana in die Küche kam, standen dort schon zwei Sektgläser auf dem Tisch bereit. Juliana holte die Flasche Prosecco und öffnete den Drehverschluss.

»Resi, herzlich willkommen, ich freue mich, dass ich wieder eine Mitbewohnerin habe.«

Juliana füllte zuerst Resis Sektflöte auf, dann ihre eigene. Sie stießen an.

»Danke dass du mich bei dir wohnen lässt.«

Resi schien ganz gerührt zu sein, als sie den noch immer prickelnden Schaumwein trank. Juliana musterte währenddessen ihre neue Mitbewohnerin genauer: Ja, der Gesichtsausdruck war ernster, die Haar waren dunkler. Resi wirkte noch interessanter als früher. Schon vor über einem Jahr hatte sich der ewige Junggeselle und Frauenheld Jakob Schuster in Resi so sehr verliebt, dass er bereit gewesen war, seine anderen Prioritäten hintenanzustellen.

Juliana konnte es verstehen. Wahrscheinlich hatte Resi

noch immer keine Ahnung, wie leicht es ihr fiel, die Herzen der Männer zu erobern.

Und dann zu brechen.

Vielleicht täusche ich mich aber, und sie weiß ganz genau, was sie tut. Resi hat mich angerufen, trotz meiner ursprünglich ablehnenden Haltung sitzt sie mir jetzt in meiner Küche im Pyjama gegenüber. Ich muss aufpassen. Wahrscheinlich war es die Idee von Hans, aber was soll's, ich werde das Beste daraus machen.

»Wenn du willst, kannst du mich an einem der kommenden Abende einmal zu meiner Yogagruppe begleiten. Das entspannt dich nach den Proben«, bot Juliana ihrer neuen Mitbewohnerin an.

Resi leerte ihr Glas.

»Das Angebot nehme ich gerne an, ich weiß nur nicht, wie lange unsere Proben dauern werden, aber das eine oder andere Mal wird es schon passen.«

Schon bist du auf dem besten Weg, auch wirklich eine Freundin von mir zu werden. Der Willkommenstrunk zahlt sich aus. Monika war mir immer zu sportlich. Beim Yoga macht es aber nichts, wenn du muskulöser, ausdauernder oder biegsamer bist. Yoga ist kein Wettbewerb, und wir rittern auch um keinen Mann.

Noch nicht. Ob es schlau von mir ist, so eine schöne Freundin zu haben? Wenn wir einmal gemeinsam ausgehen, werden mich die Männer dann überhaupt noch wahrnehmen?

Aber so weit ist es noch gar nicht.

Resi ist nur meine Mitbewohnerin und keine Freundin.

Noch lange keine Freundin.

KAPITEL 49

Den Termin für die Waffenpsychologische Verlässlichkeitsprüfung hatte Hans gleich mithilfe der Homepage von Doktor Mathilde Mayrhofer vereinbart. Der Lichtbildausweis und die 285 Euro steckten in seiner Geldbörse. Es konnte eigentlich nichts schiefgehen. Eigentlich. Frau Doktor wusste ja nichts davon, dass er schon einmal einen Menschen ermordet hatte. Falls sie danach fragen würde, war er darauf vorbereitet. Entsetzt und vollkommen außer sich würde er es verneinen.

Er saß im Wartezimmer ihrer Praxis, einem Altbau im ersten Bezirk Wiens. Alte, teure Möbel, hohe Mauern und eine kompetente Empfangsdame rundeten das Bild ab. Er wartete allein. Zehn Minuten war er zu früh erschienen. Zum vereinbarten Zeitpunkt würde er zur Frau Doktor hineingebeten werden, hatte ihm die Empfangsdame mitgeteilt, nachdem sie seinen Ausweis kontrolliert und kopiert hatte. Alles war sehr professionell, fast zu perfekt. *Was wenn Frau Doktor auch so gut und engagiert arbeitet? Was wenn sie mich nach meiner Mutter fragt? Kennt sie vielleicht die familiären Hintergründe? Bekommt sie Informationen von der Polizei oder vom Gericht? Wird es einem negativ ausgelegt, wenn einer der Elternteile ein Mörder ist? Trifft in diesem Fall auch die Erbschuld zu?*

Ihre Mutter ist eine Mörderin, nein, Sie dürfen keine Waffe besitzen. Sie sind vorbelastet, ich werde empfehlen, dass Ihnen die Behörde auch den Besitz und die Verwendung von scharfen und spitzen Messern untersagt.

»Herr Mayer, bitte.«

Hans schätzte Frau Doktor Mayrhofer auf ungefähr 40 Jahre. Sie saß hinter einem Schreibtisch. In ihrer Praxis gab es keine Couch, sondern nur mehrere bequem aussehende Sessel. Frau Doktor trug auch keinen weißen Arztkittel, trotzdem machte sie Hans ähnlich nervös wie sein Zahnarzt inmitten seiner Folterinstrumente.

Nach der Begrüßung überreichte ihm Frau Doktor den schriftlichen Test, dazu gab sie ihm einen Kugelschreiber. Er setzte sich auf einen der Stühle und begann zu lesen. Schon die erste Frage konnte er beantworten, ohne lange nachzudenken. Der Test war gar nicht so schwer, wie er erwartet hatte. Von Frage zu Frage wurde er selbstsicherer. Rasch kam er zu dem Schluss, dass bei dem Test, mit den zur Auswahl vorgegebenen Antworten, nur ein echter Idiot durchfallen konnte. Jedes Mal, wenn er eine neue Frage las, war ihm sofort klar, welche der Antworten dazu am Unverfänglichsten war. Man musste sich nur in die andere Seite hineinversetzen und sich fragen, welche Antworten die Alarmglocken beim Auswerten des Tests läuten lassen würden.

Bald war er fertig. Er übergab die Papiere wieder der Frau Doktor. Den schriftlichen Test bestand er ohne jegliche Probleme, das war für ihn klar. Auch wenn die Antworten erst ausgewertet werden mussten, machte er sich darüber keine Sorgen mehr. Jetzt war er auch bereit für die mündliche Befragung.

»Wozu brauchen Sie den Waffenschein?«

»Ich habe mit dem Sportschießen begonnen und bin jetzt Mitglied beim Meidlinger Schützenverein 1901.«

Sie nickte zwar, sah ihn aber ernst an. Seine Selbstsicherheit drohte sich wieder zu verflüchtigen. Gleich würde sie ihn nach seiner Mutter fragen, gleich würde sie ihm vorwerfen, dass er schon einmal jemanden ermordet hatte. Ihr Blick war so durchdringend, dass sie es einfach sehen musste. Juliana hatte es erkannt, seine Ex-Verlobte hatte keine psychologische Ausbildung. Ganz offensichtlich musste es daher für die Psychologin sein, diese hatte schließlich jahrelang studiert, um ins Gehirn ihrer Patienten sehen zu können.

Solange ich es abstreite, kann gar nichts passieren. Es gibt keine Beweise. Sie kann mir nur vorhalten, dass meine Mutter eine Mörderin ist.

»Und da wollen Sie sich eine Waffe zulegen.«

Noch immer das ernste Gesicht.

Hans räusperte sich, sein Hals fühlte sich trocken an.

»Eine auszuleihen, macht auf Dauer keinen Sinn«, antwortete er. Die Hände hielt er unter dem Tisch versteckt, sie zitterten leicht. Frau Doktor sollte nicht erkennen, wie nervös er wieder war. Jedes Mal, bevor sie die nächste Frage stellte, hielt er den Atem an und erwartete, auf die Ereignisse auf der Schusteralm angesprochen zu werden.

Doch die Fragen waren allesamt unspektakulär, nur der trockene Mund erschwerte ihm zusehends das Antworten. Was er zu erwidern hatte, um nicht in Schwierigkeiten zu kommen, war vollkommen klar.

Dann war der Spuk vorbei. Sie hatte ihm keine einzige Frage zu seiner Mutter gestellt, auch keine zu den Morden, und schon überhaupt nicht hatte sie ihn gefragt, ob er schon jemals einen Mord begangen hatte. Nicht einmal, ob er vorhatte, einen zu begehen, hatte sie wissen wollen.

Hans schien alles richtig gemacht zu haben. Ihre Gesichtsmuskeln entspannten sich. Sie war nahe daran, zu lächeln, aber so weit würde es wahrscheinlich doch nicht kommen. Das war auch nicht nötig. Doktor Mayrhofer musste jetzt nur noch den Fragebogen auswerten.

»Wenn Ihre Antworten nichts Auffälliges zutage fördern, können Sie Ihre Bestätigung morgen abholen, ansonsten werden Sie zu einem Folgegespräch hergebeten.«

Die 285 Euro bezahlte Hans in bar. Der trockene Hals verflüchtigte sich von selbst, ohne dass er auch nur ein Glas Wasser getrunken hatte.

Endlich entspannt, verließ er die Ordination der Psychologin.

Schon in zwei Tagen könnte er seine eigene Waffe in Händen halten. Die Walther PPQ mit dem Kaliber 9X19 hatte er schon reserviert. Die guten Testergebnisse, der Verkäufer und die 15 Kugeln, die er hintereinander abfeuern konnte, ohne dass er nachladen musste, hatten den Ausschlag für seine Kaufentscheidung gegeben.

Die genauen Zeiten der Amtsstunden für die Beantragung der Waffenbesitzkarte in seinem Bezirk kannte er auch.

Jetzt müssen die Beamten auch nur ähnlich schnell arbeiten wie die Psychologin, dann halte ich meine Walther wirklich bald in Händen und feuere sie ab.

Fun-Schießen auf Flaschen, rollende Kugeln und Comic-Hühner, hat der Obmann vom Schießverein gesagt. Noch treffe ich nicht einmal unbewegliche Scheiben aus nächster Nähe.

Aber das wird besser.

Erst müssen die Beamten ihre Arbeit machen. Danach kümmere ich mich um meine Walther.

Ich muss weiterhin auf Resi aufpassen.

Mit oder ohne Waffe. Den Schlüssel für die Wohnung in Waidhofen habe ich schon.

KAPITEL 50

Ein schwarzer Opel Corsa mit Wiener Kennzeichen. Juliana stoppte, irritiert umkreiste sie einmal den Wagen, schaute in den Innenraum, suchte nach einem weiteren Hinweis, sah aber nichts Verdächtiges. Trotzdem prägte sie sich die Nummer ein.

Aus einem ihr unerklärlichen Grund hatte sie nicht den kürzesten Rückweg gewählt, sondern war die schmälere und weniger häufig befahrene Parallelstraße entlanggeschritten. Es war nach 22 Uhr abends und es war sehr still. Sie ging einige Meter weiter. Rechts von ihr befand sich der Fußballplatz für die Kinder, danach begannen auch schon die dreistöckigen Wohnbauten. Ein Mann kam ihr im Dunkeln entgegen. Mit einem Mal stellten sich sämtliche ihrer Härchen auf. Sie war in Alarmbereitschaft. Auf das Schlimmste gefasst, blieb sie stehen. Auch der Mann stoppte an der gegenüberliegenden Straßenseite. Dort befand sich das letzte noch nicht verbaute Stückchen grüner Wiese. Einige Meter dahinter zeichneten sich die Umrisse eines Baumes ab. Rechts entlang der Mauer der Wohnbauten waren Mülltonnen platziert. Sie lagen vollkommen im Finstern. Niemandem würde es auffallen, wenn er sie packen und hinter die Mülltonnen drängen würde. Viel wahrscheinlicher würde er aber den Baum als Schutzschild wählen, dort wären sie besser versteckt und nicht einmal ein Nachbar, der verspätet seinen Müll entsorgen würde, könnte sie retten.

Ein langer, dünner Gegenstand baumelte an seiner Hand zu Boden.

Ein Seil, ein Strick!

Juliana war versucht, um Hilfe zu rufen.

Sie blickte sich um.

Wo ist nur die private Security, wenn man sie braucht?

Die Einwohner der Zell hatten sich formiert. Unzählige Einbrüche in die Keller der Wohnanlagen waren im letzten Jahr erfolgt. Die Täter hatten es auf teure Fahrräder abgesehen, die in den Kellern untergebracht waren.

Der Mord an Monika Steiner und dann der darauffolgende in der Bezirkshauptstadt hatten den Ausschlag gegeben. Die Pläne für den Verein waren schon in den Schubladen gelegen. »Sichere Zell« hieß die Vereinigung, die gegründet worden war. Zu zweit sollten die Vereinsmitglieder ab 21 Uhr abends patrouillieren. Es war schon über eine Stunde später.

Wo bleibt die Bürgerwehr?

Das Seil, der Frauenmörder!

Noch immer stand Juliana vor dem Fußballplatz. Nur ein hohes Netz trennte sie vom Torrahmen. Auf den grünen Rasen konnte sie der Mörder also nicht zerren, aber auf die Wiese und zum Baum gegenüber.

Schon einmal bin ich überfallen worden.

Südafrika. Nie wieder!

Ein lauter Pfiff. Juliana sah sich um. Niemand außer dem Mann war zu sehen. Sie hörte etwas Undefinierbares. Dann tauchte ein Schatten neben dem Baum auf und bewegte sich über die Wiese schnell auf den Mann zu.

»Braver Bello«, begrüßte der seinen Hund. Er strich ihm tätschelnd über den Kopf und fixierte gleichzeitig die Leine.

»Guten Abend«, grüßte sie der Mann freundlich.

Zaghaft brachte auch Juliana ein »Guten Abend« hervor. Danach lief sie eilig an den Müllcontainern vorbei und nahm den schmalen, asphaltierten Zugang, der zwischen Garageneinfahrt und Häuserflucht in den Innenhof der Wohnanlage führte. Dort erkannte sie in der schwach erleuchteten Umgebung die abgestellten Fahrräder, die Schaukel für die etwas älteren Kinder und den Sandkasten für die kleinsten Bewohner der Wohnanlage. Ein Bagger aus Plastik lag neben dem Sandkasten auf der Wiese. Eines der Kinder musste ihn dort liegengelassen haben. Erst jetzt beruhigte sie sich.

Von außen sah Juliana Lichtschein aus ihrer Wohnung durch die Fenster dringen. Die Vorhänge waren nicht zugezogen, Resi würde man von allen gegenüberliegenden Wohnungen aus, wie in einem Schaufenster ausgestellt, betrachten können. Mehr als die Hälfte der anderen Wohnungen war komplett verdunkelt. Etwa ein Viertel der Fenster war mit Vorhängen oder Jalousien vor neugierigen Blicken geschützt. Zarte Lichtstrahlen kämpften sich vereinzelt hervor, sodass Juliana erkennen konnte, wo tatsächlich jemand daheim war. In mehreren Wohnungen flackerte das Licht unruhig, dort läuft der Fernseher, folgerte Juliana. Sie sah sich weiter um: Ungefähr ein weiteres Viertel der Bewohner scherte sich wie Resi nicht darum, dass man sie unbemerkt beobachten konnte.

Juliana zwang sich, noch nicht zum Voyeur zu werden, noch befand sie sich nämlich selbst nicht vollkommen in Sicherheit. Sie ging die letzten Schritte, schloss die Tür zum Wohngebäude und schon kurz darauf auch ihre Wohnungstür auf.

Resi war nirgends zu sehen, doch die Wohnung war hell erleuchtet. Juliana begab sich in die Wohnküche. Auch dort war Resi nicht. Dann hörte sie ein Geräusch. Es kam vom Bad. Erst jetzt war Juliana endgültig erleichtert. Beide Frauen waren wieder gut heimgekommen. Das unnötige Licht im Vorraum schaltete sie aus, ebenso in den anderen Räumen. Dann zog sie die Vorhänge zu. Schließlich stand sie in der Küche und beobachtete durch einen Spalt zwischen den Vorhängen die Umgebung. Dort, wo Licht brannte, konnte sie mit freiem Auge deutlich erkennen, wer sich da gegenüber aufhielt und was derjenige gerade tat.

Dort, wo es finster war, erkannte sie nichts.

Der schwarze Opel Corsa, das Auto aus Wien, kam ihr wieder in den Sinn.

Juliana ahnte, wem das Auto gehörte.

KAPITEL 51

Liebster!

Ich weiß, ich sollte dir nicht schreiben, aber ich musste es versuchen.

Immer wieder denke ich an unseren gemeinsamen Abend zurück. Ich kann einfach nicht anders.

Du hast gesagt, ich wäre zu jung. Wir hätten keine gemeinsame Zukunft. Du willst nicht unnötig Zeit und Energie in eine Beziehung investieren, die ohnehin nicht von Bestand ist. Du willst meinem Glück nicht im Weg stehen, willst, dass ich frei und offen für einen Geliebten in meinem Alter bin.

Ich habe es versucht und bin wieder mit gleichaltrigen Männern (oder sollte ich »Buben« sagen?) ausgegangen. Sie können dir nicht das Wasser reichen. Zu unbeholfen, zu kindisch benehmen sie sich. Und auch im Bett hilft ihnen ihr jugendlicher, unverbrauchter Körper nicht. Sie sind einfach zu unerfahren, zu unbeherrscht.

Vielleicht hätten wir nicht sofort miteinander ins Bett (in unserem Fall die Couch) gehen sollen? Obwohl ich diese Erfahrung nicht missen möchte! Noch immer erschaudere ich bei dem Gedanken an deine Berührungen.

Vielleicht hätten wir aber besser doch nicht miteinander geschlafen. Denn eventuell bist du mein Leo Leike. Ich habe gerade die Fortsetzung von »Gut gegen Nordwind« gelesen. Ja!, die Geschichte von Emmi Rothner und Leo Leike geht weiter, aber das wusstest du sicher schon.

Den ganzen Roman hindurch schreiben sich Emmi und Leo E-Mails, wie gehabt, kommen sie einander dabei emotional näher und näher, ohne sich physisch zu treffen, geschweige denn zu berühren. Und dann die große Überraschung zum Schluss: Sie treffen sich auch im wahren Leben, nicht nur in der virtuellen Welt. Emmi und Leo finden zusammen!

Liebster, lass uns auch einander schreiben, lass uns unser Innerstes voreinander offenlegen. Ich bin mir sicher, auch deine E-Mails wären Gut gegen Schlaflosigkeit, Gut gegen meine Unruhe. Ja, sehen wir uns doch erst einmal nicht, da stimme ich mit dir überein, aber lass uns einander schreiben. Legen wir doch unsere Gedanken voreinander offen.

Ich kann einfach nicht glauben, dass ich zu jung für dich

bin, dass die eine Nacht alles gewesen ist, was das Universum für uns beide bestimmt hat.

Lass uns einander E-Mails schreiben.

Lass es uns versuchen!

Lass es uns wie Emmi und Leo tun,

Deine Natascha

Er las den Text bereits zum zweiten Mal. Sie hatte die E-Mail an seine Firmenemailadresse geschickt. Diese konnte man einfach unter »Kontakte« auf der Homepage finden.

Die schwarzen Haare, die großen Augen, die feste angenehme Haut, die langen Beine, ihr Geruch, die Erinnerung war mit einem Mal so stark, fast war es, als stünde Natascha wieder nackt vor ihm.

KAPITEL 52

Julianas Mitbewohnerin schlief noch, die Künstlerin lebte das Leben einer solchen. Allerdings waren schon am späten Vormittag Proben angesetzt. Also musste auch Resi bald aus den Federn.

Als Juliana am Morgen ihre Wohnung verließ, wählte sie den Umweg durch den Innenhof, passierte wieder die Müllcontainer und den Fußballplatz. Der schwarze Opel Corsa mit dem Wiener Kennzeichen war nirgends zu sehen. Dort, wo er am Vorabend geparkt hatte, stand ein weißer Passat mit dem Kennzeichen »WY«.

Erleichterung breitete sich in Juliana aus, sie hatte sich geirrt.

Doch noch während sie in Richtung Tiefgarageneinfahrt zurückging, widerrief sie diesen Gedanken.

Auch er muss zur Arbeit. Früher als all die anderen muss er daher aufbrechen. Sein Weg ist deutlich länger.

Juliana steckte den Schlüssel in die Vorrichtung, drehte ihn nach rechts, und die Garagentür begann sich zu öffnen. Schon bald wechselte die rote Ampel auf Grün, und sie konnte eintreten, ihr Auto starten und ins Büro fahren.

Julianas Arbeitstag verlief unspektakulär. Das nächste Mittagessen mit ihrem Chef in der Steinmühle war erst für den folgenden Tag angesetzt. Vielleicht hatte sie dann Gelegenheit, mit Eugen Schuster zu reden. Ihr letztes Aufeinandertreffen war Juliana peinlich. Sie war nur wenige Meter entfernt gestanden, als Eugen Schuster Jennifer Chan geküsst hatte. Juliana war nur dagestanden und hatte die Uhren in der Auslage angestarrt.

Auch Resi und ich werden vielleicht wie in einem Schaufenster beobachtet!

Immer wieder, wie auch jetzt, kehrten ihre Gedanken an diesem Tag zurück zum Opel Corsa.

Sie beschloss zu handeln. Juliana verließ das Büro daher etwas früher als sonst. Es war erst fünf Uhr nachmittags, sie hatte also genügend Zeit für ihre Besorgung. Waidhofens Innenstadt war wie meist um diese Uhrzeit mit Autos zugeparkt. Daher wählte sie den gebührenpflichtigen Parkplatz mit der Tiefgarage unterhalb des Schlosses.

Danach suchte sie zielstrebig das Geschäft in der Unteren Stadt auf.

Optiker Forster bot nicht nur Brillen, Kontaktlinsen und Kristall von Swarovski an, sondern auch Fernsichtgeräte, die ebenso vom Kristallhersteller gefertigt wurden.

»Swarovski bringt nicht nur das Glas zum Glänzen und Leuchten«, meinte der Verkäufer. »Auch die Optik für Präzisionsgewehre ist ein nicht unerheblicher Geschäftszweig des Konzerns.«

Eine Waffe brauchte Juliana nicht. Noch nicht, korrigierte sie sich. Sie kaufte einen Feldstecher mit 16-facher Vergrößerung. Das sollte für ihre Zwecke reichen. In weiser Voraussicht hatte sie schon die extra große Handtasche am Morgen gewählt. Zurück beim Auto, verstaute sie die Verpackung mitsamt der Bedienungsanleitung im Kofferraum. Den Feldstecher versteckte sie in der Tasche. Resi brauchte nichts von ihrer Neuerwerbung zu erfahren. Ihre neue Mitbewohnerin sollte sich auf ihre Rolle als Schweißerin im Musical konzentrieren und sich nur den Kopf darüber zerbrechen, wie sie ihre Gesangs- und Tanzeinlagen optimieren konnte.

Juliana überquerte mit ihrem Auto die Ybbsbrücke, bog dann einmal links ab, um wieder auf die schmalere Parallelstraße zu kommen. Der schwarze Opel Corsa war nirgends zu sehen. Auf dem Fußballplatz schossen einige Burschen Elfmeter. Eine ältere Frau ging mit ihrem Schäferhund Gassi. Juliana fuhr in die Tiefgarage und parkte auf dem für sie reservierten Platz, danach nahm sie die Stufen nach oben, um in ihre Wohnung zu gelangen.

Resi war noch nicht von ihrer Probe zurück, aber sie würde nicht mehr lange auf sich warten lassen. Da es noch hell war, nutzte Juliana den Vorhang ihres Schlafzimmerfensters als Schutzschild und suchte die Umgebung mit ihrer Neuerwerbung ab. Im Innenhof spielte die übliche Horde an Kindern. Lautstark hörte sie die Stimmen der etwa zehn- bis 14-jährigen Mädchen, die dort miteinander herumturnten, die Schaukel belegten und gleichzeitig Musikvideos auf ihren Handys abspielten. Die jüngeren Buben spielten Ball, obwohl das nicht erlaubt war. Zwei Väter beaufsichtigten ihre Kleinkinder, die im Sandkasten herumwühlten. Ihre Mütter würden alle verfügbaren Waschmittel brauchen, um deren Kleidung wieder sauber zu bekommen. Aber das kümmerte die Väter offenbar nicht.

Juliana richtete den Feldstecher auf die Fenster der gegenüberliegenden Wohnungen. Eine vierköpfige Familie saß beim Abendessen, die perfekte Idylle. Sonst war wenig Bewegung zu erkennen. Noch war es eindeutig zu früh, die Sonne schien, und es war angenehm warm. Nach einem langen Arbeitstag verbrachte der Großteil der Bewohner die Zeit im Freien. Oder sie arbeiteten länger.

Den Feldstecher versteckte Juliana wieder in ihrer Tasche, danach holte sie ihr Handy heraus.

»Was machst du gerade?«, wollte Juliana von Hans wissen, nachdem sie sich begrüßt hatten.

»Ich fahre von einem Kunden nach Hause.«

Er sprach über die Freisprechanlage seines Autos mit ihr. Das konnte sie deutlich an der Akustik und den Hintergrundgeräuschen hören.

»Du bist also heute Abend in Wien.«

»Ja, wie meistens, außer du willst, dass ich zu euch komme. Wir könnten unsere Nacht wiederholen.«

»Nein, ich bin schon müde«, wiegelte Juliana ab.

Das Gespräch drohte in die falsche Richtung zu verlaufen. Sie wollte nicht mit ihm über die gemeinsame Nacht reden, deswegen hatte sie ihn nicht angerufen. Also wechselte sie das Thema: »Resi hat sich schon ganz gut eingelebt.«

»Freut mich, es ist also alles in Ordnung?«

»Ja, das wollte ich dir mitteilen. Ich kann mir vorstellen, dass du dir Sorgen machst, um deine kleine Schwester und um mich«, fügte sie hinzu.

Ob du dich tatsächlich auch um mich sorgst … da bin ich mir gar nicht mehr so sicher.

Sie hörte, wie die Eingangstür aufgeschlossen wurde.

»Resi kommt gerade heim, willst du noch mit ihr reden?«

»Richte meiner Schwester nur liebe Grüße aus. Wir werden uns sowieso bald sehen, nach der Probe will sie sicher ihre Ruhe haben. Vielleicht komme ich ja am Wochenende nach Waidhofen, natürlich nur, wenn das für dich okay ist«, merkte er an.

Ich könnte jetzt Nein sagen. Zwar habe ich ihn beim letzten Mal in mein Schlafzimmer mitgenommen, aber jetzt könnte ich Nein sagen. Es ist noch nicht zu spät.

»Es passt, wenn du vorbeikommst. Resi wird sich freuen, sie proben aber, soweit ich weiß, auch am Wochenende«, antwortete sie. Danach verabschiedeten sich die beiden voneinander.

Ist es nun Hans, der uns beobachtet?

Juliana war sich nicht sicher.

Aber ich werde es herausfinden.

Resi aß danach ihr Joghurt mit Müsli zum Abendessen, Juliana leistete ihr währenddessen Gesellschaft, informierte sie aber nicht über ihr Telefonat mit Hans. Auch über den Opel Corsa mit Wiener Kennzeichen sagte sie nichts.

Als sich Resi ins Badezimmer zurückzog, war die Sonne schon untergegangen. Die Gelegenheit nutzte Juliana, um ihren Feldstecher wieder hervorzuholen. Sie suchte die Umgebung ab. Der Vorhang ihres Schlafzimmerfensters bot ihr wieder den nötigen Schutz. Hinter den Fenstern mit heruntergelassenen Jalousien erkannte sie entweder gar nichts oder nur sich bewegende Schatten. In den hell beleuchteten Räumen, die kein geschlossener Vorhang schützte, konnte sie mit ihren Vergrößerungsgläsern schon fast die Buchrückentexte der Romane in den an den Wänden stehenden Regalen lesen. Ohne sich anstrengen zu müssen, erkannte sie, welche Serien gerade im Fernsehen beliebt waren. Diese offenherzigen Bewohner der Anlage, die anscheinend nichts zu verbergen hatten, waren für Juliana aber nicht von Interesse. Stattdessen suchte sie ein verdunkeltes Fenster nach dem anderen mit ihrem Feldstecher ab.

Juliana stutzte, ganz oben im dritten Stock, beim zweiten Fenster von rechts, stimmte etwas nicht. Sie war sich nicht ganz sicher, glaubte aber, eine Bewegung des Vorhanges erkannt zu haben. Ihren Feldstecher hielt sie daher zielgerichtet auf die verdächtige Stelle, sie stellte ihn schärfer ein. Mit einem Mal war sie sich ganz sicher. Die runde Form eines Fernrohres zeichnete sich ab, es war zwischen dem linken und rechten Vorhangende hindurchgeschoben worden. Das Fernrohr war schräg nach unten gerichtet und zeigte geradewegs zu ihrer Wohnung. Allerdings etwas seitlich versetzt, wahrscheinlich hatte der Spion die beste Sicht durch ihr Küchenfenster hindurch in den Koch- und Wohnbereich.

Ihre Befürchtung hatte sich also bestätigt. Nachdem sich auch Juliana die Zähne geputzt hatte, stellte sie sich für den nächsten Morgen ihren Weckruf um zwei Stunden früher als sonst. Das sollte reichen, um sich endgültig Gewissheit zu verschaffen. Sie legte sich ins Bett und wartete. Lange konnte sie nicht einschlafen. Die Zeit verstrich nur langsam. Letztendlich stellte Juliana den Alarm des Weckers ab und stand kurz vor der angepeilten Uhrzeit auf. Sie wusste nicht, ob sie überhaupt geschlafen hatte. Wenn, dann war sie nur ganz kurz eingenickt.

Um 5 Uhr früh überquerte sie den Innenhof. Unsicher sah sie sich um. Vollkommen allein war sie, nichts rührte sich. Juliana bewegte sich auf dem schmalen Weg zwischen Garageneinfahrt und Hausmauer entlang, bis sie die rückseitig gelegene Gasse erreichte. Dort bog sie links ab. Es war noch dunkel, keine Sonnenstrahlen erhellten die Szenerie, aber der Sternenhimmel war klar, daher erkannte sie die Umgebung trotzdem deutlich. Die Mülltonnen standen an der linken Seite entlang der Hausmauer, danach folgte das Netz, das verhinderte, dass danebengeschossene Fußbälle auf dem Asphalt landeten.

Der Opel Corsa parkte nur unwesentlich weiter entfernt als zuletzt an der rechten Seite der schmalen Gasse. Juliana trat näher und vergewisserte sich: Schwarze Farbe und das Wiener Kennzeichen, es handelte sich um dasselbe Auto.

Den Plan, den sie zuvor gefasst hatte, galt es jetzt umzusetzen. Nach wie vor war niemand zu sehen. Rasch ging sie zu den von einem Holzzaun umgebenen Mülltonnen. Die Tür aus Metallgitter war abgesperrt. Ohne zu zögern, schloss sie mithilfe ihres Wohnungsschlüssels auf. Sie trat durch das Tor und schloss es hinter sich wieder. Restmüll, Plastik und Altpapier wurden hier von den Bewohnern entsorgt. Zwei, drei weitere Schritte zwischen die Containerreihen machte sie, wenn sie sich in die Hocke begab, war sie für Passanten unsichtbar. Solange sie aufrecht stand, hatte sie einen guten Überblick. Sie konnte dabei aber auch selbst von außen gesehen werden.

Juliana wartete, langsam kroch ihr der Geruch des Restmülls in die Nase. Gott sei Dank war es aufgrund der wolkenlosen Nacht recht frisch. Der Geruch wurde daher nicht zu einem unerträglichen Gestank.

Sie blickte auf die Uhr. Zehn Minuten waren bereits vergangen, seit sie ihr Versteck aufgesucht hatte. Ihre Übergangsjacke schützte sie nur unzureichend vor der Kälte, ihr fröstelte mittlerweile. Von Minute zu Minute wurde es schlimmer.

Dann erschrak sie. Zwei hell leuchtende Augen bewegten sich aus dem Dunkeln entlang der Hausmauer auf die Müllcontainer zu. Was war das? Drohte ihr Gefahr? Julianas Puls erhöhte sich. Mit einem Mal spürte sie nichts mehr von der Kälte, ihr war stattdessen glühend heiß, und sie nannte sich selbst einen unvorsichtigen Dummkopf, sich dieser Gefahr ausgesetzt zu haben. Wieder war sie allein unterwegs, schon am Vortag hatte sie sich zu Tode gefürchtet. Die Szenen vom Überfall in Südafrika bahnten sich wieder ihren Weg in ihr Gehirn. Mitten in der Nacht stand sie zwischen Müllcontainern, zahlreiche Krimis kamen ihr in den Sinn, in denen der Mörder die Leichen der Opfer auf Müllhalden entsorgt hatte.

Eine Katze, es war nur ein herumstreunender Kater, der die Umgebung nach etwas Fressbarem oder einer läufigen Katze absuchte. Er miaute Juliana vorwurfsvoll an. Als sie nicht reagierte, und er nichts zu futtern bekam, trollte er sich wieder. Erleichtert atmete sie aus. Der Kater hatte sie trotz der Kälte zum Schwitzen gebracht, jetzt spürte Juliana den kalten Schweiß auf ihrem Rücken.

Wenn der Fahrer des Autos nicht bald auftauchte, würde sie wieder in ihre Wohnung zurückkehren. Sie hatte keine Lust, sich zu erkälten, und vor allem wollte sie das Gefühl der Angst nicht weiter ignorieren, das nur Minuten zuvor durch den Kater hervorgerufen worden war und nun nicht so schnell wieder verschwinden wollte. Schon griff sie zur Klinke der Gittertür und holte ihren Schlüssel hervor. Ein Geräusch ließ sie stoppen.

Der Motor eines Autos brummte, Scheinwerferlicht strahlte aus der Tiefgarage heraus. Das Garagentor öffnete sich. Einer ihrer Nachbarn fuhr mit seinem Wagen heraus. Sie erkannte weder das Modell noch den Fahrer.

Nur zwei oder drei Meter vor ihr tauchte plötzlich der Schatten eines Mannes auf. Sie hatte seine Schritte überhört, wich erschrocken noch tiefer zwischen die Container zurück und ging gleichzeitig in die Hocke. Dabei stieß sie gegen einen der Restmüllbehälter. Der Lärm des mit kaltem Motor vorbeistotternden Autos übertönte das Scheppern der Tonne. Die Abgase des Fahrzeugs überdeckten kurzfristig den Geruch der Mülltonnen.

Es wurde wieder dunkler, das Scheinwerferlicht erlosch, das Motorgeräusch war kaum noch zu hören, dafür drangen sich entfernende Schritte an Julianas Ohren. Eine Autotür wurde zugeworfen. Gerade als der Fahrer des Opels seinen Wagen startete, erhob sich Juliana vorsichtig und lugte über die Papiercontainer hinweg. Das Scheinwerferlicht erhellte die schmale Gasse. Rasch tauchte Juliana wieder ab in die Hocke. Zwischen zwei Müllcontainern und den Holzbrettern des

Zauns hindurch sah sie das Auto vorbeifahren. Hans' Gesicht war dem Abfallplatz zugewandt. Ganz deutlich erkannte sie ihn. Hatte er auch sie gesehen? Hatte er sie gar erkannt? Er wirkte, als hielte er nach ihr Ausschau. Als hätte er zuvor etwas Verdächtiges bemerkt. Sehr langsam fuhr der Opel vorbei, sie sah das Rot der Bremslichter am Heck des Autos. Ihr Herzschlag hämmerte schneller in ihrer Brust.

Er kann mich nicht gesehen haben. Und falls doch, ich habe nichts zu verbergen. Ich verstecke mich zwar hier, aber ich bin es, die ihn eigentlich zur Rede stellen müsste.

Hans schob mit seinem Opel Corsa verkehrt in die Garagenzufahrt, das orangefarbene Blinken war weithin zu sehen. Er fuhr wieder zurück und kam an den Containern vorbei. Juliana versteckte sich nun gänzlich hinter einem der Behälter. Sie schaute nicht mehr durch die freien Zwischenräume hindurch, spürte aber, wie sein Blick die Umgebung absuchte.

Der Lichtschein entfernte sich, und das Motorgeräusch wurde leiser, bevor es ganz verstummte. Juliana stand auf, ihre Beine schmerzten. So lange in der Hocke zu verharren, war sie nicht gewohnt. Sie holte ihren Schlüssel hervor und öffnete so geräuschlos wie möglich die Gittertür. Wie eine Einbrecherin kam sie sich dabei vor, obwohl sie nichts Unrechtes tat.

Ein Augenpaar starrte sie an und kam auf sie zu. Der Kater miaute lautstark, als er sich um Julianas Beine schmiegte. Sie konnte nicht widerstehen und biss die Zähne zusammen, als sie wieder in die Hocke ging, um ihn zu streicheln. Langsam fühlte sie sich wieder sicher und schalt sich einen Angsthasen, weil sie Hans nicht zur Rede gestellt hatte.

Vor einigen Nächten habe ich noch mit ihm geschlafen, und jetzt traue ich mich nicht einmal, ihn anzusprechen.

Sie schüttelte den Kopf und schaute auf die Uhr. Noch hatte sie jede Menge Zeit, um sich zu duschen, in neue Kleidung zu schlüpfen und in aller Ruhe zu frühstücken, bevor sie ins Büro musste. Das gewohnte Prozedere würde ihr helfen, die Aufregungen des frühen Morgens abzuschütteln.

Hans beobachtet uns, was fange ich mit der Erkenntnis an? Soll ich Resi darüber informieren? Soll ich Hans damit konfrontieren? Wieso nur spioniert er uns nach? Wahrscheinlich geht es um Resi. Es hat sich schon immer alles um seine Schwester gedreht.

Juliana beschloss, vorerst abzuwarten.

Kommt Zeit, kommt Rat, sagte sie sich und schloss ihre Wohnungstür so leise wie möglich auf, um Resi nicht zu wecken.

KAPITEL 53

Juliana fühlte sich geschlaucht und matt. Ausnahmsweise bestellte sie sich daher eine Cola, Herr Schweizer orderte beim jungen Kellner hingegen nur ein Mineralwasser. Den italienischen Vorspeisensalatteller wollten sie aber wie meistens beide. Noch immer hatte Juliana nicht herausgefunden, was das Besondere am Dressing des Salats in der Steinmühle ausmachte. Falls die Inhaber des Landgasthofes jemals einen Kochkurs anbieten würden, würde sie mit Sicherheit daran teilnehmen. Allein um an die Rezeptur des Dressings zu kommen, wäre es ihr den Aufwand wert. Aber natürlich waren auch sämtliche andere Gerichte der Speisekarte von höchster Qualität, und die selbst gemachte Cremeschnitte suchte weit und breit ihresgleichen. Nicht einmal vor einem Haubenkoch musste sich der Landgasthof mit seinen Kreationen verstecken.

Das stille Mineralwasser und die Cola wurden vom Kellner serviert, daher sah Juliana nicht sofort, dass Eugen Schuster die Gaststube betrat. Er war nur mehr einige Meter entfernt, als sie ihn wahrnahm. In seinem Gefolge erkannte Juliana diesmal nur den technischen Leiter der Schuhhersteller. *Sie kommen auf uns zu, und Jennifer Chan ist nirgends zu sehen. Heute ist es so weit, diesmal setzen sie sich zu uns. Ausgerechnet heute bin ich nicht in der Verfassung für ein Gespräch mit einem der Schusters.*

Juliana konnte es jedoch nicht ändern. Schweizer stand erfreut auf und begrüßte seinen Sportspartner. Tatsächlich bat er die beiden Neuankömmlinge auch, bei ihm am Tisch Platz zu nehmen.

»Peter Schwarz, unser technischer Leiter«, stellte Eugen Schuster seinen Begleiter Juliana offiziell vor, den sie zuvor schon so oft an einem der Nebentische gemeinsam mit Jennifer Chan und Eugen Schuster hatte speisen sehen. Der Händedruck von Schwarz war fest, fast schon zu stark drückte er zu.

»Stören wir auch nicht?«, wollte Schwarz wissen. Seine Stimme war angenehm tief.

Ja, ihr stört, ich will nur schnell essen, dann zurück ins Büro, mich ausrasten.

»Wir haben noch zwei Plätze frei, also bitte«, antwortete Schweizer und unterstrich die Einladung mit einer ausschweifenden Handbewegung.

Eugen Schuster ließ sich nicht noch einmal bitten, sondern setzte sich auf den Sessel. Schweizer war auf der Bank schon ans Kopfende gerückt, sodass sich Schwarz gegenüber von Juliana setzen konnte.

Kaum ist Jennifer nicht mit, sitzen wir gemeinsam an einem Tisch. Sie musterte Schwarz, als der Kellner dessen Bestellung aufnahm. *Er hat eine angenehm tiefe Stimme, und er ist durchaus attraktiv. Er hat das gewisse Etwas.*

Von Peter Schwarz wurde Juliana allerdings kaum wahrgenommen. Die drei Männer unterhielten sich über Sport und bezogen sie, als einzige Frau am Tisch, kaum in das Gespräch ein.

Eigentlich sollte sie froh sein, sie war an diesem Tag ohnehin nicht in der Verfassung, um Konversation zu betreiben. Aber so gar nicht eingebunden zu werden, fühlte sich auch nicht gut an. Als der Hauptgang schon fast vertilgt war, konnte Juliana einfach nicht mehr anders, sie stieg in das Gespräch ein, indem sie das Thema wechselte.

»Wo ist denn Jennifer Chan heute?«, fragte sie in die Runde.

Die drei Männer blickten sie ihrerseits fragend an, daher fügte sie hinzu: »Sie kommt doch normalerweise auch zum Mittagessen.«

»Jennifer packt ihre Koffer. Sie fliegt«, *hoffentlich für immer zurück nach China,* »nach Sao Paulo«, sagte Eugen Schuster.

Sofort fügte er hinzu: »Natürlich hat sie schon gepackt,

der Koffer befindet sich in ihrem Büro, sie wollte einfach vor dem langen Flug nicht mehr so viel essen.«

»Die Brasilianer haben extra kurz vor der Weltmeisterschaft noch eine Schuhmesse eingeschoben. Dort stellen wir aus«, erklärte Schwarz Julianas Chef. Die einzige Frau am Tisch sah er dabei nach wie vor kaum an.

»Ich war früher schon oft in Brasilien, es gibt dort viele schöne Flecken, aber Sao Paulo gehört mit Sicherheit nicht dazu. Zu viel Beton, zu viel Verkehr«, ergänzte Schwarz.

Es mache aber Sinn, dort auszustellen, erklärte Eugen Schuster. Die ganze Welt konzentriere sich auf Brasilien. Eine zusätzliche Werbemöglichkeit für fair produzierte Sportschuhe der Schuster Schuhe GmbH musste einfach ausgenutzt werden. Schwarz würde Jennifer Chan nach Brasilien begleiten.

»Außerdem trefft ihr euch auch mit Funktionären des Fußballbundes von Ghana«, erklärte Schuster.

»Genau, ihr sponsert ja Ghana bei der WM, bewundernswert, wie ihr das geschafft habt«, sagte Schweizer, bevor er eines der letzten Stücke von seinem Hühnerfilet mit der Gabel aufspießte.

Wie sie das wohl geschafft haben? Das ist mir auch ein Rätsel! Juliana konnte es nicht verstehen.

»Wie habt ihr das wirklich bewerkstelligt?«, fragte sie daher Eugen Schuster direkt. »Es schien unmöglich zu sein, als ich noch bei euch beschäftigt war. Das ist erst ein Jahr her, was ist seither passiert?«

»Damals hatten wir noch kein offiziell anerkanntes Zertifikat, das uns bestätigt, dass unsere Schuhe tatsächlich fair hergestellt werden«, erklärte Schuster.

Blödsinn!

»Das stimmt schon«, lenkte Juliana trotzdem ein. »Aber die Fußballverbände hatten doch alle längerfristige Verträge mit Adidas oder Nike abgeschlossen!«

»Herr Chan hat offenbar gut verhandelt«, stellte Schwarz fest.

Juliana sah ihn entgeistert an, fühlte sich mit einem Mal schwach.

»Chan?«

Sie nahm einen Schluck von ihrer Cola. Zu wenig Zucker und Koffein befanden sich in ihrer Blutbahn. Als sie das Glas wieder auf den Tisch stellte, zitterte ihre Hand leicht.

Allein die Erwähnung seines Namens bringt mich aus der Fassung!, ärgerte sie sich. *Am Morgen schaffe ich es nicht, Hans anzusprechen. Ich verstecke mich sogar vor ihm. Jetzt wirft mich die Erwähnung von Chans Namen aus der Bahn!*

Reiß dich zusammen, sagte sie sich in Gedanken vor. Die drei Männer blickten sie erwartungsvoll an.

»Ich frage mich nur, ob alles mit rechten Dingen zugegangen ist.« Sie sprach zu Eugen Schuster. »Ich will dir nicht die Freude verderben. Es erscheint mir aber doch sehr verdächtig. Ein afrikanisches Team wechselt einfach den Sponsor. Es gibt sicher einige Funktionäre, die das absegnen mussten und dafür eine Gegenleistung erwarten.«

Eugen Schusters Augen weiteten sich. »Unterstellst du uns etwa, dass wir die Zusage durch Bestechung erhalten haben?«

Er hatte dabei geflüstert, jetzt presste er seine Lippen aufeinander.

»Nicht doch, das hat Frau Haidinger sicher nicht so

gemeint«, versuchte Schweizer, seinen Sportsfreund zu beschwichtigen.

»Wiederhole das bloß nie in der Öffentlichkeit.«

Noch immer flüsterte Eugen Schuster. Eindringlich sah er Juliana an, als er die Worte sprach.

»Das hat Frau Haidinger sicher nicht vor.« Schweizer sah seine Mitarbeiterin tadelnd an.

»Dir ist doch klar, dass Verleumdung strafbar ist?«

Droht mir Eugen mit einer Anzeige? Sie spürte, wie ihr heiß im Gesicht wurde, und sie verstand die Welt nicht mehr.

Ich bin doch nicht die Böse! Ich wurde hinausgemobbt, vor einem Jahr hat mich Chan in Südafrika überfallen lassen, und dann in Österreich wollte er mich diesem Robert Lee überlassen. Ich hätte mit den beiden schlafen sollen, dann hätte ich bleiben können. Jetzt darf ich nicht einmal sagen, dass ich glaube, Chan hätte in Ghana Leute geschmiert. Der ist doch zu viel Ärgerem fähig!

»Ich …«, begann sie.

»Sie haben es sicher nicht so gemeint«, wurde sie diesmal von Schwarz unterbrochen. »Wir haben alle überreagiert, bitte entschuldigen Sie, das ist für uns ein sehr sensibles Thema. Ein makelloses Image ist sehr wichtig für uns.« Schwarz lächelte ihr freundlich zu.

Er sieht mich zum ersten Mal auch direkt an. Juliana fühlte sich gleich etwas wohler. *Was ein Lächeln alles bewirken kann.*

»Genau, entschuldige bitte, Herr Schwarz hat recht. Ich wollte dir in keiner Weise drohen«, stimmte nun auch Eugen Schuster einen versöhnlichen Tonfall an.

Später, als sie wieder im Büro saß, wollte ihr das Gespräch nicht mehr aus dem Kopf gehen. Wieso hatte

Eugen so reagiert? Der besonnene Eugen Schuster war nicht leicht aus der Fassung zu bringen. Sicher, sie hatte es schon erlebt, auf der Schusteralm im vergangenen Jahr, aber wegen einer Belanglosigkeit regte er sich normalerweise nicht auf. Hatte sie vielleicht einen wunden Punkt getroffen? Hatte er genauso wie sie Zweifel, dass beim Sponsorenvertrag zwischen dem Fußballverband aus Ghana und der Schuster Schuhe GmbH alles mit lauteren Mitteln zugegangen war, oder fürchtete er wirklich nur um den guten Ruf der Firma?

Dann war da ja auch noch Jennifer Chan. Immerhin hatten sie dieses Thema größtenteils gemieden. Der Kuss der beiden, und Juliana, die so getan hatte, als würde sie das Paar nicht sehen, das wäre ein fast noch schlechteres Gesprächsthema als die vermutete Bestechung gewesen.

Irgendwie muss ich ihn aber vor den Chans warnen, nur wie mache ich das?

KAPITEL 54

Sie rief ihn noch am späten Nachmittag an, nachdem sie gemeinsam mit Schweizer und Schwarz in der Steinmühle zu Mittag gegessen hatten. Widerwillig stimmte Eugen Schuster zu, sich mit ihr zu treffen. Ausgerechnet den Steirerhimmel schlug er dafür vor. Juliana hatte keine Wahl, sie nahm, was sie kriegen konnte.

Eine Stunde nach dem Telefonat mit Eugen wartete sie daher in der Fußgängerzone vor der Eingangstür des Lokals. Diesmal musste sie nicht zwanghaft die Auslage des Uhrengeschäftes begutachten, um möglichst nicht aufzufallen. Sie war es jetzt selbst, die an Jennifer Chans Stelle stand und auf den Unternehmer wartete. Richtig schön hatte sie sich gemacht. Das neu erworbene Sommerkleid führte sie zum ersten Mal aus. Natürlich handelte es sich um keine normale Verabredung zwischen einer Singlefrau und einem Singlemann.

Es war kein Date. Deutlich vor Augen geführt wurde ihr das, als er endlich erschien. Etwas außer Atem entschuldigte er sich bei ihr zwar wegen seines Zuspätkommens, er gab ihr aber nur die Hand.

Kein Kuss auf den Mund, den bekommt derzeit nur Jennifer, aber ein Küsschen auf die Wange hätte sich schon gehört!

Die Eingangstür öffnete sich automatisch. Ganz Gentleman alter Schule half ihr Eugen aus ihrem leichten Jäckchen. Dann setzten sie sich.

Eugen empfahl ihr einen Riesling aus der Südsteiermark. Der Inhaber des Steirerhimmels brachte den beiden die Flasche gemeinsam mit den Gläsern und einem Krug voller Wasser. Danach zog er sich zurück. Da keine Gäste in ihrer Nähe saßen, stand einer ungestörten Unterhaltung nichts im Weg.

Die Gläser klirrten, als sie miteinander anstießen.

»Danke, für das, was du für mich getan hast.«

»Was habe ich denn getan?«, fragte Eugen und stellte sein Glas wieder ab.

Juliana trank den ersten Schluck.

»Du hast Schweizer eine Empfehlung gegeben, sonst hätte er mich nicht so schnell eingestellt. In der Metall- und Stahlbranche hatte ich keinerlei Erfahrung.«

»Du hattest es dir verdient.« Er hielt inne, nach einer kurzen Pause fügte er hinzu: »Bis heute Mittag dachte ich das wenigstens.«

Juliana erkannte in Eugens Gesicht den Zorn. Er schlummerte und konnte jederzeit wieder in voller Wucht aus ihm hervorbrechen. Sie wusste, wie schnell das passieren konnte, ging es ihr doch ähnlich, wenn sie nur den Namen Chan hörte.

»Ich wollte dich heute Mittag nicht provozieren, meine Erfahrungen mit Chan waren dafür verantwortlich.«

Sie ließ den Satz im Raum stehen und nahm bewusst extra langsam den nächsten Schluck vom Riesling. Juliana konnte förmlich sehen, wie sich in Eugens Gehirn die Rädchen drehten.

»Er hat dich nicht länger bei uns in der Firma haben wollen, aber das heißt nicht, dass er kriminell ist.«

»Hast du denn alles vergessen? Auf der Schusteralm, dein Vater hat Chan doch beschuldigt, ihn mit einem Sexvideo erpresst zu haben!«

Eugen zuckte mit den Achseln und lehnte sich in seinem Sessel zurück. Abwehrend hob er beide Hände.

»Er streitet es ab, er sagt, das hatte mein Cousin Jakob allein eingefädelt. Nach allem, was ich letztes Jahr über Jakob erfahren habe, glaube ich Chan das. Jakob möge in Frieden ruhen, aber wenn es so etwas wie eine Hölle gibt, dann ist mein Cousin jetzt dort.«

Eugen will es einfach nicht wahrhaben. Verbitterung gegenüber Jakob spricht aus ihm. Kein Wunder. Er will nicht glauben, wozu Chan fähig ist; und er ist in dessen Tochter verliebt. Das macht es umso schwieriger. Ich muss ihm alles erzählen, sonst glaubt er mir nicht.

»Ich habe aber auch selbst meine Erfahrungen mit dem guten Chan gemacht, die Kündigung ist dabei noch das Harmloseste gewesen.«

Juliana erzählte Eugen von dem Überfall in Südafrika. Sie rief sich die genauen Worte ihrer Peiniger wieder ins Gedächtnis. Eindeutig hatten die beiden Schwarzafrikaner ihren Auftrag von einer dritten Person erhalten. Dann war da noch das grinsende Gesicht des Chinesen im Restaurant in Franschhoek gewesen. Monate später war sie Robert Lee im Büro Chans wieder gegenübergestanden.

»Die Chinesen sehen für uns doch alle gleich aus, du steigerst dich da in etwas hinein«, entgegnete Eugen schließlich.

»Das ist noch immer nicht alles!«

»Schluss, ich will nichts mehr davon hören, das sind Verleumdungen, du kannst nichts beweisen!«

»Ich kann …«

Er sah sie an.

Ich kann nichts beweisen. Es stimmt, aber ich weiß, was sie mir angetan haben, und was sie gerne noch getan hätten. Diese Schweine!

»Du wirst es schon noch sehen.« Sie stand auf. »Denk daran, dass ich dich gewarnt habe. Chan ist ein Schwein und ein Verbrecher!«

Juliana drehte sich um. Ohne Eugen zum Abschied die Hand zu schütteln, verließ sie den Steirerhimmel. Draußen konnte sie nicht anders, als noch einmal vor dem Uhrenschaufenster stehen zu bleiben. Sie starrte die beleuchtete

Auslage minutenlang an, registrierte aber wieder einmal nicht, was sie da betrachtete.

Als sie hörte, wie sich die Eingangstür vom Steirerhimmel öffnete, drehte sie sich um und schritt rasch die schmale Gasse in Richtung Raiffeisenbank hinunter.

Ihr Jäckchen blieb im Steirerhimmel zurück.

KAPITEL 55

Ein Unwetter, sofort abservieren und anschnallen, starke Turbulenzen beginnen in wenigen Minuten, auch das Kabinenpersonal muss sich setzen, hatte der Pilot gesagt.

Eine verletzte Stewardess hatte es bereits bei einem früheren KLM-Flug an Bord gegeben, wurden die Lufthansapiloten von der Air-Control in Sao Paulo vorgewarnt.

Die Anschnallzeichen über Peter Schwarz leuchteten auf.

»Wir gehen keinerlei Risiko ein«, beruhigte der Erste Offizier die Gäste in deutscher Sprache. Englisch, Portugiesisch und Spanisch folgten.

Rasch trank Peter Schwarz sein Wasser aus, bevor ihm die großgewachsene Flugbegleiterin den Plastikbecher abnahm. Den Klapptisch fixierte er wieder am Vordersitz, danach schaute er auf seine Armbanduhr.

Noch über eineinhalb Stunden bis zur Landung.

Langsam beginnt es zu wackeln.

Die Flugbegleiter setzten sich auf ihre Plätze. Gegen die Flugrichtung saßen sie da und beobachteten die Fluggäste mit ernsten Gesichtern. Ein Mann, der das T-Shirt der Selecao trug, wollte nochmals aufstehen, wurde aber von der großgewachsenen Stewardess sofort mit ermahnenden Worten in portugiesischer Sprache dazu bewogen, sitzen zu bleiben. Er gehorchte ohne Widerrede.

Es ruckelte etwas stärker.

Neben Peter Schwarz begann das junge brasilianische Pärchen zu beten. Der Mann nahm ihre Hand in seine und versuchte so, seine Begleiterin zu beruhigen.

Jennifer Chan hat es bequem in den vorderen Plätzen. Ich sitze ganz hinten im Flugzeug, nicht in der Businessclass, aber ich habe auch schon Hunderttausende Flugmeilen zurückgelegt, wie die anderen Geschäftsreisenden, die ganz vorne im Flugzeug ihren Platz gefunden haben. Diese Vielflieger sind sicher auch so ruhig wie ich. Turbulenzen kommen vor. Kein Grund, sich Sorgen zu machen.

Eine Reihe vor Peter Schwarz begann das kleine Mädchen zu weinen, die Mutter versuchte es zu trösten. Wie all die anderen Passagiere auch, wurde Schwarz minutenlang von links nach rechts und zurück durchgeschüttelt. Das Schreien der Kleinen wurde lauter.

Kein Grund, sich Sorgen zu machen.

Noch immer über eine Stunde bis zur Landung.

Mit einem Mal hob es ihm den Magen aus, das Flugzeug sank nach unten weg, gleichzeitig wurden die Passagiere in ihren Sitzen hin und her geschleudert. Der Gurt verhinderte, dass Schwarz nach oben abhob. Er hörte die Turbinen aufheulen, durch das Fenster sah er, wie sich die Tragflächen verbogen.

Halten sie dem Druck stand?

Jedes Material gerät irgendwann einmal an seine Grenzen.

Er, als Techniker, wusste das nur zu gut.

Dann fühlte er seinen Herzschlag lautstark in seinem Kopf hämmern. Und es wurde ihm bewusst: *Es war genau vor vier Jahren und es ist wieder Sao Paulo!*

»Dreh den Fernseher auf.«

Die Worte seines Kollegen hallten noch genauso laut in seinen Ohren wider wie damals. Er hatte dieselben Bilder vor Augen: Das rauchende Gebäude, die Blaulichter, die Feuerwehrautos, die Rettungen, die Sirenen und die aufgeregte Stimme des Nachrichtensprechers. Er blickte wieder durch das Hotelfenster hinaus in die Nacht. Das Schicksal hatte ihn noch nicht abberufen. Flug TAM 3054 war nicht seiner gewesen. Noch nicht, und das nur, weil er noch mehrere Termine in Sao Paulo angesetzt hatte und nicht sofort nach Porto Alegre weitergereist war, wie sonst eigentlich immer.

Flug TAM 3054 würde er in zwei Tagen nehmen … zwei Tage, die den Unterschied zwischen Leben und Tod ausmachten.

»Alle Passagiere und auch das Flugpersonal sind tot«, informierte ihn der Taxifahrer am nächsten Tag, als er ihn zum Flughafen brachte.

Rauch stieg auf, er sah das Heck des Flugzeugs aus dem Gebäude ragen. Zwei Stunden später ging er an Bord des Fluges nach Porto Alegre. Die Piloten trugen schwarze Schleifen, genauso wie die Flugbegleiter. Sie hatten Tränen in den Augen, hatten Kollegen verloren, waren dem Tod selbst nur knapp entgangen.

So wie er.

Ein Unwetter, zu viel Regen, eine neu asphaltierte Landebahn, ein Pilotenfehler und das Schicksal, genau diesen Flug gebucht zu haben, hatte 200 Menschen das Leben gekostet.

Das Buch seines Lebens aber war damals noch nicht fertig geschrieben gewesen.

Das starke Schütteln brachte Peter Schwarz wieder ins Jetzt.

Kein TAM-Flug, sondern Lufthansa.

Aber es ist wieder Sao Paulo.

Die Wolken zischen vorbei.

Regentropfen an den Fenstern, laute Turbinen, Kindergeschrei, Gemurmel neben ihm, die Tragflächen kämpften gegen den Sturm.

Verkrampft hielt sich Schwarz an der Armlehne fest, sein Hemd klebte schweißnass am Rücken. Es wurde dunkel, undeutlich erkannte er grünes Land unter sich.

Die Kabinenbeleuchtung wurde ausgeschaltet.

An den Tragflächen blinkten die Lichter in rötlicher Farbe.

Ein Blick auf die Uhr: Noch 20 Minuten bis Sao Paulo.

Das rauchende Flugzeugwrack, der plötzliche Tod, all das hat mich damals aufgerüttelt. Ich habe wieder zu leben begonnen, habe mich wieder mit Frauen verabredet.

Trotz meiner schlechten Erfahrung.

Trotz meiner Unsicherheit.

Hätte ich nur damals schon die Pillen genommen.

Alles wäre anders gekommen.

KAPITEL 56

Ihre Tarnung war perfekt. Auch wenn er sie beobachtete, würde er keinen Verdacht schöpfen. Juliana brachte den Restmüll aus ihrer Wohnung hinaus. Der Plastiksack war zwar nur zur Hälfte gefüllt und hätte es noch gut zwei Tage mit dem Müll, den die beiden Frauen produzierten, aufgenommen. *Aber das kann Hans nicht wissen.* Der Spielplatz war kinderlos. Wie schon so oft ging sie den schmalen Weg zwischen Hausmauer und Tiefgarageneinfahrt hindurch. Juliana brauchte einfach Gewissheit. Sie musste wissen, ob Hans sie an jedem der Abende beobachtete. Das Fernrohr hatte sie auch diesmal erkannt, als sie mit ihrem Feldstecher das gegenüberliegende Fenster gemustert hatte. Ob sich auch eine Person dahinter im Schatten versteckt hielt, hatte sie aber nicht feststellen können. Dafür war der Vorhang zu undurchsichtig.

Beim Müllplatz angelangt, sperrte sie die Gittertür auf. Der mittlerweile schon vertraute Geruch strömte ihr intensiver entgegen als an dem Morgen, an dem sie sich dort vor Hans versteckt hatte.

»Guten Abend.«

Ein Nachbar führte seinen Husky an der Leine vorbei.

Dem Hund sind die warmen Temperaturen sicher unangenehm, ging es Juliana durch den Kopf. *Der Sommer steht bevor, er gewöhnt sich also besser daran, sonst hängt ihm dann nur mehr die Zunge heraus.*

Was für ein Sommer wird es wohl werden?

Ein Frauenmörder geht um. Ich habe Chan beschuldigt, einen Beamten bestochen zu haben.

Mein Ex-Verlobter beobachtet mich und seine Schwester!

Mit ihren Fingerspitzen öffnete Juliana die Abdeckung eines der Restmüllcontainer. Die nach verfaultem Essen stinkende Brise landete direkt in ihrer Nase. Juliana grauste. Schnell beförderte sie ihren Müllsack hinein, danach ließ sie den Deckel zufallen. Die Gittertür schloss sie hinter sich. Erst nachdem sie sich einige Meter vom Müllplatz entfernt hatte, sah sie sich um.

Der Mann mit dem Husky war verschwunden. Den schwarzen Opel Corsa mit dem Wiener Kennzeichen konnte sie nirgends erkennen. War Hans in dieser Nacht nicht nach Waidhofen gekommen? War ihm der Aufwand zu viel geworden? Oder hatte er einfach dazugelernt, und er parkte weiter entfernt? Juliana tippte auf Letzteres. Sie schritt daher am Fußballplatz vorbei, überquerte die erste Kreuzung, dahinter parkten entlang der Häuserreihen, wie immer eng aneinandergestellt, die Autos der Anrainer. Mazda, Peugeot, Toyota, Ford, Volkswagen, ein Opel Corsa war nicht darunter. Jedes der Kennzeichen hatte ein »WY« auf dem Nummernschild geschrieben. Lauter Einheimische, folgerte Juliana. Sie ging einige Meter zurück und bog an der Kreuzung nach rechts ab. Die Querstraße führte zur ebenso schmalen, aber viel häufiger befahreneren Hauptstraße des Ortsteils Zell.

Sie passierte einige Häuser, rechts befand sich ein altes, nicht mehr genutztes Industriegebäude. Drei Autos parkten dort und waren entlang der Mauer in Längsrichtung aufgestellt. *Schwarzer Opel Corsa mit Wiener Kennzeichen. Hans ist also auch heute auf seinem Posten.*

Juliana nahm denselben Weg zurück, den sie zuvor gekommen war. Der Innenhof mit dem Kinderspielplatz war weiterhin menschenleer. Aber sie wusste, dass er sie beobachtete. Jeden Schritt würde er verfolgen.

Am besten, ich stelle ihn gleich zur Rede, gehe hinüber und klingle an der Eingangstür. Ob er ein Schild mit »Hans Mayer« angebracht hat?

»Warte, lass mich auch herein!«

Resi trug noch ihre Trainingsschuhe mit der elastischen Sohle, daher hatte Juliana ihre Schritte nicht gehört.

Nebeneinander stiegen sie die Stufen hoch.

»Wie war die Probe?«, wollte Juliana wissen, als sie die Wohnungstür aufsperrte.

»Ganz okay.«

Das klang gar nicht mehr so euphorisch wie noch an den Tagen zuvor. Die beiden zogen sich Schuhe und Jacken aus.

»Was ist denn los?«, fragte Juliana. »Wieso war die Probe nur okay?«

Sie begaben sich in die Wohnküche. Juliana stellte Teewasser auf und wartete auf die Antwort ihrer Mitbewohnerin. Resi setzte sich an den Tisch. Sie wirkte niedergeschlagen und antwortete nicht auf Julianas Frage. Diese stellte sich an das Fenster und schaute in die Nacht hinaus. *Jetzt sieht er mich hier stehen, hell erleuchtet, in vollster Pracht, wie auf einem Silbertablett serviert. Was ihm dabei wohl durch den Kopf geht? Soll ich es Resi heute erzählen? Soll ich ihr sagen, dass uns ihr Bruder nachspioniert?*

»Sie sagen, ich habe die Rolle nur wegen Mutter bekommen.«

Juliana drehte sich um, sie sah die Tränen in Resis Augen. »Aber das ist doch nicht wahr! Wer behauptet so etwas?« Juliana trat näher und setzte sich gegenüber von Resi an den Tisch. Das kochende Teewasser ignorierte sie.

»Die Tänzerinnen, ich habe es in der Toilette gehört. Sie wussten nicht, dass ich auch da war.«

Resi hielt sich die Hände vors Gesicht. »Wie konnte ich nur so blöd sein und diese Rolle annehmen?«

Juliana erhob sich, ging um den Tisch herum und legte Resi beide Arme auf deren Schultern.

»Nun beruhige dich doch. Wer sagt denn, dass es stimmt, was diese Puten behaupten? Du hättest die Rolle sicher nicht bekommen, wenn du nicht gut wärst!«

Resi legte ihre Hände wieder auf den Tisch, sie drehte den Kopf nach hinten und schaute Juliana fragend an. Die wenige Schminke, die sie aufgetragen hatte, war verschmiert.

»Was ist, wenn sie recht haben? Wenn ich die Rolle wirklich nur bekommen habe, weil ich die Tochter der Mörderin bin?«

Juliana nahm ihre Hände von Resis Schultern und machte sich daran, nach Teebeuteln zu suchen.

»Rotbusch?«

»Ja.«

Zwei Teebeutel wurden von Juliana in die Tassen befördert, danach goss sie das heiße Wasser hinein.

»Also.« Juliana drehte sich wieder um und brachte die Tees zum Tisch. »Du hast die Rolle trotz deiner Mutter bekommen! Wenn ich mir vorstelle, meine Mutter wäre eine Mörderin, ich hätte wahrscheinlich schon längst aufgegeben und mich nicht mehr auf eine Bühne getraut.«

Resis Blick hellte sich etwas auf. Fast sah Juliana so etwas wie ein Lächeln.

Zu allem Überfluss ist auch noch Hans dein Bruder, da stellt sich dann tatsächlich die Frage, ob es nicht besser wäre, das Land gleich ganz zu verlassen.

Noch reden wir aber nicht über Hans.

»Aber meinst du, es stimmt, was die Tänzerinnen sagen?«

»Und wenn schon! Du hast die Rolle, und du wirst umwerfend sein«, redete ihr Juliana zu. »Wenn die Prominenz deiner Mutter dazu beiträgt, dass noch mehr Leute als sonst das Musical sehen wollen, was macht das schon? Das kann nur gut für das gesamte Ensemble und für dich sein!«

Juliana sah Resis Nicken. Sie hatte ihre Mitbewohnerin überzeugt. Jetzt war es ein echtes, wenn auch noch immer leicht unsicheres Lächeln, das sich in Resis Gesicht abzeichnete.

»Ich werde allen Zweiflern zeigen, was in mir steckt.«

Juliana drehte sich wieder um und schaute hinaus in die Nacht. Nur einige Fenster des gegenüberliegenden Wohnblocks waren erleuchtet. Die meisten waren dunkel. Das Fernrohr konnte sie mit freiem Auge nicht erkennen, aber sie sah das Fenster. Sie konnte förmlich fühlen, wie Hans sie musterte und ihr in die Augen schaute.

Heute hast du noch einmal Glück, heute ist nicht der passende Zeitpunkt, um mit Resi über ihren gestörten Bruder zu reden.

KAPITEL 57

Am liebsten tötete er Frauen mit einem schlanken, grazilen Hals. Er betrachtete Jennifer Chan, sie stand direkt in der Reihe vor ihm, inmitten der Schlange aus Personen, die sich für die Einreise an der brasilianischen Passkontrolle anstellten. Jennifer hatte extra auf ihn gewartet, ansonsten hätte sie, die Businessclass geflogen war, schon lange die Kontrolle hinter sich gebracht. Sie säße jetzt in einem Taxi und würde sich auf dem Weg zum Hotel in Sao Paulo befinden.

Ihr Hals ist dazu geschaffen, ein dünnes Band darum zu legen und ihn zuzuschnüren.

Ihr Genick würde ganz leicht brechen.

Er musste vorsichtig sein, wollte er ihren Tod nicht überhastet herbeiführen.

Der Flug nach Sao Paulo, die Gedanken an das rauchende Flugzeugwrack, all das hatte Peter Schwarz automatisch an sein erstes Opfer denken lassen. Er war damals in Porto Alegre gelandet und hatte, wie geplant, für die Niederlassung des deutschen Schuhherstellers in Campo Bom gearbeitet. Mehrere Besprechungen hatte er hinter sich gebracht, dann war noch ein gemeinsames Abendessen mit den einheimischen Kollegen angesetzt gewesen. Nachdem er sich um 21 Uhr von ihnen verabschiedet hatte, war er nicht wie sonst zu Bett gegangen. Nein, er hatte beschlossen, zu leben.

In einer Bar ganz in der Nähe des Hotels hatte er sie dann kennengelernt. Sie war jung, und sie hatte es auf sein Geld abgesehen gehabt. Wieder hatte er seinen Mann nicht stehen können. Die Brasilianerin hatte ihn zu sich nach Hause mitgenommen. Sie hatte allein gelebt. Vor ihm war sie gekniet und hatte sich bemüht, hatte alles gegeben. Aber es war zwecklos gewesen.

Wie von selbst hatten sich diesmal seine Hände um ihren Hals gelegt. Sie hatte noch versucht, sich zu wehren. Doch sein Griff war unnachgiebig gewesen.

Danach waren Furcht und Abscheu rasch der Euphorie gewichen. Er konnte mit Frauen zusammensein, und er hatte die Macht. Er konnte verhindern, dass sie wieder seine Unzulänglichkeit hinausposaunten. Er hatte die Macht, über Leben und Tod zu entscheiden.

Nur wenige Wochen nach seinem ersten Mord hatten die Albträume von seiner ersten großen Liebe begonnen. Schon bald hatte er herausgefunden, dass er den Albtraum nur dadurch loswurde, wenn er ein neues Opfer suchte und auswählte.

An seiner Technik hatte er laufend gefeilt, sie immer weiter verbessert. Den nächsten Opfern brach er gleich das Genick. Es war aber edler, ihnen mit einem dünnen Band die Luft abzuschnüren, daher änderte er seine Vorgangsweise. Er fühlte sich mächtiger, wenn er sie vor sich sah: Um Atem ringend, aber doch wehrlos, ihm hilflos ausgeliefert, darauf hoffend, dass er sie am Leben ließ. Was nie geschehen war. Wenn er sich erst einmal dazu entschlossen hatte, dann gab es kein Zurück mehr. Erst später hatten seine Auserwählten eine Chance bekommen. Erst als er die Lösung mit der Pille gefunden hatte, seither entschieden die Frauen selbst über Leben und Tod. Sie wussten es nur im Vorfeld nicht. Aber daher war es umso gerechter.

Jennifer Chan schloss wieder zum nächsten Mann in der Reihe auf. Sie kamen dem Kontrollpunkt immer näher.

Ich werde sie noch leben lassen. Obwohl sie den perfekten Körper hat, um mich zu erregen. Ihre dünne Figur, ihr knackiger Arsch, der sich durch die Hose abzeichnet, und eine Pille würden mich so erregen, dass ich es ihr so richtig besorgen könnte. Ja, sie würde ich vollkommen befriedigen. Und wenn sie Nein sagt … ihr graziler Hals hätte dem Druck des Schuhbandes wenig entgegenzusetzen.

Ich will noch länger in Freiheit leben. Jennifer Chan steht mir einfach zu nahe. Ich muss vorsichtig sein. Der Kommissar ist mir auf den Fersen, hat schon mit mir geredet. Aus meinem Bekanntenkreis darf ich mir keine Opfer mehr suchen.

Monika Steiner war ein Fehler. Niemals hätte ich sie ansprechen dürfen. Weshalb sie meine Einladung abgelehnt hat, weiß ich nicht, aber durch sie scheint mein Name in den Ermittlungsakten der Polizei auf.

Kannten Sie das Opfer?, hat mich dieser Brandner gefragt. Natürlich habe ich mit einem Ja geantwortet. Sie hat für uns gearbeitet, und wir waren im selben Fitnessstudio. Gott sei Dank haben noch viele andere Kollegen bei Schuster Schuhe auch einen Vertrag im gleichen Studio. Die sind genauso verdächtig wie ich, unter anderem auch Eugen Schuster. Noch stehe ich daher sicher nicht ganz oben auf der Liste des Kommissars. Aber viel fehlt nicht mehr.

Wieder gingen sie einige Schritte vorwärts. Er holte sein Firmenhandy hervor und schaltete es ein. Bis es sich auf den neuen Anbieter eingestellt hatte, dauerte es eine geschlagene Minute.

Eine SMS mit »Willkommen« und der Tarifinformation in deutscher Sprache erschien zuerst. Er klickte auf den E-Mail-Eingang. 19 ungelesene Mails waren im Postfach. Nur die Namen der Absender und die Überschriften las er. Bei der 16. E-Mail stockte er. Die Überschrift lautete »Gut gegen Schlaflosigkeit«. Sie war von Natascha. Er öffnete den Text und begann zu lesen.

Liebster Peter,

ich hatte erwartet, dass du mir zumindest in irgendeiner Form antwortest. Ich habe dir meine Gefühle anvertraut, aber du hast dich nicht gemeldet. Hast einfach überhaupt nicht auf meine E-Mail reagiert.

Du hast mir auch nicht abgesagt, hast mir nicht geschrieben, dass es keine Möglichkeit gibt. Du hast mir nicht geantwortet, hast mir auch nicht gesagt, dass ich dich in Ruhe lassen soll.

Das gibt mir Hoffnung, verunsichert mich jedoch zugleich. Was bedeutet es tatsächlich?

Ich weiß nur eines mit absoluter Gewissheit:

Ich will dich! Nur dich, und sonst niemanden!

Nach meiner ersten E-Mail an dich war ich noch einmal mit einem Mann aus. Dazu hast du mir ja geraten. Es ist nicht meine Idee gewesen! Dieser Mann war älter als ich. Er war in deinem Alter. Aber er war nicht du!

Ich weiß, du hast gesagt, wir haben keine Zukunft, ich soll mir einen anderen suchen …

Ich will keinen anderen!

Ich will dich!

Ja, dich!

Und wenn ich dich nicht ganz haben kann, dann will ich zumindest deine Gedanken. Ich will Zeilen von dir lesen, die du getippt hast, die von deinem Gehirn kreiert wurden. Wörter, die dir aus der Seele sprechen, will ich bekommen. Ich will einfach wissen, was in dir vorgeht.

Wäre das nicht einmalig?

Daher, noch einmal – Lieber Peter:

Lass es uns wie Emmi und Leo tun!

Lass uns E-Mails schreiben, lass uns unser Innerstes voreinander offenlegen.

Was hast du schon zu verlieren? Ich bin ganz offen, und du gibst einfach preis, was du für richtig hältst. Du wirst sehen, schon bald werden auch wir nach den E-Mails voneinander süchtig. Schon bald können wir nicht mehr ohne sie sein. Schon sehr bald geht es uns wie Emmi und Leo.

Was hast du schon zu verlieren? Das bisschen Zeit kannst du erübrigen.

Komm, schreib mir.

Ich warte sehnsüchtig auf deine erste Mail.

Deine Natascha

P. S. Ich brauche dringend Nachricht von dir, um einschlafen zu können. Deine Mails sind sicher Gut gegen Schlaflosigkeit.

Die Fluggäste bewegten sich jetzt schneller vorwärts. Peter Schwarz sah sich um. Die Reihe für Personen mit brasilianischem Pass hatte sich gelichtet, dadurch waren zehn zusätzliche Schalter für die Ausländer frei geworden. Entsprechend mehr Personen wurden daher im selben Zeitraum abgefertigt. Bevor er sich über Nataschas E-Mail nähere Gedanken machen konnte, stand er vor dem Beamten und reichte ihm sein im Voraus ausgefülltes Formular gemeinsam mit dem Pass. Der Beamte begann den Pass zu studieren, blickte in seinen Computer, runzelte ein paarmal die Stirn.

Ich werde doch nicht auf einer Fahndungsliste stehen!

Nicht hier in Brasilien, die Morde wurden nie geklärt, ich bin damals kein einziges Mal befragt worden. Habe ich irgendwo Fingerabdrücke hinterlassen? Liegt es an den biometrischen Daten, die mit dem neuen Reisepass aufgenommen wurden?

Der Beamte stempelte seinen Pass ab und wünschte ihm einen schönen Aufenthalt, als er ihm das Dokument zurückgab. Erleichtert nahm Peter Schwarz den Pass wieder entgegen. Er stand also auf keiner lokalen Fahndungsliste. Die brasilianische Polizei hatte nach wie vor keine Ahnung davon, dass er mehrere Frauen im Süden des Landes ermordet hatte. Dabei sollte es, wenn es nach ihm ginge, auch bleiben. Er hatte keine Lust, auch nur eine Sekunde seines Lebens in einem Gefängnis zu verbringen, schon gar nicht in einem brasilianischen.

Auch früher hatte er sich schon Gedanken darüber gemacht, aber noch nie war die Gefahr so real gewesen.

Er wollte leben. Ja, das hatte er sich geschworen, als er das rauchende Wrack damals gesehen hatte. Aber ging er nicht zu viel Risiko ein? Was wäre das für ein Leben? Hinter Mauern und Gittern für den Rest seines Lebens? Immer darauf gefasst sein zu müssen, dass einer der anderen Insassen über ihn herfallen würde. Mitten unter Mörder und Vergewaltiger würden sie ihn stecken. Inmitten seinesgleichen würde er dahinvegetieren.

Schon als er gemeinsam mit Jennifer Chan im Taxi saß, das die beiden von Guarulhos nach Sao Paulo ins Hotel bringen sollte, landeten seine Gedanken wieder bei Natascha. Sie wollte ihn kennenlernen. Er sollte ihr sein Innerstes offenlegen, hatte sie geschrieben.

Mein Innerstes wird sie abstoßen … aber ich war nicht immer so. Auch ich habe geliebt.

Der Taxifahrer kämpfte sich auf der mehrspurigen Autobahn voran. Sie erreichten die Vororte Sao Paulos, rechts und links türmten sich die Favelas. Hin und wieder sah Peter Schwarz Gebäude, deren Mauern mit einem mehrreihigen Stacheldrahtzaun geschützt waren. Entweder beschützte der Zaun die Bewohner vor Einbrechern, oder er verhinderte den Ausbruch der Insassen. Beides war möglich.

Immer öfter standen sie im Stau. An beiden Seiten wurde das Taxi von Motorrädern überholt, die in einem angsterregenden Tempo an den stehenden Autos vorbeipreschten.

Dann begann es zu regnen. Auch die sintflutartigen Wolkenbrüche kannte Peter Schwarz noch von seinen früheren Reisen in die Betonmetropole Brasiliens.

Den direkten Weg zum Hotel konnte der Taxifahrer daher nicht mehr nehmen. Jede tiefer gelegene Straße und Unterführung war in Minutenschnelle vom Wasser überflutet. Der Lenker setzte auch tatsächlich den Blinker, er wartete, bis sich eine Lücke in der Blechlawine rechts von ihm auftat, ließ noch zwei Motorradfahrer passieren, dann wechselte er die Spur.

Es ging wieder voran. Jennifer Chan, die neben Peter Schwarz auf der Rückbank des mit Ethanol betriebenen Volkswagens saß, war schon vor einigen Minuten eingeschlafen. Zu Beginn hatte die Chinesin nur ihre Augen geschlossen, doch jetzt waren ihre Atemgeräusche ganz regelmäßig, sie musste tief und fest schlafen. Ihr kleiner Kopf kippte immer wieder nach links, schließlich folgte der gesamte Oberkörper. Die Chinesin lehnte sich an Schwarz, ihr Kopf lag an seiner Schulter und fand dort die nötige Stütze. Sogar nach dem langen Flug roch sie noch immer angenehm frisch.

Auch Peter Schwarz war müde, aber mit Jennifer an seiner Schulter, die sich immer enger an ihn kuschelte, war an Schlaf für ihn nicht zu denken. Offenbar hatte der Regen, der lautstark auf das Dach und die Windschutzscheibe des Taxis hämmerte, eine beruhigende Wirkung auf seine Chefin. Er störte sie nicht, sondern ließ sie schlafen. Erst als der Taxilenker zum Pullman Hotel einbog, weckte er sie so sanft wie möglich.

»Entschuldigung, sind wir endlich da?« Sie lächelte verlegen.

»Ja, ich wollte Sie nicht wecken, aber wir müssen aussteigen.«

Später, am Zimmer las Peter Schwarz wieder Nataschas E-Mail. Sollte er ihr zurückschreiben? Sein Hirn arbeitete mit Sicherheit nicht auf Hochtouren. Er fühlte sich, als hätte er die Nacht durchgefeiert und dabei jede Menge Alkohol konsumiert. Der letzte Tropfen Rotwein, den er im Flieger getrunken hatte, lag aber mehrere Stunden zurück.

Er war nüchtern, und er wollte Natascha antworten. Das angenehme Gefühl der Taxifahrt, mit Jennifers Kopf vertrauensvoll an seiner Schulter angelehnt, hatte sich noch nicht verflüchtigt. Es war ein schönes Gefühl. Vielleicht gab es doch Hoffnung für ihn.

Vielleicht sind doch nicht alle Frauen brutal und niederträchtig. Vielleicht gibt es eine Zukunft für mich und Natascha.

Mein Gehirn arbeitet nicht richtig. Ich bin übermüdet, muss vorsichtig sein.

Langsam begann er die Antwort an Natascha zu formulieren. Für jedes einzelne Wort nahm er sich die nötige Zeit.

KAPITEL 58

Samstag, 24. Mai

Resis Rindsgulasch war schon fertig und köchelte im Druckkochtopf vor sich hin. Juliana hatte die sechs Kaisersemmeln für das Mittagessen besorgt. Aller Voraussicht nach würden zwei Semmeln übrig bleiben, aber Resi hatte auf sechs Stück bestanden.

Heute war der Tag der Konfrontation. Hans war von Resi zum gemeinsamen Essen nach Waidhofen eingeladen worden. Julianas Mitbewohnerin entledigte sich ihrer Kochschürze. Sämtliche Vorbereitungen waren getroffen. Sogar der Tisch war so schön gedeckt wie nie zuvor.

Man könnte meinen, sie empfängt ihren Lover und nicht ihren Bruder, stellte Juliana fest und ging dabei unschlüssig in der Wohnküche auf und ab.

Bei seinem letzten Besuch habe ich mit ihm geschlafen, das darf heute nicht passieren. Ich muss ihn damit konfrontieren, dass er uns beobachtet. Wie mache ich das am besten?

Resi habe ich noch immer nicht darüber informiert.

Juliana ging ins Badezimmer, zog dort ihre Lippen mit dem dunkelroten Stift nach, abschließend lockerte sie ihre Haare auf. Es schadete nie, gut auszusehen, auch wenn es nicht ihre Absicht war, Hans zu verführen.

»Gut siehst du aus«, stellte Resi auch tatsächlich fest, als Juliana in ihrem neuen Sommerkleid wieder die Wohnküche betrat. Es schadet nie, gut auszusehen, wiederholte

Juliana ihren Gedanken von vorhin, doch schon Sekunden später war sie unsicher. *Was mache ich nur? Ich sollte das Kleid wieder ausziehen. Er könnte es falsch verstehen. Dafür ist es aber jetzt zu spät. Resi hat es schon gesehen.*

»Hans wird begeistert sein, vielleicht klappt es ja doch noch einmal zwischen euch beiden.«

Bevor Juliana etwas entgegnen konnte, klingelte es. Resi erhob sich, zwinkerte Juliana zu und betätigte kurz darauf den Taster, um die Eingangstür zum Wohngebäude zu entriegeln.

Hans übergab Juliana eine Flasche Cabernet Sauvignon. Das Rot seines rot-weiß karierten Hemdes war heller als die Farbe des Weins, das Blau der Jeans, die er trug, dafür umso dunkler. Zur Begrüßung küsste er die beiden Gastgeberinnen nacheinander auf beide Wangen.

Wieso bin ich in seiner Gegenwart befangen? Früher, während unserer Beziehung, war ich immer die Souveräne, auch bei seinem letzten Besuch habe ich die Initiative ergriffen und ihn ins Schlafzimmer geführt.

Juliana hielt sich während des Essens zurück. Am meisten redete Resi, sie erzählte von ihren Proben für »Flashdance«. Gegenüber ihrem Bruder ließ sie sich ihre Unsicherheit nicht anmerken. Kein Wort von dem Gespräch der Tänzerinnen, das sie belauscht hatte, erfuhr Hans. Nichts erwähnte Resi von der Bürde, im selben Bezirk aufzutreten, in dem ihre Mutter als Mörderin traurige Berühmtheit erlangt hatte.

»Wie geht es eigentlich eurer Mutter?«, warf Juliana ein.

Betretenes Schweigen.

Ich habe in letzter Zeit ein Händchen dafür, kritische Themen anzusprechen.

»Entschuldigt mich bitte für eine Sekunde.«

Resis Teller war noch halb voll. Gerade hatte sie noch mit Eifer das Essen genossen und begeistert von ihren Proben erzählt, jetzt verließ sie den Tisch und Raum in aller Eile.

»Das ist noch immer kein Thema, worüber wir uns unterhalten«, erklärte Hans.

Kein Wunder, dachte Juliana.

Jetzt gilt es aber, zu handeln.

»Ich weiß, dass du uns beobachtest.« Sie schaute ihm direkt in die Augen.

»Ich weiß nicht, wovon du sprichst.« Er erwiderte ihren Blick emotionslos.

»Du brauchst es gar nicht erst abzustreiten. Ich habe dich gesehen, wie du in aller Früh mit deinem schwarzen Opel Corsa wieder weggefahren bist.«

»Ich weiß noch immer nicht, was du meinst.«

»Ich kenne sogar das Fenster, von dem aus du uns beobachtest.«

»Weswegen sollte ich so etwas tun? Das wäre doch krank.« Hans wirkte mit einem Mal richtig aufgebracht.

Juliana nickte und erhob sich. Stehend blickte sie auf den noch immer vor seinem Teller sitzenden Hans hinab. »Ganz genau. Das ist krank. Und wenn du nicht sofort damit aufhörst, erzähle ich es Resi.«

Hans bekam keine Gelegenheit mehr, etwas zu entgegnen. Da Resis Schritte im Flur schon wieder zu hören waren, beendeten sie die Diskussion in stillschweigendem Einvernehmen.

Die restliche Zeit verlief wortkarg. Als Nachspeise gab es einen Apfelstrudel der Konditorei Hartner. Den Kaffee dazu tranken sie schwarz. Milch hatte keine der beiden Frauen besorgt. Schwarz wie die Nacht und bitter wie die Stimmung im Raum, so schmeckte der Kaffee für Juliana.

»Es tut mir leid, dass ich uns das Essen vermiest habe«, sagte Juliana, als Hans sich verabschiedet hatte. Resi lag ausgestreckt auf der Couch. Keine der beiden Frauen hatte die Energie, sich um das Geschirr in der Küche zu kümmern.

»Es ist einfach so schwierig! Du hast ja keine Ahnung, wie es mir geht, wie es in mir aussieht. Deine Mutter ist ja keine Mörderin.«

Juliana setzte sich in den Couchsessel. »Es stimmt, ich weiß nicht, wie es ist, einen Mörder in der Familie zu haben.«

Ich war mit einem Mörder verlobt, aber davon weißt du nichts. Du hast keine Ahnung, wozu dein Bruder fähig ist, und was er gerade im Schilde führt.

Juliana seufzte. »Aber ich bin schon selbst Opfer eines Verbrechens geworden«, sagte sie schließlich.

Jetzt ist es heraus, jetzt kann ich nicht mehr zurück.

Resi richtete sich auf. »Opfer eines Verbrechens, du meinst den Überfall in Afrika?«

»Ja, aber das ist noch nicht alles. Ich habe Angst. Der Überfall und alles, was danach gekommen ist, es verfolgt mich noch immer.«

Juliana war überrascht, wie leicht es ihr an diesem Tag fiel, sich Resi anzuvertrauen. Sie erzählte Resi vom Chinesen im Restaurant in Südafrika, vom Überfall und von ihrem Verdacht. Und sie erzählte ihr von ihrem letzten Arbeitstag bei der Schuster Schuhe GmbH und dem unmoralischen Angebot Chans.

»Wenn ich mit ihm geschlafen hätte, mit ihm und auch diesem Lee, dann hätte ich meinen Job behalten können.«

Resis Augen weiteten sich immer mehr. Juliana konnte förmlich sehen, wie Resis eigene Probleme für diese in den Hintergrund traten, wie ihre Mitbewohnerin und neu gewonnene Freundin mit ihr mitfühlte.

Bisher hatte Juliana die vollständige Geschichte nur Monika Steiner erzählt.

Monika ist jetzt tot.

Noch immer schaute Resi sie fragend an.

»Das ist noch immer nicht alles.« Juliana fuhr fort und erzählte Resi auch von ihrem Mittagessen mit Eugen Schuster, Herrn Schwarz und Herrn Schweizer. Über die Beschuldigungen, die sie danach auch noch während des Vieraugengesprächs mit Eugen Schuster im Steirerhimmel geäußert hatte, informierte sie Resi zum Schluss.

»Eugen hat einfach abgeblockt. Er glaubt mir nicht, hört mir nicht mehr zu.«

Resi nahm Julianas Hände in ihre.

»Resi, ich habe Angst. Chan ist zu allem fähig.«

»Warst du schon bei der Polizei? Was kann ich tun, um dir zu helfen?«

Juliana schüttelte den Kopf. »Nichts, die Polizei kann doch nichts machen. Du konzentrierst dich bitte auf deine Proben und deine Aufführungen. Es tut mir schon gut, wenn ich mit dir darüber reden kann, aber lass dich von mir da nur nicht mit hineinziehen.« Juliana hielt inne. »Nur eines noch ... sollte mir etwas zustoßen, dann weißt du, dass Chan dahintersteckt.«

Resi nickte. »Wenn dir etwas zustößt, dann war es Chan«, wiederholte Resi mit leiser, aber ernster Stimme.

»Dann will ich, dass dein Bruder davon erfährt. Erzähl ihm dann die komplette Geschichte.«

»Was ist mit der Polizei? Die müssen doch etwas tun können«, beharrte Resi.

»Vergiss die, sie können nicht helfen. Es hat schon

gestimmt, was Eugen Schuster gesagt hat. Ich habe keine Beweise. Noch nicht. Den Überfall betreffend, habe ich nichts in der Hand. Aber vielleicht kann ich belegen, dass beim Sponsoring des Fußballbundes von Ghana etwas nicht legal abläuft. Dazu bräuchte ich aber einen Insider.«

»Ich mache mir wirklich Sorgen um dich. Lass doch einfach die Finger davon.«

Ich muss sie beruhigen. Resi darf nicht überreagieren.

»Es ist nicht so schlimm, wie es sich anhört. Wahrscheinlich habe ich es gefährlicher geschildert, als es wirklich ist.«

Juliana sah, wie es noch immer in Resis Gehirn arbeitete. Auch ihre Freundin glaubte nicht, dass Juliana in Sicherheit war. Erst recht nicht, wenn sie weitere Nachforschungen anstellte. Resi machte sich offenbar, jetzt, da sie die gesamte Geschichte kannte, genauso große Sorgen wie Juliana selbst.

Wenn ich Resi wieder von meinen eigenen Problemen ablenken will, brauche ich ihr nur von Hans zu erzählen.

Aber ihm habe ich noch eine Chance gegeben. Hans hat zwar alles abgestritten, sich so gestellt, als wüsste er nicht, wovon ich rede, aber er hat den Wink und die Drohung schon verstanden. Die beiden Geschwister muss ich nicht gegeneinander aufbringen, wenn es nicht unbedingt sein muss.

Resi gab Julianas Hände frei und stand auf. »Ich mache uns einen Melissen-Tee, den brauchen wir nach all der Aufregung.«

Ja, der wird uns beruhigen, aber die Probleme wird er nicht für uns aus der Welt schaffen.

Auch Juliana stand auf. Sie stellte sich zum Fenster und schaute, wie so oft in letzter Zeit, zum gegenüberliegenden Gebäude hinüber.

KAPITEL 59

Auf dem Messegelände Centro del Norte waren die Havaianas allgegenwärtig. Natürlich dominierte der größte Hersteller Alpargatas das Geschehen. Um seine trendigen Flip-Flops den Besuchern zu präsentieren, hatte der lokale Hersteller den größten Messestand gebucht. Aber auch viele mittelständische Schuhhersteller Brasiliens hatten mittlerweile die einfachen Sandalen, die nur aus einer Sohle und dünnen Bändchen bestanden, im Programm und stellten sie auf Brasiliens größter Schuhmesse, der Francal, aus. Richtiggehend ein ganzer Modezweig hatte sich entwickelt, sodass die Havaianas mit den unterschiedlichsten Motiven feilgeboten wurden und für jeden Geschmack, von auffallend bis schlicht, etwas dabei war.

Peter Schwarz wusste, welche Vorteile diese Sandalen an den Sandstränden Brasiliens boten. Es war kein Wunder, dass sie sich dort so großer Beliebtheit erfreuten.

Außerdem wurden auf der Francal natürlich Lederschuhe für die Damenwelt angeboten, und auch die Herren kamen nicht zu kurz. Sowohl im eleganten als auch im sportlichen Design wurde man fündig. Brasilianer aßen gerne Rindfleisch, dementsprechend wurde der Markt mit Tierhäuten förmlich überschwemmt, und entsprechend viel Leder wurde daher auch hergestellt und weiterverarbeitet. Auch wenn mittlerweile ein immer größerer Anteil des Leders exportiert wurde, so blieb doch noch immer genug für die Weiterverarbeitung vor Ort. Langsam, aber kontinuierlich näherten sich die brasilianischen Hersteller der Qualität und Eleganz Italiens an.

Diesmal stellten auf der Francal deutlich mehr ausländische Firmen aus als sonst. Die Messeorganisation hatte extra einen neuen Termin fixiert, der nur kurz vor der Eröffnung der Fußballweltmeisterschaften lag. Nicht nur die Schuster Schuhe GmbH spekulierte auf ein gestiegenes mediales Interesse. Weltweit sah sich Brasilien umso mehr im Blickpunkt der Öffentlichkeit, je näher der Termin für das Eröffnungsspiel der Weltmeisterschaften rückte. Schon sehr bald konnte daher der Messeveranstalter die Frohbotschaft verlautbaren: Noch nie hatten auf der Francal so viele Aussteller ihre Schuhmodelle promotet, und der Besucherstrom stellte alles bisher Dagewesene in den Schatten.

Auch Peter Schwarz war zufrieden. Gemeinsam mit Jennifer Chan und zwei einheimischen Hostessen betreute er den Messestand der Schuster Schuhe GmbH. Er beantwortete technische Detailfragen der Fachbesucher. Meist handelte es sich dabei um Händler und Einkäufer. Jennifer kümmerte sich um den kaufmännischen Teil. Die beiden Hostessen waren in blaue, eng geschnittene Kleider gehüllt, dazu trugen sie gelbe Schuhe und ein ebensolches Halstuch. Die Farben waren auf die neue Kollektion abgestimmt. Ein großes Wandposter mit der Abbildung von Ghanas Fußballteam fehlte natürlich auch nicht. Der Messestand war nicht allzu groß, aber ansprechend designt.

Noch immer hatte er die E-Mail-Antwort, die er schon kurz nach seiner Ankunft formuliert hatte, nicht an Natascha abgeschickt. Die Mail war unter »Entwürfe« abgespeichert, und er hatte sie mittlerweile schon oft gelesen und immer wieder umformuliert. Eine kurze Unterbrechung des Besucherstroms gab ihm wieder die Gelegenheit, sie nochmals auf seinem Smartphone aufzurufen:

Liebe Natascha,

danke für deine ehrlichen und offenen Worte. Ich habe dir bisher nicht geschrieben, weil ich selbst unsicher bin, was genau die richtige, oder besser gesagt, die beste Antwort ist.

Eine richtige Antwort scheint es nicht zu geben. Vor nur wenigen Tagen war ich mir ganz sicher, keine gemeinsame Zukunft mit dir zu haben.

Ja, auch ich habe unseren gemeinsamen Ausflug nach Linz genossen. Die Nacht danach mit dir war einfach unglaublich. Ich wollte mir die Erinnerung daran auf ewig behalten und nicht durch ein späteres Zerwürfnis mit dir zerstören.

Ein solches Zerwürfnis schien mir unvermeidbar. Deine E-Mails aber haben mich nachdenklich gemacht. Sollte es tatsächlich eine Möglichkeit für uns geben, uns durch das Schreiben näher kennenzulernen, ohne uns zu sehen, ohne gleich wieder miteinander ins Bett zu gehen?

Eventuell hast du recht, vielleicht funktioniert diese Alternative für uns.

Ich kann jedenfalls nicht mehr schreiben, als dass ich bereit bin. Schicke mir deine nächste E-Mail. Ich werde dir antworten, werde versuchen, mich dir mehr und mehr zu öffnen, mich dir anzuvertrauen.

Allerdings kann ich dir nicht garantieren, dass dir gefallen wird, was du über mich erfährst!

Dein Peter

P. S.: Ich hoffe, meine Mail ist Gut gegen Schlaflosigkeit.

Drei Männer betraten den Messestand der Schusters. Ihre Anzüge waren genauso schwarz wie ihre Haut. Peter

Schwarz sah, wie sie von den beiden Hostessen begrüßt wurden. Auch Jennifer Chan, die ein Businesskostüm in einem etwas dunkleren Blauton trug, als die Kleider der Hostessen ausgeführt waren, gesellte sich zu den drei Afrikanern.

Irgendetwas an ihrem Auftreten, sagte Schwarz, dass sie nicht in den USA, sondern auf dem afrikanischen Kontinent wohnhaft waren. Er schaute nochmals auf die E-Mail. Unweigerlich spürte er dabei, wie Jennifers Blick seinen suchte. Komm, hilf uns hier, wir haben wichtige Gäste, sagte ihm ihr Gesichtsausdruck. Rasch drückte er noch auf »Senden«, danach begab auch er sich zur neuen Kundschaft.

Die Funktionäre aus Ghana hatten allesamt elfenbeinweiße Zähne. Entweder ihr Gebiss war gebleicht, oder es lag daran, dass ihre dunkle Hautfarbe das Weiß der Zähne im Kontrast umso deutlicher hervorhob.

Keine Raucher und keine Kaffeetrinker, auch Zucker kennen sie wahrscheinlich nicht, schloss Schwarz.

»Wir prüfen nochmals die Unterkunft, in der unser Team untergebracht ist.«

»Und besprechen mit dem Küchenchef den Essensplan«, ergänzte der Stellvertreter des Fußballbundpräsidenten in ebenso makellosem Englisch, wie es der Leiter der Delegation sprach. Die Aussprache war perfekt, nur die Stimmlage war etwas hoch.

Die Funktionäre aus Ghana lobten den Messestand über den Klee und waren besonders stolz, das Poster, das ihr Fußballteam in voller Montur zeigte, an prominenter Stelle gleich am Eingang des Messestandes angebracht zu sehen.

»Wir haben einiges zu besprechen«, merkte der Präsident an. Dabei sah er Jennifer vielsagend an.

Die nickte. »Was halten Sie von einem gemeinsamen Abendessen in einer Churrascaria, Sie essen doch Fleisch?«

Der Mann stimmte eifrig zu. »Ich habe schon viel von der brasilianischen Spezialität gehört. Herr Schwarz, Sie kommen doch mit?«

»Gerne.«

Der Präsident musterte die beiden Hostessen, die in weniger als zwei Metern Entfernung standen. Ihm schien zu gefallen, was er sah.

»Die beiden Damen haben nicht zufällig eine Freundin, die sie noch mitbringen könnten?«

Jennifers verständnisloser Blick veranlasste ihn, hinzuzufügen: »Wir sind zu dritt, es sei denn, Sie …«

Die ansonsten wortgewandte Chinesin war sichtlich perplex, sprachlos trat sie einen Schritt zurück.

»Wir sehen uns also um 21 Uhr«, sagte Schwarz möglichst schnell, bewusst ignorierte er die Frage des Afrikaners, da er wenig Lust verspürte, für die Männer Gespielinnen für die Nacht zu suchen. Auch der Präsident des Fußballbundes ließ es auf sich bewenden. Seine beiden Kollegen musterten weiterhin interessiert die beiden Brasilianerinnen. Einer trat an sie heran und steckte ihnen seine Businesskarte zu. Vorher beschrieb er noch die Rückseite mit einem Kugelschreiber.

Wahrscheinlich Hotelname und Zimmernummer.

Schwarz schüttelte missbilligend leicht den Kopf, gab aber gleichzeitig seine Visitenkarte dem Präsidenten, vorsorglich notierte er darauf die Adresse der nächstgelegenen Churrascaria.

»Was für Arschlöcher!« Jennifer Chan war außer sich vor Wut, noch Minuten, nachdem die Afrikaner verschwunden waren, konnte sie sich nicht beruhigen.

»Ist ja nur ein Abendessen, beruhigen Sie sich doch.«

Die Hostess mit den gelockten dunklen Haaren trat zu den beiden heran. Fragend hielt sie die Visitenkarte in ihrer Hand. »Muss ich mit ihm ausgehen?«

Jennifer brauchte offenbar eine Sekunde, bis sie verstand.

»Die Entscheidung liegt bei dir. Du würdest uns einen Gefallen tun, wir entschädigen dich dafür.«

Schwarz sah, wie die Hostess schluckte.

Wieso hat ihr Jennifer nicht klar und deutlich gesagt, dass sie nicht mit den Schweinen ausgehen soll? Wieso hat sie es ihnen nicht verboten?

Jennifer will, dass sie die Afrikaner beglücken.

Sie will sogar dafür bezahlen!

Schwarz war verwundert. Natürlich hatten die Afrikaner bei den Schusters und Chans einen Stein im Brett. Die Werbung war unbezahlbar, aber trotzdem.

Schwarz betrachtete die beiden Hostessen: *Lange Beine, volle Lippen, große Brüste, ausladende Hüften, die beiden Frauen sind geradezu für Sex geschaffen.*

Für ihn selbst waren sie allerdings nicht von Interesse.

Zu weiblich, zu weich sind ihre Körper.

In Brasilien bevorzugte er Frauen, die sich auf den Beachvolleyballplätzen bei schweißtreibenden Temperaturen selbst körperlich betätigten.

Gebräunte Haut, straffe Schenkel, kein Gramm Fett, das die Bauchmuskeln verdeckt, der Arsch knackig und fest.

So hatte er die Brasilianerinnen von den Sandplätzen in Erinnerung. Die beiden Hostessen waren keine Beachvolleyballerinnen, aber die drei Afrikaner hätten ihre Freude an ihnen, war sich Schwarz sicher.

Als sie den Messestand am Abend verließen, wusste er nicht, ob die beiden Hostessen mit den Funktionären aus Afrika in Verbindung treten würden. Wer konnte schon sagen, ob sich die beiden Frauen ein Zusatzgeld im Rahmen der Messe verdienen wollten?

Wahrscheinlich sind sie aber nicht allzu heiß darauf, sich von den Afrikanern ficken zu lassen, entschied Schwarz.

Zu seiner großen Überraschung strahlte der Präsident richtiggehend, als sie die Afrikaner vor der Churrascaria begrüßten. Noch immer trugen alle drei ihre dunklen Anzüge.

»Danke, dass Sie uns Ihre Damen für diese Nacht zur Verfügung stellen.«

Schwarz sah seine Chefin an. »Kein Problem, ich habe mit ihnen gesprochen. Sie freuen sich schon darauf. Um 23 Uhr sind sie im Hotel.«

Jetzt war es Schwarz, der perplex war.

Die vier Männer ließen Jennifer den Vortritt, als diese dem Kellner folgte, der sie zu ihrem Platz am Fenster führte. Die große Essenshalle des Restaurants war mit gedeckten Tischen und Gästen gefüllt. Das Salatbuffet befand sich im Zentrum des Raums, in großer Zahl waren dort Bambusherzen angerichtet, auf die sich Schwarz schon freute.

Der Aperitif musste selbstverständlich ein Caipirinha sein, dazu bestellten sie aber auch gleich einen Cabernet aus Chile und eine Flasche stilles Wasser. Bevor die Getränke serviert wurden, stand der erste Kellner mit aufgespießtem Rindfleisch vor ihnen. Keiner konnte dem Anblick und vor allem dem Geruch nach Gegrilltem widerstehen. Jeder bekam sein dünnes Stückchen fein säuberlich mit einem scharfen Messer abgeschnitten auf seinen Teller gelegt.

Außen war das Fleisch dunkel, innen rosa-zart.

Die Kärtchen standen auf Grün. Immer wieder würden die Kellner mit frischen Spießchen verschiedenster Fleischsorten vorbeikommen und ihnen anbieten, sich ein Häppchen abzuschneiden. Sie durften so viel essen, wie sie wollten, der Preis würde sich nicht ändern. Keiner der Kellner wäre verärgert, wenn man sein Angebot ablehnte, er würde einfach beim nächsten Tisch sein Glück versuchen. Sie würden so lange mit dem Fleisch vorbeikommen, bis die Essenden vollkommen satt waren, und jeder sein Kärtchen auf Rot umgedreht hatte.

Das konnte dauern.

Peter Schwarz stand auf, um sich seine Bambusherzen vom Salatbuffet zu holen. Es war Zeit für ihn, seine Gedanken zu ordnen: *Wieso hat Jennifer den Afrikanern die Mädchen vermittelt? Zuerst war sie noch so verärgert, und nun das? Verstehe einer diese Frau.*

Der Smalltalk über die Fußballweltmeisterschaften und das unvermeidbar näher rückende Spiel Ghanas gegen Deutschland war im vollen Gange, als er an den Tisch zurückkehrte. Jennifer lobte das Team von Ghana gerade über alle Maßen, sie rechnete den Afrikanern gute Chancen gegen die Deutschen aus. Die weißen Zähne der Funktionäre strahlten sofort noch intensiver.

Jeder weiß zwar, dass Deutschland einer der großen Favoriten des Turniers ist, aber was soll's? Lassen wir ihnen die Freude, dachte sich Schwarz und stimmte in den Lobgesang ein. Das Grinsen der Afrikaner verstärkte sich noch mehr.

Sie freuen sich sicher auch schon auf die beiden Mädchen, kam es ihm in den Sinn, als er das erste Bambusherz zerkaute, das er zuvor noch mit Olivenöl mariniert hatte.

Es schmeckte bitter, in einer gerade noch angenehmen Art und Weise, um seinen Gaumen zwar zu reizen, aber nicht zu vergrämen. Nachdem er das Herz hinuntergeschluckt hatte, blieb der bittere Nachgeschmack aus.

Auch mein Traum bleibt seit Tagen aus, fiel es ihm mit einem Mal ein. Der Traum von seiner Jugendliebe, der Traum von seinem Versagen, der Traum von der Frau, die ihm das Herz herausgerissen hatte und dann noch in aller Öffentlichkeit darauf herumgetrampelt war.

Die E-Mail von Natascha! Das hat den Ausschlag gegeben. Ist es wirklich möglich? Wenn sie mir E-Mails schreibt, kommt der Albtraum nicht zurück?

Sind ihre Mails wirklich Gut gegen meine Albträume?

»Wir warten übrigens noch auf die zweite Zahlung«, stellte der Präsident der Afrikaner, zu Jennifer gewandt, fest.

Schwarz fühlte sich bemüßigt, seiner Chefin zu helfen. »Soweit ich weiß, wurde alles gemäß den Verträgen überwiesen. Das hat mir Herr Schuster vor unserer Abreise bestätigt. Eine schöne Summe, die wir da an Ihren Verband überwiesen haben.«

Der Präsident sah noch immer Jennifer Chan an. Das Lächeln der beiden anderen Funktionäre war ebenso erloschen wie seines. Er musterte Schwarz, dann blickte er wieder zu Jennifer Chan. Flüsternd, aber doch so laut, dass alle am Tisch ihn hören konnten, fuhr der Präsident fort: »Das meine ich nicht. Es geht um die Zahlung Ihres Vaters, die er uns versprochen hat … die wir mit ihm vereinbart haben.«

KAPITEL 60

Montag, 26. Mai

Brandner reichte Chan die Hand. Sie befanden sich auf der Polizeidienststelle in Waidhofen.

»Danke, dass Sie sich die Zeit nehmen. Darf ich Ihnen etwas anbieten. Tee vielleicht?«, fragte der Kommissar den Chinesen in englischer Sprache.

»Das wäre nett.«

»Einen grünen Tee, ohne Zucker«, forderte Brandner Sepp Reitbauer auf, das Getränk zu besorgen.

»Kommt sofort.«

Reitbauer verließ das kleine Hinterzimmer. Chan setzte sich und betrachtete nacheinander die Gesichter der neun jungen Frauen an der Wand.

»Der Mörder hat also zuvor in Portugal zugeschlagen.«

»Es gab dort ähnliche Fälle«, räumte Brandner ein.

»Mit Sicherheit wissen wir aber nicht, ob es sich um denselben Täter handelt.«

Chan setzte ein stoisches Lächeln auf.

»Sie gehen aber davon aus, sonst würden sich die Fotos doch nicht an der Wand neben den anderen Opfern befinden.«

Mit seiner rechten Hand strich sich der Chinese seine graublaue Krawatte, die gut zu seinem dunklen Anzug passte, gerade. Seit ihrer letzten Begegnung vor einem knappen Jahr hatte sich Chan kaum verändert. Noch immer benutzte er seinen messerscharfen Verstand, und er nahm kein Blatt vor den Mund.

»Sie haben recht«, bestätigte Brandner. »Es gibt einfach zu viele Übereinstimmungen zwischen den Morden in Österreich und denen in Portugal. Ich gehe davon aus, dass es sich um denselben Täter handelt.«

Chan schüttelte bedauernd den Kopf. Sein Lächeln dominierte aber weiterhin sein Gesicht.

»Neun junge Frauen, was für eine Verschwendung«, sagte der Chinese, als Sepp Reitbauer mit dem grünen Tee zurückkehrte und die Tasse samt Untersetzer vor Chan auf den Tisch stellte. Danach begab sich der Postenkommandant wieder an seinen Stammplatz. Seitlich hinter Chan stehend verschränkte er die Arme vor seiner Brust und wartete. Der Chinese zog in aller Ruhe den Teebeutel aus dem heißen Wasser. Mithilfe des Löffels, für den Reitbauer auch gesorgt hatte, drückte er den Großteil der verbliebenen Flüssigkeit aus dem Beutel und legte ihn auf dem Untersetzer ab. Vorsichtig führte er die heiße Tasse an seinen Mund, mit einem leisen Schlürfen nahm er den ersten kleinen Schluck von dem noch dampfenden Getränk.

»Genau richtig, danke.«

Chan hatte sich umgedreht und Reitbauer mit seinem Lächeln bedacht.

Der junge Postenkommandant blieb stumm, also setzte Brandner seine Befragung fort: »Eines der Opfer war Frau Monika Steiner. Sie hat für die Schuster Schuhe GmbH im Verkauf gearbeitet. Kannten Sie Frau Steiner?«

Chans Blick verweilte einige Sekunden auf dem vorletzten Foto an der Wand.

»Ich habe sie gesehen, natürlich, sie war eine hübsche Frau, aber soweit ich mich erinnere, habe ich sie bestenfalls mit einem Guten Morgen oder Guten Abend begrüßt oder verabschiedet. Das war es dann aber auch. Mehr haben wir sicher nicht miteinander gesprochen. Um das tägliche Geschäft kümmern sich ja Jennifer und Eugen Schuster.«

Brandner nickte. Reitbauer stieg unruhig von einem Fuß auf den anderen, während Chan einen weiteren Schluck vom grünen Tee nahm. Sein Schlürfen fiel deutlich lauter aus als noch zuvor.

»Zum Todeszeitpunkt habe ich mich nicht in Österreich aufgehalten. Falls Sie also mich verdächtigen, kann ich das leicht entkräften. Lassen Sie es mich wissen, wenn ich ein Alibi brauche.«

»Das ist nicht nötig. Ihre Tochter hat mir schon bestätigt, dass Sie außer Landes waren.«

Und auch die Dame am Empfang der Schusters.

Aber was heißt das schon?

Ich mache mir doch nicht selbst die Hände schmutzig. Das waren vor einem Jahr seine eigenen Worte.

Brandner war versucht, den Chinesen mit seiner damaligen Aussage zu konfrontieren. Ihn herauszufordern.

»Sie können uns also bei der Aufklärung des Mordes an Ihrer Mitarbeiterin nicht behilflich sein?«, fragte Brandner freundlich, statt auf Angriff zu gehen.

Wieder das unverbindliche Lächeln. Kalte Augen sahen den Kommissar an.

»Meine Tochter hat mir ausgerichtet, dass Sie mich gerne sprechen wollen, also bin ich gekommen. Es stimmt, ich kann Ihnen nicht weiterhelfen. Ich kannte Frau Steiner nicht, und ich denke auch nicht, dass ihr Tod etwas mit unserer Firma zu tun hatte.«

Chan stand auf. Ohne zu fragen, trat er näher an die Fotos an der Wand heran. Jedes einzelne schaute er nacheinander an.

»Ich würde Ihnen ja gerne helfen, Herr Brandner, aber ich bin nun einmal der Geschäftsmann, und Sie sind der Kommissar.«

Auch Brandner stand auf. Schon bald würde er den Chinesen zur Ordnung rufen müssen. Vor Reitbauer konnte und wollte er sich keine Frechheiten gefallen lassen.

»Dann bleibt mir nichts anderes übrig, als Ihnen für Ihr Kommen zu danken.«

Chan verstand den Hinweis und schüttelte Brandner die Hand.

»Keine Ursache. Ich bin für unsere Aufsichtsratssitzung etwas früher angereist. Jennifer und unser technischer Leiter, Herr Schwarz, die beide an unserer Sitzung teilnehmen, sind noch nicht aus Brasilien zurück. Ich hatte daher nichts Besseres zu tun, als mit Ihnen zu reden.«

Das Grinsen war breiter und breiter geworden.

Der verarscht mich! Hier auf dem Revier, das ist doch die Höhe!

Brandner versuchte, sich zu beruhigen. Die Worte waren ja nicht unfreundlich gewesen, er musste nur den Tonfall und das Gesicht ignorieren. Auch Reitbauer blieb ganz ruhig.

Der hat aber auch nicht das Grinsen des Chinesen vor Augen. Gott sei Dank, denn sonst würde sich der Hitzkopf nur schwer im Zaum halten können.

»Dann richten Sie Ihrer Tochter Grüße von mir aus. Herr Reitbauer, bringen Sie bitte Herrn Chan zur Tür.«

Chan folgte dem Postenkommandanten.

Brandners Blick wanderte zu den Fotos an der Wand. Der Chinese hatte sich für sein Verständnis etwas zu stark für die toten Frauen interessiert. Was hatte Chan dort an der Wand gesehen? Hatte er einen Zusammenhang erkannt, der ihm bisher verborgen geblieben war? Und wieso hatte ihn Chan dann nicht darauf hingewiesen?

Ich sehe schon Geister, wo keine sind.

Brandner schüttelte wieder einmal den Kopf über seine Gedankengänge. Er nahm die noch fast volle Tasse vom Tisch, verließ den bedrückenden Raum mit den Fotos, ging zur kleinen Küche, entleerte den grünen Tee in den Abfluss und beförderte die Tasse samt dem Untersetzer in den Geschirrspüler. Der Teebeutel landete im Mülleimer. Danach ließ er selbst Wasser in den Wasserkocher laufen, schaltete ihn ein und suchte nach einem Teebeutel.

Diese Chinesen, nicht zu durchschauen, aber Teekochen können sie. Tee, ohne Zucker, und er macht sich nicht selbst die Hände schmutzig … diese Informationen haben sich damals in mein Gehirn eingeprägt.

Und diesmal?

Hat er tatsächlich einen Zusammenhang erkannt?

Seit Tagen, ja Wochen, hat sich nichts Neues mehr ergeben, ich komme nicht voran und fürchte, der Täter wird bald wieder zuschlagen.

Neun Frauen, und Chan sieht eine nach der anderen langsam auf den Fotos an … wahrscheinlich wollte er sich nur wichtigmachen, wollte mir demonstrieren, wie schlau er ist, wollte mit mir spielen.

Chan liebt es, Leute zu manipulieren.

Brandner goss das siedende Wasser in die Tasse, der Teebeutel schwamm obenauf.

KAPITEL 61

Dienstag, Vormittag, 27. Mai

Die Einzelteile des Laufschuhs Schuster 2014 lagen fein säuberlich aufgestapelt auf der Arbeitsfläche des Tisches. Chan, Lee und Schwarz befanden sich in dem einzigen Raum der ehemaligen Fabrik, der noch regelmäßig genutzt wurde.

Mehrere Prüfgeräte, eine Klebemaschine, eine Nähmaschine und die Schwenkarmstanze wurden dazu verwendet, um Prototypen zu fertigen und einzelne Chargen auf Qualitätsmängel zu untersuchen.

»So tragisch sind die Längenunterschiede doch gar nicht«, stellte Chan in englischer Sprache fest, nachdem er mehrere der Stapel begutachtet hatte.

Lee hielt sich im Hintergrund und ließ die beiden Manager die Angelegenheit unter sich ausmachen. Schwarz hatte schon befürchtet, dass Chan nicht so ohne Weiteres Mängel seiner Chinaproduktion eingestehen würde.

»Ich denke, ich habe die Lösung für das Problem«, sagte er daher, ohne auf Chans Feststellung einzugehen.

Schwarz ging zur Schwenkarmstanze und schaltete sie mit dem Drehknopf ein. Vorsorglich hatte er bereits acht Lagen der feinmaschigen Kunststofftype vorbereitet, bei der er die größten Längenunterschiede festgestellt hatte. Chan stellte sich widerwillig neben Schwarz und beobachtete, wie der eine der Stanzformen vom Tisch nahm, und sie auf den acht übereinandergestapelten Lagen der Kunststoffmatten in der Mitte des Stanztisches platzierte.

Mit beiden Händen griff Schwarz die zwei Holme an der Stanzmaschine, schwenkte den Kopf der Stanze über den Tisch, bis die Stanzform zentral darunterlag. Dann drückte er mit beiden Daumen auf die Knöpfe über den Handgriffen. Die hydraulische Stanze bewegte sich nach unten. Schwarz hielt beide Holme fest mit seinen Fingern umschlossen. Die Aluplatte der Stanzmaschine traf auf die stählerne Stanzform, presste die Schneidspitzen durch die acht Lagen des Kunststoffes, als sie auf die Nylonplatte darunter traf, war das Klicken deutlich zu hören. Der Hydraulikzylinder bewegte sich wieder nach oben. Schwarz schwenkte den Stanzkopf zur Seite und nahm die Stanzform und die acht ausgestanzten Teile zur Hand.

»Sehen Sie, auch hier sind die Teile unterschiedlich lang.«

Chan nahm ihm die Kunststoffteile ab.

»Das Ergebnis ist ähnlich wie bei den Schuhen aus meiner Produktion. Worauf wollen Sie also hinaus?«

»Das breite Profil mit der großen Innenfacette eignet sich zum Stanzen von einlagigem Leder, aber nicht für dieses mehrlagige Stanzen von Kunststoff.«

Schwarz zeigte Chan die Stanzform, er drehte sie so, dass der Chinese einen Blick auf die Schneidspitze werfen konnte. Danach griff er sich eine der anderen Formen, die auf dem Tisch neben der Schwenkarmstanze bereitlagen. Sie hatte genau dieselbe ovale Form, war ebenso, wie die zuvor verwendete, mit einem Stanzmesser in 32 Millimetern Höhe und zwei Millimetern Dicke ausgeführt. Die Enden waren miteinander verlötet, und zwei Verstrebungen waren eingeschweißt worden. Auch diese Form war dunkelblau lackiert. Der Unterschied lag in der schlankeren Profilform zur Schneidspitze hin. Die Spitze war außerdem mit fein eingeschliffenen Zähnen versehen.

»Die Zähne und das schmälere Profil bringen ein einheitlicheres Stanzergebnis beim mehrlagigen Stanzen.«

»Das mag ja sein.«

»Ich zeige es Ihnen.«

Schwarz schob den Kunststoffstapel auf dem Stanztisch etwas nach vorn und platzierte die Stanzform so auf dem Stapel, dass die Zähne die oberste Lage des Stapels berührten.

»Das mag ja sein, aber …«

»Warten Sie, ich zeige Ihnen gleich den Unterschied«, unterbrach Schwarz den Chinesen. Wieder griff er sich die beiden Holme. Kurz darauf war das Klicken zu hören.

Als Schwarz die acht gestanzten Teile miteinander verglich, konnte er, wie erwartet, mit freiem Auge kaum einen nennenswerten Längenunterschied zwischen den einzelnen Stücken erkennen. Auch Chan musste es so sehen. Der bekam den Stapel von Schwarz überreicht, besah sich die Teile aber nur oberflächlich, bevor sie auf dem Tisch neben der Schwenkarmstanze landeten.

»Die verzahnten Stanzmesser sind um ein Vielfaches teurer, das können wir uns nicht leisten.«

Schwarz glaubte, nicht richtig zu hören. *Hat er das jetzt wirklich gesagt? Kann das sein?* Er brauchte Gewissheit.

»Das heißt, Sie wussten von den Längenunterschieden und wie man sie beheben kann?«

Chan grinste. »Ich stelle seit vielen Jahren in meinen Fabriken Schuhe her.«

So ein Arschloch. Schwarz nickte. »Verstehe, aber wir verkaufen jetzt ein Topprodukt. Wir müssen hervorragende und konstante Qualität liefern. Mittelmaß können wir uns nicht leisten. Das verstehen Sie doch.«

»Unsere Personalkosten sind schon höher als bei der Konkurrenz, da wir ja einen höheren Lohn an unsere Mitarbeiter zahlen. Wir können dann nicht auch noch die teuersten Materialien einsetzen. Ich muss auch einen Gewinn erzielen. Das verstehen Sie doch, Herr Schwarz, oder etwa nicht?«

Das Grinsen hatte sich aus Chans Gesicht verflüchtigt.

Ich habe gewusst, es wird schwer werden. Aber dass er zugibt, zu wissen, wie er bessere Qualität abliefern kann, es aber nicht tut, ist doch kaum zu glauben!

Schwarz war verärgert, er wollte sich nicht so einfach abspeisen lassen. »Die Stanzformen werden kaum so viel kosten, wie Sie den Funktionären aus Ghana unter der Hand zukommen lassen.«

Chans Gesicht erstarrte vollkommen.

»Das eine hat nichts mit dem anderen zu tun«, antwortete der Chinese, dann formten seine Lippen wieder eine schmale Linie.

Schwarz hörte hinter sich ein Geräusch. Robert Lee war einige Schritte näher herangetreten, beide Hände steckten in seinen Jackentaschen. Auch er schaute Schwarz mit ernstem Gesicht an.

»Ist auch egal, von Ihrer Bestechung braucht niemand etwas zu wissen«, sagte Schwarz schnell, um die Situation zu retten. »Nicht die Öffentlichkeit und auch nicht Eugen Schuster«, fügte er hinzu.

Das Lächeln kehrte in Chans Gesicht zurück. Robert Lee entfernte sich wieder um zwei Schritte.

»Ich will nur Schuhe mit der bestmöglichen Technologie und in hervorragender Qualität geliefert bekommen.

Sie werden also in Zukunft verzahnte Stanzmesser einsetzen«, sagte Schwarz bestimmt.

Er sah, wie Chans Grinsen breiter wurde, es füllte das gesamte Gesicht des Chinesen aus.

Gewonnen, ich bekomme, was ich will.

Schwarz atmete durch.

»Ich sehe, wir verstehen uns. Sie vergessen Ghana, und ich liefere noch bessere Qualität als bisher«, bestätigte Chan die Forderung von Schwarz.

Jetzt brauchen wir unsere Übereinkunft nur noch zu besiegeln.

Schwarz hielt dem Chinesen die ausgestreckte rechte Hand entgegen. Chan zögerte, erst mit Verspätung schien er die Bedeutung des Handschlags zu erkennen, er zuckte die Achseln und reichte dem technischen Leiter die Hand.

»Aber bitte kein schlechtes Wort über die Qualität bei unserer Aufsichtsratssitzung am Nachmittag.« Jetzt schaute Chan Peter Schwarz wieder direkt in die Augen. Sein Händedruck wurde stärker.

Wieso besteht er darauf, wenn er es ohnehin ändert? Er verbessert schließlich die Qualität, dann können wir doch auch über die bisherigen Probleme offen reden.

»Kein Wort bei der Aufsichtsratssitzung.«

Schwarz nickte. »Sie verbessern aber umgehend die Qualität.«

»Neue Stanzformen werden mit verzahntem Profil ausgeführt«, bestätigte Chan und ließ seine Hand los.

Lee hielt seinem Chef die Tür auf. Die beiden Chinesen verließen das Labor mit der kleinen Testfertigung.

»Wir sehen uns dann bei der Aufsichtsratssitzung«, war alles, was Schwarz noch vom Chinesen hörte.

Es war zwar schwieriger als erwartet. Ich musste sogar die Afrikaner ins Spiel bringen, was ich nicht wollte, aber alles hat sich zum Guten entwickelt.

Jetzt zu Nataschas letzter E-Mail.

Soll ich mich vielleicht doch mit ihr treffen?

Wenn wir uns wiedersehen, was dann?

Was, wenn ich wieder einmal versage?

Werde ich sie dann umbringen?

Ich will sie nicht töten.

Wenn ich versage, muss ich sie töten.

Daran führt dann kein Weg vorbei.

Wir bleiben besser beim Schreiben.

KAPITEL 62

Dienstag, Nachmittag, 27. Mai

Der Raum war verdunkelt, und Peter Schwarz war müde. Ausgerechnet am Nachmittag machte ihm die Zeitumstellung besonders zu schaffen. Am Vorabend hatte er nicht einschlafen können, er war lange wach gelegen, aber jetzt durfte er kein Nickerchen halten. Jennifer Chan schien gegen Jetlag immun zu sein. Während ihrer kurzen Einführung sprühte sie geradezu vor Energie. Ganz seriös trug sie, dem Anlass angemessen, ein dunkles Businesskostüm mit einer weißen Bluse unter dem Blazer.

Eugen Schuster, der die Zahlen des abgelaufenen Geschäftsjahres samt der aktuellen Vorschau präsentieren musste, übernahm von der jungen Chinesin das Wort.

Das kann ein langer Nachmittag werden. Ereignislos, im Halbdunkeln sitzend, mit endlosen PowerPoint-Präsentationen und langweiligem Geschwafel, und ich bin hundemüde. Peter Schwarz hielt einen Seufzer, der schon fast seinen Mund verlassen hätte, noch rechtzeitig zurück.

Eugen Schuster begrüßte offiziell die Mitglieder des Aufsichtsrats der Schuster Schuhe GmbH. Jennifer Chan und Peter Schwarz waren die einzigen in der Runde, die keine Anteile an der Firma hielten. Allerdings besaß Jennifers Vater 49 Prozent. Chan hatte es sich am Kopfende des Besprechungstisches in seinem Sessel sichtlich bequem gemacht. Vor ihm stand die bereits traditionelle Tasse Jasmin-Tee auf dem Tisch. Rechts von Chan, an der Längsseite des Tisches, saßen mit Valerie und Samuel Schuster Eugens Schwester und Onkel.

Die Präsentation des jungen Schuster verlief zu Beginn ohne Komplikationen. Die Umsätze entwickelten sich äußerst positiv, auch die Marge passte. Eugen erwartete sich von der Fußballweltmeisterschaft weitere Impulse.

»Francal – Messe in Sao Paulo« wurde in großen Lettern an die Wand projiziert.

Peter Schwarz hörte, wie Eugen das Wort an Jennifer übergab. Er setzte sich wieder aufrechter in seinen Sessel.

Noch immer ist ihr die Müdigkeit nicht anzumerken. Sie lobt die Messekontakte in großen Tönen, zu überschwänglich für meinen Geschmack.

»Wir haben auch die Delegation aus Ghana getroffen. Sie freuen sich schon sehr auf das erste Spiel.«

»Das mit dem Sponsoring der Afrikaner war wirklich ein großer Coup«, stellte Samuel Schuster fest. Der Aufsichtsratsvorsitzende trug seine dunkelgrüne Trachtenjacke.

Ein Coup schon, aber kein legaler. Der Jägermeister hat ja keinerlei Ahnung mehr vom Geschäft. Peter Schwarz konnte nicht anders, als wieder an das Abendessen mit den Funktionären zu denken. *Die haben ganz eindeutig Geld bekommen, und dann hat ihnen Jennifer auch noch die Hostessen aufs Hotelzimmer geschickt.*

»Herr Schwarz, Sie haben unsere neuen Partner ja auch in Brasilien getroffen. Was halten Sie denn von Ihnen?«, fragte Chan.

Schwarz saß ihm gegenüber. Der Raum lag noch immer im Halbdunkeln, nur das Licht des Projektors verhinderte, dass es ganz finster war. Das Gesicht des Chinesen konnte Schwarz nur schwer erkennen.

Wieso fragt er mich das? Ausgerechnet mich! Er weiß doch …

»Sie haben einen seriösen Eindruck auf mich gemacht.«

Chan nickte, Peter Schwarz glaubte, auch ein verschmitztes Lächeln zu erkennen, war sich aber nicht sicher.

An der Wand stand mittlerweile »Drücken Sie Strg+Alt+Entf«. Neben Schwarz tippte Eugen Schuster hastig auf die Tastatur.

Mehrere Sternchen erschienen nacheinander.

»Falsches Passwort«

Einmal versuchte es Eugen Schuster noch. Wieder dasselbe Ergebnis.

»Ich muss mich vertippt haben.«

»Oder du hast aus Versehen im Dunkeln auf die Feststelltaste für Großbuchstaben gedrückt.«

Jennifer beugte sich zu Eugen hinüber.

»Genau.« Sie betätigte die Taste und schaltete damit die Großschreibung aus.

»Ich muss unsere IT anrufen, damit sie mein Passwort zurücksetzen.« Eugen Schuster war es sichtlich peinlich.

»Das können wir uns sparen«, sagte Jennifer und begann die Tastatur ihres eigenen Laptops, der vor ihr auf dem Tisch stand, zu bearbeiten. »Mit W-LAN und meinen Administratorrechten kann ich dir deinen Laptop von hier aus freischalten.«

»Herr Schwarz«, begann Chan, der die Unterhaltung in deutscher Sprache verfolgt hatte, jetzt in Englisch zu sprechen. »Nutzen wir doch die Möglichkeit, bis Jennifer das kleine Problem behoben hat.«

»Ja?«

Was kommt jetzt noch? Ich habe dir die Integrität deiner Afrikaner schon bestätigt, mehr kann ich wirklich nicht tun. Jetzt halte du dich an unsere Vereinbarung.

»Sie sind für die technische Leitung verantwortlich, das beinhaltet auch die Qualitätssicherung. Entsprechen unsere Lieferungen aus Vietnam und China Ihren Spezifikationen und Anforderungen?«

Was soll das?

Schwarz zögerte.

»Nur raus mit der Sprache«, beharrte Chan auf einer Antwort.

Peter Schwarz verfolgte, wie Jennifer Chan sich mit ihrer Administratorkennung in Eugen Schusters Laptop einloggte, das Passwort zurücksetzte und den Rechner freischaltete, sodass Eugen in Kürze mit seiner Präsentation fortfahren konnte.

»Wir haben keine nennenswerten Mängel festgestellt«, sagte Schwarz mit leiser Stimme, aber laut genug, sodass es alle Anwesenden verstanden.

Chan nickte ihm zu.

Arschloch, du musst auch den Chef heraushängen lassen. Wenn ich dir nicht mein Wort gegeben hätte!

Wäre ich nicht so müde, und hättest du mich mit der Frage nicht überrascht, wäre meine Antwort besser ausgefallen.

Während der restlichen Aufsichtsratssitzung folgte Peter Schwarz den Präsentationen nur mehr unkonzentriert. Nur einmal an diesem Tag überraschte Chan den technischen Leiter noch: Während einer kurzen Pause bekamen sie belegte Brötchen in das Besprechungszimmer geliefert. Diese aßen die Manager stehend, als Chan, zu Valerie und Eugen Schuster gewandt, feststellte: »Ich evaluiere gerade mögliche Standorte für meine neue Schuhfabrik.«

»Werden Sie sich für Vietnam entscheiden, oder doch wieder in China investieren?«, fragte Valerie.

»Nein, in keinem der beiden Länder lohnt es sich derzeit. Ursprünglich hatte ich ja Myanmar oder Bangladesch im Fokus. Beides sind aufstrebende Nationen, die man unterstützen muss.«

Taktisch klug formuliert für den Gutmenschen Valerie Schuster, musste Schwarz anerkennend feststellen.

»Aber?«, wollte Eugen Schuster wissen.

Valerie biss gerade in eines der Brötchen, das mit Käse belegt war, daher fühlte sich Eugen offenbar bemüßigt, die Frage anstelle seiner Schwester zu formulieren. Schwarz hielt sich bewusst im Hintergrund. Mit etwas Abstand stand er neben der Gruppe und ließ sich sein Brötchen mit Geselchtem schmecken.

»Mittlerweile freunde ich mich immer mehr mit dem Gedanken an Zentralafrika an. Sicher, in vielen Ländern ist die politische Lage äußerst unsicher. In einigen Regionen herrschen bürgerkriegsähnliche Zustände. Aber wir haben gute Kontakte nach Ghana. Dort könnte ich ohne größeres Risiko investieren.«

Valerie Schuster schluckte ihren Bissen hinunter, währenddessen nickte sie leicht. »Ich finde die Idee gut«, stimmte sie Chan zu. »Dort macht es sicher noch mehr Sinn, Arbeitsplätze mit einem fairen Umfeld zu schaffen.«

Daher weht also der Wind. Chan hat den Funktionären sicher so einiges versprochen. Sie haben ihm den Weg zum Sponsoring des Fußballteams geebnet, und sie werden ihn auch beim Investment in ihrer Heimat unterstützen. Natürlich erwarten sie sich dafür wieder eine Gegenleistung.

»Herr Schwarz, was halten Sie davon, wenn in Zukunft unsere Schuhe auch aus Afrika kommen?«, wollte Chan wissen. Der Chinese setzte wieder seinen typischen Grinser auf.

So viel bringt es also, sich abseits zu halten!

Ist vollkommen umsonst.

Wieso bringt er mich heute immer wieder in diese Situation?

Soll ich doch noch sagen, dass dort alle korrupt sind?

Ich weiß, dass er die Funktionäre bestochen hat.

Was bezweckt er mit diesen Fragen?

Prüft er mich?

»Wenn dort die Qualität ähnlich hochwertig ist wie in

Ihren Fabriken in Vietnam und China, habe ich natürlich nichts dagegen, Schuhe aus Afrika zu beziehen«, antwortete Schwarz schließlich ruhig. Innerlich brodelte es aber in ihm.

Unterschätze mich bloß nicht.
Du weißt nicht, wer ich bin.
Du weißt gar nichts.

KAPITEL 63

Dienstag, Abend, 27. Mai

Peter Schwarz war nackt, und ihm war heiß. Er saß auf seinem dunkelblauen, flauschigen Frotteehandtuch. Links von ihm saunierte die junge Frau, die ihm schon vor Monaten im Fitnessstudio aufgefallen war.

Er kannte sie nicht. Hätte sich nicht an jenem Abend die Gelegenheit ergeben, Monika Steiner ohne Beisein von Zeugen anzusprechen, wäre seine jetzige Sitznachbarin damals ganz oben auf seiner Liste gestanden.

Sie saßen allein in der Sauna des Wellnessbereichs des Schlosshotels. Gegen einen geringen Aufpreis durften die Mitglieder von Energy Fitness auch die Anlagen des Hotels nutzen.

Nach diesem Tag brauchte Peter Schwarz jede nur erdenkliche Entspannung, die er bekommen konnte. Zuvor hatte er schon trainiert und dabei auf dem Ergometer Kalorien abgebaut und für zusätzliche Endorphine gesorgt. Vollkommen hatte er aber den Stress, hervorgerufen durch Chans Aussagen während der Aufsichtsratssitzung, nicht beim Training abbauen können. Also suchte Peter Schwarz auch noch die Sauna auf.

Er begann zu schwitzen. Einzelne Schweißperlen bildeten sich an Händen und Füßen. Schwarz mochte diese Phase, auch auf seiner Stirn fühlte er schon die Feuchtigkeit. Bald würden sich erste Schweißtropfen lösen, seine Augenbrauen würden zu Beginn noch dagegen ankämpfen, aber dann doch nicht verhindern können, dass sich einzelne Tropfen den Weg durch die feinen Härchen hindurch bahnten. Das Brennen in den Augen, das dann unweigerlich folgte, liebte er.

Es war so weit. Der erste Tropfen schaffte es in sein rechtes Auge, und ja, es brannte. Innerlich jubelte er auf. Er fühlte sich so lebendig wie noch nie an diesem Tag. Doch schon bald war das Hochgefühl vorbei. Vollkommene Entspannung wollte sich einfach nicht einstellen. Zu viele Gedanken und Fragen beschäftigten Peter Schwarz nach wie vor.

Wieso hat mich Chan dreimal in die Enge getrieben? Mit der Frage betreffend Qualität, mit der zu den Funktionären Ghanas, und zum Schluss wollte er auch noch wissen, was ich von einem Produktionsstandort in Afrika halte.

Schwarz leuchtete keine der möglichen Erklärungen vollkommen ein.

Er hat mich einfach auf die Probe gestellt, wollte wissen, ob ich Wort halte. Das muss es gewesen sein.

Allerdings hat er mit einem sehr hohen Einsatz gespielt. Ich hätte ja auch die Bestechung oder die schlechte Qualität ansprechen können.

Die nackte Frau links von ihm stand auf und richtete ihr Handtuch neu aus. Durch die Glastür kam gerade genug Licht herein, um ihm ihre schlanke Figur zu verdeutlichen. Sie hatte lange blonde Haare, die ihr feucht auf den Schultern klebten. Sein Blick verfolgte jede ihrer Bewegungen. Unbekümmert legte sie sich auf die oberste Holzbank und streckte ihre Beine aus. Ihr kleiner Busen trat nur unwesentlich hervor, die Brustwarzen zeichneten sich dafür umso deutlicher ab. Ihr Kopfhaar war gefärbt, das konnte er anhand des kleinen Dreiecks in ihrem Intimbereich deutlich erkennen.

Ich hätte sie statt Monika Steiner ansprechen sollen. Viel zu nah stand ich der, eine Arbeitskollegin, die noch dazu ins selbe Fitnessstudio ging. So bin ich auf Brandners Liste gelandet. Dann hat mich auch noch Karin Schindler verletzt. Wenn ich nicht so geistesgegenwärtig gewesen wäre, und mir und Eugen eine Geschäftsreise gebucht hätte, dann wäre ich aufgrund der leichten Kratzer auf meinen Armen aufgeflogen. Nach zwei Wochen war aber dann nichts mehr zu sehen, und der Kommissar tappt weiter im Dunkeln. Die Fingerspitzen und die Schneidlinien, die ich zufällig nach dem Gespräch mit dem Verkäufer der AKBF dabeihatte, mit denen ich die Fingerkuppen abtrennen konnte, sind sicher entsorgt, daher droht also keine Gefahr mehr.

Da liegt sie, die Frau, die ich statt Monika ansprechen hätte sollen, hätte ich mich doch etwas geduldet. Vielleicht hätte sie mich ja erhört, und ihr wäre nichts passiert.

Nichts passiert, genau wie Natascha. Ihr habe ich auch nichts getan.

Natascha will sich mit mir treffen, sie will nicht mehr nur E-Mails hin- und herschicken. Soll ich sie wiedersehen?

KAPITEL 64

Mittwoch, 28. Mai

Hugo Reis hatte Wort gehalten, aber er hatte sich wieder einige Tage länger Zeit gelassen, als vereinbart. Mittlerweile lagen Brandner die detaillierten Akten aus Portugal tatsächlich vor. Alles dauerte einfach zu lange, vor allem die Übersetzung, und da er mit Befragungen beschäftigt gewesen war, hatten sich seine Kollegen in Wien die Protokolle zuerst angesehen. Sie waren auf nichts Brauchbares gestoßen.

Jetzt hatte Brandner die ersten Seiten in deutscher Sprache ausgedruckt vor sich auf dem Tisch. Es handelte sich um das Protokoll zur Befragung der Eltern von Marisa, dem ersten Opfer. Ihr Vater war Beamter im Magistrat, die Mutter arbeitete im Lebensmittelhandel.

Brandner überflog die Aussage.

Nichts.

Die Eltern hatten nichts Wesentliches zur Aufklärung beitragen können.

Das zweite Opfer, Filipa, wieder las er das Gesprächsprotoll mit deren Eltern.

Ihr Vater arbeitete für Rodolfo Calcados, einem Schuhproduzenten für Herrenlederschuhe. Die Mutter war in einer Kleiderboutique für Damenmode als Verkäuferin tätig.

Brandner begann die Aussage zu lesen. Filipa war eine brave Tochter gewesen. Fast jedes Wochenende hatte sie ihre Eltern besucht. Auch an normalen Wochentagen, wenn sie arbeiten musste, hatte Filipa hin und wieder daheim vorbeigeschaut. Freund hatte sie keinen gehabt. Zumindest keinen, von dem die Eltern wussten.

Brandner stoppte, irgendetwas irritierte ihn, arbeitete in ihm, drängte ans Licht.

Der Vater ist in einer Schuhfabrik beschäftigt!

Rasch blätterte Brandner nach vorn.

Mafaldas Eltern waren beide Lehrer.

Fehlanzeige.

Er blätterte weiter zu Vanessa.

Treffer!

Die Eltern des vierten Opfers arbeiteten beide auch für einen Schuhhersteller.

Weitere Seiten ließ er durch seine Finger gleiten.

Rita war das fünfte Opfer. Wieder erzielte er einen Treffer. Ihr Vater war in einem Formenbaubetrieb beschäftigt, der Stanzformen zum Stanzen des Leders in der Schuhindustrie herstellte.

Das konnte einfach kein Zufall mehr sein. Drei der Opfer hatten durch ihre Eltern einen Bezug zur Schuhindustrie. *Monika Steiner hat für die Schusters gearbeitet, mindestens 15 Mitarbeiter der Schusters sind auch Mitglied im Fitnessstudio.* Er holte sich seine Unterlagen hervor und studierte die Anmerkungen. *Von Eugen Schuster, über den technischen Leiter Peter Schwarz, bis hin zu den normalen Sachbearbeitern. Die Bürohengste wollen offenbar fit bleiben, das schränkt meine Tatverdächtigen nicht gerade ein. Und dann ist da noch die Fabrik, die Stanzmesser für die Schuhindustrie herstellt. Ich muss überprüfen, ob Mitglieder vom Fitnessstudio dort beschäftigt sind … aber nur falls so ein Stanzmesser dafür infrage kommt, Karin Schindlers Fingerkuppen abgetrennt zu haben. Wieso habe ich dazu noch keine Information von unseren Technikern?*

Brandner griff zum Telefon und wählte.

»Herr Sauer, haben Sie die Stanzmessermuster von AKBF schon erhalten?«

»Ja, wir haben auch schon einiges herausgefunden.«

»Und wieso haben Sie mich nicht schon längst informiert?«

»Ich wollte Sie nicht aufhalten. Erst einmal zum Rostschutzöl«, begann Sauer. »Also das Öl, mit dem diese Messer standardmäßig eingeölt werden, passt zu den Rückständen, die wir an den Fingern von Karin Schindler gefunden haben«, fuhr Sauer fort.

»Das ist doch gut, und wieso haben Sie es nicht für nötig gehalten, mir das umgehend mitzuteilen? Wie lange wissen Sie das schon?«

»Aber der Schnitt, also wir haben ja verschiedene Muster bekommen. Die beiden Versionen mit den Zähnen können wir mit hundertprozentiger Sicherheit ausschließen. Am ehesten passt ein Messer mit der Bezeichnung

TE, es ist zwei Millimeter dick und wird verwendet, um Textilien zu stanzen.«

»Sie sagen, am ehesten. Es kommt also auch nicht infrage?«

»Genau, mit hoher Wahrscheinlichkeit wurde keines dieser Stanzmesser verwendet.«

Verdammt!

»Die Schneidwinkel sind zu stumpf, und überhaupt ist der Schliff zu grob ausgeführt. Dafür wurden die Finger einfach zu sauber abgetrennt, das ist mit so einem Messer nicht möglich. Ein dünneres, schlankeres Messer mit einem kleineren Schneidwinkel ist dafür notwendig.«

Scheiße.

Brandner seufzte.

»Schade, lassen Sie mir aber bitte trotzdem den Bericht zukommen.«

Dann legte er auf.

Seine Gedanken drehten sich trotzdem weiter um das Gespräch:

Der Schliff sollte feiner ausgeführt sein.

Die Spitze der Schneide schärfer.

Das Messer war eventuell sogar dünner.

Das Rostschutzöl passt aber.

Ein Klick, und sein Internetexplorer öffnete sich. Nachdem er die ersten drei Buchstaben eingetippt hatte, erschien die gesamte Internetadresse als Vorschlag. Er klickte sie an und die Seite von AKBF erschien.

Brandner scrollte durch die Produktbeschreibungen.

Stanzmesser.

Stanzlinien.

Fein geschliffene Linien!

Mit einem Schneidwinkel von 30 Grad!

Keine zwei Millimeter dick, sondern nur einen.

Zum Stanzen von Plastikfolien in der Elektronikindustrie.

Rasierklingenscharf!

Das könnte passen.

KAPITEL 65

Mittwoch, Nachmittag, 28. Mai

Endlich konnte Peter Schwarz sein neues Canyon-Mountainbike ausprobieren. Das Trainieren im Fitnessstudio und das Schwitzen in der Sauna des Schlosshotels vom Vorabend würde er so schnell nicht wiederholen. Angenehme Temperaturen von über 20 Grad machten ihm die Entscheidung an diesem Tag leicht. Ähnlich bunt wie die Wiesen, in denen Margeriten und Löwenzahn entlang der asphaltierten Straße blühten, war sein Outfit. Durch sein gelb-grün-weißes Trikot und den gelb-roten Helm war er weithin sichtbar.

Ein Schmetterling verfolgte ihn. Unter den Bäumen des nächsten Bauernhofs grasten mehrere Kühe. Zwei Mazda und ein Lindner-Traktor standen vor der Garage des Hofs. Erstmals begleiteten ihn auch Fleischfliegen auf seinem

Weg nach oben, sie brummten um seinen Kopf. Bald ließen die Insekten aber wieder von ihm ab und gesellten sich zurück zu den Rindern.

Seinen Herzschlag hielt er mithilfe des Pulsmessers zwischen 115 und 120 Schlägen pro Minute. Genau dort, wo er ihn haben wollte.

Der Arzberg, den er für seine Auffahrt auserkoren hatte, war für österreichische Verhältnisse eher ein Hügel als ein Berg. Fast eine Verhöhnung für sein Mountainbike. In mehreren Stufen verlief die Straße die vier- bis fünfhundert Höhenmeter hinauf. Das eine oder andere Mal gab es sogar eine kurze Abfahrt als Verschnaufpause zwischen den Anstiegen, die er zu bewältigen hatte. Dadurch eignete sich die Strecke umso besser für eine erste Ausfahrt in diesem Jahr.

Der Ausblick, der sich ihm auf dieser Strecke bot, war einzigartig. Sprießende Wiesen, Obstbäume, die schon wieder verblüht waren und darauf warteten, dass die Früchte heranwuchsen, alte Bauernhäuser. Gegenüber, auf der anderen Seite des Tals, lag der Buchenberg, und auch den felsigen Prochenberg, mit dem Aussichtsturm am höchsten Punkt, konnte er erkennen. Unten im Tal schlängelte sich die Ybbs mit ihrem klaren Bergwasser im Flussbett dahin. Der Anblick der alten Fabrikhallen der Schuster Schuhe GmbH blieb ihm erspart.

Rechts am Straßenrand, in der Nähe eines Strommasts, stand eine Bank für müde Wanderer. Peter Schwarz drehte seine Fahrradschuhe aus den Clips und stieg vom Rad. Eile hatte er keine. Schon früh am Nachmittag hatte er das Büro verlassen, um noch einige Sonnenstrahlen zu ergattern. Die Trinkflasche nahm er aus der Halterung, danach lehnte er das Rad an die Rückenlehne der hölzernen Bank.

Seinen Helm beförderte er ebenso wie seine kleine Tasche, die er um die Hüfte mittels eines Gurtes befestigt hatte, auf die Sitzfläche der Bank. Dann erst setzte er sich und streckte die Beine aus, bis seine Waden von den Grashalmen gestreichelt wurden. Er nahm einen Schluck aus seiner Trinkflasche und bewunderte einmal mehr die Umgebung.

Nur noch wenige Tage, dann würden die Mäher der Bauern wieder durch die Wiesen brummen und danach würden die Bewirtschafter das Futter, je nach Bedarf, entweder silieren oder heuen. Er freute sich darauf, den angenehmen Duft des frischen Heus zu riechen. Der war für ihn deutlich angenehmer als die vielen unterschiedlichen Nuancen an Blumendüften, denen er im Moment ausgesetzt war.

Peter Schwarz griff sich seine Tasche, er öffnete den Reißverschluss und nahm sein Smartphone heraus. Mehrere interne Firmennachrichten warteten im Posteingang auf ihn.

Eine externe Nachricht irritierte ihn.

Der Betreff lautete: »Ghanas Funktionäre wurden bestochen.«

Er klickte die E-Mail an.

Absender: Juliana.Haidinger@gmail.com

Sehr geehrter Herr Schwarz,

ich habe Beweise dafür, dass Herr Chan die Funktionäre des Fußballbundes aus Ghana bestochen hat, um deren Fußballteam bei den Weltmeisterschaften in Brasilien mit Schuhen der Schuster Schuhe GmbH ausstatten zu dürfen. Ich wusste nicht, an wen ich mich sonst wenden sollte. Eugen Schuster glaubt mir nicht, und die Polizei kommt nicht infrage.

Ich warte heute ab 20 Uhr bei mir in der Wohnung auf Sie. Bitte sprechen Sie mit niemandem darüber. Versuchen Sie nicht, mich anzurufen. Mein Telefon wird vielleicht abgehört.

Juliana Haidinger

P. S.: Meine Adresse: Schmiedestraße 1.

(Zugang im Innenhof)

Peter Schwarz las die E-Mail ein zweites Mal. Er konnte sich noch deutlich an Juliana Haidinger erinnern. Vor seiner Reise nach Brasilien hatte er gemeinsam mit Eugen Schuster und dessen Sportsfreund, dem Leiter der AKBF, Schweizer, in der Steinmühle mit ihr zu Mittag gegessen. Ausgerechnet an dem Tag, als Jennifer Chan nicht in den Landgasthof mitgekommen war.

Später hatte er erfahren, dass die junge Frau früher einmal für die Schusters die Marketingabteilung geleitet hatte.

Ich habe sie beim Essen zu Beginn kaum wahrgenommen. Sie ist nicht der Typ Frau, auf den ich stehe. Außerdem hat sie sich kaum in unsere Gespräche eingebracht.

Zugegebenermaßen hat es sich um Männergespräche gehandelt, räumte er ein. Sie hatten es Juliana Haidinger als einziger Frau am Tisch damals nicht leicht gemacht. Doch dann hatte sie sich mit einem lauten Paukenschlag in die Gespräche hineinreklamiert. Sie hatte Chan in dessen Abwesenheit der Bestechung beschuldigt. Eugen Schuster war das Lachen vergangen.

Er hat ihr mit einer Klage wegen Verleumdung gedroht.

Dieser Schweizer und auch ich haben versucht, die Situation zu kalmieren. Was uns schließlich auch gelungen ist.

Meine Unterstützung damals muss sie jetzt dazu bewogen haben, mit mir in Kontakt zu treten.

Juliana Haidinger hat recht mit ihren Anschuldigungen. Mittlerweile weiß ich es mit absoluter Sicherheit. Die Forderungen des Präsidenten des Fußballbundes in der Churrascaria Sao Paulos waren nicht anders zu deuten.

Was mache ich jetzt?

Ich soll sie aufsuchen, mit ihr reden und niemanden sonst informieren.

Ich will mich nicht einmischen.

Aber was bleibt mir anderes übrig?

Am besten ich höre mir an, was sie für Beweise hat und entscheide danach, was ich tue.

Peter Schwarz verstaute sein Smartphone wieder in der Tasche. Danach trank er noch einmal von seiner Wasserflasche.

Die friedliche Umgebung täuschte, das war ihm bewusst. Er selbst konnte jederzeit wieder zum Mörder werden, aber auch von Chan und diesem Lee schien eine Bedrohung auszugehen, von der er nicht abschätzen konnte, wie real sie war.

Er dachte an die Unterredung vom Vortag in der alten Fabrik, als er Chan mit der Schwenkarmstanze vorgeführt hatte, wie die Qualität der Stanzergebnisse relativ einfach verbessert werden konnte. Lee war ganz leise einige Schritte näher gekommen.

Hat der Chinese nicht auch seine Hände in den Taschen versteckt gehabt?

Hatte er vielleicht sogar eine Waffe mit dabei?

Mit einem Mal fröstelte es ihn, obwohl die Sonne nach wie vor seinen Rücken erwärmte.

Ist gestern eine reale Gefahr von Lee ausgegangen?

Peter Schwarz schüttelte den Kopf.

Ich werde schon paranoid. Die einzig geladene Waffe in diesem Spiel bin ich. Mehr als einmal habe ich schon getötet, und ich kann es wieder tun. All die anderen sind keine Gefahr, sie wissen nicht einmal, was es heißt, jemanden umzubringen … ich selbst bin die einzige reale Gefahr.

Vielleicht nehme ich mich auch selbst aus diesem Spiel heraus. Wieso soll ich mich nicht auswechseln und dieses Spielfeld der Gewalt verlassen?

Peter Schwarz dachte an Natascha.

War es für ihn überhaupt möglich, eine normale Beziehung zu führen? Ein Leben wie all die anderen zu leben?

Ohne Morde; ohne die Angst, entdeckt zu werden, zu leben. Derzeit lief er immer Gefahr, als Monster gebrandmarkt zu werden und dann in einer Gefängniszelle zu verfaulen. Ein solches Leben, mit solchen Risiken, wollte er nicht mehr führen.

Ich will ein ganz normales Leben, will mich verlieben, will die Frau an meiner Seite schätzen, ohne darüber nachzudenken, wie es wohl wäre, ein dünnes Band um ihren Hals zu legen und die Schlinge zuzuziehen.

Ob das möglich ist? Ob ich das schaffe? Solange ich es nicht versuche, habe ich keine Gewissheit. Wenn ich jetzt zu morden aufhöre, denken alle, es war dieser Slawitschek, von dem die Zeitungen geschrieben haben, und der jetzt tot ist. Es wäre ein idealer Zeitpunkt, damit abzuschließen.

Aber schaffe ich das? Soll ich das Experiment wagen?

Peter Schwarz schnallte sich den Gurt mit der Tasche wieder um die Hüfte, die Trinkflasche fixierte er in der Halterung unterhalb des Fahrradlenkers. Er streckte den Rücken durch, dann stieg er auf das Bike.

Als er für die nächste Steigung stärker in die Pedale trat, störte ihn die schmale Tasche an seinem Rücken kaum. Es folgte eine kurze Abfahrt, bevor es wieder nach oben ging. Ponys grasten vor dem nächsten Bauernhof auf einer Anhöhe. Reitstunden für Kinder und Jugendliche wurden angeboten. Zwei Gänse und eine Ente überquerten vor ihm die Straße. Bisher hatte ihn kein einziges Auto überholt, den Tieren drohte also kaum Gefahr, überfahren zu werden. Die Gänse verfolgten ihn einige Meter, ihre Schnäbel waren bereit, zuzuschnappen, aber das Federvieh wollte sich auch nicht weit von seiner Futterstelle entfernen und stellte daher, wie die Fleischfliegen zuvor, schon bald die Verfolgung des Radfahrers ein. Einige Hundert Meter verlief die Straße nun flach zum nächsten Bauernhof, danach folgte eine Kreuzung. Nach rechts führte die Straße ins Tal hinunter. Peter Schwarz bog links ab und radelte den steil nach oben führenden Weg hinauf. Schon bald schaltete er in den niedrigsten Gang. Er atmete durch Mund und Nase und spürte seine Oberschenkel, jetzt war der Anstieg eines Mountainbikes würdig. Schwarz verließ den Sattel, um nicht zickzack fahren zu müssen, sondern die Straße, gerade nach oben fahrend, bezwingen zu können. Stehend fuhr er die letzten 50 Meter. Sein Pulsmesser piepste lautstark, als er den eingestellten oberen Grenzwert von 150 Herzschlägen überschritt.

Vor sich sah er die Kapelle auftauchen, die ihn am höchsten Punkt seiner Radtour unter einem kleinen Wäldchen erwartete. Er sah den großen blau-gelben Drachen, bevor er den Wind im Rücken spürte. Jemand ließ am Bergkamm, von der Wiese aus, gleich neben der Kapelle, einen Drachen steigen. Immer höher tanzte der gelbe Punkt am blauen Himmel im Wind.

Die Straße wurde wieder flacher, das steilste Stück war geschafft. Sein Atem beruhigte sich. Das Piepsen des Pulsmessers verstummte. Bewusst ließ er sich Zeit, er atmete so ruhig wie möglich ein und aus, versuchte erst gar nicht mehr, zu beschleunigen. Peter Schwarz musste an diesem Tag kein Rennen gewinnen.

Es geht nicht um Leben oder Tod.

Hinter den Bäumen, in deren Schatten versteckt, stand ein schwarzer Minivan. Vater, Mutter und zwei Kinder, sie alle beobachteten, wie der Drache höher und höher stieg. Dabei schirmten sie mit jeweils einer Hand ihre Augen ab, um nicht von der Sonne geblendet zu werden. Der Bub hielt die Leine und gab dem Flugobjekt immer wieder mehr Freiraum. Jetzt sah Schwarz das Strahlen des Buben in dessen Gesicht. Er war noch keine zehn Jahre alt. Sein Vater war in der Nähe seines Sohnes, stets bereit, ihn zu unterstützen, sollte es nötig sein. Aber er hielt sich zurück, ließ den Buben allein entscheiden, was zu tun war.

So und nicht anders sollte es sein, dachte Schwarz.

Genau so würde ich es machen.

Die Mutter näherte sich dem Vater, gab ihm übermütig einen Kuss auf die Wange, dabei sah sie den Fahrradfahrer. Die Frau kam Peter Schwarz bekannt vor. Er brauchte einige Sekunden, sie erkannte ihn schneller als er sie und begrüßte ihn mit »Grüß Gott, Herr Schwarz«.

Monika Steiners Schwester hatte er bei der Trauerfeier sein Beileid ausgedrückt.

»Grüß Gott.«

Er trat in die Pedale, wollte möglichst schnell die Familie aus seinem Blickfeld verbannen. Obwohl die Straße flach am Bergkamm entlangführte, piepste sein Pulsmesser wieder lautstark auf. Die Basilika Sonntagberg, die am Horizont auf dem gleichhohen Berg gegenüber zu sehen war, nahm er kaum wahr. Im Vorjahr hatte er jeweils mehrere Minuten den Ausblick von dieser Anhöhe aus genossen. Nicht grundlos hieß dieser Weg Panoramahöhenstraße.

Ich will nicht mehr töten. Ich muss es schaffen, ich werde mich mit Natascha treffen. Gleich wenn ich zu Hause bin, werde ich sie anrufen. Sie ist meine Rettung. Sie ist meine Hoffnung. Auch ich will eine Familie, auch ich will ein normales, glückliches Leben, mit allem, was dazugehört.

Um 20 Uhr treffe ich mich mit Juliana Haidinger, höre mir an, was sie über Chan und dessen Bestechung zu sagen hat, und danach habe ich vielleicht noch Zeit, um Natascha schon heute Abend zu treffen.

Der Fahrtwind fühlte sich kalt an.

Die kurvenreiche Abfahrt Richtung Ybbsitz genoss er trotzdem. Endlich hatte er sich entschieden. Er brauchte nur noch den Weg von Ybbsitz nach Waidhofen zurückradeln. Dann war duschen angesagt. Natascha musste er anrufen und danach Juliana Haidinger aufsuchen.

Peter Schwarz war wieder guten Mutes.

Alles wird sich zum Besten wenden.

KAPITEL 66

Herr Schweizer war als Leiter der AKBF ein vielbeschäftigter Mann. Trotzdem hatte er sofort einem Treffen mit Kommissar Brandner zugestimmt.

»Auch ich bin natürlich schockiert über die Frauenmorde. Wenn ich Ihnen irgendwie helfen kann, mache ich das selbstverständlich«, sagte er zu Brandner, als sie sich im Büro des Geschäftsführers gegenübersaßen. »Aber bitte behandeln Sie unser Gespräch vertraulich. Sie können sich sicher vorstellen, wie sich negative Publicity auf das Geschäft auswirkt«, fügte Schweizer hinzu.

Ein typischer Manager, immer darauf bedacht, keine Probleme zu bekommen, dachte sich Brandner. Ohnehin wollte er nur Informationen sammeln, daher konnte er Schweizer beruhigen. Der gab dann auch tatsächlich ohne weitere Umschweife Auskunft: Über 200 Mitarbeiter waren im Werk beschäftigt. Natürlich konnte keiner der Arbeiter größere Mengen Stahl ungesehen aus der Fabrik stehlen. Aber es wäre durchaus möglich, das eine oder andere kurze Stück ungesehen im Rucksack hinauszuschaffen. Kohlenstoffstahl war nicht wertvoll genug, um Untersuchungen am Ausgang zu rechtfertigen. Insofern konnte jeder der Beschäftigten ein Abfallstück des neuen, extrascharfen Premiumproduktes hinausgeschafft haben. Diese Information half Brandner nur bedingt weiter, aber ihm war klar, dass er nicht mit allen 200 Beschäftigten der AKBF persönlich reden konnte. Er musste die Mitgliedsliste des Fitnessstudios, in dem Monika Steiner ermordet worden war, in Bezug auf Angestellte und Arbeiter der AKBF abgleichen lassen. Durch diese Vorgangsweise würde die Zahl der Verdächtigen nicht explodieren.

»Haben Sie eigentlich Kontakt zur Schuster Schuhe GmbH?«, fragte Brandner Schweizer abschließend.

»Ich kenne Eugen Schuster, und auch den technischen Leiter habe ich vor Kurzem kennengelernt. Das war aber eher privat. Um die Kundenbetreuung und Beratung kümmert sich unser für Österreich zuständiger Verkäufer, wieso?«

»Mit ihm würde ich mich auch noch gerne unterhalten.«

Schweizer nahm den Telefonhörer und wählte eine Nummer.

»Verstehe, sagen Sie ihm bitte, er soll sich bei mir melden, wenn er wieder im Büro ist.« Schweizer legte auf.

»Herr Helm ist heute außer Haus, er ist auf Geschäftsreise in Tschechien, besucht dort einen wichtigen Kunden, sobald er wieder hier ist, wird er Sie kontaktieren«, erklärte der Geschäftsführer dem Kommissar, bevor sie sich verabschiedeten.

Zwei Stunden später saß Brandner wieder in seiner Kammer in Waidhofen. Sauers Bericht lag vor ihm auf dem Schreibtisch. Brandners Instinkt sagte ihm, dass er richtiglag: Mit einer dieser rasierklingenscharfen Schneidlinien der AKBF waren Karin Schindlers Fingerkuppen abgetrennt worden.

Neben den 15 Namen der Schuster Schuhe GmbH, die im Fitnessstudio gemeldet waren, hatte er noch zusätzlich 20 Übereinstimmungen mit der AKBF gefunden.

»Diese 35 Personen sind meine Hauptverdächtigen«, erklärte er Reitbauer. »Die müssen wir alle noch genauer unter die Lupe nehmen und noch einmal vorladen. Vor allem müssen wir ihre Verbindungen nach Portugal prüfen, und uns auch nochmals ihre Alibis für die Mordzeitpunkte ansehen.«

Reitbauer nickte. »Wir müssen prüfen, inwieweit es möglich ist, Flüge, die so lange zurückliegen, nachzuvollziehen.«

Brandner stimmte zu. »Übrigens, es wird ein gewisser Martin Helm vorbeikommen, er ist zwar nicht Mitglied im Fitnessstudio, aber er ist …«

»Verkäufer bei AKBF, ich weiß«, vervollständigte Reitbauer den Satz des Kommissars.

»Jetzt sagen Sie aber nicht, Sie kennen auch diesen Helm.«

»Waidhofen ist ein Dorf«, bestätigte Reitbauer. »Wir sind Freunde seit unserer Kindheit, mittwochabends spielen wir noch immer Karten miteinander.«

»Und heute ist Mittwoch«, stellte Brandner fest. Gleichzeitig begann sein Handy, das vor ihm auf dem Schreibtisch lag, zu vibrieren.

»… hat mir gesagt, dass Sie mit mir wegen dem Mord an Karin Schindler sprechen wollen. Ich bin jetzt wieder im Schwimmbad, in Amstetten, im Buffet im Einsatz.«

Brandner hatte die ersten beiden Sätze der Anruferin nicht mitbekommen, zu sehr war er noch mit Reitbauers Aussage betreffend dem jungen Verkäufer der AKBF in Gedanken beschäftigt gewesen. Karin Schindlers Name im Zusammenhang mit dem Schwimmbad Amstettens zu hören, hatte ihn aber aufhorchen lassen.

»Sie arbeiten also heute wieder im Hallenbad?«

»Ja, ursprünglich hätte ich noch einige Tage freigehabt, aber da ich schon aus Afrika zurück bin«, erklärte sie.

»Bewegen Sie sich bitte nicht von der Stelle. Ich bin in einer Dreiviertelstunde bei Ihnen.«

Brandner legte auf, schnappte sich die Akten mit seinen 35 Hauptverdächtigen und stand auf.

»Vielleicht haben wir noch heute einen Durchbruch«, erklärte er Reitbauer. »Fahren Sie aber ruhig zu Ihrem Kartenspiel, eventuell ist ja auch Ihr Freund Martin Helm da. Fragen Sie ihn zu den rasierklingenscharfen Messern, fragen Sie ihn, zu wem er bei den Schusters Kontakt hat.«

»Ich bleibe aber auf Abruf, wenn Sie mich brauchen, melden Sie sich jederzeit.«

KAPITEL 67

Das Navigationssystem seines Autos leitete Peter Schwarz durch die engen Fahrbahnen der Zell in die Schmiedestraße. Sämtliche Parkplätze vor den Wohnbauten mit den grünen Dächern waren belegt. Daher umkreiste er die Häuser. Entlang der schmalen Gassen an der Rückseite der Anlage fand er noch genügend Raum für sein Auto vor. Er parkte sich gegenüber vom Fußballplatz ein. Im Radio liefen noch die Nachrichten, es war unmittelbar nach 20 Uhr.

Zweimal hatte er schon versucht, Natascha zu erreichen. Er probierte es noch einmal. Diesmal hörte er tatsächlich ihre Stimme durch den Lautsprecher. Er vernahm ihren Namen, das »Hallo« klang überrascht, aber sie hatte sich schneller wieder unter Kontrolle als er selbst. Schwarz begann unsicher zu erklären: »Ich … ich habe viel nachgedacht, darüber, was du geschrieben hast.« Sie hatte ihn überzeugt, erklärte er ihr. Er, Peter Schwarz, war bereit, sich mit ihr, Natascha, zu treffen, schloss er seine Ausführungen ab. Danach wartete er auf ihre Reaktion. Alles hing jetzt von ihr ab. Sie hatte darauf gedrängt.

Natascha hat gesagt, sie will mich wiedersehen. Wieso höre ich sie dann nicht vor Freude schreien?

»Wann?«, fragte sie.

Jetzt war er es, der in Gedanken einen Luftsprung machte.

»Möglichst bald, ich will nicht mehr länger warten.«

Er hatte ihren schlanken Körper vor sich. Die langen Beine, die feuchten und gleichzeitig weichen Lippen. Ihren Schoß.

»Komm doch sofort vorbei. Ich bin zu Hause.«

Sie ist so angenehm spontan.

Natascha braucht mich, sie will mich, kann auch nicht warten. Es ist genau so, wie sie es geschrieben hat.

Soll ich den Termin mit Juliana Haidinger vergessen? Mich gar nicht melden, so als interessierten mich ihre Beschuldigungen gegen Chan nicht?

»Ich komme gegen 22 Uhr noch heute Abend vorbei. Eine Verpflichtung habe ich noch, die kann ich nicht absagen, aber danach fahre ich direkt zu dir.«

»Ich freue mich auf dich.«

Sie legten auf.

Peter Schwarz war in Hochstimmung. Noch an diesem Abend würde er Sex mit Natascha haben. Erst jetzt wurde ihm bewusst, dass er seine Pillen nicht mitgenommen hatte.

Ich muss also noch einmal zu mir nach Hause, die Pillen einwerfen … aber was denke ich da? Es war mein Ziel, mit Natascha eine normale Beziehung zu führen. Nicht nur eine körperliche, auch eine emotionale.

Kaum ist es aber so weit, kaum habe ich eine Verabredung mit ihr, kann ich an nichts anderes mehr denken, als sie zu ficken. Es ist so wie früher.

Werde ich mich unter Kontrolle haben? Oder wird es auch sonst wie früher sein? Werde ich sie erdrosseln, wenn ich meinen Mann nicht stehen kann? Werde ich sie umbringen, wenn sie herausfindet, dass ohne Pillen bei mir gar nichts geht?

Ich weiß es nicht.

Vielleicht sollte ich darauf verzichten, nach Hause zu fahren und die Pillen zu schlucken. Dann finde ich es noch heute Nacht heraus, ob es so etwas wie eine normale Zukunft für mich geben kann. Ich weiß dann auch, ob Natascha ein langes Leben mit mir vergönnt ist, oder ob ich doch derjenige sein werde, der es ihr auslöscht.

Schwarz verstaute das Handy in seiner Jackentasche und stieg aus. Das Auto verschloss er mit der Fernbedienung, danach ging er die Gasse entlang, vorbei an den Mülltonnen, bis er die Garageneinfahrt erreichte. Rechts davon führte ein schmaler asphaltierter Zugang in den Innenhof der Wohnanlage. Die Sonne hatte sich bereits verabschiedet, aber es war trotzdem noch hell genug, um die Umgebung gut erkennen zu können.

Ich muss mich nicht unsichtbar machen, hier werde ich

kein Verbrechen begehen. Es ist sogar gut, wenn sich die Bewohner an mich erinnern. Nur Chan sollte nicht unbedingt erfahren, dass ich mich mit Juliana Haidinger treffe.

Links lag der Sandkasten, rechts stand die Schaukel, er kürzte den Weg über den Rasen ab und erreichte die verglaste Eingangstür. Sie stand offen, war mit einem Keil fixiert und lud jeden zum Betreten des Wohngebäudes ein.

Man sollte meinen, die Leute haben von den Einbrüchen und Fahrraddiebstählen dazugelernt, und sie sperren die Eingänge ab. Spätestens seit den Frauenmorden sind die Leute vorsichtiger. Hier ist das aber anscheinend nicht so. Schwarz stutzte, er betrat das Gebäude nicht sofort, sondern suchte auf den Schildern neben der Eingangstür nach ihrem Namen.

Juliana Haidinger/Monika Steiner.

Sie haben zusammengewohnt.

Den Taster für die Klingel daneben betätigte er. Wenige Sekunden später hörte er den Summton des Türöffners. Er wollte sich vorstellen, seinen Namen nennen, aber das Geräusch verstummte abrupt. Offenbar wollte sie sich nicht mit ihm über die Sprechanlage unterhalten.

Die Unterstützung zum Öffnen der Tür hätte er nicht gebraucht, aber nun wusste sie immerhin, dass er sich auf dem Weg zu ihr befand. Schwarz trat ein und sah sich um. Das Stiegenhaus war mit hellen Fliesensteinen ausgelegt. Unter der Treppe waren zwei Kinderwagen verstaut. An der Mauer neben der Eingangstür befanden sich die grauen Briefkästen.

Im Erdgeschoss rührte sich nichts, daher nahm er die Stufen bis in den zweiten Stock. Die Tür an der linken Gangseite stand weit offen.

»Hallo, Frau Haidinger?«

Er trat ein und zog die Tür hinter sich zu. Die Garderobe war mit Damenmänteln überladen. Mehrere Stöckelschuhe und Stiefeletten standen auf dem Fußboden. Hinter der Glastür an der linken Seite brannte elektrisches Licht.

Dort muss sie sein. Aber wieso erwartet sie mich nicht an der Wohnungstür? Äußerst ungewöhnlich.

Schwarz öffnete die Tür und trat ein. Er befand sich im Wohnzimmer, dahinter kam der Küchenbereich zum Vorschein. Die Bücherwand dominierte den Raum. Er ging in Richtung des Küchentisches, dort lag ein Zettel. Ein Geräusch stoppte ihn, er drehte sich um, aber da war niemand.

Sein Blick landete wieder auf dem Zettel.

Viel Vergnügen mit Herrn Schwarz!

Alles Liebe, Resi

In Schreibschrift steht es ganz klar geschrieben.

Eindeutig ist es mein Name, der da vermerkt wurde.

Wo ist nur Juliana Haidinger? Wer ist diese Resi?

Wieso sollte es ihr Vergnügen bereiten, mich zu treffen?

Irgendetwas stimmt hier ganz und gar nicht.

Aber sie wollte sich mit mir treffen, das steht hier Blau auf Weiß. Auch diese Resi weiß davon, wer auch immer das ist.

Er ging wieder in den Vorraum.

»Frau Haidinger?« Die Eingangstür stand weit offen.

Hatte er sie zuerst nicht angelehnt oder gar geschlossen?

Das Geräusch, das er zuvor gehört hatte, war möglicherweise durch das Öffnen der Tür hervorgerufen worden. Probehalber schloss und öffnete auch er die Eingangstür. Nur ein ganz leises Klacken war zu hören.

Das könnte es gewesen sein. Wieso hätte ich die Tür auch offenstehen lassen sollen? Ich habe sie sicher geschlossen.

Vorsichtig schloss er die Eingangstür jetzt bewusst von innen.

Irgendetwas stimmt ganz und gar nicht!

Sein Herz begann, wie wild zu schlagen.

Es wäre besser, einfach zu verschwinden!

Ein kurzer, fröhlicher Pfeifton unterbrach die Stille.

Eine SMS, ein Samsung-Handy hat eine Nachricht erhalten. Den Ton, der bei den Galaxy-Versionen standardmäßig eingestellt war, kannte er. Schwarz zwang sich, auf Zehenspitzen wieder zurück in die Wohnküche zu gehen, gleichzeitig ärgerte er sich über sich selbst. Unzählige Morde hatte er schon begangen. Trotzdem verunsicherte ihn diese Situation. Er müsste sich eigentlich bestens unter Kontrolle haben, aus der Ruhe sollte er sich in keinem Fall bringen lassen. Das Smartphone sah er nirgends herumliegen, also durchsuchte er die Küchenladen. Wie erwartet, fand er in einer mehrere Messer. Dasjenige mit der spitzesten Klinge nahm er an sich. Mit dem Messer fühlte er sich wieder sicher. Mehrmals atmete er bewusst ein und aus. Dadurch beruhigte sich auch sein Puls wieder. Neben der Tür fand er den Lichtschalter, er schaltete die künstliche Beleuchtung aus. Noch immer war es hell, er kam sich vor, als stünde er in einem Schaufenster.

Vom Vorraum zweigten vier weitere Türen ab. Zwei waren geschlossen, die beiden anderen nur angelehnt. Er öffnete die erste, sah hellgraue Fliesen am Boden, ein Waschbecken an der Wand und die Toilette aus weißer Keramik. Hinter der nächsten Tür kam das Bad zum Vorschein. Die Ablagen rund um den Badezimmerschrank zierten Schminkutensilien und verschiedenste Kosmetika. Ein Korb, mit Wäsche gefüllt, stand auf dem Boden. Auch hier war niemand. Er schlich weiter zur ersten, nur angelehnten Tür, vorsichtig stieß er sie auf.

Der Vorhang war zugezogen, daher sah er sie erst, nachdem er eingetreten war. Juliana Haidinger lag vollkommen bekleidet in ihrem Bett. Neben ihr auf dem Nachtkästchen befand sich ihre Handtasche, darin musste sich auch das Samsung Smartphone befinden, das gerade noch eine neue Nachricht bekommen hatte.

Jetzt roch er den leicht süßlichen Geruch, er trat noch näher und sah ihr ins Gesicht. Die blasse Haut sagte ihm alles, und ihr Kopf war unnatürlich zur Seite verdreht. Der Anblick kam ihm vertraut vor. Juliana war von ihrem Mörder überrascht worden, ihr Gesichtsausdruck zeigte noch das Erstaunen. Die Angst, die sich in der Fratze seiner Opfer normalerweise abzeichnete, war darin nicht zu erkennen.

Jemand hat ihr das Genick gebrochen, und dieser Jemand war gerade noch da!

Peter Schwarz lief zum Fenster und spähte durch den Spalt zwischen den beiden Vorhängen hindurch. Noch immer konnte er den Innenhof klar erkennen. Die Schaukel, der Sandkasten, die Sitzbänke, die Räder, die am überdachten Abstellplatz standen … aber er konnte keine Menschenseele sehen.

Scheiße! Dieser Jemand, dieses Arschloch, hat mir eine Falle gestellt. Sie ist so ermordet worden wie meine ersten Opfer. Und diese Resi weiß Bescheid. Sie weiß von mir und meinem Treffen mit Juliana Haidinger!

Er zog die Vorhänge ganz zu, verließ Julianas Zimmer und öffnete die eine noch verbliebene Tür. Ein nicht gemachtes Bett kam zum Vorschein. Weit ausgebreitet über den Butler hingen ein hellblaues Nachthemd und ein weißer BH.

Monika Steiner war Juliana Haidingers Mitbewohnerin. Diese Resi muss ihre neue Untermieterin sein.

Peter Schwarz blickte auf seine Armbanduhr. Es war 20.30 Uhr. Er hatte noch eineinhalb Stunden bis zu seiner Verabredung mit Natascha.

Mehr als genug Zeit, um einer jungen Frau das Leben zu nehmen. Mir bleibt gar nichts anderes übrig.

Er verließ das Zimmer und sah sich im Vorraum um. Leider hatte er keine Handschuhe dabei. Daher musste er improvisieren. Neben den Stöckelschuhen befand sich auch ein Paar Wanderschuhe. Er nahm einen der Schuhe und begann bedächtig, das Schuhband aus den Ösen herauszulösen.

Auch dieser Schuh ist von den Schusters. Auch dieses Band ist stark genug, um einer Frau die Luft zum Atmen zu nehmen.

Den Schuh ohne Schnürsenkel stellte er wieder an seinen Platz, nicht ohne sich im Geiste darauf hinzuweisen, dass er ihn später, nachdem die Arbeit erledigt war, mitnehmen musste. Genau wie das Messer, das er sich angeeignet hatte. Keine DNA durfte auf ihn als Täter schließen lassen.

Wenn der wahre Mörder nicht ohnehin dafür gesorgt hat.

Er holte den kleinen, handschriftlichen Zettel vom Wohnzimmer und steckte ihn ein.

KAPITEL 68

Dieselbe Frau wie vor knapp fünf Wochen saß an der Kassa. Brandner brauchte ihr daher gar nicht viel zu erklären. Sie ließ ihn ins Hallenbad, ohne Eintritt zu verlangen. Wieder passierte er die Umkleidekabinen, einige Männer zogen im Becken ihre Bahnen, Kinder planschten keine mehr im Wasser, dafür war es eindeutig zu spät, und außerdem wären die wahrscheinlich im angrenzenden Freibad anzutreffen gewesen, das mittlerweile am Tag geöffnet hatte. Anhand der Anzeige an der Wand erkannte Brandner, dass es schon fast 21 Uhr war. Mit den Ordnern unterm Arm erklomm er raschen Schrittes die Stufen, die in den ersten Stock hinaufführten.

Eine Damenrunde genehmigte sich dort im Buffet gerade Kaffee und Kuchen.

»Herr Kommissar, hierher!«, rief ihm die Bedienung zu, die er schon gut von seinem ersten Besuch im Schwimmbad kannte. Neben ihr hinter der Theke stand die Kollegin.

»Ich bin die Gabi, wir haben telefoniert«, stellte sich die von Brandner geschätzte Mittdreißigerin vor. Ihr Gesicht war noch ganz braun von der Sonne Afrikas und ihre Haare wirkten ausgeblichen. Der Händedruck war fest, der Gesichtsausdruck ernst. »Ich habe erst heute von Karin Schindlers Tod erfahren. Und von Ihrem Besuch bei uns.«

Kati hatte ihre Kollegin gebeten, ihr sobald wie möglich wieder im Buffet zu helfen, da sie mit ihrer Vertretung, Svetlana, nicht zufrieden war. Ursprünglich wäre Gabi erst in drei Tagen wieder im Einsatz gewesen. Auch

Kati hatte nichts davon gewusst, dass ihre Kollegin geplant hatte, schon einige Tage vor Urlaubsende aus Namibia zurückzukehren, um sich zu Hause von den Strapazen des Afrikaurlaubs zu erholen, bevor sie wieder arbeitstechnisch im Einsatz wäre. Gabi hatte sich aber pflichtbewusst, wie sie nun einmal war, bei Kati zurückgemeldet.

»Wenn mir die Gabi abgesagt hätte, dann hätte ich ihr natürlich schon am Telefon gesagt, was passiert ist, und sie gebeten, sich bei Ihnen zu melden, Herr Brandner«, erklärte die ältere Kati.

»Da ich aber zugesagt habe, sofort auszuhelfen, hat Kati gewartet, bis ich am späten Nachmittag aufgetaucht bin. Ja, und dann habe ich erst einmal einen Schnaps gebraucht, und dann noch einen, bevor ich Sie angerufen habe«, sagte Gabi. Jetzt, da er es wusste, roch Brandner auch die leichte Alkoholfahne, die von der Frau ausging.

»Sie wissen also, worum es geht?«

»Ja, ein Gast hat die Karin bei uns im Buffet angegraben. Ich hab das ganz klar mitbekommen. Er war zwar etwas zu alt für sie, aber er wollte unbedingt mit ihr ausgehen. Ich konnte mir denken, was er wirklich von ihr wollte.«

»Sie haben ihn also gesehen.«

»Die Karin hat abgelehnt.«

»Das haben Sie mitbekommen?«

»Ja, sie ist ja mit diesem Richter zusammen. Egger heißt er, denke ich«, merkte Gabi an.

Für Brandner war klar, dass sich Gabi, was den Namen des Richters betraf, ganz sicher war, aber sie wollte offenbar nicht als Tratsche gelten.

»Was hätte sie also mit einem weiteren Kerl machen sollen? Obwohl, er sah ganz gut aus und hatte wahrscheinlich auch Geld. Das kann man natürlich, wenn man die

Kerle nur in Badehosen sieht, nicht mit absoluter Gewissheit sagen, aber ich bin mir ziemlich sicher, dass der Kohle hatte. Bei unserer Arbeit entwickelt man ein Gespür dafür, auch wenn die Männer hier keinen Nadelstreif tragen, sehe ich sofort, wie viel jeder so ungefähr im Monat aufs Konto bekommt.«

Gabi taxierte den Kommissar. Er hätte darauf wetten können, innerhalb weniger Sekunden eine Schätzung zu seinem Einkommen zu erhalten. Aber er stand ja nicht in Badehosen vor Gabi, vielleicht dauerte es dann länger mit einer Mutmaßung zu seinem finanziellen Status.

»Karin Schindler hat ihn also abgewiesen, sind Sie sich da ganz sicher?«

»So sicher, wie man sich da sein kann. Karin wollte vielleicht nicht, dass jemand hier oben etwas mitbekommt, wir kennen ja auch alle den Richter. Da hat sie ihn eventuell hier oben im Buffet abblitzen lassen und sich unten, oder draußen, an ihn herangemacht, wer weiß das schon?«

Brandner nickte, das war ihm im Moment zu viel Spekulation, er wollte möglichst bald zu den Fakten kommen, Gabis Geplapper half ihm dabei nicht weiter.

»Darf ich Ihnen bitte einige Fotos zeigen?«, sagte er daher und legte seine Ordner auf den Tresen. Die beiden Frauen traten näher und sahen Slawitscheks Bild, nachdem der Kommissar den ersten Ordner aufgeschlagen hatte.

»Das war er sicher nicht«, schüttelte Gabi den Kopf. »Der sah ganz anders aus, gepflegter, einfach reicher.«

Als zweites Foto im Ordner kam Eugen Schusters Abbild zum Vorschein. Brandner wusste, dass die nächsten 14 Fotos diejenigen Mitarbeiter der Schuster Schuhe GmbH zeigten, die auch Mitglied im Fitnessstudio waren.

»Das ist er auch nicht, der hat sicher Geld, aber er ist zu blass.«

Brandners Telefon meldete sich, er sah aufs Display. Sepp Reitbauer versuchte ihn zu erreichen. Er nahm das Gespräch an und blätterte weiter. Als er Reitbauers aufgeregte Stimme hörte, weiteten sich zeitgleich Gabis Augen vor ihm. Energisch deutete sie mit dem Zeigfinger auf das Foto.

»Das ist er, das war er! Der hat Karin angegraben!«

»Martin Helm hat dem technischen Leiter von Schuster Schuhe, diesem Peter Schwarz, erst vor wenigen Wochen einige Materialmuster der rasierklingenscharfen Schneidlinien übergeben«, hörte Brandner Reitbauer durch das Telefon sagen. Vor ihm sprang ihm das Porträtbild von Peter Schwarz aus dem Ordner förmlich entgegen. Brandner hatte seinen Mörder. Gedankenfetzen beschlagnahmten sofort sein Gehirn. *Endlich! Jetzt müssen wir ihn dingfest machen, ihn hinter Gitter bringen, dafür sorgen, dass er keinen Mord mehr begeht, sicherstellen, dass er keine Beweismittel vernichtet. Auf ewig muss er weggesperrt werden!*

Brandner rief sich zur Ordnung, erst einmal galt es jetzt, kühlen Kopf zu bewahren. »Ich telefoniere mit Direktor Kappl, gehen Sie davon aus, dass wir in wenigen Minuten für Schwarz einen Haftbefehl haben. Ich fahre sofort nach Waidhofen, leiten Sie alles für eine Zielfahndung ein«, instruierte Brandner Reitbauer, der ihm bestätigte, auch selbst sofort von Ybbsitz zurück zu seiner Polizeidienststelle nach Waidhofen zu fahren.

KAPITEL 69

Es war so weit. Ein Jahr hatte Hans nun Resi im Auftrag seiner Mutter beschützt. Bisher hatte seine Schwester nichts davon mitbekommen, aber die Drohung Julianas, ihr alles zu erzählen, war unmissverständlich gewesen. Wenn er sich noch einmal erwischen ließ, wie er die beiden Frauen ohne deren Wissen beobachtete, würde seine Ex-Verlobte seine Schwester darüber informieren. In Gedanken hatte sich Hans bereits verschiedene Ausreden und vor allem Erklärungen für Resi zurechtgelegt. Keine davon klang in seinen Ohren auch nur im Entferntesten glaubwürdig. Ein Jahr hatte er sich dem Schutz seiner Schwester verschrieben gehabt, und jetzt musste er zwangsläufig damit aufhören. Mit einem Mal würde ihm wieder viel Zeit zur Verfügung stehen, Zeit, die er ab nun zur Befriedigung seiner eigenen Bedürfnisse verwenden konnte.

Seiner Mutter hatte er noch nichts davon gesagt, die saß auch nach wie vor im Gefängnis und das würde sich in absehbarer Zeit nicht ändern. Er hatte keine Lust, sich ihre vorwurfsvolle Miene anzusehen, und vor allem konnte er auf ihre Worte verzichten, die sich immer nur um Resi drehten.

Hans parkte sein Auto gegenüber vom Fußballplatz ein. Dann nahm er sein Smartphone und begann zu tippen: »Hallo Juliana, ich hole heute mein Fernrohr. Nächste Woche räume ich meine Wohnung vollständig aus. LG, Hans.«

Automatisch öffnete er das Handschuhfach, er nahm die Walther heraus, vergewisserte sich, dass sie gesichert war, danach steckte er die Waffe in seine Jackentasche. Erst dann wurde ihm seine Handlung so richtig bewusst.

Auch die Waffe muss ich wieder loswerden, wenn ich Resi nicht beschütze, macht es keinen Sinn mehr, damit herumzulaufen.

Hans zog den Autoschlüssel ab, stieg aus und sperrte den Corsa mit der Fernbedienung zu. Er schaute sich um, niemand war zu sehen, vor allem nicht seine Schwester. Gegenüber Juliana hatte er sich ja mit der SMS abgesichert, falls er ihr über den Weg lief, hatte er also keinerlei Probleme. Als er das Stiegenhaus zu seiner kleinen Singlewohnung hinaufstieg, sah er in vielen der Wohnungen elektrisches Licht brennen. Es dämmerte bereits, auch die Fernseher liefen heiß und unterhielten die Bewohner. Er sperrte seine Tür auf und begab sich geradewegs ins Schlafzimmer. Dort hatte er das Fernrohr aufgebaut. Die Vorhänge waren zwar noch zugezogen, aber das Rohr spionierte immer noch zwischen den beiden Stoffenden hindurch, die lose in der Fenstermitte herabhingen. Hans holte die Originalverpackung für das Fernrohr aus dem ansonsten leeren Kleiderschrank hervor und legte sie neben dem Stativ auf den Boden. Danach zog er den Vorhang etwas zur Seite. Es war dunkel im Zimmer, er musste also nicht befürchten, entdeckt zu werden. Wie von selbst suchten seine Augen die gegenüberliegenden Wohnungen ab. Julianas Wohnküche war erleuchtet, doch gerade als er genauer hinsehen wollte, wurde das Licht abgedreht. Auch ihr Schlafzimmerfenster war dunkel. Im verglasten Stiegenhaus sah er, wie ein kleiner schmächtiger Mann die Treppen nach unten nahm. Auch er hatte die Beleuchtung nicht eingeschaltet, Bewegungsmelder waren im Stiegenhaus keine installiert. Erst als er ins Freie trat, schaltete sich eine der Leuchten ein, nun sah Hans, dass der Mann eine Baseballkappe trug, sodass er sein Gesicht und auch die Haare nicht erkennen konnte. Er war schmächtig, seine Gestalt und sein Gang kamen Hans bekannt vor. Irgendwo hatte er ihn schon gesehen, aber wahrscheinlich handelte es sich nur um einen der Bewohner, den er im Augenblick aufgrund der Mütze nicht zuordnen konnte, sagte er sich. Hans verfolgte, wie der Mann aus seinem Blickfeld verschwand, gedankenverloren löste er währenddessen den Drehknopf, der das Fernrohr an der Vorrichtung des Stativs fixierte, dabei hob er wieder den Kopf. Ein dunkler Schatten zeichnete sich am Fenster ab. Deutlich größer als Resi war er, und auch Juliana überragte der Mann, der dort am Fenster stand, mit Sicherheit. Nur für eine Sekunde sah ihn Hans, dann hatte der Mann den Vorhang zugezogen. Noch immer leuchtete kein elektrisches Licht durch den Vorhang hindurch. Der Mann musste vollkommen im Dunkeln stehen. Alarmiert fixierte Hans wieder das Fernrohr mit dem Drehknopf. Er nahm es in beide Hände, schloss sein linkes Auge und blickte mit dem rechten hindurch. Dabei schwenkte er das Ende in Richtung Schlafzimmerfenster. Die Vorhänge waren zugezogen, aber gerade als Hans schon enttäuscht wieder zum Wohnzimmerfenster umlenken wollte, bewegten sich die beiden Enden des Stoffes. Derselbe Mann, der zuvor den Vorhang im Wohnzimmer zugezogen hatte, sah prüfend durch das Fensterglas. Nach wenigen Sekunden verschwand das Gesicht des Mannes wieder, die beiden Enden des Vorhangs wurden sorgfältig zugezogen, sodass Hans auch mithilfe seines Vergrößerungsglases nichts mehr in Julianas Schlafzimmer erkennen konnte. Weiterhin strahlte keinerlei Licht aus ihrer

Wohnung nach außen. Hans löste sich wieder vom Fernrohr. *Was hat das zu bedeuten? Wieso ist ein Mann in Julianas Wohnung? Hat sie einen neuen Liebhaber, von dem ich nichts weiß? Wieso bleibt er im Dunkeln? Warum ist Juliana nicht bei ihm?*

Hans sah, wie sich eine Frau auf die Eingangstür zum Wohngebäude zubewegte. Sie trug eine Sporttasche in der Hand. Er brauchte nur einen Sekundenbruchteil, um seine Schwester zu erkennen. Resi sperrte die Eingangstür auf und drückte den Lichtschalter, danach nahm sie die Treppen nach oben im jetzt hell erleuchteten Stiegenhaus. Kurz darauf verschwand sie aus seinem Blickfeld. Noch immer blieb die Wohnung gegenüber vollkommen im Dunkeln. Die Vorhänge dämpften normalerweise nur das Licht, verhinderten jedoch nicht, dass man von draußen erkennen konnte, ob sich in der Wohnung jemand aufhielt.

Obwohl Resi in der Wohnung sein musste, tat sich nichts. Der Mann war noch immer dort. Der Schatten, den er zuvor gesehen hatte, war real gewesen. Durch das Fernrohr hatte er ihn deutlich erkannt, und er befand sich mit Resi in einem der Räume.

Mit Resi allein im Dunkeln.

Der Frauenmörder! Schon Monika Steiner hat er umgebracht, und ich habe Resi ausgerechnet zu Juliana geschickt, damit sie in Sicherheit ist!

Hans stürmte aus seiner Wohnung, mit seiner rechten Hand griff er währenddessen in seine Jackentasche und vergewisserte sich, dass seine Waffe noch da war. Immer zwei Stufen auf einmal nehmend, lief er die Treppe hinunter, stieß dann die Tür auf und rannte auf dem kürzesten Weg über den Rasen zur Eingangstür des gegenüberliegenden Wohngebäudes. Er drückte auf den Taster mit Julianas Namen. Niemand öffnete ihm. Nacheinander betätigte er sämtliche Klingeln der anderen Bewohner. Dann endlich hörte er den Summerton. Er stieß die verglaste Eingangstür auf und sprintete die Stufen nach oben. Vor Julianas Wohnungstür angekommen, rief er: »Resi, mach auf!« Sein Atem ging schnell, er versuchte, ihn zu beruhigen, gleichzeitig drückte er die Klingel neben der Tür. Laut tönte der Ton im Innern bis nach draußen zu Hans. Noch immer rührte sich nichts. Es war still.

»Geh von der Tür weg«, sagte Hans laut und deutlich, dann nahm er die Walther aus seiner Tasche, er zielte auf das Schloss der Eingangstür und drückte ab. Einmal, zweimal, dreimal und ein viertes Mal hallten die Schüsse laut durch den Wohntrakt. Mit dem rechten Fuß stieß er die Tür auf und trat ein. Links befand sich der Lichtschalter, er betätigte ihn, aber nichts geschah, es blieb finster. Vor ihm lagen Frauenschuhe auf dem Boden. Er stieg über sie hinweg und schaute zuerst in die Wohnküche. Schemenhaft erkannte er die Couch, den Tisch, den Fernseher und an der Wand das Bücherregal. Niemand hielt sich in dem Raum auf. Als Nächstes öffnete er die Toilettentür, der Lichtschein vom Stiegenhaus fiel in den kleinen Raum, auch dieser war leer. Hans ging den Flur entlang, rechts befand sich die Badezimmertür.

»Resi? Juliana?«, sagte Hans leise. Er spürte, wie sich seine feinen Härchen aufstellten, sein Puls beschleunigte sich nochmals. Hans hielt mit der rechten Hand seine Walther, mit der linken öffnete er die Badezimmertür. Im Bad war es vollkommen finster, er erkannte nur dunkle Umrisse.

Plötzlich hörte er ein Geräusch hinter sich. »Resi!«, rief er, während er sich umdrehte. Hans sah einen schwarzen Schatten. Eine starke Männerhand griff nach seinem Arm, mit dem er seine Waffe festhielt. Hans trat automatisch einen Schritt zurück ins Bad, dabei stieß er gegen etwas Hartes am Boden, stolperte und kippte nach hinten. Der Mann ließ seine Hand nicht los. Während des Sturzes schaffte es Hans, die Pistole von sich wegzudrehen, er landete jedoch hart auf dem Wäschekorb. Ausgehend von den Rippen durchfuhr sofort ein stechender Schmerz seinen Brustkorb. Hans rang nach Luft. Sein Angreifer war auf ihn gefallen, er spürte, wie sich dessen starke Hand um seinen Hals schloss und zudrückte. Der Druck mit der anderen Hand auf seinem Arm ließ etwas nach, Hans schaffte es daher, die Waffe leicht zu drehen, er krümmte den Finger und drückte ab. Der Schuss war laut, aber erfolglos. Noch immer schnürte ihm die Hand die Luft ab. Hans spürte den schweren Körper auf sich, das Gewicht des Mannes drückte ihn weiterhin auf den Wäschekorb. Verzweifelt rang er nach Luft. Hans nahm seine zweite Hand zu Hilfe und schwenkte seinen Arm mit aller Kraft in Richtung des Angreifers. Der versuchte ihn mit seiner freien Hand davon abzuhalten. Doch Hans schaffte es. Er drückte ein zweites Mal ab. Wieder hallte der Schuss durch die Wohnung.

Hans hustete, seine Kehle brannte, er saugte mit aller Kraft die Luft ein und stieß den schweren Körper von sich. Mit seiner Waffe zielte er dabei noch immer auf den Schatten des Mannes. Hans fühlte etwas Klebriges, Warmes an seiner Hand, als er sich abstützte, um aufzustehen. Mit seinem rechten Fuß versetzte er dem am Boden Liegenden einen leichten Stoß. Der rührte sich nicht, also verließ er rückwärts das Badezimmer. Die Walther richtete er dabei noch immer auf den Schatten am Boden. »Resi?«, rief er. »Juliana?«

KAPITEL 70

»Jemand hat den Notarzt zu Juliana Haidingers Wohnung bestellt, und wir haben das Handy von Schwarz zuletzt auch dort in der Nähe in der Schmiedestraße geortet.«

Gerade noch rechtzeitig setzte Brandner den Blinker und bog an der Kreuzung links ab. Vor ihm strahlte der gläserne Kubus in blauer Farbe vom Turm des Rothschildschlosses herab. Brandner passierte das Freibad Waidhofens, fuhr den Hügel hinauf, am Schlosshotel vorbei, mehrere Hundert Meter schlängelte sich die enge Gasse dahin, entsprechend vorsichtig steuerte er seinen Audi, schon bald erreichte er aber trotzdem die Wohngebäude in der Schmiedestraße. Unmittelbar vor der Anlage parkte er sich ein, dann stieg er aus und entsicherte seine Pistole. Hinter ihm tauchte das erste Polizeiauto mit Blaulicht auf. Von der entgegengesetzten Richtung raste der Notarztwagen heran und blieb mitten auf der Straße stehen. Zwei Sanitäter sprangen aus dem Fahrzeug, einer öffnete die hintere Tür und holte die Trage heraus. Eine zweite Rettung und ein weiterer Polizeiwagen trafen ein und blockierten die Gasse nun vollkommen.

»Die Rettungsstelle sagt, es besteht keine Gefahr, aber es gibt Schwerverletzte«, informierte Reitbauer den Kommissar.

»Okay.« Brandner zeigte dem Notarzt seine Dienstmarke. »Wir gehen voraus, Sie folgen uns mit Ihren Leuten«, instruierte er den Mediziner. Der nickte. »Aber schnell, es geht um Leben und Tod.«

Und ich muss einen Massenmörder fassen, dachte

Brandner und schritt rasch den schmalen, asphaltierten Zugang entlang. Einmal musste er links abbiegen, dann nochmals rechts. Sein Blick wanderte nach oben. Juliana Haidingers Wohnung ist unbeleuchtet, stellte er fest. Mittlerweile war es vollkommen dunkel. Mehrere Bewohner der Anlage befanden sich im Freien. Ein Mann mittleren Alters mit schwarzer Hornbrille hielt Brandner die Eingangstür auf.

»Oben habe ich Schüsse gehört, im zweiten Stock.«

»Wie lange ist das her?«, fragte Brandner.

»Ein paar Minuten, seither war es still.«

Hinter Brandner befand sich Reitbauer. Der Kommissar ließ den Postenkommandanten und dessen drei Kollegen vor. Die Polizisten trugen im Gegensatz zum Kommissar ihre Schutzwesten.

»Sie warten hier, wir geben Ihnen ein Zeichen, erst dann kommen Sie mit Ihren Leuten nach«, instruierte Brandner den Notarzt und folgte den Polizisten die Stufen nach oben. Die Tür zu Juliana Haidingers Wohnung stand offen.

»Polizei, wir kommen rein«, rief Reitbauer.

»Hierher, schnell, ich brauche einen Arzt«, hörte Brandner, als er Reitbauer hinter einem weiteren Polizisten in die Wohnung folgte. Er konnte kaum etwas erkennen, so dunkel war es.

»Hans, du hier?«, hörte er jetzt wieder Reitbauers Stimme.

»Es ist Resi, er hat sie überfallen. Schnell, die Rettung!«

»Wir brauchen Licht«, hörte Brandner jetzt wieder Reitbauer rufen. Der Kommissar näherte sich den Stimmen.

Noch läuft irgendwo der Mörder herum, wir müssen aufpassen.

»Wo ist Schwarz?«, fragte er so leise wie möglich, aber laut genug, um gehört zu werden.

»Der Mörder, er ist im Bad. Ich glaube, ich habe ihn. Meine Schwester! Resi braucht sofort einen Arzt.«

Das Licht ging an. Brandners Augen brauchten nur kurz, dann hatten sie sich an die helle Umgebung angepasst. Er sah den Körper einer jungen Frau in Seitenlage auf dem Boden liegen. Neben ihr kniete Hans Mayer, eine Pistole lag auf dem Fußboden. Die Frau trug Trainingssachen; eine eng anliegende Jogginghose und ein rosarotes Top. Hans streichelte seiner Schwester zärtlich über die Wange.

Ja, sie passt genau in das Beuteschema von Schwarz, dachte Brandner. Die Tür zum Bad stand offen, als sich der Kommissar umdrehte, um einen der Polizisten zu instruieren, den Arzt zu rufen, sah er den Mann am Boden liegen. Der Körper lag reglos auf dem Bauch in einer Blutlache. Brandner sah den Haarschopf des Mannes von hinten, sein Gesicht konnte er nicht erkennen.

»Holen Sie sofort den Notarzt und die Sanitäter«, befahl er dem Polizisten, der gerade noch am Sicherungskasten hantiert und dafür gesorgt hatte, dass der Kommissar jetzt die Lage besser überblicken konnte. Mit seiner Pistole in der Hand ging Brandner ins Bad und drehte das Licht auch dort an. Danach kniete er sich nieder und griff mit Zeige- und Mittelfinger an den Hals des am Boden liegenden Mannes. Brandner fühlte keinen Puls.

»Mein Gott!«, hörte er Reitbauer rufen. Sofort stand Brandner auf und folgte der Stimme. Im zweiten Schlafzimmer der Wohnung sah er Reitbauer neben dem Bett stehen. Darin lag Juliana Haidinger. Ihr verdrehter Kopf und das bleiche Gesicht nahmen dem Kommissar jede Hoffnung. Für Frau Haidinger kam jede Hilfe zu spät.

Aus dem Badezimmer ertönte eine fröhliche, verspielte Melodie. Sofort lief Brandner wieder zurück, kurz zögerte er, doch dann holte er das Handy aus der Hosentasche des Toten hervor.

»Ja?«

»Peter, wann kommst du? Ich warte auf dich.«

»Wer spricht, bitte?«

»Natascha, wer ist dort? Wo ist Peter?«, hörte Brandner die Frauenstimme fragen.

Immerhin, sie konnten wir retten, dachte Brandner. Er stellte sich vor und ließ sich von Natascha deren Personaldaten nennen. Während er alles auf seinem kleinen Notizblock notierte, sah er, wie Resi Mayer auf der Trage von zwei jungen Sanitätern hinaustransportiert wurde. Hans Mayer folgte ihnen mit seiner Pistole in der Hand.

»Die Waffe, bitte«, stoppte ihn Brandner. Resis Bruder legte die Pistole einfach auf den Boden; ohne ein Wort zu sagen, ging er weiter.

»Reitbauer, Sie haben ein Auge auf Herrn Mayer. Ich rufe die Spurensicherung«, instruierte Brandner den Postenkommandanten.

KAPITEL 71

Juni, Brasilien

Der Pausenpfiff des Schiedsrichters war im Stadion kaum zu hören, aber als die Spieler langsam in Richtung Kabinen liefen, und sich der Mann in Schwarz den Lederball schnappte, stand der Großteil der Zuschauer auf und klatschte Beifall für die Show, die ihnen in den vergangenen 45 Minuten von den Spielern Deutschlands und Ghanas geboten worden war.

Auch Chan, seine Tochter Jennifer und Eugen Schuster erhoben sich. Alle drei trugen leichte Sommerkleidung, passend zu den noch immer warmen Temperaturen im Winter Brasiliens.

»Ich muss mal schnell austreten«, entschuldigte sich Eugen und schloss sich der Schlange aus Zuschauern an, die schon in Richtung der Toiletten und der Getränkeverkäufer unterwegs war.

»Hat er dich noch einmal darauf angesprochen?«, fragte Chan in seiner Muttersprache.

»Nein, Juliana Haidingers Anschuldigungen waren kein Thema mehr.«

Chans Grinsen verbreiterte sich. »Ich sehe es in seinen Augen, Eugen Schuster ist blind vor Liebe.«

»Er hat mir aber noch keinen Antrag gemacht«, entgegnete Jennifer.

»Wird er schon noch. Und dann gehören uns über 50 Prozent von Schuster Schuhe.«

»Mal sehen, auch mit Jakob Schuster war ich schon einmal so weit. Diesmal wären uns schon fast diese Haidinger und Schwarz in die Quere gekommen. Wenn Eugen ihren Anschuldigungen geglaubt hätte, dann wäre sicher nichts daraus geworden.«

»Hat er aber nicht«, unterbrach sie ihr Vater. »Dass Schwarz der Frauenmörder war, ist eine glückliche Fügung gewesen. Die Gesichter der toten Frauen, die allesamt rund um Porto ermordet wurden, haben mir die Augen geöffnet. Schwarz hat dort Zeit verbracht, das habe ich von seinen Bewerbungsunterlagen gewusst.«

Jennifer streckte den Rücken durch, ihr Blick war hinunter auf den Rasen gerichtet.

»Aber war es wirklich nötig, musste ich die Nachricht von dieser Resi an die Haidinger tatsächlich fälschen?«, fragte sie ihren Vater.

»Auch darüber haben wir bereits diskutiert. Lee war sich sicher, dass Hans Mayer seine Schwester abends beobachtet. Er hat ihn in den Nächten davor mehrmals gesehen.«

»Lee hatte recht damit, aber trotzdem, es gibt jetzt einen Beweis gegen uns. Gegen mich.«

Chan drehte sich nun zu ihr. »Sie haben nichts in der Hand. Mithilfe deiner Administratorrechte hast du die E-Mail, die du an Schwarz in Juliana Haidingers Namen geschrieben hast, gelöscht, und für die handgeschriebene Nachricht auf dem Zettel, den Lee dann auf den Tisch gelegt hat, hast du deine Handschrift verstellt.«

Jennifer sah ihrem Vater jetzt in die Augen. »Schon, aber war dieses Risiko wirklich notwendig?«, fragte sie.

»Es ist doch sogar besser gelaufen, als wir gedacht haben«, stellte Chan fest. »Niemand ahnt etwas davon, dass Lee diese Haidinger umgebracht hat. Schwarz kann sich nicht mehr verteidigen. Er hat all die anderen Frauen tatsächlich ermordet, da fällt eine mehr nicht ins Gewicht.«

Chan sah, wie Eugen Schuster mit zwei Colas in seinen Händen zurückkam. Ein kurzer Hinweis von ihm an Jennifer, und sie beendeten ihr Gespräch. Eugen Schuster reichte eine Cola an Jennifer weiter, Chan lehnte die andere dankend ab.

»Wann kommen Sie eigentlich wieder nach Österreich?«, fragte der junge Schuster den Asiaten.

»Zur nächsten Aufsichtsratssitzung im Herbst«, antwortete ihm Chan wieder in englischer Sprache.

Sambatrommeln ertönten, die ersten Spieler kamen aufs Feld zurück.

KAPITEL 72

Ganz hat sie es noch immer nicht verstanden, dachte sich Brandner. Natascha saß ihm in seinem Büro in Wien gegenüber. Die junge Verkäuferin hatte ihm ihre Begegnungen mit Peter Schwarz geschildert. *Ein gemeinsamer Abend und einmal Sex haben für sie gereicht, um sich in ihn zu verlieben. Von den Pillen, die er geschluckt haben muss, hat sie nichts mitbekommen.* Brandner sah, wie Nataschas Blick unruhig im Büro hin und her wanderte. Immerhin hatte er hier nicht die Fotos der toten Frauen an der Wand kleben wie noch zuvor in seiner Kammer in Waidhofen.

Die Bilder der Frauen werden sie auch so noch lange genug verfolgen. Sie hat die Fotos sicher in der Krone, dem Kurier oder der News gesehen. Peter Schwarz raubte der jungen Frau den Schlaf, das konnte Brandner anhand der dunklen Schatten unter ihren Augen erkennen, die sie versucht hatte, mit Schminke aufzuhellen.

»Wenn Sie doch noch psychologische Betreuung in Anspruch nehmen wollen, melden Sie sich bitte.« Brandner reichte ihr seine Visitenkarte und stand auf.

Natascha nahm sie zwar entgegen, schüttelte jedoch den Kopf. »Das wird nicht nötig sein.«

Ihre Hand fühlte sich kalt an, als Brandner sie zum Abschied drückte. Natascha drehte sich um und ging Richtung Tür. Bewundernd folgte ihr Brandners Blick. Die langen Beine wurden von den engen Jeans einfach zu perfekt in Szene gesetzt, um sie nicht entsprechend zu würdigen. Sogar seine Eva würde das verstehen, redete er sich ein.

Kurz nachdem sich Natascha verabschiedet hatte, saß Brandner Hans Mayer gegenüber.

»Ich habe mit dem Staatsanwalt gesprochen. Es wird keine Anklage erhoben, die Spuren sind eindeutig. Sie haben Peter Schwarz in Notwehr erschossen.«

Hans lehnte sich in seinem Sessel zurück, zuvor war er leicht nach vorne gebeugt dagesessen und hatte Brandner aufmerksam zugehört. »Schwarz ist der gesuchte Frauenmörder. Er hat Juliana ermordet«, sagte Hans nach einer Pause.

Brandner nickte, es hatten ohnehin schon sämtliche Zeitungen, das Radio und sogar der ORF darüber berichtet. Die Medien hatten sich auch über ihn, Kommissar Brandner, ausgelassen. Er hätte Schwarz schon viel früher schnappen müssen, hatte er doch schon Wochen vor der Festnahme mit ihm gesprochen. Wieso hatte Brandner die Zeichen und Spuren, die auf Schwarz als Täter schließen ließen, nicht richtig gedeutet?, wollten sie wissen. Brandner hatte keine Antwort darauf, die sie zufriedenstellte, und er wusste auch nicht, wie lange ihm Kappl noch den Rücken frei halten würde.

»Schwarz hat Frau Haidinger während eines Mittagessens im Gasthaus Steinmühle kennengelernt. Sie passt zwar nicht hundertprozentig ins Beuteschema von ihm, vielleicht hatte er es aber schon von vornherein auf Ihre Schwester abgesehen.«

Hans richtete sich wieder auf und beugte sich leicht nach vorn. »Meinen Sie wirklich?«

»Schwarz ist tot, wir werden es wohl nie erfahren.«

Hans schüttelte unmerklich den Kopf.

»Wie geht es Ihrer Schwester?«

»Körperlich, sagen die Ärzte, ist sie wieder in Ordnung. Psychisch aber ist sie ein Wrack. Resi befindet sich noch immer in der Nervenheilanstalt in Mauer. Ohne Tabletten geht gar nichts.«

»Ich hoffe, sie wird gut betreut. Wegen ihrer Befragung habe ich übrigens mit dem Staatsanwalt gesprochen.«

Brandner sah, wie sich Hans' Augen weiteten, seine Lippen bildeten eine schmale Linie. Der Kommissar erkannte, dass Theresia Mayers Bruder dabei war, in Gedanken eine Entgegnung zu formulieren, die sich gegen die Befragung seiner Schwester aussprach. Indem Brandner die linke Hand hob, gebot er Hans Einhalt, bevor der seine Argumente vorbringen konnte.

»Wir brauchen Ihre Schwester nicht zu befragen, die Sachlage ist so eindeutig, dass wir zum Entschluss gekommen sind, ihr das zu ersparen.«

Brandner sah, wie sich die Anspannung, die sich kurzzeitig in Hans Mayer aufgebaut hatte, verflüchtigte. Sein Gegenüber sank wieder im Sessel zurück. Hans presste seine Lippen nicht mehr aufeinander, sein Gesicht wirkte sogar freundlich.

Der Kommissar dachte an das Musical »Flashdance« in Amstetten, das er mit seiner Eva gemeinsam sehen würde. Theresia Mayer war innerhalb kurzer Zeit als Hauptdarstellerin ersetzt worden, Brandner hoffte, dass es trotzdem eine gute Aufführung werden würde, und er so mit seiner Frau einen schönen Abend verbringen könne.

»Mittlerweile haben wir nachvollzogen, dass Schwarz für seinen früheren Arbeitgeber eine Schuhfabrik in Portugal betreut hat, und auch um eine Fabrik in Brasilien hat er sich gekümmert. Auch dort im Süden, in der Nähe von Porto Alegre, sind wir auf ähnliche ungeklärte Mordfälle gestoßen, die Schwarz nach derzeitigem Wissen auch begangen haben könnte. Das Monster hat wahrscheinlich 20 Frauen ermordet.«

Brandner machte eine kurze Pause, dann fuhr er fort: »Ich weiß zwar nicht, was Sie da in Waidhofen in jener Nacht tatsächlich zu suchen hatten, aber dafür, dass Sie uns von Schwarz befreit haben, gehört Ihnen eigentlich ein Orden verliehen.«

Hans Mayer reagierte nicht, Brandner schloss daraus, dass der über seine wahren Beweggründe nicht reden wollte. Noch immer hatte Brandner Mayer im Verdacht, an dem im Vorjahr begangenen Mord an Jakob Schuster beteiligt gewesen zu sein, für den Hans' Mutter, Waltraud Mayer, hinter Gittern saß.

Immerhin hat Hans das Monster aus der Welt geschafft, damit hat er sich reingewaschen, entschied Brandner.

»Ihre Walther ist Beweisstück in den Ermittlungen, die erhalten Sie nicht zurück, aber Ihre Waffenbesitzkarte ist wieder gültig«, erklärte Brandner Hans Mayer und zeigte ihm die Pistole, die in einer dünnen Plastikfolie mit einer beschrifteten Etikette verschweißt war. Brandner holte eine andere Plastikhülle hervor, auch darauf klebte die Etikette zur Identifizierung des Beweisstückes. Der Kommissar drehte die Hülle um und reichte sie Hans.

»Erkennen Sie die Handschrift Ihrer Schwester?«, wollte er wissen und sah, wie Hans den Text des eingeschweißten Zettels las, den die Spurensicherung in einer der Hosentaschen von Peter Schwarz gefunden hatte.

Hans Mayer sagte nichts.

»Erkennen Sie die Handschrift?«

»Ich habe schon länger nichts Handgeschriebenes von Resi gesehen«, sagte Hans. »Aber ja, das muss wohl ihre Handschrift sein«, fügte er hinzu. Sein Blick war währenddessen noch immer auf den Zettel in der Plastikfolie gerichtet.

Brandner vermerkte zufrieden in seinem Akt, dass der Bruder des Opfers die Handschrift seiner Schwester identifiziert hatte. Dann nahm er die Plastikhülle zurück.

Nachdem er sich von Hans Mayer verabschiedet hatte, sah sich Brandner noch einmal die Fotos der toten Frauen an. Zum Schluss schaute ihm Juliana Haidinger entgegen.

Ich habe sie nie gefragt, weswegen sie Chan verdächtigt hat, Monika Steiner ermordet zu haben.

Das habe ich verabsäumt.

Wieso hat sie nur so einen Hass auf den Chinesen gehabt?

Jetzt werde ich es wohl nie erfahren.

Aber der Fall ist eindeutig. Schwarz ist der Mörder.

Ich hätte Juliana Haidinger retten können, hätte ich nur den Fall früher gelöst, hätte ich überprüft, wo und für wen Schwarz früher gearbeitet hat, dann wäre ich auf seinen Aufenthalt in Portugal gestoßen, und er wäre ganz nach oben auf meiner Liste der Verdächtigen gewandert.

Brandner schloss die Akte endgültig.

KAPITEL 73

»Wie geht es ihr?«, lauteten die ersten Worte, die Waltraud Mayer an ihren Sohn richtete, als er sie im Gefängnis besuchte.

»Ich war gerade bei Brandner, es wird keine Anklage gegen mich erhoben.«

»Natürlich nicht.«

Die beiden setzten sich. Außer ihnen befand sich noch einer der Gefängniswärter im Raum. Er hielt sich im Hintergrund.

»Du bist ein Held. Sie sollten dich für das Verdienstkreuz vorschlagen.«

»So weit würde ich nicht gehen, ich bin schon froh, dass es als Notwehr eingestuft wird.«

»Gott sei Dank hast du auf mich gehört und auf Resi aufgepasst. Wie geht es ihr?«

Immer geht es um Resi. Keine Frage dazu, wie es in mir aussieht, gar nichts kommt von ihr.

Ich tue ihr Unrecht, Mutter hat mich gerettet, sie ist für mich ins Gefängnis gegangen. Immerhin sitze ich hier vor ihr als freier Mann. Mutter sieht, dass ich in Ordnung bin, aber Resi …

»Sie ist noch in Mauer, nach dem Besuch bei dir fahre ich noch zu Resi.«

»Wann hast du sie zuletzt gesehen?«

»Ist schon einige Tage her, es ist ihr gar nicht gut gegangen.«

»Kein Wunder.« Waltraud Mayer stand auf. »Du fährst jetzt gleich zu Resi und siehst nach deiner Schwester. Den Psychodoktoren traue ich nicht.«

Damit war das Gespräch beendet. Auch Hans stand auf und gab seiner Mutter noch einen Abschiedskuss auf die Wange.

Eineinhalb Stunden später bog er auf den Parkplatz der Nervenheilanstalt ein. Er vergewisserte sich, dass sie noch im selben Pavillon untergebracht war, und nahm dann den schon bekannten Weg durch das parkähnliche Areal. Mehrere Patienten kamen ihm mit Pflegern oder auch vereinzelt mit Angehörigen entgegen. Nur leise Gespräche waren zu hören, auch der sonnige Tag sorgte in den Gemütern der Patienten offenbar für keine ausgelassene Stimmung.

Hans betrat den Altbau, der erst vor Kurzem einen frischen gelben Anstrich verpasst bekommen hatte. Die

Räume waren hoch und durch die Fenster von Sonnenlicht durchflutet. Auf hellgrauen Steinen ging er den Gang entlang, bis er die Tür mit der Nummer 7 erreichte. Er klopfte kurz an und trat ein, ohne eine Antwort abzuwarten.

Resi saß am kleinen Tisch, sie sah nur kurz auf, dann starrte sie weiterhin die grüne Wand an. Das weiße Nachthemd hing ihr lose von den Schultern. Ihre Zimmerkollegin war nirgends zu sehen.

»Hallo, Resi, ich bin es, Hans.«

Noch immer reagierte sie nicht. Er setzte sich auf den freien Sessel ihr gegenüber an den Tisch.

»Juliana, sie ist tot, oder?«, fragte sie ihn.

Hans brauchte einige Augenblicke, dann nickte er. Es war das erste Mal, seit sie ins Krankenhaus eingeliefert worden war, dass sie nach ihrer Freundin fragte. Bisher hatte er das Thema gemieden.

»Auch Schwarz ist tot, er kann dir nichts mehr antun.«

Ihre Hände lagen auf dem Tisch, sie begannen zu zittern. Hans nahm sie in seine Arme und versuchte sie zu beruhigen. In Resis Augen sah er die Trauer und Angst. Ihr Gesicht wirkte aufgedunsen, und ihre Haare waren zerzaust. Sie saß einige Minuten nur still da, auch Hans wartete ab und sagte nichts.

»Juliana hat befürchtet, dass ihr etwas zustößt. Falls das passiert, sollte ich dir alles erzählen«, unterbrach Resi schließlich die Stille.

Als sie fertig war, hatte sie Hans von Julianas Anschuldigungen gegen Chan erzählt. Auch vom Asiaten Lee, den Juliana in Südafrika kurz vor dem Überfall auf sie gesehen hatte. Über das unmoralische Angebot Chans, als er Juliana gekündigt hatte, und von Julianas Verdacht, dass der Chinese die Funktionäre Ghanas bestochen hatte, wusste Hans nun Bescheid. Resis Gesicht war leicht gerötet, auf ihrer Stirn zeichneten sich erste Schweißperlen ab, trotzdem gönnte ihr Hans noch keine Ruhepause.

»Und Juliana hat ihre Vermutung direkt gegenüber Schwarz und Schuster geäußert?«

Resi nickte. »Eugen Schuster war außer sich. Er hat gedroht, Juliana wegen Verleumdung zu verklagen.«

»Aber was hat das zu bedeuten?«

Resi zuckte mit den Achseln, dann seufzte sie und entwand ihre Hände dem beruhigenden Griff ihres Bruders. »Juliana wollte nicht zur Polizei gehen. Sie hat nur gesagt, ich soll dir alles erzählen. Falls ihr etwas passiert, dann wäre Chan dafür verantwortlich, und du wüsstest, was zu tun sei.«

»Aber Peter Schwarz ist der Frauenmörder. Es war Schicksal, nicht mehr und auch nicht weniger, dass er Julianas und damit auch deinen Weg gekreuzt hat.«

Resis Blick heftete sich wieder an die grüne Wand. »Wahrscheinlich hast du recht«, sagte sie jetzt wieder mit emotionsloser Stimme.

Der kleine Mann mit der Kappe, der das Wohngebäude verlassen hat, nur kurz bevor Resi nach Hause kam. Juliana passt nicht ins Beuteschema von Schwarz, hat Brandner gesagt.

»Hast du eigentlich gewusst, dass sich Juliana an diesem Abend mit Schwarz treffen wollte?«, fragte er Resi.

Noch immer starrte seine Schwester die Wand an. Hans nahm wieder ihre Hände, die auf dem Tisch lagen, in seine.

»Hast du gewusst, dass sie sich mit Schwarz trifft?«

Jetzt sah sie ihn wieder an. »Nein.« Ihr Kopfschütteln bekräftigte ihre Antwort.

»Du hast ihr also keine Nachricht auf einen Zettel geschrieben.«

»Eine Nachricht? Wovon sprichst du?«

Hans fühlte, wie ihre Hände unter seinen wieder zu zittern begannen, wie sie sich befreien wollte.

»Ach, vergiss es einfach, war nur so eine Idee.«

Ganz sanft strich er über ihre Handrücken. »Reden wir über etwas anderes«, sagte er dabei und beendete damit das Thema.

Eine Stunde später kehrte Resis Zimmerkollegin zurück. Ihr Blick war noch teilnahmsloser als der seiner Schwester zu Beginn ihrer Unterhaltung. Hans verabschiedete sich und war erleichtert, als er wieder ins Freie trat. Ein schwerer Tag ging für ihn zu Ende. Er hatte sich extra dafür freigenommen: Zuerst das Abschlussgespräch mit Brandner, dann seine Mutter im Gefängnis, und zum Schluss der Besuch bei Resi in der Nervenklinik.

Hans blickte auf die Uhr. *Kurz vor fünf, ich sollte also noch jemanden erreichen.* Sein Handy holte er aus der Hosentasche hervor, dann tippte er die Nummer der Schuster Schuhe GmbH ein, die er noch immer auswendig wusste. Über ihm zwitscherten die Vögel auf einem der Bäume munter vor sich hin, während er darauf wartete, dass sich die Verbindung aufbaute.

»Müller vom Magazin News«, stellte er sich vor. »Ich werde einen Artikel über fair produzierte Ware in unserem Magazin bringen und würde dazu auch gerne Herrn Chan interviewen, können Sie mir bitte sagen, wann Sie ihn wieder in Österreich erwarten?«, fragte er die Dame an der Rezeption. Seine Stimme ließ er dabei bewusst tiefer klingen. Er hörte ihr kurz zu, bedankte sich dann und legte auf.

Er musste sich noch einige Monate gedulden.

Es wird mir schwerfallen, so lange zu warten.

Andererseits bleibt mir so mehr als genug Zeit, um mir eine neue Waffe zu besorgen und mich in aller Ruhe mit ihr vertraut zu machen.

ENDE

DANKSAGUNGEN

Ich bedanke mich bei allen Lesern meines ersten »Mostviertler«-Kriminalromans, die dadurch die Veröffentlichung der »Mostschlinge« ermöglicht haben. Mein Dank gilt Frau Claudia Senghaas und dem gesamten Team des Gmeiner Verlages für die auch diesmal exzellente Bearbeitung und Betreuung.

Meiner Familie und ganz besonders meiner Frau, Silvana, danke ich für ihre Unterstützung, Verständnis und Inspiration.

CLAUDIA ROSSBACHER
Steirerpakt

978-3-8392-2044-3 (Paperback)
978-3-8392-5331-1 (pdf)
978-3-8392-5330-4 (epub)

MIT BLUT BESIEGELT Ein skurriler Leichenfund lässt die LKA-Ermittler Sandra Mohr und Sascha Bergmann zur Eisenstraße aufbrechen. Vom historischen Einser-Sessellift, der seit fast 70 Jahren vom Präbichl auf den Polster schaukelt, wurde eine nackte Leiche geborgen. Bald schon wird der tote Mann als Einheimischer identifiziert, der vor 15 Jahren nach Kanada auswanderte. Erst vor wenigen Tagen reiste der Arzt aus seiner Wahlheimat an, um dem Begräbnis seiner Mutter beizuwohnen. Sandra Mohr stößt auf so manche alte Wunde, die er dabei aufgerissen hat. Und auf weitere Leichen …

WOLFGANG JEZEK
Rachemond

978-3-8392-2032-0 (Paperback)
978-3-8392-5311-3 (pdf)
978-3-8392-5310-6 (epub)

VERFLUCHT In einem Verein, der die verstorbene Dichterin Christine Lavant verehrt, ereignet sich ein seltsamer Todesfall. Die Kärntner Polizei zeigt allerdings kein wirkliches Interesse daran, den Fall aufzuklären. Deshalb wird Elvira Hausmann, eine Wiener Journalistin, nach Kärnten gesandt, um Licht in die Sache zu bringen. Trotz heftiger Widerstände und umgeben von einer Mauer des Schweigens, versucht Elvira Hausmann den Fall zu klären. Durch die Geschichte spukt die Gestalt der verstorbenen Dichterin, von der ein Fluch auszugehen scheint …

Das Neueste aus der Gmeiner-Bibliothek

Unser Lesermagazin

Bestellen Sie das kostenlose Krimi-Journal in Ihrer Buchhandlung oder unter www.gmeiner-verlag.de

Informieren Sie sich …

www … auf unserer Homepage: www.gmeiner-verlag.de

@ … über unseren Newsletter: Melden Sie sich für unseren Newsletter an unter www.gmeiner-verlag.de/newsletter

f … werden Sie Fan auf Facebook: www.facebook.com/gmeiner.verlag

Mitmachen und gewinnen!

Schicken Sie uns Ihre Meinung zu unseren Büchern per Mail an gewinnspiel@gmeiner-verlag.de und nehmen Sie automatisch an unserem Jahresgewinnspiel mit »mörderisch guten« Preisen teil!

GMEINER SPANNUNG